ミネルヴァ日本評伝選

黒岩涙香

断じて利の為には非ざるなり

奥 武則著

ミネルヴァ書房

刊行の趣意

「学問は歴史に極まり候ことに候」とは、先哲荻生徂徠のことばである。

歴史のなかにこそ人間の智恵は宿されている。人間の愚かさもそこにはあらわだ。この歴史を探り、歴史に学んでこそ、人間はようやくみずからの正体を知り、いくらかは賢くなることができる。新しい勇気を得て未来に向かうことができる。徂徠はそう言いたかったのだろう。

「ミネルヴァ日本評伝選」は、私たちの直接の先人について、この人間知を学びなおそうという試みである。日本列島の過去に生きた人々の言行を、深く、くわしく探って、そこに現代への批判を聴きとろうとする試みである。日本人ばかりではない。列島の歴史にかかわった多くの異国の人々の声にも耳を傾けよう。

先人たちの書き残した文章をそのひだにまで立ち入って読み、彼らの旅した跡をたどりなおし、彼らのなしとげた事業を広い文脈のなかで注意深く観察しなおす――そのとき、はじめて先人たちはいまの私たちのかたわらによみがえってくる。彼らのなまの声で歴史の智恵を、また人間であることのよろこびと苦しみを、私たちに伝えてくれもするだろう。

この「評伝選」のつらなりのなかから、列島の歴史はおのずからその複雑さと奥ゆきの深さをもって浮かび上がってくるはずだ。これを読むとき、私たちのなかに新たな自信と勇気が湧いてきて、その矜持と勇気をもって「グローバリゼーション」の世紀に立ち向かってゆくことができる――そのような「ミネルヴァ日本評伝選」にしたいと、私たちは願っている。

平成十五年（二〇〇三）九月

上横手雅敬
芳賀　徹

黒岩涙香

『萬朝報』創刊号（1892年11月１日）

『萬朝報』題字

（上は「新聞紙中の新聞紙」，下は「趣味と実益との無尽蔵」を謳っている）

萬朝報三千号祈念撮影
（1902年１月，本社前で）

黒岩涙香（右）と内村鑑三（左）
（上の写真の前列右から６番目と７番目）

『無惨』（1890年刊）

『法庭の美人』（1889年刊）

『噫無情』の挿絵（1906年１月刊，同年５月の第５版のもの）

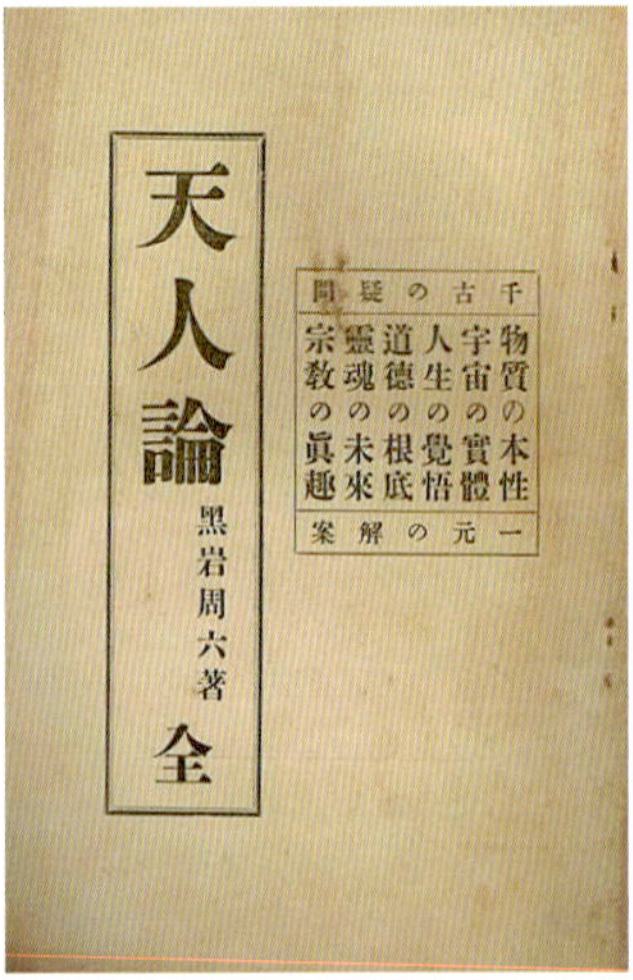

『天人論』（1903年刊）

はしがき

忘れられた郷土の偉人？

車窓から土佐湾が見え隠れする。冬の日差しを浴びていたってのどかである。土佐くろしお鉄道ごめん・なはり線に乗ったのは、二〇一五年二月のことだった。高知市から東に海に沿って走る。旧国鉄が計画した鉄道開設が中止となった後、第三セクターとして二〇〇二年七月に開業した。

高知駅から約五〇分で安芸《あき》駅に着く。駅前に一台だけ止まっていたタクシーに乗り、「黒岩涙香の生家に行ってください」と運転手に告げた。

「ほりゃ、どこがな?」

予想外の返事が土地の言葉で返ってきた。

「川北というところにあるはずなんです」

「クロイワルイコウ? ほがな名前は聞いたことがないきね」

そんな会話の後、運転手は無線で会社に問い合わせてくれた。幸いにして黒岩涙香の名を知っている人がいた。無線を介した会話が続いて、運転手は場所を了解したらしい。

「知らんやったね。そのクロイワさんという人は有名なんやか？」

田園地帯を走りながら、運転手が問いかけてくる。涙香は当然、地元の人なら誰でも知っている「郷土の偉人」の一人だと思っていたのだが、どうやらそんなことはないらしい。

タクシーはビニールハウスが立ち並んだ田園をしばらく行った。安芸市はナスの促成栽培が盛んで、出荷高は全国一と運転手が教えてくれた。

車が入れない細い道の手前で止まる。その先が目的地だという。タクシーに待ってもらって、その道を少し歩く。それほど大きくない木造平屋建ての住宅がめざす生家だということは直ぐに分かった。家の前に、縦一メートル、横一メートル五〇センチほどの立派な説明板が立っていたからだ。中央上に『黒岩涙香生家』と横書きしてあって、最初に「わが国探偵小説の元祖、大衆文学のパイオニア、そして明治の新聞王」という見出し。その後、本文が続く。以下はルビも含めてその全文である（享年は数え年で表記されている）。

涙香の本名は周六。文久二年（一八六二）九月二九日、郷士《ごうし》黒岩市郎の次男として生まれる。一七歳の時に大阪に出て、翌年東京の慶応義塾を経て新聞社を転々とした後、明治二五年（一八九二）独立して萬朝報《よろずちょうほう》を創刊し、自ら翻訳《ほんやく》小説を連載。また、上流有閑階級の裏面の痛烈な批判は、『まむしの周六』とのあだ名を生み、一般の人々には大いに歓迎された。萬朝報の反権力的姿勢、大衆への文学の普及、英文欄創設など画期的功績は、近代日本の新聞史上大きく評価されている。

大正九年（一九二〇）一〇月六日に死去（享年五九歳）。代表的な翻訳小説は『噫無情《ああむじょう》』『巌窟王《がんくつおう》』『鉄仮面《てっかめん》』など。趣味は、和歌や漢詩、連珠、歌かるたなど多彩であった。涙香の生家は、若干の改修はされたものの大事に受け継がれている。尚、安芸市歴史民俗博物館に涙香愛用の品々が展示されている。

二〇〇八年三月　川北まちづくり懇談会

黒岩涙香の生家（高知県安芸市川北）

この本文の後に左側に「永世無休萬朝報」の看板を組み込んだ涙香の肖像写真があり、『萬朝報』についての説明を付している。「日露戦争前には東京の新聞発行部数で一位を占めた」「日本とロシアの関係が緊迫すると当初非戦論を唱えていたが、世間の流れなどから主戦論に傾いたことにより幸徳秋水、堺利彦、内村鑑三らは非戦論を唱えて退社した」など、短いが、重要な点をしっかり記している。先に引いた本文も簡にして要を得ている。全体としてよくできた説明板である。ただ、「若干の改修はされたものの大事に受け継がれている」とは言えそうにない。岡直樹『偉人涙香――黒岩涙香とゆかりの人びと』に「昭和37年11月3日撮影」と注記がある「涙香生家」の写真が収録されているが、ここに掲げた写真とはまったく違う。

説明板の本文最後に「川北まちづくり懇談会」とある。つまり、安芸市が建てたものではないのだ。生家も文化財などにはなっていない。むろん「観光名所」になっているわけでもない。よほど関心のある人をのぞけば、安芸市の住民のほとんどは、この生家の存在を知らないのではないか。私が乗ったタクシーの運転手だけが「無知」だったわけではないようだ。

ちなみに安芸駅で手に入れた「歴史と文化の香るまち　高知県安芸市」というリーフレットを見てみる。Ａ３判用紙の裏面は「安芸市マップ　楽しく歩いて安芸市を知る！」である。地図に落とした①から㉙のスポットを表面と裏面を使って写真付きで紹介している。ここに「涙香生家」はない。

生家が登場するのは、岩崎彌太郎である。リーフレットには生家の紹介のほか、岩崎彌太郎の略伝と坂本龍馬との関わりにふれた「彌太郎と龍馬」というコーナーもある。

岩崎彌太郎は銅像まで

三菱財閥の創始者である岩崎彌太郎は天保五年（一八三四）一二月一一日、井ノ口村（現在の安芸市井ノ口）で生まれた。涙香の生家（川北村＝現在の安芸市川北）とは五キロしか離れていない。岩崎彌太郎の生家は保存修復され、一般に公開されている。敷地内には「岩崎彌太郎生誕之地」と彫り込んだ立派な石碑があり、近くには高さ一・一メートルの台座の上に高さ三・三メートルもある彌太郎の銅像がある。駐車場には大型バスも駐車できる。

先にふれた観光リーフレットの体裁からも分かるように、安芸市にとって「岩崎彌太郎生誕地」は最大の観光スポットなのである。

むろん日本最大の企業グループ「三菱」の創始者である岩崎彌太郎と涙香では、日本の近代史における位置や果たした業績の分野がまったく違う。どちらが「偉大か」という比較は意味がない。それにしても、生誕地における涙香の「存在感」の低さに驚いた。

このことは生誕地だけでなく、おそらく一般的にも言えるのではないだろうか。「黒岩涙香の評伝を書く準備をしている」と、メールで近況を伝える機会があった知人は、次に会ったとき、「クロイワルイカっていうのはどういう人？」と尋ねてきた。

来年二〇二〇年は涙香が五八歳（満年齢、以下、年齢は基本的に満年齢で示す）で死去してちょうど一〇〇年になる。一世紀の時の風化にさらされて、その名前が一般に忘れ去られているのはある意味で当然かもしれない。

「一つの像」が結ばない多彩さ

涙香に関して書かれたまとまった文章として、最近のものに原田敬一による短い評伝「黒岩涙香――社会を刺激した奇才」がある（『講座　東アジアの知識人　第2巻　近代国家の形成』二四六〜二六二頁）。各章に、「ジャーナリスト涙香」「文学者涙香」「哲学者涙香」「社会活動家涙香」というタイトルがついている。涙香の多彩さの内実を四つの側面で示したものと言えるだろう。結びは「黒岩涙香とは誰なのか」と題した章である。

「ジャーナリスト」「文学者」「哲学者」「社会活動家」は、涙香のそれぞれの活動の側面に注目した枠組みである。涙香の生涯には、たやすく結ぶ一つの像はない。しかし、当たり前のことだが、涙香その人は一個の人間である。包括的な評伝を著すとしたら、その人間を全体として捉える視点が不可欠だろう。多彩な側面を持った涙香は、評伝筆者にとって、相当な「難物」であることは確かである。だが、本書は、その「難物」の生涯と彼が行った仕事の全体像を明らかにすることをめざす。そこから、「黒岩涙香とは誰なのか」という問いに対する、どのような答が出てくるだろうか。

黒岩涙香——断じて利の為には非ざるなり　目次

図版写真一覧

＊『萬朝報』の紙面はすべて、日本図書センター刊（一九八三～一九九三年）の復刻版を利用した。

凡例

・本文中の年・月・日の表記は、一八七三年一月一日の太陰太陽暦から太陽暦への改暦までは和暦を優先し、カッコ内に西暦を表記した。改暦以降は西暦を優先し、和暦をカッコ内に表記した。

・文献からの引用に際しては、旧字体の漢字は新字体にし、変体カナは通常の表記に改めた。新聞記事の多くは漢字全部にルビをふってあるが、適宜、省いた。ルビをふした場合は現代カナ遣いとし、句読点、濁点を適宜補った。〔　〕内は引用者が補ったもの、〔……〕は省略を示す。

・引用文の強調（傍点）は特に断りがない場合、すべて引用者によるものである。

・引用文献・参考文献については、引用部分の該当ページをのぞいて、本文では簡略な表記にとどめた。出版年、出版社、掲載誌等については、巻末の「主要参考文献」に記した。

・敬称は引用文献を含めてすべて省略した。

序章　大衆社会に先駆けた人

普通一般の多数民人

黒岩涙香の生涯は、彼が創刊した新聞『萬朝報』とともにあった。後にくわしくふれるが、一八九二年（明治二五）一一月一日の『萬朝報』創刊号に、涙香は「古概　黒岩周六」の署名で、「発刊の辞」を記した。次は、その冒頭である。

目的　萬朝報は何がために発刊するや、他なし普通一般の多数民人に一目時勢を知るの便利を得せしめんが為のみ

「普通一般の多数民人」は、つまりは「大衆《マス》」である。
「大衆」という言葉はいたって多義的である。だが、近代日本において、一九二〇年代以降、東京、大阪をはじめとする大都市とその周辺で本格的に大衆社会なるものが現出した。涙香の残した仕事に

即して言えば、『大阪毎日新聞』と『大阪朝日新聞』が相次いで発行部数が百万部を突破したことを宣言したのは一九二四年（大正一三）だった（ちなみに、本文でふれるように、『萬朝報』の発行部数は最盛期でも一〇万部台に収まる）。

大衆社会の形成は国民国家形成の一つの大きな画期だった。国民国家においては、身分制社会である江戸期には「被治者」だった民衆が一人一人、国家への帰属意識を持ち、国家を担う「国民」として育てられる。大衆社会は、形成途上の国民国家において、「国民」（ないしは「国民」予備軍）が広範な存在になった社会である。背景には義務教育の普及と産業化＝資本主義化の進展があった。大衆社会は、経済、政治、文化など社会のさまざまな面で「大衆」が主役となった社会と言ってもいいだろう。

メディア史の分野で言えば、先にふれた『大阪毎日新聞』『大阪朝日新聞』の「一〇〇万部突破」に加えて、この時期の「円本ブーム」が大衆社会の形成を物語る。一九二六年（大正一五）、改造社が売り出した一冊一円の『現代日本文学全集』全六三巻は六〇万人の予約読者を得た。以後、『世界文学全集』（新潮社）、『世界思想全集』（春秋社）、『現代大衆文学全集』（平凡社）など三〇〇種以上の「円本」が出た。

大量の発行部数を獲得したのは新聞や書籍だけではない。最初の「円本」が出る前年一九二五年（大正一四）には大日本雄弁会講談社が雑誌『キング』を創刊した。『キング』は二〇年代末には一四〇万部に達する「国民雑誌」になった。

この時期、新しいメディアとしてラジオも登場した。一九二五年に放送を開始したラジオの受信台数は当初三五〇〇に過ぎなかったが、わずか三年後には五〇万を超えた。映画や流行歌が大衆娯楽として多くの人々に親しまれるようになるのもこの時期以降である。

黒岩涙香が「普通一般の多数民人」を読者に想定して『萬朝報』を創刊したのは、前述のように一八九二年。多彩な活動を展開し、五八歳にして死んだのが一九二〇年（大正九）一〇月六日。まさに近代日本に大衆社会が本格的に姿を現す前夜だった。文久二年（一八六二）九月二九日生まれの涙香は、明治維新のとき、まだわずか六歳。幕末維新の激動の政治の季節には間に合わなかった。そして、大衆社会が花開く前夜に生を閉じたのである。

先に引いた『萬朝報』創刊号の一文は、直接には『萬朝報』発刊の目的を語っている。だが、黒岩涙香は生涯、ここに述べられた「普通一般の多数民人＝大衆」を見据えて生きた人だったのではないかと私は考えている。その意味で、涙香は、近代日本における大衆社会成立の前夜にあって、来たるべき大衆社会を先取りするかのごとくにして生きた人だったと言えるだろう。その生涯には大衆社会の生理とともに、その病理が透けて見える。本書は、こうした視点を基本に据えつつ、涙香の生涯を明らかにしたいと考えている。

涙香は大衆社会の爛熟を見ることなく世を去った。二一世紀が年を重ねて久しい今、大衆社会そのものは学界で大きなテーマになっているようには思えない。しかし、大衆が消えてしまったわけではない。近年、世界各地で台頭するポピュリズムがさまざまに論じられている。ポピュリズムはしばしば大衆迎合主義という翻訳語が当てられる。ポピュリズムが生まれるメカニズムは単純ではない。それをここで論じることは私の手に余る。だが、その基底には二一世紀的なメディア状況の中における大衆という存在を見ることは出来るだろう。

本書は黒岩涙香の評伝であり、彼の生きた軌跡を描く。もとより安易に「涙香の現代的な意味」を語るつもりはない。むろん、生誕地で「知名度」が必ずしも高くない人物の事績を新たに顕彰する意図もない。だが——著者としては——「現代」のありようと行く末を真摯に考える読者が、本書から何ほどかを得てほしいとも願っている。

スキャンダル報道を再考する

以下、本書の構成について簡単に記す。

第一章は、涙香の生誕から「政治青年」として、自由民権運動華やかなりしころの東京でデビューするまでを描く。涙香がどのような出自を持って生まれたのか、どのような若者だったのかについて、少ない資料から出来る限り描き出すことを試みた。

第二章は、「黒岩大」としてさっそうとデビューした「政治青年」が、筆禍事件もあって挫折し、「新聞」という世界で再起するまでを追った。第三章を含めて、『萬朝報』創刊に至る涙香の雌伏の時代に光が当たるだろう。第三章の最後には、涙香の名を今日まで不朽のものにしている「探偵小説家・涙香」の誕生のプロセスにもふれる。

第四章は、『萬朝報』を創刊して、一気に東京発行紙のトップに躍り出た飛躍の時代の涙香が対象である。「新聞」と「新聞記者」に対する涙香の熱い思いを私たちは知ることになるはずだ。

第五章は、『萬朝報』の展開した「相馬事件毒殺騒動」のスキャンダル報道の内実を明らかにする。第六章では、「淫祠蓮門教会」と「弊風一斑蓄妾の実例」を取り上げる。『萬朝報』は常にスキャンダル報道とともに語られてきた。涙香に冠せられた「まむしの周六」との呼称も、もっぱらこの文脈で理解されてきた。だが、スキャンダル報道を展開しつつ、涙香は「新聞の道徳」を説き、社会において新聞が果たすべき役割を明晰に認識していたのである。『萬朝報』のスキャンダル報道を再考することは、黒岩涙香の生涯を理解するために必須の作業である。

第七章と第八章は、時代と切り結んだ『萬朝報』の言論活動を追い、「報道新聞」化に挫折した『萬朝報』が凋落する中、死を迎えるまでの涙香の軌跡を描く。この間、「栄光の十年」とも言うべき、輝ける時代があった。涙香は、理想団という独特の運動を組織する一方、『天人論』などの思想的著作を精力的に執筆した。終章には、「はしがき」に掲げた問いへの私自身の答を記した。

二つの〈間奏〉は、基本的に編年的に記述する評伝に組み込みにくいテーマを、こうしたかたちで取り上げた。しかし、ともに、決して「付け足し」というわけではない、人間としての涙香を総体と捉えるためには不可欠な要素と考える。

黒岩涙香に関する先行の文献は膨大である。以下本文では必要に応じて注記するが、ここでは、伊藤秀雄の著作と、基本文献とも言うべき涙香会編『黒岩涙香』にふれておく。

伊藤の著作では、『黒岩涙香伝』、『改訂増補　黒岩涙香——その小説のすべて』、さらに『黒岩涙香伝』を増補した『黒岩涙香——探偵小説の元祖』が重要である。

涙香の死後、薫陶を受けた人々を中心に涙香会が組織された。『黒岩涙香』は、その涙香会が涙香三周忌に編纂した追悼集である。「先生自ら語る」「諸名士の談話」「先生と余技」「会員の見た先生」の四部構成で、「黒岩涙香先生略年譜」も収録している。「近代作家研究叢書」の一冊として一九九二年に日本図書センターから復刻刊行されている。同書に「解説」を寄せた伊藤秀雄は「多角的な視座による最初の記念出版で、その人を知る上での第一資料である」と記している。本書でも人間・涙香を知るさまざまなエピソードも含めてたびたび参照した。

第一章　「政治の世界」をめざして

1　誇り高き郷士

土佐の農村に生まれる

黒岩涙香は、文久二年（一八六二）九月二九日、土佐国安芸郡川北村（現在の高知県安芸市川北）で生まれた。父黒岩市郎（「一郎」の表記もある）と母信子の次男だったが、父の弟、涙香にとっては叔父にあたる黒岩直方《なおかた》の長男として入籍された。

川北村は高知城下から海岸線を東に四〇キロほど行ったところに位置する農村である。安政四年（一八五七）、涙香が生まれる五年前の記録によると、戸数四三七、人口二一二四人である（『安芸市史 歴史編』四〇四頁）。藩主直轄地のほか、土佐藩家老の一人である五藤家の知行地などがあった。五藤家預かりの郷士三人、その他の郷士足軽等九人、五藤家家来六人の計一六人が庄屋支配以外の者として記録されている。涙香の生家は「五藤家預かり」だったかどうかは不明だが、郷士の家柄だったことは間違いない。

土佐藩の郷士と言えば、坂本龍馬の出自を思い浮かべる人が少なくないかもしれない。日本人の坂本龍馬像を決定したとも言っていい司馬遼太郎の『竜馬がゆく』をはじめ多くの「龍馬伝」が必ずふれているように、土佐藩では上士と下士の間の身分差別がとりわけ厳しかった。上士から差別されていた下士にはさらに細分化された身分があったが、その上層が郷士である。

しかし、同じ「郷士の家柄」といっても、坂本家と黒岩家では実はまったく状況は違うことに注意したい。一八世紀後半の一時期、土佐藩では困窮した郷士らを救済する目的で、富裕な商人を選び、金銭によって郷士株を譲り受ける資格を与えた（平尾道雄『土佐藩』四一～四八頁、荻慎一郎ほか『高知県の歴史』一八九～一九〇頁）。坂本龍馬の本家は、代々繁栄した商家・才谷屋《さいたにや》で、六代目当主が郷士株を得た。このとき、商家は次男が引き継ぎ、長男が郷士坂本家を創設した。これが龍馬の曾祖父に当たる。こうしたかたちで郷士となった人々は「町人郷士」ないしは「譲受《ゆずりうけ》郷士」と呼ばれた。金銭によって「身分」を得たという意味では、「成り上がり郷士」と言えないこともない。

一方、黒岩家は「成り上がり郷士」に対して「誇り高き郷士」とも言うべき家柄だった。文政年間（一八一八～三〇）の土佐藩・安芸地区の「郷士名籍録」（『安芸市史　概説編』八五～八六頁）に一七人の郷士の名前が並んでいる。そこに土居村の黒岩藤之進の名がある。一八石七四〇合の知行を土居のほか、川北村、羽根村に持っている。黒岩藤之進は涙香の生まれた黒岩家と先祖を同じくする同族である。先に記した涙香の戸籍上の父直方は藤之進の養子になっていた。つまり、一八石の知行を持つ黒岩藤之進は戸籍上、涙香の祖父に当たる。幕末、太平洋に面した土佐藩では「海防」が大きな課題として浮上した。郷士たちは有事の場合の海防要員として地域を割り当てられた。彼らは駆付《かけつけ》郷士と呼ばれた。黒岩藤之進もその一人だった。

黒岩家の先祖は、黒岩越前守とされる。黒岩越前は戦国末期の土佐を彩る武人としてその事績が語り伝えられている。前田耕作「祖先親戚及び少年時代」（涙香会編『黒岩涙香』九一三～九二四頁）が、これを詳細に記している。前田は『萬朝報』に長く勤め、涙香の秘書的な仕事をしていた人である。前田は出典を記していないが、『土佐物語』に拠ったものと思われる。『土佐物語』は戦国大名長宗《ちょうそ》我部《がべ》氏の興亡を記した軍記物で、宝永五年（一七〇八）に成立した。筆者は土佐藩の馬廻り記録方だった吉田孝世である。全二〇巻。このうち、黒岩越前守に関わる記述がある巻五と巻六は、『安芸市史　資料編』（三五～六〇頁）に収録されている。以下、前田の記述を要約する。

先祖は長宗我部元親に抵抗した忠臣

戦国期、土佐では、津野、長宗我部、大平、吉良、山田、本山、安芸の七人の守護職がしのぎを削っていた。勢力を強めていたのは長宗我部元親《もとちか》である。元親に最後まで抵抗したのが安芸国虎《くにとら》であった。黒岩越前守は国虎に仕える二人の家老の一人だった。

永禄一二年（一五六九）、土佐一円支配を進める長宗我部元親に対して安芸国虎は戦いを挑む。しかし、長宗我部勢は兵力に勝り、国虎陣営から内通者が出たこともあって、城は落城し、国虎は自刃する。黒岩越前は主君自刃の後、単身長宗我部軍に赴き、亡主の妻子を里方に送ることを乞い、無事に送り届ける。その帰路、越前は凱旋する元親に会う。元親は越前に自身への仕官を勧めたが、越前は

安芸国虎の墓（中央）と黒岩越前守の墓（右）
（高知県安芸市の浄貞寺）

「主君の七日の法要を済ませてから参ります」と丁重に答えたのみだった。亡主の法要を終えた越前は墓前で自害した。

これによって長宗我部元親は土佐一円を支配し、さらに四国全域に覇を唱えることになる。その後、長宗我部氏は豊臣秀吉との争いに抗せず、土佐一国に押し込められはするものの慶長五年（一六〇〇）の関ヶ原の戦いまで、三〇年にわたり、その支配を続けた。長宗我部氏は支配に際して、亡主の仇を狙いかねない安芸家の旧臣たちを懐柔するため、彼らに土地を与えて農業に従事させた。関ヶ原の戦いの後、長宗我部氏に代わって土佐を支配した山内家は安芸家旧臣を含む長宗我部氏旧家臣らを郷士にした。やはり懐柔する意味があったのだろう。黒岩越前守の子孫はもっとも早い時期に郷士に取り立てられ、「百人衆」と呼ばれることになる。

安芸市黒島の浄貞寺《じょうていじ》に安芸国虎の墓所がある。国虎の墓碑の両脇に主君に殉じた黒岩越前守と有《あり》沢石見《さわいわみ》（もう一人の家老）の墓碑が建っている。前田耕作は「共に浄貞寺境内に備後守（国虎）の墓を擁して今尚千古の忠節を旌《はた》して居る」と記している。

前田の記すところによると、黒岩越前守から一〇代目の子孫が黒岩玄治《げんじ》（一八〇五年没）である。

玄治は川北村で医業を営んでいた。玄治には、省輔、源助、尚謙の三人の息子がいた。長男省輔は医業を継いだ。その孫の永馬（後に徳明《のりあき》）は西洋医学を習得して日本赤十字社の医員となり、陸軍省予備病院に勤務し、東京・京橋で開業もしていた。血管外科学の研究者としての業績もある（この点では、『日本外科学会誌』一九〇八年七月号に、黒岩徳明「射創性動脈瘤について」という論文が掲載されていることが確認出来た）。次男源助は郷士となったが、暦学者としてもかなり知られた人物だったようだ。この源助の長男市郎が涙香の父親である。母信子は、涙香には叔父に当たる尚輔の次女である。つまり、涙香の両親はいとこ婚だった。ちなみに、信子の兄慶介は江戸に出て浅田飴で有名な浅田宗伯の弟子となり、静山と号する医者になった。

黒岩越前守の事績を記している『土佐物語』は軍記物であり、史料としての信頼性は高いとは言えない。しかし、先祖が長宗我部氏の支配に抵抗した忠臣だったという言い伝えは、涙香にとって少なくない意味を持っただろう。黒岩越前守の「千古の忠節」を称揚した前田は、さらに次のような興味深い記述をしている。

安芸近傍の子供が歴史と云うものを知るに、先《ま》ず最初が国虎、越前等の此《こ》の事蹟である。彼等は或は父兄に連れられ、或は小学校に於て教師に率いられ実地に就いて初めて歴史の観念を授けられ、其《そ》れより、楠公、武内宿禰の話に会得するのである。

（前田耕作「祖先親戚及び少年時代」涙香会編『黒岩涙香』九一八頁）

涙香が生地で子ども時代を送ったのは明治維新前後のころだから、この前田の記述がそのまま当てはまるわけではない。だが、涙香も間違いなく「安芸近傍の子ども」だったのである。どのようなかたちだったかは分からないが、幼き日に涙香は遠い先祖の忠節の輝かしい物語を聞いたに違いない。あるいは、父親から「お前のご先祖様は、こんなに偉い人だったのだぞ」といったかたちで昔話を聞かされたかもしれない。

子ども心にどのような刷り込みがなされたかは、むろん判然としない。だが、涙香が自らの出自に誇りを持ち、社会的に何ごとかをなさんとする意欲にあふれる若者に育っていったことは想像に難くない。しかも、祖先の忠節が長宗我部という「権力」に対する「反権力」の中で貫かれたものだったことを思えば、その「何ごとか」が、社会の権力への挑戦と強い親和性を持つことになったとしても不思議ではない。

本名・周六に込められた意味は

涙香は、両親の黒岩市郎・信子にとって姉二人、兄一人の後に生まれた四番目の子どもだった。土佐は戦国時代から経済的理由と人口増加から間引きの習慣が根強く残っており、黒岩家では四番目の子どもを身ごもった際、間引きすることに決めていた。しかし、一五歳になっていた涙香の長姉為子（次姉雅子は夭折）が、これを知って強く反対し、命乞いをしたという。結局、涙香は実父市郎の弟、涙香にとっては叔父に当たる直方の長男として入籍されたことは先に記した。

この「間引き」の話は、戸籍的には涙香の最初の妻乃ぶ（真砂、真砂子とも）の母鈴木ますの兄鈴木亀吉の庶子である鈴木珠《たま》（戸籍名は、鈴木たま）の「証言」の中にある（鈴木珠・述／鈴木勉・記「黒岩涙香外伝」『別冊幻影城』二六六～二九三頁）。

鈴木珠が戸籍通りの存在かどうかは分からない。その点は、鈴木ますのことも含めて〈間奏1　涙香をめぐる女性たち〉でふれるとして、ここに登場する涙香の長姉為子は、後に藩主山内容堂の典医秦呑舟《はたどんしゅう》に嫁ぐ。為子は早くからキリスト教に入信し、その影響で夫の呑舟もキリスト教徒になる。呑舟は明治期になって東京・銀座で医院を開業し、後に千葉県大貫村（現在の南房総市）に移る。為子と呑舟はキリスト教の布教に努めるとともに地域医療に尽力した。上京後の涙香との関わりは深い。

間引きの話は、鈴木珠は為子が存命中に直接聞いたという。為子は「とんでもないことです。第一道徳にはずれています。〔……〕それは、罪悪ではありませんか。わが家は郷士の末とはいえ、武士の家柄ではありませんか。また、教育家としての今日の立場からも考えて思い止まってください」と懸命に命乞いをしたとのことだ。為子はすでにキリスト教信仰に近づいていたのかもしれない。

涙香の養父の黒岩直方が養子になった黒岩藤之進は、先に記したように文政年間の土佐藩・安芸地区の「郷士名籍録」に名前が見える。黒岩藤之進と市郎の間には直接の血縁関係はないが、黒岩越前守を先祖に仰ぐ同族であることは間違いない（文政年間に郷士として名前の見える黒岩藤之進家が黒岩越前守の直系と思われる）。「間引き」の話はともかくとして、涙香は、先に本家筋に養子に入っていた叔父直方の長男として入籍されたのである。当時としてはごく一般的だった養子縁組が行われた結果と考えていいだろう。

ところで、涙香の本名・周六は変わった名前と言っていい。何か由来があるのだろうか。管見の限り、先行の伝記類の中で、この点にふれているのは岡直樹『偉人涙香――黒岩涙香とゆかりの人びと』だけである（伊藤秀雄も『黒岩涙香伝』などで記しているが、これは岡に依っている）。岡は次のように説明している。

> 実父一郎（ママ）も藤之進も、ともに学者なので前途を祝福して周六と命名（周六は六合にあまねしという意）、都合上、当分川北村の生家で養育された。
> （岡直樹『偉人涙香』一二頁）

「六合にあまねし」の「六合」の読みは「りくごう」である。天地と四方で「六」。「六合」は、つまりは「世界」あるいは「全宇宙」を意味する。「あまねし」はふつう「洽し」と表記される。安政元年（一八五四）に起きた安政大地震で死去した水戸学者の藤田東湖の漢詩文「正気歌《せいきのうた》」に「皇道洽六合」（皇道六合にあまねし）の句がある。皇道（天皇の行う政治の道）が世界すべてに及ぶ、といった意味である。涙香の二人の父親がこの漢詩文を知っていたかどうかは分からないが、要するに世界にはばたく人物になってほしいという親の願望が込められた命名だったと言っていいだろう。

「一族中の黒羊」を自認

養父直方については、後にいくぶんくわしくその履歴を記す。その前にことの順序として実父市郎についてふれておかなくてはならない。

直方の養子になった後も涙香は生家で育てられたようだ。先に述べたように、市郎が川北村で私塾を開いていたことは、「安政四年川北村風土取縮差出牒」（『安芸市史　歴史編』四四一頁）にも記されている。しかし、その詳しい生涯は分からない。管見では、市郎のことをほんの少しだが、知る資料は次に紹介する一点のみである。ただ、それは涙香自身が実父のことを語ったものとして貴重と言える。雑誌『日本人』第八六号（一八九九年三月五日発行）巻末の「風聞録」という欄に、土佐在住の愛読者からの寄書《よせがき》（投書）に関する顚末を記した一文が載っている。その投書は市郎に関する風聞を伝えたものだった。郷里土佐にいる「萬朝報社長黒岩涙香の厳父某」が「涙香の文壇に立ちて縦横に筆を揮《ふる》ふ」を聞くたびに「倅《せがれ》は江戸へ行てエライコト、御上の事を悪く云ふらしいが、あれでは出世がトテモ出来まい、イクラ帰れと云ふても帰らぬのには困るとて時々落涙することもあり」という内容だった。「風聞録」の筆者は、にわかに信じることが出来なかったので、黒岩涙香本人に問い合わせたところ、涙香本人から返信が来たとして、その内容を載せている。以下、その一部を引く。

余が父一郎《ママ》は来書の如く寺子屋の師にして、文芸の外に、算学天文砲術及び弓槍の法を授けたり。明治の初年、改暦幣制等の事に関し建白する所多し。門下多く清廉方正の人なり。〔……〕一郎明治八年東京に客死せり。以て来書の事実ならざるを知るべし。〔……〕余や一族中の黒羊《ブラックシープ》にして家訓に負《そむ》く所頗《すこぶ》る多しと雖《いえど》も『御上の事を悪く』云はずして所謂《いわゆる》『出世』なる者を求むるが如きは断じて父の意に非《あら》ざるを知る〔……〕。

父市郎のことは別にして、涙香に「一族中の黒羊《ブラックシープ》」という自己認識があったことが興味深い。雑誌の発行日から考えて、この手紙は一八九九年（明治三二）初めに書かれたものと思われる。『萬朝報』は隆盛にあり、涙香はすでに「有名人」だった。にもかかわらず、こうした思いがあったのである。「黒羊《ブラックシープ》」は「つらよごし」を意味する。むろん韜晦《とうかい》する気持ちもあっただろう。だが、後に見るように涙香はもともと政治家になることをめざしていたと思われるから、「黒羊」という言葉に、こと志と違って新聞の世界に生きることになった涙香の思いをくみ取ってもあながち見当違いではないだろう。

市郎については、先に何度か参照した前田耕作が「資性端正にして殊に数理に造詣が深く、郷党に知られて居つた。晩年郷を辞し上京して大蔵省へ出仕した」（「祖先親戚及び少年時代」涙香会編『黒岩涙香』九一九頁）と記している。典拠は明らかではないが、長年涙香のもとにあった前田が、折々、涙香から聞いたことかもしれない。

ただし、大蔵省出仕については、国立公文書館所蔵の明治初期の『官員録』を精査したが、「黒岩市郎（一郎）」の名前は見出せなかった。あるいは臨時雇いの雇員だったのかもしれない。また、先に引いた涙香の返書に「明治の初年、改暦幣制等の事に関し建白する所多し」と記されている点についても、『明治建白書集成』全九巻（筑摩書房）には該当すると思われる建白はなかった。

ここでもう少し寄り道を許してもらおう。涙香の兄四方之進《よものしん》のことにふれたい。涙香が自分を「一族中の黒羊」と考えていた理由の一つには兄四方之進の存在があったかもしれないからである。

黒岩四方之進

札幌農学校一期生の兄

四方之進は安政三年（一八五六）五月二二日生まれ（鈴木珠・述／鈴木勉・記「黒岩涙香外伝」『別冊幻影城』二六九頁）。涙香より六歳年長である。東京開成学校在学中の一八七六年（明治九）七月、札幌農学校開校に応じて、一期生一〇人の一人になった。東京で四方之進らの入学試験に当たったのは、政府の招きで来日したウィリアム・スミス・クラークだった（以下、黒岩四方之進については、岡直樹『偉人涙香』一四三〜一五四頁）。

東京開成学校は東京大学の前身の一つである。札幌農学校は北海道大学農学部の前身であり、クラークは、「少年よ大志を抱け」という言葉を残したことでよく知られる。札幌農学校の二期生には内村鑑三や新渡戸稲造らがいた。四方之進はクラークの強い勧奨によってキリスト者となり、同期の学生とともに札幌独立基督教会を設立した。クラークの在日は約八カ月に過ぎなかったが、四方之進らの熱心な伝道の結果、内村もキリスト者になった。

内村のよく知られた著作『余は如何にして基督信徒となりし乎』（一二一〜一二五頁）には「当時わずか十六歳の一少年」が四方之進ら一年上の上級生に強制されて「イエスを信ずる者の契約」に署名させられたいきさつが記されている。署名者は三〇人以上に及び、その冒頭が黒岩四方之進であった。後に内村は涙香の人生にも大きな影響を与えることになるが、この点は後述に譲る。

札幌農学校を卒業した四方之進は、北海道に残り、後に現在の日高郡新ひだか町にあった新冠《にいかっぷ》御料牧場長になった。御料牧場は、もともと開拓使が北海道産馬の改良を目的として開設した。一八七四年（明治七）に宮内省所管となり、一八八八年（明治二一）、新冠御料牧場の名称になった。戦後、農林省所管になり、乳用牛の育種改良牧場として発展した。現在は独立行政法人家畜改良センター新冠牧場になっている。

四方之進はおそらく宮内省所管となる前から牧場に関わり、御料牧場になった後も続けて勤務し、牧場長になったのだろう。時期は不明だが、御料牧場長を退職した後、現在の釧路市音別《おとべつ》町直別《ちょくべつ》に広大な土地の払い下げを受け、黒岩牧場を営んだ。しかし、御料牧場長だったといっても役人である。経営に明るかったわけではない。自前の牧場経営は失敗に終わったようだ。四方之進は一九二九年（昭和四）七月死去。涙香の次男宣光《のぶみつ》が養子に入り、四方之進の家督を継いでいる。

四方之進は涙香にとって、どのような兄だったのだろうか。残念ながら、涙香本人の証言はない。だが、若くして東京に出て当時のエリート養成機関だった東京開成学校に進み、さらに新天地北海道に開学した札幌農学校に身を投じた四方之進は六歳年下の弟にとって、青雲の志を抱いて王道を行くまぶしい存在だったのではないか。

土佐勤王党に加わった養父直方

兄四方之進以上に涙香のその後の人生に大きな影響を与えたと思えるのは、養父黒岩直方の存在だったと言えるだろう。直方は、幕末・維新の激動期、「勤王の志士」として波乱万丈の日々を送った。「黒岩越前守の逸話」を聞いて育った涙香の前には、その直系の子孫としての矜持を持ち、時代の動きに果敢にコミットした「実物」がいたのである。涙香が本人から直接ないしは周囲の人々から聞いたに違いない幕末・維新期の直方の履歴を追ってみる。

直方に関しては、前掲、岡直樹『偉人涙香』が、『維新土佐勤王史』を摘録している（一一五～一三二頁）。

『維新土佐勤王史』は、瑞山《ずいざん》を号した武市半平太《たけちはんぺいた》を顕彰する瑞山会が編纂・刊行した。武市は土佐勤王党を組織し、一時期、土佐藩の藩論を主導したが、政局の転換とともに藩の参政・吉田東洋を暗殺した罪によって切腹を命じられた。『維新土佐勤王史』の冒頭には、土佐勤王党結成時に血盟した一九二人の名簿が掲載されている（そこに坂本龍馬の名があることはよく知られているだろう）。黒岩直方はその血盟簿には名前がないが、次の「血盟簿以外の勤王党同志人名録」にその名が記載されている。直方は土佐勤王党結成時の血盟には加わっていなかったものの、「同志」として認められていたのである。

直方がいつごろから国事に奔走するようになったかは不明だが、『維新土佐勤王史』に直方の名前が最初に登場するのは、「七卿落ち」と呼ばれる出来事に関する記述の部分である。文久三年（一八六三）、公武合体を進めるべく、薩摩・会津両藩は京都から尊攘派の長州藩を追放する。三条実美《さねとみ》ら七人の尊攘派公家も京都を追放され、長州に落ちのびた。いわゆる八月一八日の政変である。このとき、直方は海路、三田尻に渡った三条実美らの護衛を務めた一人だった。

長州藩が京都に攻め上った翌年六月の禁門の変に際しては、直方は各藩の脱藩藩士らで組織した忠勇隊に加わり、長州藩勢とともに行動する。長州勢の敗戦が明らかになった後、忠勇隊内部では決戦―自決を主張する意見が強かったが、直方らは再起を期して、長州に戻った。この後、第一次長州戦争に際しては、直方は同志数人とともに筑前・黒崎に落ちる三条実美に随従する。

三条はこの後、他の四人の公家とともにさらに太宰府に移り、時勢の転換を待つ。直方はその後も三条に近習として仕えた。薩長和解をめざす坂本龍馬とも、彼が三条らに会うために太宰府を訪れた際に交流があったようだ。大政奉還後は、三条らとともに薩摩藩の春日丸にて海路、京都に戻る。しかし、時代の激動はまだ続く。直方は戊辰戦争に従軍し、鳥羽伏見の戦い、江戸での彰義隊討伐、さらに会津戦争にも加わった。

以上が黒岩直方の維新前の簡単な履歴である。歴史に名を残す派手な活躍があったわけではない。三条実美とともに行動し、その「護衛役」に徹した感もある。

七卿落ちのときからほぼ行動をともにしていた土佐藩士に土方久元《ひじかたひさもと》がいる。土方は二〇〇石取りの上士の家に生まれながら、土佐勤王党の血盟に加わり、早くから京都で尊攘派の志士として活動した。土方は自ら薩長の和解に努める行動も行っており、激動の時代の舞台に顔をのぞかせている。一方、同じように三条実美のもとにありながら、直方は表舞台に出ることはなかった。

維新後、土方は東京府判事から始まって、宮中顧問官、宮内大臣などを務めた後、内閣制度発足時には第一次伊藤博文内閣の農商務大臣として入閣し、後には宮内大臣を長く務めた。伯爵にも叙爵される。

涙香にとってのロール・モデル

これに対して、黒岩直方の維新後の官歴はずっと地味である。おそらく土方の関係があったためだろう、当初は東京府に出仕し、大属、権典事、典事を歴任した後、一八七五年（明治八）六月、司法省に転じ、大阪上等裁判所で検事、判事を勤め、長崎上等裁判所判事を経て一八七八年（明治一一）九月、東京裁判所、翌年一二月には大審院併任となる。さらに、一八八一年（明治一四）一〇月、広島控訴院、翌年九月、再度大審院判事になった。

大審院は現在の最高裁判所に当たる。その判事まで上り詰めたのだから、「地味」という評言は当たらないとも言える。だが、当時、司法官のステータスは必ずしも高くない。しかし、幕末・維新期に時代の激動にコミットしつつ、終始表立った行動をしなかった直方には裁判官はふさわしい人生だったようにも思える。もっとも、直方は一八八四年（明治一七）二月に大審院判事を辞職してしまう。四七歳だった。「人を裁くのが嫌になった」というのがその理由という（伊藤秀雄『黒岩涙香』二三頁）。この後、直方は宮内省に出仕し、宸翰《しんかん》御用掛、吹上御苑勤番を勤める。「宸翰」は天皇自筆の文書のことだが、「吹上御苑勤番」とともに具体的な仕事はよく分からない。閑職だったことは間違いないだろう。

黒岩直方

一八八九年（明治二二）年二月、非職になった後は、山階宮《やましなのみや》家の家令などを勤めた。一九〇〇年（明治三三）一二月二日、六三歳で死去する。

繰り返して言えば、黒岩直方は歴史に名を残す派手な活躍をしたわけではない。最後に「宮家の家令」という、これまた「裏方」を勤めたあたりには、この人物の性格が垣間見える気もする。だが、思えば、「派手な活躍」は表面的なことに過ぎない。直方は土佐の城下から離れた村の郷士に生まれた人間としては、十分以上に時代と切り結んだ人生を送ったと言っていい。「六合」（世界）にはばたくという名前を与えられた少年にとって、それは一つのロール・モデルになっただろう。

2　大阪英語学校

自尊心あふれる若者

涙香の実父市郎は暦学者だった父の薫陶も受けたのだろう、先に紹介した雑誌『日本人』第八六号掲載の「風聞録」に記された涙香の書簡にあるように、文芸のほか算学・天文や砲術・弓槍の技芸を備え、私塾を開いていた。涙香は幼少時に市郎の私塾で学んでいたと思われる。ただし、その期間は長くはなかったはずだ。市郎は維新後間もなく、東京に出たまま郷里に帰らず、一八七五年（明治八）一一月に亡くなった。涙香は一四歳だった。

実父市郎が東京に出た後、涙香は当然、養父直方の家で世話になっただろう。直方は天保八年（一八三七）年生まれだから、涙香より二五歳年長だった。

実父市郎の私塾にしてもその後の高知での勉学にしても内容は漢学だった。その後、涙香はどのようにして後年の「多彩」「多才」な仕事をこなす学識を身につけたのだろうか。ここでは、涙香の勉学の軌跡を出来る限り明らかにしたい。

ふたたび前田耕作の記述を参照しよう。実父の私塾で学んでいた当時の逸話である。出典は明らかではないが、当事者から聞いた直話だろう。

先生〔涙香〕は初め家塾に於て和漢算を習つたが、衆弟子と一所に習うのを好まれなかつたらしい。此当時黒岩塾で勉学した上田喜耕氏は「私は常に市郎先生の内で泊まつたが、私達の寝る時は周六さんはまだ起きて居た。そして私達が眼を覚ました時はもう起きて居た。遂に数年間枕を並べて居た時を知らない」と云つて居る。又其他の場合に衆弟子は夜毎に塾に集まつて種々なる競技を為して遊んだが、先生は遊戯をしなかつた。〔……〕後年先生の多趣味な事は万人が承知して居るが、少年時代の先生は余り遊戯をされなかつたのであらうか。彼等が色々と競技に熱中して居る時に屹《きっ》度《と》仰臥して本を引張り出し居られたとの事である。

（前田耕作「祖先親戚及び少年時代」涙香会編『黒岩涙香』九二〇～九二一頁）

なかなか興味深い証言である。ここからは、衆に交わらず、ひたすら自らの能力を頼みにする「少年像」が思い浮かぶのではないか。自尊心まるだしの、いくぶん鼻持ちならぬ少年である。周囲の子どもたちが遊戯をしていても加わらなかったという点も、前田が指摘しているように、後年の多趣味人涙香から想像出来ないことである。「俺はお前たち凡人と違うのだよ」という自恃《じじ》の気持ちを露骨に態度で示しているのである。

涙香の自尊心の背景には、「忠節・反骨の武人にしてわが先祖の黒岩越前守」や「勤王の志士にしてわが叔父の黒岩直方」のことがあったかもしれない。いずれにしろ、涙香がこういう少年だったということは記憶しておかなければならない。

少年時代の逸話として、もう一つ紹介しておこう。これも前田耕作の先の文章が記すものである。隣村の伊尾木村に大きな洞穴があった。一六歳のころ、涙香は友人数人とこの洞穴探検を試みた。ずんずんと奥に入っていくと水をたたえた蛇ケ淵に至った。大蛇が住んでいると言われ、恐れられていたという。涙香の友人の一人が「この淵の深さを知りたいものだ」とつぶやいた。しかし、誰も竹を入れて深さを測ろうとするものはいない。そのとき、涙香はいきなり素裸になり、淵に飛び込み、水中に潜った。しばらくして、水苔の生えた大石を抱えて水面に上がってきた。「あまり深くないよ。何もおらんかったから、これをお土産に持ってきた」と平気な様子だったという。前田は「数百千年の洞穴蛇ケ淵の神秘は此の大胆なる少年の為めに滅茶《めちゃ》々々にせられたのである」と記している（涙香会編『黒岩涙香』九二二頁）。

涙香少年はもともと「大蛇がいる」という話を信じていなかったのだろう。事実を確かめる行動力は後年の涙香をほうふつとさせる逸話ではある。

漢文解釈で補教と論争して退塾

私塾での勉学の後、先行の各種伝記は、涙香が「文武館」に通って漢学などを学んだと記している。これも出典は、前田耕作の文章である。前田によると、涙香は「約一里ほど離れた安芸浦（現今の安芸町）の文武館と云うのへ通つて漢文、習字等を学ばれた」という。

この「文武館」については、「藩校の」という修飾語をつけているものもある。しかし、「藩校」ではない。土佐藩の藩校は高知城下にあったし、その藩校が「文武館」と呼ばれた時期はあったようだが、慶応元年（一八六五）に「致道館」と改称されている。先行の文献は、この前田の記述通りに「安芸浦の文武館」としているが、当時の安芸郡内に「文武館」という私塾は見出せない。私はこの「文武館」は、当時の土居村（安芸浦はその中心部である）にあった秉彝《へいい》学舎のことではないかと推測している。この難しい名前の教育機関は、安芸郡一帯を所領としていた五島氏（山内家の家老の一人）が創設した藩校に準じた郷学《ごうがく》である。「秉彝」は「天から与えられた正しい道を守る」といった意味の漢語で、この名前を使った藩校や私塾の例は他の土地にもある。難しい呼称故に、地元では「文武館」という通称で知られていたのではないか。

「文武館」について考証は置くとして、この文武館での出来事として前田が記す次の挿話は、涙香の性格を知る意味で示唆的である。

文武館で学んでいた涙香は、ある日、補教の楠瀬友吉という人が解釈した漢文について彼の意見に反対を唱えた。涙香と楠瀬との間の激論は数刻に及んだが、涙香は納得しなかった。遂に楠瀬は涙香を叱罵《しっぱ》した。「叱罵」は、前田の表現をそのまま使っているのだが、単なる叱責ではなく、罵倒する文言を含んでいたのだろう。いまふうに言えば、「こんなに説明してやっても分からんのか。この馬鹿者めが」といったところか。涙香はこの事件の後、文武館をやめてしまう。高知城下で自炊生活をして、森沢沮《たん》という人の塾に通うことにした。

涙香と激論し、ついには叱罵した人物の名前まで挙げているし、その後、森沢塾に通うことになった経緯を説明したものとしてほぼ実話と考えていいように思う。ただし、森沢沮なる人物については不明である。平尾道雄『土佐藩』(九〇頁)に、幕末から明治初期にあった土佐藩内の私塾一九が主宰者名とともに掲載されているが、そこに森沢沮や森沢塾はない。

それはともかく補教というからには、楠瀬という男も若かったのだろう。一〇代前半の少年涙香のナマイキな物言いがカチンときたに違いない。自己の学力に満腔の自信を持つ、自尊心の強い若者がここにいる。

「鏡」を論じた文章

涙香が森沢塾に入った時期について、前田は「明治九年九月四日である」と明記している(涙香会編『黒岩涙香』九二頁)。しかし、この典拠は分からない。

やがて、涙香は大阪上等裁判所判事になっていた養父直方を頼って大阪に出る。涙香が大阪に出た時期については後に検討するが、私は通説より一年早い一八七七年(明治一〇)九月と考えている。前田の記述が正しければ、涙香は森沢塾には一年ほど通ったことになる。

前田が当時の涙香が書いたという「鏡説」と題した文章を紹介している。彼の漢学の力量と早熟な文才を教えてくれるものである（涙香会編『黒岩涙香』九二二〜九二四頁）。大阪に行く少し前、川北村に隣接する伊尾木村（現在の安芸市）在住の医者で学問にも通じていた川淵春山に添削を乞うたものという。

「鏡之為物也。以銅作之。其形或方形或円。而其影善映万物之像」と書き出された漢文は全文六〇〇字ほど。以下は末尾の部分である（句点は出典の表記に従ったが、原文にはなかったと思われる）。

嗚呼人頼以卜容之醜美者明鏡也。知行之善悪者人眼也。我邦自古以鏡為霊。列神器之一以表九五。予雖不知其謂。想或謂人君容臣下諫。而改行宜如人視明鏡而正容乎。

黒岩所適　拝草

漢文の巧拙を評する能力はまったくないが、何となく稚拙な感じもしないではない。だが、易学で「天子の位」を意味する「九五」を使ったりしているところに、勉学の成果とともに、自らの知識をひけらかす「知ったかぶり」的な若者の姿も思い浮かぶ。「所適」はムネユキと読み、当時涙香が使っていた筆名という。

もっともこの文章の「鏡」を「新聞」に読み替えて、「涙香の生涯のモティーフが、明らかにうかびあがってくる。少年は自分ではよくわからないままに、自分の生涯の見取り図をえがきあげている場合があるものだ」と書いたのは、哲学者の鶴見俊輔である。鶴見は先に引用した部分の「予雖不知其謂」以下を次のように現代語訳している。

わたしは、そのわけを知らないが、あるいは君主が臣下の忠言をいれて行いを改めること、人が見事な鏡を見てみずからの姿を正しくするのと同じようであるべきと考えて、そういうしきたりにしたのかもしれないと、想像する。

（鶴見俊輔「黒岩涙香」『限界芸術』九一～九二頁）

「君」という文字を権力者とよみかえ、「臣」という文字を「民衆」とよみかえるならば、この文章は、政治についてジャーナリズムの果すべき役割をのべたエッセイとして読むことができる」と鶴見は高い評価を加える。

涙香はこの時点で新聞人になることを考えていたわけではないから、これは、鶴見の〝深読み〟に過ぎることは間違いないのだが、たしかに後年の仕事と重ねるとき、若き涙香が「鏡」をこのように論じていたことは興味深い。ただ、私としては「ジャーナリズムの果すべき役割をのべたエッセイ」として読む前に、涙香の若書きの文章（現存するものとしては一番古いものと思われる）の主題が「鏡」だったことに素朴に驚きを覚える。後年、新聞の世界に生きた涙香にとって新聞は何よりも「社会を映す鏡」だっただろうからである。

さて、このようにして漢学を学んでいた涙香は、大阪上級裁判所判事になっていた養父直方を頼って大阪に出る。故郷を離れた涙香の視界は一気に広がった。涙香の人生のその後の軌跡を追う前に、私たちも、ここで少し歴史の流れを広い視野で復習しておきたい。

自由民権運動の高まりの中、大阪へ　中央政府における土佐の「代表」とも言うべき板垣退助が、征韓論政変で西郷隆盛らとともに参議を辞職したのは一八七三年（明治六）一〇月のことである。板垣は翌年一月、ともに参議を辞職した副島種臣《そえじまたねおみ》、江藤新平ら七人と連名で民撰議院設立建白書を左院に提出する。この建白書は、イギリス人ジャーナリスト、ジョン・レディ・ブラックが創刊した日本語の新聞『日新真事誌』に提出の翌日掲載された。ブラックの積極的な編集方針もあって、民選議院開設の可否をめぐる「民選議院論争」が、『日新真事誌』などの新聞を舞台に繰り広げられる（奥武則『ジョン・レディ・ブラック』）。二月には、江藤新平による佐賀の乱が起きた。一方、土佐に戻った板垣は四月、立志社を創設し、自由民権運動を展開する。

維新の激動が収まった明治という時代は、こうして第二の激動の時代に突入した。土佐は大久保利通らが主導する「有司専制」の政府に対する反政府の牙城となったのである。一八七六年（明治九）一〇月には熊本で神風連の乱、福岡で秋月の乱、山口で萩の乱と不平士族の反乱が続き、翌七七年二月には遂に薩摩の西郷が立つ（西南戦争）。土佐では西南戦争が最終局面に入っていた八月、後に「立志社の獄」ないしは「立志社陰謀事件」と呼ばれる事件が摘発された。

本書ではくわしくふれることが出来ないが、これは西南戦争に呼応して挙兵し、政府転覆を図ろうとしたとされる事件で、立志社の林有造、大江卓、竹内綱、片岡健吉ら四十数人が逮捕された（福地惇「立志社の挙兵計画について」、大島太郎「立志社・陸奥宗光ら陰謀事件」）。

若き涙香は、板垣退助による立志社創設以降の自由民権運動の高まりを肌で感じていただろう。高知にあって、すでに述べたような志向を持つ若者が目前で起きた時代の激動に無関心だったはずはない。そして、西南戦争の終結とともに涙香は大阪に旅立ったのである。自らの能力に自信を持つ若者は時代の流れを敏感に感じつつ、故郷を後にしただろう。すでに藩はなくなっていたとはいえ、涙香にとって大阪行きはロール・モデルである養父直方がかつて行った脱藩にも似た行動だったに違いない。

最先端の高等教育の場

大阪に出た涙香は大阪英語学校に入学する。大阪上級裁判所判事になっていた直方を頼ったことは前に記した。直方の勧めで大阪英語学校に入るために大阪に行ったのだろう。大阪英語学校は、現代の感覚でその名前を聞くとピンとこないかもしれないが、当時、日本にあって数少ない最先端の高等教育の場であった。なお、「大阪」の表記は、江戸時代までは「大坂」と「大阪」の両方が見られるが、一般的には「大坂」がふつうだった。明治元年（一八六八）五月、新政府が大阪府を設置して以降、次第に「大阪」が一般的となる。ただし、ある時期まで両方が使われており、「大阪英語学校」も後にふれる資料は「大坂英語学校」の表記だが、本書では引用以外では「大阪英語学校」に統一する。

近代日本における公教育の整備は明治五年（一八七二）八月三日に公布された「学制」に始まる。「学問ハ身ヲ立《たつ》ルノ財本共《とも》云ベキ者ニシテ、人タルモノ誰カ学バズシテ可ナランヤ」（「学制につき被仰出書《おおせいだされしょ》」）と高々に宣言した明治政府は、全国を八大学区に分け、一大学区ごとに三二中学区を置き、一中学区は二一〇小学区で編成するという構想を打ち出した。この構想はさまざまな制約によって紆余曲折の道を歩んでいく。とりわけ中等教育以上の学校整備は遅れる。

大阪府では学制公布に先立ち、明治二年（一八六九）九月、大阪洋学校が設置された。これが大阪英語学校の源流である。学制公布などに伴う何度かの改編を経て、一八七四年（明治七）一二月、大阪英語学校となる。現在の大阪市中央区大手前にあった。一八七九年（明治一二）四月には大阪専門学校として新発足し、やがて京都に移り、旧制第三高等学校となる（京都大学百年史編集委員会編『京都大学百年史　総説編』二六～四一頁）。

校名が「専門学校」に変わったことからも分かるように、もともと「英語学校」と称していても、英語だけでなく、ほかの授業も多くあった。外国人教師も四人いた。大阪英語学校は当時の日本にあってもっとも整った西欧流の教育を提供する先進的な機関の一つだったのである。

「大阪英語学校址」の碑
（大阪市中央区谷町）

その先進ぶりの一端を教えてくれる一例は、團琢磨《だんたくま》の存在である。團は安政五年（一八五八）、福岡藩士の家に生まれた。岩倉使節団に同行して渡米し、そのまま米国に留学し、マサチューセッツ工科大学鉱山学科を卒業した。後年、三井三池炭鉱の経営に当たり、成功する。三井合名会社理事長として三井財閥の総帥として政財界で権力を発揮したが、一九三二年（昭和七）三月五日、暗殺された（血盟団事件）。

その後半生は涙香と交差することはなかったようだが、米国から帰国間もない一八七九年（明治一二）五月、團は大阪英語学校の助教になっている。当初、米国で修めた鉱山学で身を立てるべく、工部省の門を叩いたが採用されなかった。「折角《せっかく》学びたる専門の学問も之によって身を立つる見込もなきにより寧《むし》ろ此の機会に自分も日本の学問をしたしと姑《しばら》く教鞭に身を託する」（故團男爵伝記編纂委員会編『男爵團琢磨伝　上巻』一二三頁）という気持ちだったという。

團は数学、化学、地理を担当した。授業は英語で行われたという。大阪英語学校は、外国人教師に加えて、團のような米国で学んだ新進気鋭の人物が教育に当たった学校だったのである。團は大阪専門学校と改称された後も教壇に立ち、一八八一年（明治一四）一二月、東京大学助教授に転じた。

涙香の入学時期について

涙香は大阪英語学校にいつ入学したのだろうか。この点について先行の文献はいずれも、一八七八年（明治一一）九月としている。典拠は『黒岩涙香』（涙香会編）所収の「黒岩涙香先生年譜」である。そこには「明治十一年　大坂に出て中之島専門学校に英語を学ぶ」と記されている。大阪英語学校はすでに述べたように一八七九年、大阪専門学校と名称を変えた。「中之島」はその所在地である。当時の教育機関は九月始業が一般的だったから、この年譜に沿って先行の文献は「一八七八年九月」と記載したと思われる。だが、年譜そのものの典拠は不明である。

大阪英語学校が一八七八年一〇月に刊行した『第十学年第一期自明治十一年九月至同十二月校表』という冊子（国立

国会図書館所蔵）がある。学暦から始まり、職員、生徒現数、教則、教科表などが詳しく記されている。現代で言えば、「学校要覧」に当たるだろう。職員と生徒はすべて名前も掲載している。生徒は、上等一級から下等六級（甲・乙・丙）まであって、合計二一〇人。下等第三級に黒岩周六の名前を見出すことが出来る。下等第三級の生徒は総数二一人。西日本を中心に全国各地から集まっている。ただし、高知は涙香だけである。

教則には、「当校ハ大学校ニ入ラント欲スルモノニ普通ノ学科ヲ教授ス　在学四ヶ年トス」（第二条）とある。「英語普通科下等毎週課程表」を見ると、甲・乙・丙がある下等六級は同じ内容だから、全体として下等六級から上等一級まで、一二段階の編成ということになる。学暦は、第一期（九月一日〜一二月二四日）、第二期（一月四日〜三月三一日）、第三期（四月七日〜七月一五日）の三期制。「普通教科ニ十二級ヲ置キ各級一学期ノ課程ト定ム」（教則第四条）と合わせると、「在学四ヶ年」の意味が理解出来る。毎月試験があり、これと期末試験の結果により進級が認められた。順調に進級すれば、「在学四ヶ年」で卒業できる。

この『校表』は、通説に従えば、涙香が入学した時点のものである。先に述べたように、黒岩周六は下等三級である。涙香は下等六級から四級までを、いわば飛び級していきなり下等三級に編入したのだろうか。私は涙香の大阪英語学校入学は、通説より一年早い一八七七年九月だったと考えている。

「傍証」もないわけではない。山本秀樹の一文「黒岩君に就て」（涙香会編『黒岩涙香』七六六〜七七一頁）である。山本は涙香の生誕地である安芸・川北村の隣村伊尾木村に生まれた涙香の幼馴染で、後に『萬朝報』主筆を務めるなど、涙香の新聞人としての人生に伴走した人物である。

山本は本書でもふれた涙香の家系などを記した後、次のように述べている。

郷里の学校より高知に出で、暫《しばら》く森沢某の漢学塾に学び、幾程もなく大阪に出で、大阪英語学校に入りしは直方氏の大阪に裁判官奉職の時にして君が土佐を出づるの最初なり。想《おも》ふに明治十年の頃なりしならん歟《か》。

ちなみに、山本自身も一八七八年に大阪英語学校に入学したという。ただし、先に参照した『校表』の生徒名には山本はない。

大阪英語学校の教育内容

具体的な教科内容は『校表』に記載されている各級の時間割で知ることが出来る。黒岩涙香が在籍していた下等三級のほか、比較の意味で上等一級と下等六級丙の時間割を見てみよう（表）。一日四時限（一時限は九〇分）で一週六日だから、一週間に二四時限もある。

下等六級では、訳読、習字、綴字、読方が合わせて一九時限、ほかは国書と算術が合わせて五時限。まさに「英語漬け」の日々と言っていい。この時点で涙香が所属していた下等三級は、英語以外の科目は国書、算術に地学、史学が加わり、英語以外は一二時限。しかし、文典、書取という新しい英語科目が登場している。最上級の上等一級は、化学、地質、天文、三角、代数、物理、記簿が加わる。時間割表の欄外には「翻訳体操ハ此課外ニアリ」とあるが、「翻訳体操」がいかなるものだったかは分からないが、おそらく米国の gymnastic exercise の教本を翻訳したものを使って体操をしたのだろう。

「翻訳体操」はともかく、高知から来たばかりの涙香が、いきなりこの下等三級の授業内容についていけたとは到底思えない。しかし、涙香の入学が一八七七年九月だったと考えるとつじつまが合う。下等六級からスタートして毎期の進級テストをクリアしていけば、入学一年後に当たる『校表』の時

大阪英語学校の週間時間割

曜日	下等六級丙	下等三級	上等一級
月曜	訳読 習字 綴字 国書	算術 地学 国書 訳読	化学 地質 記簿 代数
火曜	訳読 綴字 算術 読方	訳読 文典 書取 史学	物理 天文 三角 訳読
水曜	訳読 国書 綴字 算術	算術 地学 文典 書取	天文 三角 訳読 作文
木曜	綴字 訳読 習字 読方	文典 国書 史学 算術	化学 地質 国書 代数
金曜	算術 訳読 習字 読方	書取 文典 作文 地学	物理 地質 国書 三角
土曜	綴字 習字 読方 綴字	訳読 算術 史学 書取	天文 記簿 英訳 国書

期にはちょうど下等三級に進級している。ちなみに、国立国会図書館には大阪英語学校が作った『第七学年二期一覧表』という表題の冊子もある。一八七六年七月の刊行。生徒個人の科目別試験成績が記されている。ここに黒岩周六の名はない。

涙香は後に英米の文学書を多読し、多くの著作をものにした。私は、涙香のこうした語学力はどのようにしてかたち作られたのかが少し不思議だった。後に述べるように、涙香は一八七九年夏には東京に行っているから大阪英語学校在学は二年ほどに過ぎない。だが、大阪英語学校における黒岩周六の密度の濃い「英語漬け」の日々が後の著作家涙香の基礎になったと考えていいだろう。

團琢磨が見た青年涙香

大阪英語学校在学中の涙香については、先にふれた團琢磨の証言がある。自らが教えた当時の涙香について、「将来を嘱目《しよくもく》された青年」というタイトルで短い思い出を寄せ、次のように述べている（涙香会編『黒岩涙香』五二二頁）。

〔化学と数学の〕講義を聴きに来る青年の中に「黒岩大」という一青年があつた。級中に擢《ぬき》ん出た秀才で必ずや将来為《な》す有るの材となるであらうと、当時嘱目した事であつたが、君は果して後年一世に名を成したのであつた。

米国帰りの若き英才にして「級中に擢ん出た秀才」と感じたのであるから涙香の非凡さは相当に目立ったのだろう（團は「黒岩大」と書いているが、涙香は大阪英語学校在学中、まだその名前を使っていなかった。團の記憶の中で、後年の「黒岩大」が涙香として刷り込まれていたのだろう）。漢学を学んでいた涙香だったが、化学や数学も秀でていたようだ。数学の才能は暦学者であった祖父や父の血と言えるかもしれない。

数学の才については、後年の話だが、「数学も得意で、随分難解な数学も手もなくやつて除けた。屡々《しばしば》外国から高等数学に関する書籍を取り寄せ研究していた」という都築孝介の証言もある（「黒岩先生に師事して」涙香会編『黒岩涙香』八七〇頁）。都築は、この文章の冒頭に「余は先生〔涙香〕に近侍した七年間」と記しているが、『萬朝報』記者だったようだ。あるいは、「書生」のようなかたちで涙香のもとに寄宿していたのかもしれない。

都築は、大阪英語学校に通う一方で、「英人カロザウスの家に寄寓して英語の研鑽に没頭していた」とも記している。「カロザウス」がいかなる人物か分からないが、この時期、涙香が英語習得に懸命だったことがうかがえる。

『大坂日報』に投書も？

この時期の涙香に関する証言をもう一つだけ紹介しておきたい。先にふれた「黒岩君に就て」で、山本秀樹は次のように述べている。

君が大阪に在りし時は僅《わず》か十五六歳の年少なりしも、時々論文を大坂日報に寄せ、主筆関新吾氏をして其奇才に驚かしむ。又英語学校の校内には毎週演説会あり。生徒の有志をして演説せしむ。君演壇に起つや弁論風生年長者を驚殺す。後年文章に弁舌に其名を知らるゝに至りしは已に栴檀《せんだん》の香を発せしものなり。

『大坂日報』は『大阪毎日新聞』の前身で、一八七六年二月に創刊された。涙香が主筆の関新吾を驚かせたという論文はどんな内容のものだったのだろうか。涙香が大阪英語学校に在籍したのは一八七九年夏までだったと思われる（この下限については後述）。前述したように、この年四月、大阪専門学校に名称が変わる。この期間の『大坂日報』の投書（投書はほぼ連日一本、ときに二本掲載されている）を精査したが、「黒岩周六」あるいは「黒岩大」という投書者を見つけることは出来なかった。

「大阪英語学校」とつながる投書は、①「在大坂《ママ》英語学校　近藤堅三」（一八七九年一月二八日）、②「大坂《ママ》英語学校寄宿生徒　山口県士族　道家清吉」（同月二九日）、③「大阪英語学校寄宿生徒　兵庫県士族　沢野良」（同）の三本である。

①は、「手淫ノ害」に関するものだ。校内の演説会で「米国名医「ジョルダン氏」著述ノ「フヒロソヒー、ヲフ、マリジ」ノ一部分ヲ以テ演ゼンコトアリ」として、その要点を投書として寄せたとある。②は、新年に当たって、一休禅師の「門松ハ冥土ノ旅ノ一里塚目出度モアリ目出度モ無シ」を引いたりして、人の一生が短いことを嘆いている。③も新しい年の到来という機をとらえたものである。「旧年去リテ年季全ク革リ」と書き出し、「予モ亦旧悪ヲ悔悛シテ」と新たな決意を語っている。

これらの投書について、私は旧稿（「「黒岩大」とは誰なのか」）で「投書は本名を隠して適当な名前で投稿されることがふつうだった。内容から見て、この3本とも涙香による投書と考えていいだろう」

と記した。その後、投書者三人とも『第十学年第一期自明治十一年九月至同十二月校表』所載の教員名簿、生徒名簿にその名があることが分かった（食文化研究家の原田一義氏の御教示による）。近藤堅三は国文の教員で、副幹事と舎長を兼任している。道家清吉は下等第二級、沢野良は上等第四級の生徒である。

涙香が「大阪英語学校」の生徒であることを明示せず、しかも別名で『大坂日報』に投稿していた可能性は否定出来ないが、いずれにせよ山本秀樹の回想は後段の学内での演説会のエピソードを含めて客観的に裏づけることは出来ない。この点、私の旧稿と同じ理解をしている高松敏男、伊藤秀雄の先行研究は誤りである。

しかし、山本は涙香と一時期、大阪英語学校に一緒にいた人物であり、その後の交流の深さを考えると、その回想はまったく根拠のないものではないかもしれない。その後の涙香を考えるとき、重要な補助線に思える。東京に出た涙香は政論演説会の弁士として活躍することになる。

3　「政治青年」の誕生まで

コレラの流行で寄宿舎が閉鎖

涙香が大阪英語学校に在学中の一八七九年（明治一二）、明治の日本は最大のコレラ流行を経験する。

この時期のコレラはアジア型（コレラ・ビブリオ）と呼ばれるコレラ菌によるもので、ひとたび流行が起きると、感染者は急速に拡大し、致命率も非常に高かった（コレラについては、見市雅俊『コレラの世界史』、山本俊一『日本コレラ史』、奥武則『文明開化と民衆』)。

幕末に最初の流行を記録した後、明治期になってもコレラは繰り返し大流行した。一八七九年は六月ごろから流行が始まり、秋まで続いた。『医制百年史』によると、この年一年間に全国で一六万二九二七人がコレラに罹患し、一〇万五八二八人が死亡している。致命率は六五パーセントである。

この年のコレラ流行は西日本が中心で、大阪でも猛威を振るった。九月二日の『朝日新聞』(大阪発行)の「大阪府録事」に掲載されている大阪府の発表によると、同府内の年初から八月三一日までのコレラ患者者は八二一六人、うち死者は六三九六人。致命率は全国的な水準よりはるかに高く、七七パーセント以上である。

こうしたコレラの猛威に対して、大阪府は六月一八日、「虎列刺病流行に付ては学校近傍該病蔓延《まんえん》の徴候有之《これあり》候はゞ予防の為休学可致《いたすべく》此旨相達し候事」という布告を出す(『朝日新聞』六月一二日)。このため大阪英語学校も六月一九日から休校になった(『朝日新聞』六月二〇日)。学校が休校になっただけでなく、涙香が入っていた中之島の寄宿舎も閉鎖となる。涙香が頼るべき直方は一八七八年(明治一一)七月、長崎上等裁判所に転勤し、さらに九月には東京裁判所に異動していた。学校はいつ再開するか分からない。寄宿舎も閉鎖されてしまった。

姉を頼って上京

こうした状況の中、涙香は東京に行く道を選んだのである。もっとも自他ともに認める「大秀才」は大阪の地が物足りなくなったのかもしれない。東京で我が才能を試したい。あふれるばかりの自尊心と出自への誇りを持つ若者がそう考えたとしても不思議ではない。その意味ではコレラ流行による寄宿舎閉鎖は一つのきっかけに過ぎなかったとも言えるだろう。

東京にはむろん直方がいたわけだが、上京に際しては姉の為子を頼ったようだ。為子が結婚した秦呑舟は当時、東京・銀座で医院を開業していた。なぜ養父にして叔父である直方ではなく、為子だったのだろうか。伊藤秀雄は「直方には、すでに妾腹の実子があったので、自分は最早男としての義務・責任はないと見たためらしい」と推測している（『黒岩涙香』三五頁）。

直方に実子（女子二人）が出来たことは間違いなく、どちらかの娘が婿を迎えれば涙香は直方の家を継ぐ必要がなくなった。だが、私は涙香が大阪専門学校を退学して東京に出たのは別の理由だったと推測する。推測に推測を重ねることは慎まなければならないが、幕末・維新の動乱期に生きた直方は涙香にはむしろ平穏な人生を望んだのではないか。大阪専門学校を正規に卒業して、学問の道に進むことを期待していたように思える。涙香にしてもそれを分かっていたはずで、その期待を裏切った以上はもう直方は頼れないと考えたのではないか。当時、秦呑舟が開業していた医院は繁盛しており、為子はかなり裕福な生活を送っていたようだ。

この上京に際しての逸話を神田佐一郎が後年の涙香から聞いている（「勤王主義の人であった」涙香会編『黒岩涙香』五二五頁）。神田は、ユニテリアン派のキリスト教徒で、後に涙香が理想団を組織した際の同志の一人である。

あるとき、涙香と神田は若いころの回顧談に花を咲かせた。涙香は「始めて上京せんとするや、大阪にて或る人の所説を過信し、東京より旅費として送られし金子をば殊更《ことさら》に大阪にて一夜にして殆《ほと》んど消費し盡《つ》くし」てしまったという。東京から旅費を送ったのは、姉為子だろう。しかたなく涙香は友人と二人で東京まで無銭旅行を試みる。だが、結局、途中の静岡で直方が三条実美から下賜された懐中時計を売り払うはめになってしまったというのである。

上京した涙香は最初、駿河台にあった成立学舎に入学した。上京して直ぐ入学したとすると、一八七九年九月である。八月一九日の『読売新聞』に、成立学舎が正則科生徒に欠員があるので補欠として六〇人の入学を許可するという広告が掲載されている。涙香はこれに応募して入学したのかもしれない。「正則科」は、ここでは後に紹介する成立学舎の「本舎設立之主旨」にある「大学予備門ノ受験科」のことだろう。

成立学舎で学ぶ

成立学舎は一八七六年（明治九）一〇月に開校した。この年一〇月三一日の『読売新聞』の「稟告《しらせ》」欄に開校の記事が出ている。「成業大凡《おおよそ》二ヶ年を期として英学数学及び漢学を教授」とある。この時期前後に次々に誕生した民間の教育機関の一つだが、今日、その後身の学校はない。ただ、夏目漱石の履歴と関連して、その名を記憶している人がいるかもしれない。漱石は府立第一中学校（現・日比谷高校）や二松学舎で学んだ後、一八八三年（明治一六）、一七歳で成立学舎に入学した。漱石の各種年譜によると、大学予備門入学に必要な英語を学ぶためだったという。翌年九月、漱石は大学予備門入学を果たしている。大学予備門は一八七七年（明治一〇）、当時唯一の「大学」として東京大学が新たに発足した際に設けられた。後の旧制第一高等学校の前身である。

一八八三年に刊行された『東京諸学校学則一覧』（国立国会図書館所蔵）には、東京大学を筆頭に陸軍士官学校、海軍兵学校、司法省法学校などの官立学校のほか、慶應義塾、東京専門学校、明治法律学校などと並んで成立学舎の名前がある。成立学舎の「本舎設立之主旨」の第一条には「本舎ハ大学予備門ノ受験科及英学変則ヲ修ムルヲ以テ目的トス」とある。「英学変則」とは、日本人教師による英語の訳読が中心の教育で、外国人が会話を中心に教える「正則」に対して使われた。

涙香が漱石のように大学予備門から東京大学をめざすつもりがあったのかどうかは分からない。むしろ大阪英語学校で身につけた英語をさらに磨こうと考えたのではないだろうか。大学予備門受験予備校として英語以外も教えたわけだが、漱石の事例から分かるように「英語」が重点だった。涙香が入学して間もない時期と思われる一八七九年一一月二日の『読売新聞』には、「今回英人「ハルハックス」を雇い夜分英語学を教授候」という広告が掲載されている。

大学予備門に入るべく、後に夏目漱石が英語を学んだ「評判の英語学校」で、涙香は漱石の四年ほど前に大阪英語学校以来の英語の力に磨きをかけていたのである。しかし、涙香は漱石のように大学予備門に進むことはなく、成立学舎を退学する。

慶應義塾にも籍を置く

涙香が成立学舎を退学した時期は不明である。しかし、長くとも二年間だったことは間違いない。一八八一年（明治一四）九月には慶應義塾に入っているからである。「慶應義塾入社帳」（慶應義塾福澤研究センター編『慶應義塾入社帳 第二巻』四〇六頁）に黒岩周六の名前がある。

もとの書類にある字が薄くなっていて読みにくいが、「黒岩直方」の名前が書き込まれた欄は「証

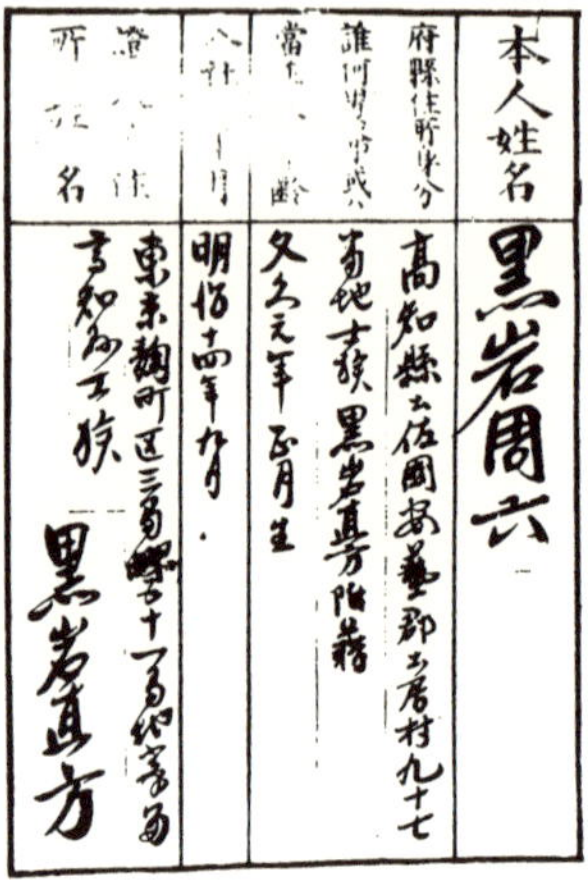

本人姓名　黒岩周六

黒岩直方

「慶應義塾入社帳」

人ノ住所姓名」である。上京に際しては姉為子を頼った涙香だったが、ここでの保証人は直方である。この時期の入社帳を見ると、同じ筆跡のものが他にもあり、慶應義塾の担当者が書いたものと思われる。残念ながら、涙香の自筆ではないようだ。

涙香はなぜ成立学舎を退学し、慶應義塾に入ったのだろうか。この点は推察するしかないのだが、要するに、「より高いレベル」を求めたということだったと思われる。成立学舎は、先に引いた「本舎設立之主旨」にあるように、大学予備門への「予備校」としての面が強い学校だった。外国人教師も含め正規の教員はいたが、すでに大学予備門ないしは東京大学に進んだ学生のアルバイト先でもあったらしい。

これに対して、幕末に福沢諭吉が開いた英学塾に始まる慶應義塾は、すでに歴史を持つ教育機関として充実した教育内容と人材を誇っていた。一九〇七年（明治四〇）刊行の『慶應義塾五十年史』収録のデータによると、涙香が入学した一八八一年の「入社生徒」は三四四人もいる。この時期の涙香の指向がいかなるところにあったかは分からないが、すでに大阪英語学校でレベルの高い教育を受けていた涙香は、成立学舎にあきたらず、慶應義塾を選んだのだろう。

優秀だった英語の成績

「慶應義塾入社帳」以外に、涙香の慶應義塾における足跡を示す史料として、「慶應義塾学業勤惰表」がある。「勤惰表」は、「成績簿」というところだろう。マイクロフィルム版『福沢関係文書』で調べたところ、「明治十四年九月から十二月まで」の「勤惰表」に「黒岩周六」、「明治十五年一月から四月まで」の「勤惰表」に「黒岩大」を見つけることが出来た（リールナンバーK4　R—1／42—01　42—02）。

「勤惰表」には、本科（第一等から第四等）、予科（第一番から第四番、番外）、「科外」（甲組、乙組、丙組）の順で、すべての学生の名前が載っている。「黒岩周六」も「黒岩大」も、「科外」にある。現代で言えば、「科外」は、予科の「科目履修生」に当たるだろう。

「勤惰表」は成績順になっており、「明治十四年九月から十二月」では、「黒岩周六」は、科外甲組（五人）の最初に載っている。「出席度数」は「六〇」であまりよくない。予科全体では、最高「一八三」がいる。涙香は三分の一ほどしか授業に出なかったようだ。しかし、英語読解の期末試験の成績である「読方大試業割合」は「九〇」である。科外生六九人中のトップであり、予科一八〇人全体でも、「九〇」以上を取っている学生は七人しかいない。

ところが、「明治十五年一月から四月まで」になると、「黒岩大」は、科外丙組で「出席度数」は「三一」に減っ

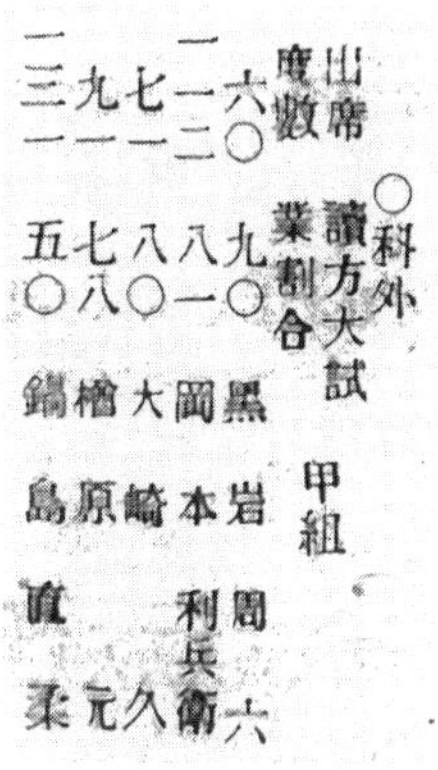

○科外　甲組

	出席度数	読方大試業割合
黒岩周六	六〇	九〇
岡本利兵衛	一一二	八一
大崎久	七一	八〇
檜原元	九一	七八
鍋島直柔	一三一	五〇

「慶應義塾学業勤惰表」

てしまう。丙組は試験の成績は記されていない。涙香は、受けなかったかもしれない。
二つの「勤惰表」は、涙香の英語の成績が当初からきわめて優秀だったことと、授業にはあまり真面目に出ていなかったことを教えてくれる。一八八二年（明治一五）になると、前年よりいっそう学校から遠ざかるようになり、「黒岩大」と名乗っていたことも分かる。後で述べるように、涙香は「黒岩大」の名前で、政談演説会の弁士として活躍する。もう、学校の授業どころではなかったのである。

「政治法律書」を原書で読破

この時期の涙香について、漆間真学《うるしましんがく》が回想を記している（「侠気と熱心とで一貫」涙香会編『黒岩涙香』四八六〜四八七頁）。漆間は一八八二年一一月、涙香が『同盟改進新聞』を創刊した際の同僚であり、慶應義塾でも一緒の時期があったようだ。当時の涙香の生活の実像の一端を教えてくれる貴重な内容である。少し長くなるが引用する。

私が黒岩君と交際を始めたのは君が大阪の英語学校を止して上京し芝愛宕下の信楽館といふ下宿屋に居て慶應義塾に通ふてゐた時分の事である。当時の君は書生としては余程贅沢《ぜいたく》の方で我々が書物を買へないで仕方なしに図書館に籠《こも》つて勉強してゐるのに、丸善、東洋館、中西書店などへ注文して高価な政治法律書を外国から取寄せ読破したものだ。又人知れず横浜在留の外人ケリー氏の経営する書店に出掛け新刊書又は新聞などを見ては盛んに欧州の形勢を論じて友人達を煙に巻いたものだ。〔……〕

新らしき書物によりて自由に勉強の出来る当時の君は、塾に通ふのをもどかしく思ひ、遂々退学して了《しま》つた。君の其頃の裕《ゆた》かな学費の出所に就てはよく判らないが何んでも君の義兄秦呑舟氏が当時銀座で大した暮しをしていたので其所から出たらしいとの噂であつた。

漆間の書いている「噂」は本当だっただろう。秦呑舟はすでに述べたように医師として繁盛した医院を経営していた。秦本人からではなくとも、秦の妻であり、涙香の姉である為子から金銭的な援助があったと考えていいだろう。

慶應義塾を退学した理由についても当時一緒にいた人物の証言だけに信用できる。英語の読解能力はもう十分についた。書物は手に入る。自己の能力に自信を持ち、常に前のめりに生きてきた涙香である。慶應義塾で学ぶことを「もどかしく思ひ……」というあたりは、さもありなんといった感じがする。

もう一つ、この証言で重要なのは、この時期の涙香が手にしていた原書が「政治法律書」だったという点である。後に膨大な翻訳書を刊行し、「探偵小説の元祖」とまで言われた涙香は、ここにはまだまったくその姿を見せていない。

明治一四年の政変

涙香が慶應義塾に入学した一八八一年は、近代日本の歩みの中で記憶すべき年だった。

三月、参議大隈重信が二年後に国会開設を求める意見書を左大臣有栖川宮熾仁《ありすがわのみやたるひと》に提出した。急進的な提案に政府部内は揺れる。七月二一日、薩摩出身の参議開拓使長官黒田清隆が開拓使官有物の払下げを申請した。北海道開発のために設けられた開拓使が注ぎ込んだ金額は一四〇〇万円を超えた。黒田の申請は、事業が満期を迎えるに当たり、開拓使が所有していた土地、建物、工場などを同じ薩摩出身の五代友厚らが組織した関西貿易社に三八万七〇〇〇円無利息三〇年賦という破格の安価で払い下げるという内容だった。

七月二六日、『東京横浜毎日新聞』がこの問題を取り上げて批判したのを契機に、世論の反発が高まる。民権家たちによる政府批判の演説会がたびたび開かれた。一〇月一一日に開かれた御前会議で開拓使払下げの中止と大隈重信の参議罷免が決まる。翌一二日、一八九〇年（明治二三）に国会を開設するという勅諭が出された。一八日、浅草井生村楼《いぶむらろう》で自由党結成大会が開かれた。

以上、明治一四年の政変と呼ばれる出来事である。政府部内から急進派の大隈重信が排除される一方、九年後の国会開設が決まった。国会開設を求めていた民権運動諸派は新しい局面への対応が迫られた。時代は新たな「政治」に向けて大きく動き出したのである。

「政治青年」の誕生

こうした時代にあって、涙香が籍を置いた慶應義塾は渦の一つの中心となっていた。一八八〇年（明治一三）一月、福沢諭吉を常議委員長として交詢社《こうじゅんしゃ》が結成された。もともと慶應義塾で学んだ人々の同窓会的な組織をめざしたものだったが、幅広い人々が集う「社交クラブ」となった。一八八一年四月には『交詢雑誌』に社員による憲法案が発表され、多くの私擬憲法に影響を与えた。

当時の慶應義塾の様子について、『慶應義塾五十年史』は「単に学問教育の点のみならず、政治上に於ても、亦自ら隠然一敵国たりしやの観ありき。即ち当時義塾の先輩は、殆《ほと》んど毎週京橋区木挽町明治会堂に出でゝ、民権論、国会論を唱道せしのみか、塾内に於ても演説館は勿論、各教場共殆んど一夜として演説会の開かれざりし夜はなかりしと云ふ」（一五四〜一五五頁）と記している。授業に熱心に出なかったとしても、涙香はこうした雰囲気に強く影響を受けたに違いない。

もちろん「政治」に対して上京後、突然関心を持つようになったというわけではないだろう。大阪英語学校当時も原書で「政治法律書」のたぐいを読んでいたはずだ。だが、演説会が開かれる頻度や登場する演者の質は、大阪と東京ではかなりの違いがあったはずだ。東京で開かれる演説会の頻度については、稲田雅洋『自由民権の文化史――新しい政治文化の誕生』が詳細なデータを作成している（三一八〜三一九頁）。一八八一年七月三一日から一〇月一〇日までの期間、『報知新聞』『毎日新聞』『朝野新聞』『東京日日新聞』の各紙に掲載された主要な演説会の予告をまとめたもので、この短い間になんと三八回もの演説会が開かれている。二日に一回以上の頻度である。浅草井生村楼、柳橋万八楼、明治会堂などが会場になっている。政治を論じる新聞・雑誌の数もまた大阪の比ではなかった。間もなくその両方に涙香は身を投じることになる。涙香の政治への関心は、こうした新しい環境の中で一気に噴出したに違いない。涙香は書物の世界を飛び出て、行動し始めた。「政治青年」の誕生である。

第二章　「政治青年」の挫折

1　黒岩大

最初の舞台は『東京輿論新誌』

長く新聞人として活躍する涙香が最初に関わった媒体は、雑誌『東京輿論新誌』だった。同誌は一八八〇年（明治一三）一一月に創刊した嚶鳴《おうめい》社系の政論雑誌である。嚶鳴社は元老院権書記だった沼間守一《ぬまもりかず》が一八七八年（明治一一）に創設した民権結社である。討論会と称する演説会も定期的に催し、末広重恭《しげやす》（鉄腸）、島田三郎、肥塚龍《こいづかりゅう》、田口卯吉《うきち》らが登壇した。『東京輿論新誌』は一八八〇年一一月に創刊され、毎週土曜日に刊行された。涙香が『東京輿論新誌』に関わることになったきっかけについては、主幹だった大岡育造の次のような回顧談がある。

当時黒岩君は雑誌社（神田淡路町）に近い成立学舎の生徒であつて、盛んに政治論を寄書したものだ。君の原稿は中々奇麗で、此の点に於て自分は福地源一郎翁と君とのとを相称する。

君の論旨は可なり確《しつ》かりしたもので、其の頃は寄書といえば全くの無償であつたから、君は唯《た》だ趣味として寄書したのだが、併しその原稿が多くて幾《ほと》んど輿論新誌編輯者の一員であつたかの如くに見えた。

（大岡育造「黒田清盛で筆禍」涙香会編『黒岩涙香』五八五頁）

原稿の奇麗さについて大岡が涙香と相称している福地源一郎は、『東京日日新聞』社長・主筆として活躍した福地桜痴《おうち》である。論旨についてはすぐ後でふれているので、前段の「奇麗さ」というのは原稿の中身ではなく見かけのことを指していると思われる。『黒岩涙香』（涙香会編）の巻頭には涙香の自筆原稿の写真が収録されている。たしかに「直し」や「挿入」がほとんどなく、読みやすい字で原稿用紙のマス目をきちんと埋めている。

『東京輿論新誌』に関わり始めたころ、涙香はすでに成立学舎を退学していたはずだから、大岡の回顧談のこの部分は記憶違いと思われる。「輿論新誌編輯者の一員であつたごとく」と書いている点も多少誤解を招く記述かもしれない。後でふれるように、涙香は「……あつたかの如く」ではなく、正式に『東京輿論新誌』の編輯局員になっているからである。この時期、涙香は「黒岩大」という名前を使っている。

政談演説会の弁士として活躍　涙香が「黒岩大」と名乗った意味や『東京輿論新誌』に掲載された「黒岩大」名の文章による筆禍については後にふれるとして、その前に、この時期、「黒岩大」が文筆だけでなく、演説会においても見事な「政治青年」だったことを見ておこう。高松敏男が当時の新聞・雑誌などに掲載された演説会の予告や記事を精査して、「政談演説会弁士黒岩大」の活躍ぶりを明らかにしている（「若き黒岩涙香、その補足的考察」）。

最初に確認できるのは、一八八一年（明治一四）一二月四日に柳橋萬八楼で行われた共立会の演説会である。「人民に武器を帯《お》ふるを許すの可否」の演題で登壇者は大岡育造ら。黒岩大は「発議者」となっている（『東京輿論新誌』第五六号所載の予告）。これが「デビュー」だったどうかは分からないが、翌一八八二年（明治一五）になると、黒岩大（「黒巖大」と表記される場合もある）は頻繁に登場する（カッコ内は演題。二月一二日の分は『東京輿論新誌』第六五号所載の雑報。後は『自由新聞』所載の雑報ないしは広告に拠る。該当の『自由新聞』の号数を記した。会場は注記したもの以外は浅草井生村楼）。

▽一八八二年（明治一五）

二月一二日　共立会政談演説討論会（自称漸進主義を論ず）

六月二八日　国友会政談討論演説会（演題不明）第一号

七月一八日　国友会政談討論演説会（魯国政府の存亡）第一五号

九月一三日　国友会政談討論演説会（人トハ何ゾ）第六七号

一一月八日　茨城県吉川村　政談演説会（演題不明）第一一二号
一一月一九日　木挽町明治会堂　政談演説会（官吏を論ず）第一一四号
一一月二五日　国友会政談演説討論会（地方分権論）第一一八号
一二月九日　国友会政談演説討論会（政党条例を論ず）第一二三号

▽一八八三年（明治一六）

一月七日　国友会政談演説討論会（尚《とうと》ふ所を知れ）第一五〇号
一月三〇日　政談演説会（県治の視察）第一六九号

▽一八八四年（明治一七）

一月二六日　国友会政談演説討論会（病の説）第四六二号
二月九日　国友会政談討論演説会（病の説）第四七三号
六月一四日　国友会政談演説会（徴兵法は大に人種を淘汰するの力を有せることを論ず）第五七八号
六月二八日　国友会学術演説討論会（知識に由《より》て道徳を改良するの説）第五八八号
七月一二日　国友会学術演説討論会（論題未定）第六〇〇号
七月二六日　国友会学術演説討論会（巳《おのれ》を恃《たの》むものと人を恃むものとの説）第六一二号
九月二七日　国友会学術演説会（宇宙の説）第六六六号

共立会という名前が「デビュー時」とその後一回の計二回、主催団体として登場しているが、後はすべて国友会の主催である。共立会については不明だが、二回とも弁士に『東京輿論新誌』主幹だった大岡育造の名前がある。大岡をリーダーにした結社と思われる。国友会は一八八一年に末広重恭、馬場《ばば》辰猪《たつい》、大石正巳《おおいしまさみ》らによって結成された政治啓蒙団体である。涙香が加わった『東京輿論新誌』は嚶鳴社系の政論雑誌であることには先にふれた。大岡を含めて、これらの人々は同年一〇月に結成された自由党の主要メンバーとなる。この時期、涙香はこうした民権運動のリーダーたちに寄り添っていたのである。毎回のように演説会に登壇していることから考えると、「若きホープ」とでも言うべき存在だっただろう。

演説会で涙香が行った演説の内容は分からない。「官吏を論ず」「政党条例を論ず」といった、まさに「政論」といった内容をうかがわせるものもあるが、「病の説」「宇宙の説」などは「政論」には遠いように思える。後に『天人論』などを著す涙香の片鱗が垣間見える。なお、後半の四回が「政談」の言葉を外して「学術」を使っているのは、集会条例との関係だろう。一八八〇年四月に布告された同条例は、「政治ニ関スル事項ヲ講談論議スル為メ公衆ヲ集ムル者ハ開会三日前ニ講談論議ノ事項講談論議スル人ノ姓名住所会同ノ場所年月日ヲ詳記シ其会主又ハ会長幹事等ヨリ管轄警察署ニ届出テ其認可ヲ受クベシ」（第一条）など、「政談演説会」を規制していた。この時期、運用を厳しくしたのだろう。いずれにしろ、この時期、演説という新しいパフォーマンスが登場した東京で、涙香は「黒岩大」としてそれなりに知られた演者だったことが確認出来る。

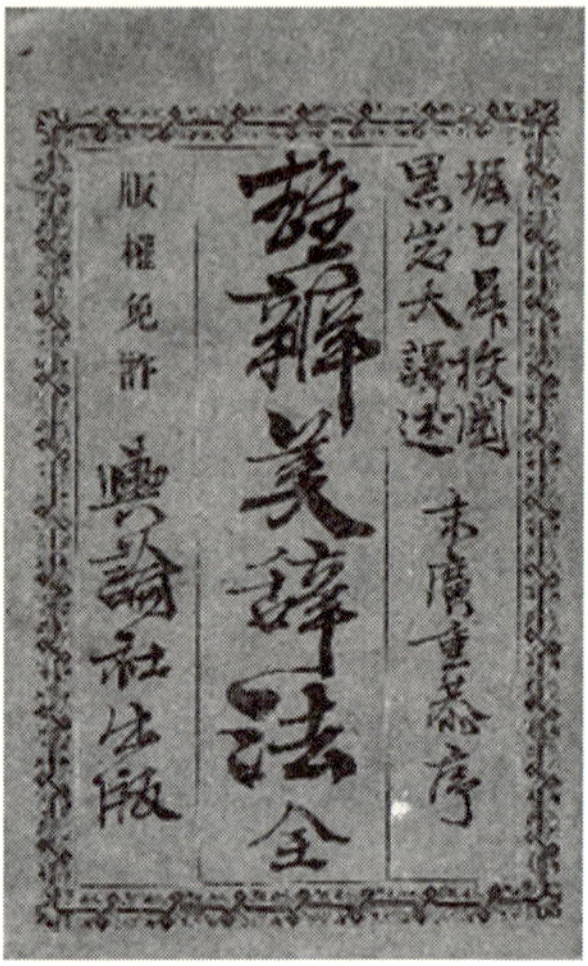

『雄弁美辞法』（1882年３月刊）

『雄弁美辞法』を刊行

しかし、この時期の涙香がすでに単なる「政治青年」ではなかったことにも注目すべきだろう。涙香は、演説会の弁士の立場を超えて演説のやり方に強い関心を持った。つまり、どういった言葉遣いで演説をすれば、演説会の聴衆に演者の主張が届くのかということである。ここには後年、『萬朝報』を創刊した際、何よりも「普通一般の多数民人」を意識した涙香の真骨頂がすでに顔を現している。演説会の弁士としての活躍が始まる少し前、涙香は一八八二年三月、『雄弁美辞法』を『東京輿論新誌』の発行元でもある輿論社から刊行する。生涯に膨大な書物を著した涙香の最初の作品である。

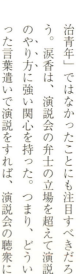

この本の表紙（図）を見ると、「堀口昇校閲　黒岩大訳述　末広重恭序」とある。堀口と末広は国友会における涙香の先輩で、演説会でもしばしば一緒に弁士として名前を連ねている。この本を刊行した年、涙香はまだ二〇歳である。処女出版に際して、名の知られた先輩に登場してもらったのだろう。

冒頭の「緒言」で、涙香は「米国法律博士クワツケンブス氏著言語ノ用法ヲ論述セル書ヲ取リ之ヲ我国ノ言語ニ照ラシ其最モ当時ニ切ナル者ヲ訳述ス」（「当時」は「現在」の意味）と記している。「米国法律博士クワツケンブス氏」は、G・P・カッケンボス（G. P. Quackenbos）である。米国の教育家で中等教育向けの教科書を多数著した。それらのいくつかは日本でも明治期になって、大学南校（東京大学の前身の一つ）や慶應義塾などで教科書として使われた。分野は、窮理学（物理学）、英文法、修辞法、米国史、算数など多岐にわたる。もっともよく知られているのは、窮理学の教科書 *A Natural Philosophy*（原著は一八五九年刊行）である（武内博「文明開化の伝道者カッケンボスとその訳書」一九八頁）。

原書を換骨奪胎して編集

涙香が「訳述」した原書は、*Advanced Course of Composition and Rhetoric*（一八五五年）と思われる。作文と修辞法の教科書として米国でも評価が高く、版を重ねたという。修辞法の前提として英語の歴史から始まり、品詞の使い方や記号の種類などに及び、実例を多く収録して四五〇ページ余りある。これに対して『雄弁美辞法』初版は一三一ページしかなく、原書全体の翻訳ではないことが分かる。涙香は作文と修辞法の教科書である原書の必要部分を換骨奪胎して日本人に向けた実用的雄弁術の本に編集したのである。

書名の「美辞法」は原書のレトリックを日本語にしたもののように思えるが、本文ではレトリックに当たる言葉には「話色」が使われている。「第一章　演説及ヒ討論並ニ用語ノ順序法方（ママ）」に続く「第二章　話色ヲ用ヒテ語中ニ興ヲ添ユルコト」の冒頭で、「話色トハ通常ノ語法ヲ殊更《ことさ》ラニ違《たが》ヘテ語中ニ興ヲ添ユル法ナリ」と説明している。「第三章　話色ノ種類性質及ヒ用法」では、比擬法・比愈法・寓言法・形容法・設問法・進級法・対句法・譏誚《きしょう》法・隠言法・写音法の一〇種に分けて具体的に説明している。比擬法は「一物ヲモッテ他物ヲ比スルノ法」、つまり直喩（アナロジー）である。続いて、隠喩（メタファー）に当たる比愈法（比喩法）については、まず「比愈法ハ話色中ニ最モ普通ノ者ナリ日本ニテハ然ラサル者ノ如トシ其体裁モ亦極メテ多シ」と説明し、比擬法との違いを「其異ナル所ハ比擬ニハ比較ヲ示スノ語アルモ比愈ニハ此語ナシ」と説明している。

ごく一部を引いただけだが、文章はきわめて読みやすいことが分かるだろう。

むろん「現代文」ではないが、実に平易に書かれている。後の『萬朝報』の編集方針はすでに若き涙香によって実践されていたのである。

「文の人」涙香の資質

新時代のパフォーマンスとして注目された演説に関しては、『雄弁美辞法』以前にも一八七七年（明治一〇）刊行の尾崎行雄訳述『公会演説法』以降、多くの関連本が刊行されている。いわば演説のハウ・ツー書である。涙香の『雄弁美辞法』については「ハウ・ツーものの多くが身振りや容貌を重視しているなかにあって〔……〕言語表現に力点を置いている」という評価がある（稲田雅洋『自由民権の文化史』二八〇頁）。この著作に込めた涙香の意図は、演説の時代にあって説得の技法としての雄弁術の普及にあったことは間違いない。

『雄弁美辞法』については涙香の演説ぶりとも関係して、松井柏軒《はっけん》（広吉）が興味深い証言を残している。松井は明治中期から昭和前期まで新聞記者として活躍した人である。『萬朝報』に在籍した時期もある。柏軒はまだ法律学校と英語学校の学生だったころ、『雄弁美辞法』を愛読し、涙香が弁士に名を連ねていた演説会にも行った。涙香の演説は「身振り手振りなど、翻訳の雄弁美辞法ソックリなので、余の如きは聊《いささ》か気障《きざ》な心地もした」という（松井広吉『四十五年記者生活』二四一頁）。弁士の中では馬場辰猪が抜群の雄弁家だった。「眉目も秀麗で、論理整然、舌端火の如くであつた」と書いているから、馬場に比較して涙香の演説はいささか堅苦しく、見劣りしたということだろう。説得の技法としての雄弁術の普及という涙香の意図は、彼自身のパフォーマンスでも十分に実現出来なかったようだ。だが、その意図とは別にして本の中身が説得の技法というよりも魅力的な言語表現の分析になっていることに注目したい。『雄弁美辞法』は、若き涙香の卓抜の英文読解力と「編集力」とでも呼ぶべきものを教えてくれるとともに、すでに「話す人」ではなく、「文の人」たる涙香の本質を示す処女作と言っていい。

「美輪壮夫」は　先に『東京輿論新誌』の編輯者をめぐる大岡の記述にふれた。涙香が間違いなく同
「黒 岩 大」か　誌の編輯者（編輯局員）になったことは、同誌第六二号（一八八二年一月二一日発行）の「雑報」欄に次の記載があることによって明らかである。

○黒巖君　黒巖大氏は今回弊社の編輯局員になられたり。

この時期、涙香はあまりまじめに通学していたわけではないが、まだ慶應義塾の学生だった。大岡の回顧談には「盛んに政治論を寄書した」とあった。その寄書（投書）が「併しその原稿が多くて幾《ほと》んど輿論新誌編輯者の一員であったかの如くに見えた」という。ここで重要なのは、涙香の投書がたびたび『東京輿論新誌』に掲載されたということである。しかし、『東京輿論新誌』で「黒岩大」の名前を最初に確認できる文章は、一八八一年一一月五日発行の第五二号に載った「生糸紛議の結末如

何」である。この後二カ月半ほど経った第六二号に先に引いた編輯局員への登用の記事が載った。第五二号の投書だけではとても大岡が言うような状況にはならないだろう。大岡の回顧談が正しければ、このデビュー作の前、すでに涙香の投書は編輯局員と見まがうほどたびたび掲載されていなければならない。

『東京輿論新誌』は巻頭に「社説」を載せ、その後に「論説」のタイトルで一、二本の投書を載せ、最後は「雑報」という誌面体裁である。「社説」は同人の署名入り。このほか、イギリスの議会政治に関係した法令などの翻訳も掲載されている。「論説」欄に載っている投書は、ペンネームと思われるものがほとんどである。

「黒岩大」が登場する以前、圧倒的に数が多く、目立つ投書者は「美輪壮夫」である。第二六号（一八八一年五月七日発行）に「政府ヲ亡ス者ハ何ソ」で登場した後、二七号、二九号、三一号、三三号、三七号、四九号、五一号、五八号、六五号、六八号の各「論説」欄に投書が掲載されている（五八号は「政府新聞ヲ論ズ　美輪壮夫演説」とある）。

私は、この「美輪壮夫」こそ「黒岩大」以前の涙香ではないかと推測している。名前の前には、二九号には「高知県」、六五号には「在東京」とある。その他は名前だけでしか載っていない。涙香は「高知県士族」だったから、「高知県」とあってもおかしくはない。「壮夫」の「壮」と「黒岩大」の「大」とは同じような意味がありそうだ。

ただし、涙香が「黒岩大」として登場した後も「美輪壮夫」は登場しているという難点がある（六五号、六八号）。しかし、次に述べるように、「黒岩大」は六三号に掲載した「開拓使官吏ノ処分ヲ論ズ」と題した社説で、仮編輯長の坂本清操とともに官吏侮辱罪に問われる。したがって、この「難点」は、この時期、裁判が係争中だったから「黒岩大」を一端引っ込め、「美輪壮夫」を再登場させたと考えればクリア出来るだろう。管見では、この時期の『東京輿論新誌』の「論説」欄以外で、「美輪壮夫」の名前を見出すことは出来ない。

「黒岩大」に込めた意味は

「美輪壮夫」の投書のテーマは、まさしく「政治」であり、「政治家」である。「政党ノ樹立」「雷同民権家果シテ悪《にく》ム可カ」「立法者ノ注意」「政治家ハ定見ヲ要ス」といったタイトルがそれを示している。自由民権の推進する立場からの論説であることは明らかだが、六八号に掲載された「改進保守ノ別ヲ論ズ」を読むと、改進保守双方とも「幸福」を目的にしているのだが、目的をそれぞれ、改進主義は「将来の幸福」、保守主義は「現在の幸福」としたところに違いがあると指摘して、急進的な主張はしていない。文章は平易で分かりやすい。

涙香は「黒岩大」を名乗った理由について何も語っていない。しかし、「大」に込めた意味は明らかだろう。「大」は、つまりは涙香の自己認識だった。大なる自分、あるいは大なる人間になるはずの自分――二〇歳を少し超えたばかりの自尊心あふれる若者は、そう考えていたのである。

2 筆禍

「開拓使官吏ノ処分ヲ論ズ」で官吏侮辱罪に

黒岩大が『東京輿論新誌』の編輯局員になって初めて書いた社説が、一八八二年（明治一五）一月二八日発行の第六八号に掲載された「開拓使官吏ノ処分ヲ論ズ」である。これが官吏侮辱罪に問われた。

官吏侮辱罪は、一八八〇年（明治一三）七月に布告された刑法（太政官布告第三六号）による罪である。その第一四一条。

> 官吏ノ職務ニ対シ其目前ニ於テ形容若クハ言語ヲ以テ侮辱シタル者ハ一月以上一年以下ノ重禁錮ニ処シ五円以上五十円以下ノ罰金ヲ付加ス
> 其目前ニ非スト雖モ刊行ノ文書図書又ハ公然ノ演説ヲ以テ侮辱シタル者亦同シ

官吏侮辱罪は一八七五年（明治八）、新聞紙条例とともに布告された讒謗律《ざんぼうりつ》にすでに規定があった。「官吏ノ職務ニ関シ讒毀スル者ハ禁獄十日以上二年以下罰金十円以上五百円以下誹謗スル者ハ禁獄五日以上一年以下罰金五円以上三百円以下」（第四条）という内容である。この条文により多くの新聞人が処罰された。近代的な法令として編まれた刑法も実質的に讒謗律を受け継いだのである。

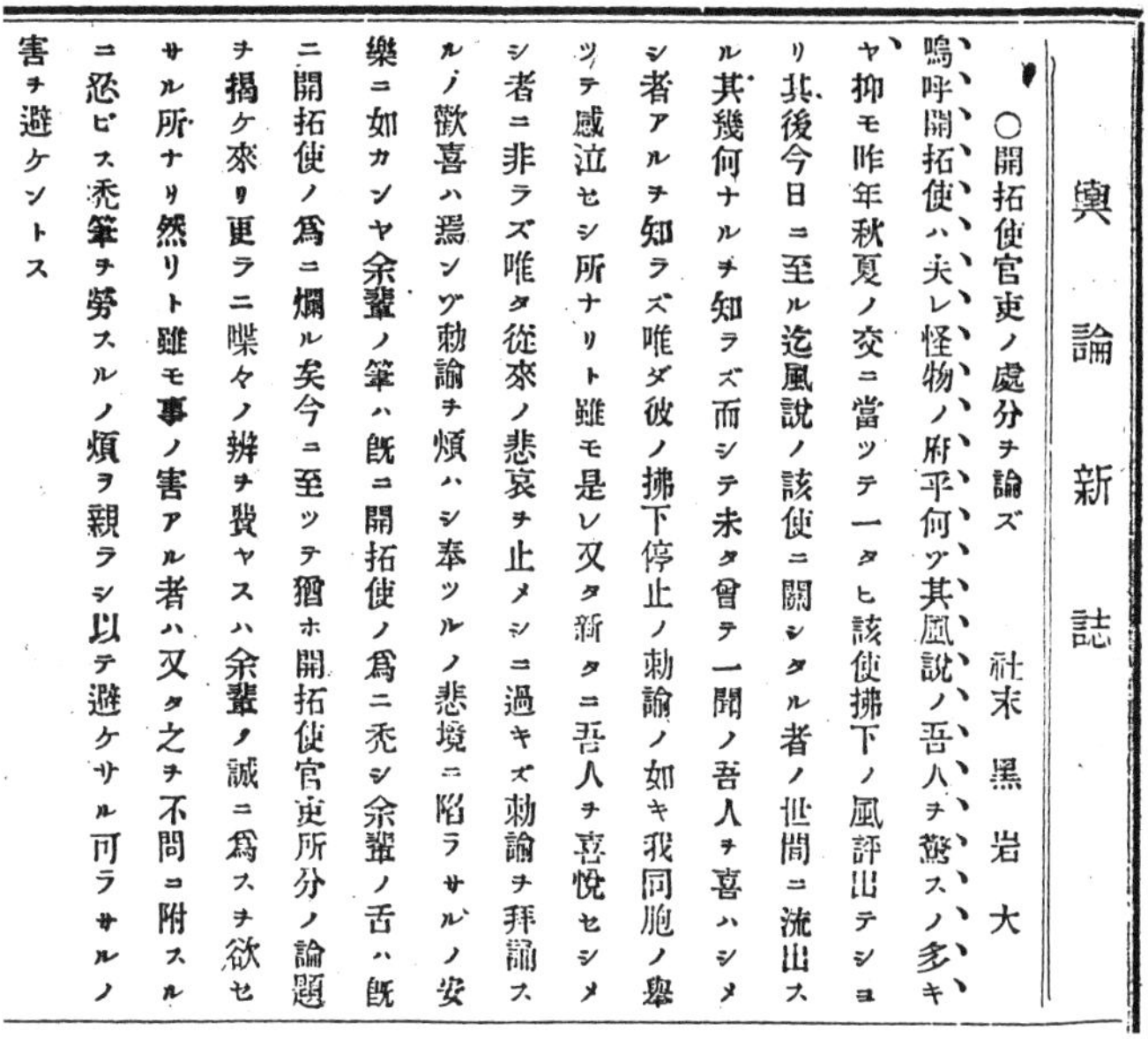

輿論新誌

○開拓使官吏ノ處分ヲ論ズ　社末　黒岩大

嗚呼開拓使ハ夫レ怪物ノ府乎何ゾ其風説ノ吾人ヲ驚スノ多キヤ抑モ昨年秋夏ノ交ニ當ツテ一タヒ該使拂下ノ風評出テシヨリ其後今日ニ至ル迄風説ノ該使ニ關シタル者ノ世間ニ流出スル其幾何ナルヲ知ラズ而シテ未タ曾テ一聞ノ吾人ヲ喜ハシメシ者アルヲ知ラズ唯ダ彼ノ拂下停止ノ勅諭ノ如キ我同胞ノ擧ツテ感泣セシ所ナリト雖モ是レ又タ新タニ吾人ヲ喜悦セシメシ者ニ非ラズ唯タ從來ノ悲哀ヲ止メシニ過キズ勅諭ヲ拜誦スルノ歡喜ハ焉ンゾ勅諭ヲ煩ハシ奉ツルノ悲境ニ陷ラサルノ安樂ニ如カンヤ余輩ノ筆ハ既ニ開拓使ノ爲ニ禿シ余輩ノ舌ハ既ニ開拓使ノ爲ニ爛ル矣今ニ至ツテ猶ホ開拓使官吏所分ノ論題ヲ揭ケ來リ更ラニ喋々ノ辨ヲ費ヤスハ余輩ノ誠ニ爲スヲ欲セサル所ナリ然リト雖モ事ノ害アル者ハ又タ之ヲ不問ニ附スルニ忍ビス禿筆ヲ勞スルノ煩ヲ親ラシ以テ避ケサル可ラサルノ害ヲ避ケントス

黒岩涙香が官吏侮辱罪に問われた社説の冒頭（『東京輿論新誌』）

「情実人事」を批判

涙香の社説が取り上げた「開拓使官吏ノ処分」については、明治一四年の政変にからんで簡単にふれた。『横浜毎日新聞』などの新聞が批判して自由民権運動が新たな展開を見せたことについても述べた。新聞などは「不当な安価による払下げ」を主に批判したが、涙香の社説は違う角度からこの問題を取り上げている。「嗚呼《ああ》開拓使ハ夫《そ》レ怪物ノ府乎《か》何ゾ其風説ノ吾人ヲ驚《おどろか》スノ多キヤ」と書き出し、開拓使の廃止に伴い、新設の府庁に雇用される一部以外、大半の官吏が農商務省に転任するという風説を捉えて、事実であれば、無用な情実人事であると批判したものである。英米の実情などにもふれ、畳みかけるような文体はなかなかに小気味よい。最後は、次のように結ばれている。

焉《いずく》ンゾ情実ヲ以テ去ル可キ者ヲモ去ラズ放ツ可キ者ヲモ放タズ徒《いたず》ラニ彼等ノ情慾ヲ充タシム可ケンヤ。我政府ハ公正ナリ。情実ヲ以テ之ヲ農商務省ニ転ズルガ如キハ或ハ虚説ニ過ギザル可シ。果シテ然《しか》ラバ余輩ノ怪訝《けげんや》稍ヤ解クルヲ得ン。若シ然ラズンバ政府ノ策此点ニ出デンコトヲ熱望スルノミ。

この社説が官吏侮辱罪に問われることになった理由について、先に引いた大岡育造の回顧談は筆名を「黒田清盛」にしていたためとしているが、これは明確に記憶違いである（この回顧談のタイトルが「黒田清盛で筆禍」）。弁護士でもあった大岡はこの事件で涙香の弁護に当たっているのに、この記憶違いはどうしたことだろうか。「黒田清盛」は、むろんこの事件の中心人物である黒田清隆をもじったもので、黒田清隆の強引さを平清盛に重ねた皮肉であろう。当時、『東京輿論新誌』編輯局内で、涙香が黒田清隆のことをそう呼んでいて、それが大岡の記憶に強く残っていたのかもしれない。この社説が掲載されたときの署名は「社末　黒岩大」である。「社末」は、編輯局員になったばかりの涙香が彼一流のセンスで付した号であろう。むろん「社の末端」という意味である。筆名が「黒田清盛」ではないのはもちろん、本文中にも「黒田清盛」はまったく登場していない。

「怪物」「蛇蝎」の表現が問われる

では、いかなる理由で官吏侮辱罪に問われたのか。『東京輿論新誌』第七一号（一八八二年〔明治一五〕三月二五日発行）などの「雑報」欄に掲載された記事を追ってみよう。涙香と仮編輯長の坂本清操の二人は、三月一〇日、東京軽罪裁判所で「官吏ノ職務ニ対シ侮辱シタルモノ為スベカラズ」として、いったんは無罪となったが、検察側が大審院に上告した（当時は二審制）。『東京輿論新誌』第七一号には、東京軽罪裁判所の検事野崎啓蔵による上告趣旨書の写とこれに対する涙香側の答弁書が掲載されており、裁判の争点が分かる。

検察側が官吏侮辱罪に当たるとしているのは、まず先に引いた書き出しの部分。「怪物」の言葉らしい。このほか「北地人民ガ開拓使官吏ヲ視ルコト蛇蝎《だかつ》ヲ視ル如ク」といったかたちで二回使われている「蛇蝎」の表現を取り上げている。一審の裁判官もこうした表現に「軽侮」を認めているではないか。それにもかかわらず、職務に関わらないとして官吏侮辱罪を否定したことは不当だというのだ。さらに、無罪判決が理由の一つにした、開拓使はすでに廃止され被害者たるべき官吏もいないとした点についても反論している。

これに対して涙香側の答弁は、一審の裁判官はその職権内において証拠不十分との判断したのだから、それを覆すのはおかしいと主張している。再審制を否定することになるこの主張自体はあまり説得力がないが、興味深いのは、一審で主張し、否定された「筆者は黒岩大ではない」という主張を繰り返し、もし大審院が上告を受理するとしたら、この点についての一審の認定を破棄してほしいとしていることだ。

問題の社説が出た直後の二月九日、涙香と坂本は東京軽罪裁判所検事局から呼び出しを受け、この社説の掲載経過を尋問されている。この件は二月一一日発行の『東京輿論新誌』第六五号の「雑報」欄に出ている。そして、同じ欄には、次のような正誤記事が載った。

○正誤　本誌第六十三号社説内に掲載せし開拓使官吏の処分を論ずと題する一篇に社末黒岩大とあるのは芝臺黒天の誤りなり。

自社の編輯局員が署名入りで書いた社説の筆者名をわざわざわけの分からない名前にするというのだから、まことに不思議な訂正である。だが、検事局から呼び出しを受けた事実と重ねると理解出来る。『東京輿論新誌』は創刊以来、すでに筆禍事件を経験している。坂本清操の「仮編輯長」という肩書きも、編輯長が有罪判決を受けていたためである。こうした経験を踏まえ、検事局の呼び出しを受けて、急遽こうした訂正を行ったのだろう。筆者を隠し、編輯局の責任を逃れようとしたのだから、ある意味で姑息な手段である。それは無罪判決を出した一審でも通用しなかったほど稚拙な対応だったと言えるかもしれない（むろん、当時の厳しい言論状況を考えたとき、私たちはこれを笑うことは出来ない）。

重禁錮一六日の判決

上告を受けた大審院の判決は軽罪裁判所への差戻しだった。差戻し審は東京ではなく、なぜか横浜軽罪裁判所で行われている。判決は検察側の主張を認め、一八八三年六月一一日、涙香は重禁錮一六日罰金二円八一銭の有罪となった。

刑法第一四一条の官吏侮辱罪の罰則は「一月以上一年以下ノ重禁錮ニ処シ五円以上五十円以下ノ罰金ヲ付加ス」である。だが、同八一条の「罪ヲ犯ス時満十六歳以上二十歳ニ満サル者ハ其罪ヲ寛恕シテ本刑ニ一等ヲ減ス」と同一〇九条の「正犯ヲ幇助シ犯罪ヲ容易ナラシメタル者ハ従犯トナシ正犯ノ刑ニ一等ヲ減ス」という規定が適用された。問題の社説が掲載されたとき、涙香は満年齢では一九歳だった。社説の執筆当事者が「従犯」というのもおかしいが、仮編輯長の坂本は「正犯」として重禁錮一月罰金五円の判決である。

この有罪判決が出た当時、涙香は「住所不明」だったらしい。判決日は一八八三年六月一一日。たしかに先に見た涙香の演説会登場も、一八八三年一月三〇日の後、翌一八八四年（明治一七）一月二六日までは空白である。そのためしばらくは刑の執行を免れたという。しかし、結局は横浜の戸部監獄で服役することになる。この監獄体験については後にふれるとして、『東京輿論新誌』を舞台とした涙香の言論活動を検討しよう。

「地方自治」の重要性を論じる

処女出版した『雄弁美辞法』はよく売れたようだ。国立国会図書館所蔵の同書の奥付を見ると、一八八二年九月に再版した後、一八八七年（明治二〇）七月に三版が刊行されている。一八八三年七月には日本橋の丸家善七（丸善）から日置益《ひおきえき》と一緒に『議事演説討論　傍聴筆記新法』を出版している。「訳補」となっているが、特定の原本はないようで、当時アメリカで流行していたリンズレー式速記法をもとに日本語の速記法を考案したものである。日置は、後に外交官となり駐ドイツ大使などを勤めた人物である。

『東京輿論新誌』では第八一号（一八八二年六月三日発行）に「茨城紀行」を発表したほか、この年は七月から一〇月に発行された八九、九〇、九二、九五、一〇〇の各号に「地方自治ノ制ハ国会開設ヨリ先ニセザル可カラズ」を五回連載している（一回目だけ無署名。後は黒岩大の署名）。一二月二三日発行の第一一〇号にも「茨城再遊記」が載った。

この間、一八八二年八月五日発行の第九〇号以降の末尾には、「社長　矢部忠右衛門」「主幹　大岡育造」と並んで「補助　黒岩　大」と記されるようになる。名前が並んでいるのは、この三人の後、「仮編輯長　坂本清操」「印刷長　丸山名政」「監督　肥塚龍」である。若年ながら涙香は『東京輿論新誌』内部で重要な存在だったことが分かる。

掲載された涙香の論説の中では、五回に及んだ「地方自治ノ制ハ国会開設ヨリ先ニセザル可カラズ」が力作と言っていい。この時期の涙香の政治思想を知る点でも重要である。明治一四年の政変の後に出た詔勅で、一八九〇年（明治二三）に国会が開設されることになった。涙香の一連の論文が掲載されたのは、一八八二年である。国会開設を八年後に控えていた。涙香の論説は表題のように、それを見据えて地方自治制の確立が急務であることを論じたのである。一回目の冒頭に言う。

国ニ議院ヲ置ク所以《ゆえん》ハ何ゾヤ。輿論ニ由ツテ政略ヲ定メンガ為ナリ。国民ヲシテ己《おの》レノ意ヲ以テ支配サル丶ヲ得セシメンガ為ナリ。国ニテ一国ノ輿論ニ由《よっ》テ支配サレサル可カズムバ一県ニハ一県ノ輿論アリ一郡区ニハ一郡区ノ輿論アリ一町村亦《ま》タ一町村ノ輿論アリ。〔……〕地方自治ノ制トハ則チ地方ヲシテ大ハ一県ヨリ小ハ町村ニ至ル迄各々其輿論ノ支配ヲ受ケシムルノ制度ナリ。〔……〕地方ニテ若《も》シ未タ自治ノ制ヲ得ズンバ国会ヲ開設スルモ能《よ》ク国会ノ功ヲ奏スルコト甚《はなは》ダ難《かた》カルベシ。

「輿論による政治」を行うために国会を開設する。その輿論は各県・各郡区・各町村でそれぞれ異なっている。地方自治制はそれぞれのレベルで輿論による政治を行うことである。それが確立されなければ、国会を開設しても機能を有効に発揮するのは難しいというわけだ。

明治政府は一八七八年（明治一一）、地方三新法（郡区町村編制法、府県会規則、地方税規則）を制定し、全国的に地方制度の整備に乗り出した。府県には府県会規則に基づく府県会が国会に先立つかたちで設置される。しかし、選挙権は年間地租五円以上納付の満二〇歳以上の男子、被選挙権は同一〇円以上納付の二五歳以上の男子に限られ、権限も地方税に基づく経費の予算とその徴収方法の審議に限定されるなど、地方自治には遠いものだった。

しかし、各地の府県会は自由民権運動の舞台ともなり、府県会の権限強化は民権派の共通した主張だった。その意味で「輿論による政治」の主張を含め、涙香の論説もその流れに沿ったものだったと言えるだろう。だが、その内容には注目すべき点が少なくない。

府県会の権限拡張は当然に主張される。その上で涙香は地方自治を実りあるものにするためには、府県は中央政府から、郡区は府県から、町村は郡区から、それぞれ独立の機関にしなければならないと説く。そのためには府県・郡区・町村の区割りを輿論の実態に合わせて見直すことを求める。さらにそれぞれの自治機関の財政のあり方を整理して財政を自立させること、府県知事（県令）、群区長ら地方の諸官を公選（涙香の用語では「民撰」）にすべきであることの二点がもっとも重要であると指摘する。単にスローガンとして「地方自治」を掲げるだけでなく、その実質化の方策を提案したのである。

政党化は不可避と指摘

地方自治に関連して政党についても論じている。地方議会の権限拡大に伴って、政党化は不可避であるというのが、涙香の基本的な立場である。

議会ノ職権斯《かく》ノ如ク弘大ナルニ至レバ其議スル所萬般ノ事ニ渉《わたり》タルヲ以テ議員中ニ自然意見ヲ異ニスル者多ク従ツテ政党分立ノ相観ヲ呈スルニ至ル可キハ之理論ヨリ考フルモ将《ま》タ欧米地方自治国ノ現況ニ照《てら》スモ争フ可カラサルノ理トス。

こうした立場から、涙香はさらに進んで、「上は府県会ノ大ヨリ下ツテ郡会村会ノ小ニ至ル迄ヲ政党内閣ノ組織ニ倣《なら》ハシム可シ」と述べる。この点は「世ノ改進論者タル者一国ニ在リテハ常ニ政党内閣ノ利ヲ説ケドモ未《いま》ダ之ヲ県庁ニ及サント主張スル者ナシ。況《いわ》ンヤ郡区町村役所ニ於テオヤ」と自ら書くように、きわめて先進的な主張だった。

ただし、地方自治体を「政党内閣」にすることの害についても注意が喚起されている。米国では選挙のたびごとに「官吏ノ任免多ク為ニ民力ヲ耗費スルノ甚《はなはだし》キ」ことを反面教師として指摘し、「政党ニ属スルノ官吏ト属セサル官吏ノ別」を厳密しなければならないとする。一般の事務を行う官吏は「政党ノ如何ヲ以テ変動セシムルコトナク」すれば、いたずらに民力を削ぐことは避けられるというのである。このあたりは英語文献を通じて米国政治の実情を学んでいた涙香の本領発揮と言えるだろう。

政治家への道を断念する

論文「地方自治ノ制ハ国会開設ヨリ先ニセザル可カラズ」は二〇歳を超えたばかりの若き涙香の政論家としての実力を十分に教えてくれる。『東京輿論新誌』で、主幹の大岡育造を「補助」する存在として健筆を揮い、演説会にもたびたび登壇した。大岡育造をはじめ、この時期、涙香の周辺にいた島田三郎、肥塚龍、大石正巳はみな後に衆議院議員になっている。しかし、涙香はこうした道を選ばず、新聞人となる。この時代、政治家であるとともに新聞にも関わるケースは珍しくないが、涙香は「新聞一本」の道を選んだ。なぜだったのか。後のことだが、涙香には一九〇五年（明治三八）一月一日発表という「余が新聞に志した動機」と題した文章がある。初出は不明だが、一九一九年（大正八）一月刊行の涙香の文集『社会と人生』に、この執筆年月日とともに収録されている。涙香会編『黒岩涙香』にも再録されている。以下、その中の「二、新聞事業に志した動機」から引く（『黒岩涙香』一〇頁）。

元来私は土佐の生れで、御承知の通り政治界では喧《やかま》しい国であります。それで私も自由党の人々には色々縁故もあり、又大《おおい》に引立てを受けました。併し其頃私は自由党の人々の仲間では、弱年でありましたから、とても競争の烈しい当時の政治界では、頭のあがる見込みはないと覚りました。志を当世に得ざれば、退いて辞を修め、道を明《あきら》かにすと云ふような心底で、自身も初めから学問の方へ入るのが性質に適《かな》つてゐるやうに思つてをりましたから、自由党、改進党、或は其頃嚶鳴社などの連中から種々誘引を受けましたが、何れにも加はらず、一番他の方面に於て学者になろうと云ふ目的で居つたのであります。左様して居る中にも、私は新聞事業に少なからぬ趣味を持つて来ましたから、遂に新聞に入ることになつたのであります。

涙香は大変な「負けず嫌い」だったという。『萬朝報』の社員たちに常々「何事を為すにも第一番になれ。第一番になれぬとも第二番に落ちてはならぬ」と語っていたという証言もある（三宅碩夫「二番に落ちるな」涙香会編『黒岩涙香』五〇〇頁）。「弱年でありましたから、とても競争の烈しい当時の政治界では、頭のあがる見込みはないと覚りました」というのは、涙香のホンネだっただろう。

挫折の末に「住所不明」に

こうして涙香は新聞人としての道を選んでいく。しかし、新聞人・涙香のスタートに筆を進める前に筆禍事件のその後を述べておかなくてはならない。

横浜軽罪裁判所で重禁錮一六日罰金二円八一銭の判決を受けた一八八三年六月一一日当時、涙香が「住所不明」だったらしいことは先に記した。この前年一一月一八日、涙香は漆間真学らとともに東洋出版会社を設立し、日刊紙『同盟改進新聞』を創刊する。しかし、当初好調だった売れ行きはすぐに伸び悩み、設備拡張などで経費がかさみ、結局、翌一八八三年年一月、わずか四五号で廃刊となった。『同盟改進新聞』は涙香の新聞人として最初の舞台となったものであり、後にまたふれるが、同紙廃刊後、涙香は頻繁に弁士として名前が出ていた演説会に登場しなくなり、『東京輿論新誌』にも寄稿していない。

『同盟改進新聞』に先立って一八八二年九月には「黒岩大　編纂」を謳った月刊誌『政事月報』も創刊した。翌年二月まで五号刊行されているのが確認出来る。太政官布告から始まり、各省達を掲載し、三号、四号、五号には社説もある。ほかに「東洋時事」「地方議会」「政党結社」「新聞演説」などの項目を設けた。「新聞雑誌」の項では、各紙の発行停止の状況などもくわしく伝えている。第一号は全一七二ページ。以後の号も一五〇ページ前後はある。社説は涙香が書いたと思われる。五号は「明治十五年の綜記」と題して、政府の新聞に対する取締まりが厳しくなっていることを問題にしている。「郵便報知新聞社ノ調査」をもとに、「〔明治〕十四年度ニ在リテハ新聞紙ノ発行停止ヲ蒙リタル者三十七ナリシモ十五年度ニ於テハ殆ド其陪シ七十三ノ多キヲ来セリ」と具体的な数字を挙げる。

全体として情報量の多い、相当に内容の濃い雑誌である。編集・製作には相当に手間ひまがかかっただろう。定価は一部二五銭。だが、五号で中断したのは採算が取れなかった結果に違いない。涙香が「住所不明」になるのは、『同盟改進新聞』と『政事月報』の挫折の後である。

この挫折によって涙香はかなりの借金をかかえることになったのではないか。「住所不明」は債権者から姿を消すためだった可能性もある。ともあれ、この時期、涙香は逼塞していた。ふたたび世間にその姿を見せるのは、一八八三年一〇月である。二六日から翌一八八四年一月八日まで計七回、『自由新聞』に二大政書出版の広告が出た。「責任出版人　竹田芳太郎　黒岩大」とあり、発行所の住所は「東京京橋区銀座二丁目四番地」となっている。同年一〇月二八日の『絵入自由新聞』には二大政書出版の出版物として『政学　一名政治理学』（一二月一五日発売）と『政経　一名政法道徳学』（一二月二五日発売）の広告が出ている。前者は「米国ウルセイ著　堀口昇訳」、後者は「米国リーベル著　大石正巳訳」。この二冊は国立国会図書館にも所蔵されている。ただし、奥付によると、広告と違って出版は一八八四年三月である。この二冊以外、二大政書出版の刊行書は見当たらない。

二大政書出版を設立

二大政書出版は義兄の秦呑舟が資金を援助した。秦については先に述べたように、銀座で医院を開き、成功していた。涙香の借金の肩代わりもしたかもしれない。秦医院は、番地は不明だが、東京京橋区銀座四丁目にあった。先の二冊の国立国会図書館所蔵本の奥付には、「出版人　札幌県士族　黒岩　大」とあり、住所が「東京府下京橋区銀座四丁目一五番地」となっている。当時、涙香は秦医院に寄寓していたのかもしれない。ちなみに、二大政書出版の所在地、銀座二丁目四番地も秦医院に近い。なお、涙香は「高知県士族」だが、奥付は「札幌県士族」である。北海道には札幌農学校を卒業した兄の黒岩四方之進がいたこともあるだろうが、おそらく徴兵逃れのために転籍したと思われる。

徴兵令は施行されていたが、北海道に適用されるのは一八八七年である。

いずれにしろ二大政書出版の広告を通じて、検察当局は涙香の居場所を知ることになった。おそらく一八八四年中に涙香は収監されただろう。

病気と労役と

涙香が収監された先は、横浜・戸部（現在の横浜市西区戸部町）にあった戸部監獄だった。戸部監獄は、安政六年（一八五九）に横浜が開港された際に設置された。戸部牢屋敷と呼ばれていたことからも分かるように、江戸時代の牢屋そのままの造りだった。牢屋は八室あり、「一室の広さ四坪又は三坪にして、之に容《い》るゝに十七八人を以てするは普通にして稀には三十人の大衆を詰め容るゝ事すらあり」（『横浜開港五十年史　上巻』一九六頁）という劣悪な環境だった。取締・頭・隅役といった囚人内部の階級もあり、私罰も横行していた。

涙香が受けた重禁錮は軽禁錮と違って労役に服す。この点では現在の懲役に当たる。涙香は野毛《のげ》切通しの拡張工事に使役された。野毛切通しは横浜開港に伴って開港地と東海道とを結ぶ道路が整備された際に野毛山を掘削して造られた。わずか一六日間とはいえ、劣悪な「牢屋敷」に入れられ、モッコを担いで土を運ぶ作業は、肉体労働を経験したことのない涙香には相当に応えたようだ。「此時の辛さは一生忘れず、その後何か苦しい時は戸部監獄の事を思ひ出すと苦しさを忘れる」と涙香にたびたび述懐されたことを、曽我部一紅（市太）が回想している（「黒岩先生と余」涙香会編『黒岩涙香』七七五頁）。曽我部は『同盟改進新聞』創刊から『萬朝報』時代まで長く涙香とともに仕事をした（曽我部の「黒岩先生と余」は、自伝の類を残さなかった涙香の生涯を知る貴重な文献であり、本書でも以下たびたび参照する。以下、この文献については、涙香会編『黒岩涙香』の該当ページのみを記す）。

戸部監獄に収監される前の時期、一八八三年一月三〇日を最後に、国友会政談演説会の弁士から黒岩大の名前が消える。再登場は翌年一月二六日である。「復帰」を飾った一月二六日と次の二月九日の演題は「病の説」（五四頁参照）。それ以前にはなかったテーマである。戸部監獄収監時との前後関係は不明だが、実は、演説会空白の時期、涙香は脚気を患っていたらしい。これは先にふれた漆間真学の回想にある（「侠気と熱心とで一貫」涙香会編『黒岩涙香』四九一頁）。「零落を極めて浅草千束村の下宿屋吉田といふ家」に逼塞していたころ、「脚気病に罹《かか》り銀座二丁目の秦氏宅に釣台に載せて担ぎ込んだ」という。当時、脚気は原因不明で、死に至ることも少なくない重病だった。涙香の病臥は数カ月に及んだらしい。演説会復帰後の演題「病の説」は、自己の闘病体験と関わるものだったかもしれない。

二大政書出版の立ち上げを援助した秦呑舟は、それ以前に涙香の叔父黒岩直方らと相談して涙香を官途に就かせようとしたという。だが、涙香はこれを断った。「官吏は嫌ひだと駄々を捏《こ》ね」たと、漆間真学が前記の回想の中で記している（涙香会編『黒岩涙香』四八七～四八八頁）。以後、秦らからの金銭的援助は断ち切られる。そうした中での脚気罹患と戸部監獄での苦役である。順風満帆とまでは言えないとしても文筆家・翻訳家として順調に地歩を固めつつあった涙香は、この時期、人生最初の危機に直面していたと言えるだろう。

しかし、新聞人としての涙香の本格的な活動は、この危機を乗り越えたところから始まる。涙香の名を不朽のものとした『萬朝報』創刊までの間、涙香の疾風怒濤の時代がいましばらく続く。

第三章　『萬朝報』以前

1　『日本たいむす』まで

政党機関紙の時代

涙香が『同盟改進新聞』を創刊したのは、すでに述べたように、一八八二年（明治一五）一一月一八日である。当時は、国友会の政談演説会にたびたび弁士として登壇し、『東京輿論新誌』の「主幹補助」として社説を精力的に執筆していた。しかし、一方で「新聞」への思いも募ってもいたのだろう。しかも、当時の言論状況が、こうした涙香の思いに拍車をかけたはずだ。『同盟改進新聞』創刊にふれる前に、そのあたりを瞥見しておきたい。

明治三年一二月八日（一八七一年一月二八日）に創刊された『横浜毎日新聞』が近代日本における新聞の嚆矢《こうし》とされる。すでに幕末以来、数々の新聞は登場していたが、それらは半紙を綴じた冊子体だった。『横浜毎日新聞』は、現在の新聞の判型に近いスタイルで刊行された、日本人の手による初めての日本語による日刊新聞だった（創刊間もなく日刊となり、やがて鉛活字で印刷されるようになる）。以後、『東京日日新聞』『日新真事誌』『郵便報知新聞』『読売新聞』などが次々に創刊し、東京以外の各地でも新聞が生まれている。

当初、文明開化政策を広く民衆に伝達するための「有用な道具」として新聞の役割を重視した政府は、新聞発行を後押しした。しかし、一八七四年（明治七）一月、板垣退助らが左院に提出した民撰議院設立建白書が『日新真事誌』に掲載されたことをきっかけとする自由民権運動の高まりの中、厳しい取締まりの姿勢に転じる。一八七五年（明治八）の新聞紙条例と讒謗律がその具体化だった。

しかし、たび重なる発行停止や責任者の処罰にもかかわらず、多くの新聞が発行を続けた。一八八一年（明治一四）、一〇年後の国会開設が決まると、民権運動の中から自由党が生まれ、翌年には立憲改進党も結成された。民権派に対抗するかたちの立憲帝政党も生まれた。これらの政党は政治運動の手段として既存の新聞を機関紙とする。当時の東京発行の新聞を見ても、有力紙の大半が自由党あるいは改進党の機関紙ないしは系列紙となる。メディア史研究者の山本武利はその状況を次のように整理している（『新聞と民衆』一二一頁）。

自由党機関紙＝『自由新聞』『絵入自由新聞』『自由燈』
改進党機関紙＝『郵便報知新聞』『東京横浜毎日新聞』（『横浜毎日新聞』から改称）『改進新聞』
改進党系＝『読売新聞』

有力紙の中では『朝野新聞』だけが旗幟鮮明ではなかった。これは中心的に社説を書いた末広鉄腸が自由党員、社長で「雑録」を執筆した成島柳北《なるしまりゅうほく》が改進党員だったことから論調が一貫していなかったためである。『朝野新聞』は「どっちつかずの新聞」として批判される。世は「政党機関紙の時代」だったのである。

『同盟改進新聞』の主筆に

涙香が『同盟改進新聞』創刊に加わったのは、こうした「政党機関紙の時代」への反骨があったに違いない。むろん単なる感情的な反発ではなく、そこには「新聞」のあり方に対する涙香の強い確信があった。

『同盟改進新聞』は曽我部一紅の回想（曽我部、七七一頁）によると、三宅虎太が資本を出し、漆間真学が実際の経営に当たった。涙香は主筆という立場だった。主筆といっても、記者は涙香と曽我部のほか一、二人しかいなかった。三宅虎太は、民権運動の周辺にいた人物で、『民権自由　日本演説軌範』『国会切望景況録』などの編著を出す一方、米国の性科学書の翻訳『通俗男女自衛論』など多彩な本を明治一〇年代前半に刊行している。曽我部は「三宅氏の著書は当時非常に持囃《もてはや》されたが、もと文筆の人ではなく、他の学生が執筆した原稿を氏の名で出版して巨利を占めた」と酷評している。出版で手にした「あぶく銭」で新聞を創刊し、さらに「一もうけ」をねらったということかもしれない。

三宅の思惑はともかくとして、初めて主筆となった涙香は自身の確信を実現しようと試みる。

吾輩ハ政党ノ外ニ立テ

『同盟改進新聞』の創刊号一面には、無署名の「同盟改進新聞発行ノ大意」が載っている。さらに、「寄書」（投書）欄には「同盟改進新聞発兌《はつだ》ヲ祝ス」と題した文章があり、こちらは「黒岩大」の署名がある。三面から四面に及ぶ長い文章である。署名はないが、前者も涙香が書いたものと思われる。「政党機関紙の時代」に対する批判が鮮明に述べられており、後者はこの『同盟改進新聞』の編集方針に賛意を示したものである。二つの文章は、涙香の「自作自演」ということになる。「大意」の方を見てみよう。

頑盲《がんもう》ヲ開排シテ以テ公正ノ真理ヲ講究シ誤見ヲ是正シテ以テ天下ノ大道ヲ顕示シ其沢ヲ千載ニ遺伝スルハ未ダ嘗《かつ》テ言論文章ニ若《し》クモノアラス

冒頭の文章は後の涙香には見られない堅苦しい調子である。初めて主筆として紙面を主宰することになった二〇歳の青年は少し力んでいたかもしれない。しかし、具体的な編集方針にふれた部分では、政党機関紙となった諸新聞への明確な批判が展開される。

〔……〕吾輩ハ政党ノ外ニ立テ其主義ヲ改進自由ニ取リ茲《ここ》ニ一ノ新聞紙ヲ発行シ大ニ一局門戸ノ外ニ出テ公正ナル真理ト天下ノ大道トヲ講明シ彼自由改進ナル一語ハ決シテ一二ノ政党ノ私有スベキモノニアラザルヲ示シ自由改進ノ主義ヲ講明セントス

いま新聞の多くは自由党や改進党の主張を展開するだけで、いわば「政党の道具」になってしまっている。「自由」や「改進」という言葉は一政党の私有物ではない。涙香はそう言いたいのである。だから、『同盟改進新聞』は「政党ノ外」に立って、本来の「自由改進ノ主義」を明らかにしていくという。これは、涙香による「独立新聞宣言」である。この独立新聞の構想は、後に『萬朝報』において、より明快に、より分かりやすいかたちで示されることになるだろう。ここでは、最初に新聞に関わったときから、すでに涙香は言論の独立性を明確に意識していたことを指摘しておきたい。

しかし、言うまでもなく志だけでは新聞発行は続かない。前に記したように、当初は評判のよかった『同盟改進新聞』だったが、好調は続かず、結局四五号まで出して一八八三年（明治一六）一月、あえなく廃刊となった。涙香はこの経験から、新聞にとって「売れること」が何よりも重要であることを痛感しただろう。この経験もまた『萬朝報』において生かされることになる。

『日本たいむす』で再起

この後、涙香が経験した人生の危機にはついては先にふれた。一八八五年（明治一八）八月、涙香は危機を乗り越え、『日本たいむす』で新聞人としての仕事を再スタートする。

『日本たいむす』入社は『同盟改進新聞』で同僚だった曽我部一紅の誘いだった。『同盟改進新聞』が廃刊に追い込まれた後、曽我部は『輿論日報』に入った。各新聞の社説を抜粋した新聞で、曽我部によれば、同紙は「編輯掛は余一人、工場長の落合代次郎氏が夜の十一時頃、各社の社説の載つてゐる片面の新聞ゲラ刷を取つて来るのを待ち、余が鋏《はさみ》にて社説と雑報を切取り、工場へ廻し、校正員保坂某と余が校正し午前九時から刷出《すりだ》し午前中に配達するといふ仕組で発行された」（曽我部、七七六頁）という。

まさに「他人のふんどしで相撲を取る」を実行した新聞である。一枚一銭の廉価で各紙の社説が読めることからなかなかの人気で、一時は一万部以上も売れた。ところが、各新聞社にしてみればたまらない。連合して政府に訴えた結果、新聞紙条例が改正され、新聞の論説はその社の許可がなければ一週間以内に掲載してはいけないことになった。『輿論日報』はやむなくふつうの新聞のように社説を書かざるをえなくなったのである。そこで、主筆として曽我部が推薦したのが涙香だった。『輿論日報』は『日本たいむす』と改題し、涙香は社説のほか、雑報（一般ニュース）も書いた。

「小新聞」の世界を経験する

『日本たいむす』は、一面トップに横書きした日本語の題字の下にTHE ILLUSTRATED DAILY NEWSとPRICE ONE SEN A LIEFと英語名を表記し、その下にさらに「絵入現金一仙新聞」（「一仙」は「一銭」の意味）と日本語で謳っている。本文はルビ付きの小新聞《こしんぶん》の形態である。

先に「政党機関紙の時代」にふれたが、それ以前、『横浜毎日新聞』創刊以来、日本の新聞史の流れの中では、大新聞《おおしんぶん》と小新聞が並列する時期があった。小新聞は、一八七四年一一月二日に創刊した『読売新聞』から始まる。同紙は「此新《このしん》ぶん紙《し》は女童《おんなこども》のおしへにとて為《ため》になる事柄《ことがら》を誰《だれ》にでも分《わか》るやうに書《かい》て出《だ》す旨趣《つもり》でござります」（創刊号の「稟告《しらせ》」、ルビは原文のまま）と謳った。引用文のように漢字は総ルビ付きで、談話ふうの文体で書かれた。大新聞のような論説はなく、もっぱら市井のニュース（雑報）を掲載し、読者の興味を引く出来事や講談筆記を連載した（これらは「続き物」と呼ばれ、新聞連載小説の前身とも言うべきものである）。判型が小さかったことから小新聞の名が生まれ、これに対して既製の新聞は大新聞と呼ばれるようになった。

内容と文章の難しさもあって、大新聞の読者は士族や上層平民が中心だった。これに対して一定の識字能力があれば読みこなせた小新聞の読者層は広く、部数は大新聞を上回った。このため大新聞もやがて小新聞の要素を取り入れ、小新聞も論説を掲載するなど大新聞に近づいていった。明治一〇年代後半には判型や記事内容などで大新聞・小新聞の明確な区別は消えていく。

だが、その一方、小新聞に出自を持つ新聞と大新聞の伝統を受け継ぐ新聞の間に、少なくとも作り手の意識には違いがあったように思える。

涙香が新聞人としてのスタートを切った『同盟改進新聞』は、大新聞の流れを引く新聞である。涙香は政党から独立した新聞を指向しつつ、同紙で政治を論じた。文章も後の涙香と違って明らかに「大新聞調」の堅苦しい文体である。これに対して「絵入現金一仙新聞」を謳った『日本たいむす』は、前述のように漢字に総ルビを付した小新聞の形態である。「絵入」の名が示すように、講談筆記の「続き物」には、大きな挿絵が付いている。

『日本たいむす』は一八八五年一二月九日、わずか五一号で廃刊となってしまう。だが、『日本たいむす』での短い経験は、「大新聞的世界」に浸かっていた涙香の目を直接政治に関わるものごとだけでなく、広く世の中全般の出来事にも向けることになったように思える。

毎号ではないが、涙香は社説を書いた。涙香が「大新聞的世界」から抜け出しつつあったことを教えてくれるのは、一八八五年一一月一三日と一四日に香骨居士の筆名で書いた「人力車は我国の面汚し」と題した社説である。

人力車を批判し、自転車を勧める

涙香は、人力車が町にあふれ、車夫が争って客引きをしている状況を「我国の面汚し」として嘆く。ある外国人が本郷の東京大学医学部から飯田町辺りまで歩くうちに三三回も人力車に勧誘されたと英字紙に書いているというエピソードも紹介する。人力車の砂塵《さじん》で車夫は健康を害す。乗る人は運動不足になる。車夫を抱えるのも不経済だ。こうした批判に加え、人間が動物となって人の乗る車を曳《ひ》くのは外国人から見れば、野蛮人の行為に見えるとも指摘する。最後は人力車に代わる交通手段として自転車を勧める。

哀れ世の善徳方《ぜんとるまんがた》よ是非々々抱へ車を廃して代りに自転車を買入れたまえ。自転車は第一御自身お為にもなり見栄も好く夫のみか我国の面汚しなる人力車を減らす近道にもなり殊《こと》に外国に対しても幾等か鼻の高き訳に非ずや。誠《まこ》とに人力車は日本の面汚しなり。乗る勿《なか》れ。（「善徳方」のルビは原文通り。これ以外のルビは適宜省略）

論じる対象が人力車という身近なものであり、文章も平易である。政論演説会で格調高く政論を弁じていた若者は、すでに「大新聞的世界」から脱しつつあったのである。

「自転車」に関して言えば、涙香は後年、『萬朝報』に「自転車界」という欄を設け、自身で自転車の遠乗会やレースに参加して、自転車の普及に努める。自転車は多趣味で知られる涙香の一面として言及されることが少なくないが、自転車に対する関心は年季が入っていたのだ。

ちなみに、自転車は明治初年に輸入され、コピー商品が日本人の職人の手で作られるようになった。明治一〇年代には貸自転車がブームになった時期もあるが、その後は富裕層のステータス・シンボル的な遊具の色彩が強かったという（斎藤俊彦『くるまたちの社会史』七八〜八九頁）。

英文記事も載せる

『日本たいむす』では、黒岩涙香はいかにも涙香らしい新しい試みもしている。英文記事を載せたのである。東京大学明治新聞雑誌文庫所蔵の現存紙面で見ると、一八八五年九月一一日の一一号三面が最初である。記事には表題はなく、いきなり次のような英文で始まっている。

There was a certain Widow, who had an early sheep; and, wishing to make the most of his wool, she sheared him so closely that she cut his skin as well as his face.

羊を飼っていた寡婦が出来るだけ羊毛を得ようと考えて、念入りにその羊の羊毛を刈ったのだが、そのあげくに羊の顔まで刈ってしまったというわけだ。最後に、Middle measures are often meddling measures. とあって、「中庸も余り過ると干渉に成るものなり」という訳語が付されている。つまり、一つの教訓話である。イソップ寓話に「出典」はないかと考えて探したが、これについては該当する寓話は見つけていない。

続く一二号は、清国に旅行したGeneral Count Kurodaの帰国譚である。Kurodaは当時内閣顧問だった伯爵黒田清隆のことである。こちらはいちおうニュース記事の英語版と言える。しかし、この後はこうした英文のニュース記事はなくなり、教訓話になる。いくつかは明らかに出典がイソップ寓話と思われるものもある。九月三〇日の二六号からは「対訳」とタイトルが付されて一面に載っている。

こうした英文記事の中で異色は、九月二六日の二三号に載った西行の和歌の英訳だろう。「左の一篇は西行の名高き歌を英語に訳せしものなり」と前書きがあって、Oh! to wander High and higer, Over the ragged mountain wayなどの英文が掲載されている。これは西行の歌集『山家集』に収録されている「しをりせじなほ山深く分け入らん憂き事聞かぬ所ありせば」の英訳を試みたものである。この和歌が数多い西行の作品の中でとりわけ「名高き歌」と言えるとも思えないし、涙香がこの作品を選んだ意図も記されていない。涙香にしてみれば、自身の「英語力」の一端を発揮して見せたというところだろうか。その後はこうした和歌を英訳する試みはない。

涙香は後に英語の小説を数多く翻訳して人気を得る。新聞の英文記事という点では、『萬朝報』に英文欄を作ったことでも知られる。いずれも後にふれることになるが、『日本たいむす』での試みは、英文記事を通じて読者を啓蒙しようという思いが、この時期から涙香にあったことを物語るものだろう。

長期の発行停止で廃刊に

『日本たいむす』はそれなりに評判もよく、売れたようだった。曽我部一紅は「君〔涙香〕の犀利なる筆致と忌憚なき事実の描写には大《おお》いに『たいむす』は声価を増した」と回想している（曽我部、七七七頁）。しかし、曽我部によれば、「君が忌憚《きたん》なき議論は遂に其筋の忌諱《きい》に触れ、八週間の発行停止を命ぜられた」という（同前）。発行停止の理由について、伊藤秀雄は「三十号の紙上に於ける涙香自身も気付かぬような、彼の書いた些細な記事が当局の忌諱に触れて」（『黒岩涙香』四六頁）と記しているが、三〇号は東京大学明治新聞雑誌文庫でも欠本で、対象記事は不明である。

発行停止期間は一〇月五日から一一月一〇日までに及んだ。解除第一号になる一一月一一日紙面では、読者の注目を浴びるべく、一面全部を人気浮世絵師の小林清親《きよちか》の筆になる七福神を色刷りで掲載する試みをした。むろんまだ色刷りができる印刷技術はなかったから、社員総出で七福神に彩色を施したという。しかし、長期間の発行停止はもともと零細な経営に深刻な打撃を与え、一二月九日、『日本たいむす』は五一号で廃刊となった。

友人のために衣服を質入れ

『日本たいむす』が廃刊となった一八八五年一二月、涙香はまだ二三歳である。新聞社の「主筆」と言えば、現代の感覚では何やらエラそうだが、当時の新聞社にあっては何人かいる記者のうち上席で論説を書く人、という程度の存在である。

この後すぐにふれるが、涙香は『日本たいむす』が廃刊した後、『絵入自由新聞』に当初は、探訪員として入社し、間もなく主筆となる。探訪員は「タネ取り」と俗称されたようだが、どちらかというと、現代の新聞記者に近いだろう。「雑報」を取材し、記事を書いた。涙香が『絵入自由新聞』に探訪員として入社した時の月給は六円、主筆になった後は一〇円だったという（伊藤秀雄『黒岩涙香』五二頁）。一八九〇年（明治二三）の巡査初任給六円と同じレベルである。涙香はおそらく英語のペーパーバック本を大量に購入していたはずで、すでに述べた事情で縁者からの経済的支援は打ち切られていただろうから、日々の生活は相当に厳しかったと思われる。どんな生活を送っていたのだろうか。

この時期、涙香ともっとも交流が深かった曽我部一紅が記すエピソードをいくつか紹介しよう。いずれもすでに何度か引いた「黒岩先生と余」（涙香会編『黒岩涙香』）にある。

まず、『日本たいむす』入社時の話である。一足早く入社していた曽我部は、経営者の大平参次から主筆になれる人物の物色を依頼され、涙香を推薦する。

余は君（涙香）を推薦し君を猿楽町の下宿に訪ふと、春寒未だ去らざるに君は単衣にて蒲団の中にくるまり、見るも気の毒の有り様であつた。余の来意を聞き「厚意は辱《かたじ》けないが同宿の友の病を救ふため、所有の衣服は素より書籍まで典して今は此衣一枚にては如何《どう》する事も出来ぬ」との答へに、余は何とか工夫すべしと帰り、大平氏の外套を借来りて君に渡すと、君は単衣の上に外套を着、余と同道で鎗屋町の西洋料理弥生亭に赴き、此所で大平氏と会見し入社の約束をした〔……〕。

（曽我部、七七六～七七七頁）

涙香が『日本たいむす』に入社したのは、一八八五年八月なので、「春寒未だ去らざるに」というのは季節が合わないのだが、いずれにしろ、この時期、涙香は相当にみじめな日々を送っていたらしい。にもかかわらず、「同宿の友の病を救ふために」、単衣の着物一枚以外の「全財産」を質入れしたというのである。曽我部は、引用部分のすぐ後で「是を見ても君の友情に富んでゐる事が分る」と書いている。

「遊び」にものめりこむ

曽我部一紅の回顧話を続ける（曽我部、七七八～七七九頁）。

『日本たいむす』に入社した後、涙香は曽我部ら他の編輯局員五人とともに銀座・竹川町（現在の銀座七丁目）にあった社の二階で起居していた。廃刊となった後、不払いだった給料の代わりに足踏み式の印刷機を受け取り、それを四〇円で売った。社の二階を退去し、一夜を木賃宿で過ごした後、涙香ら六人は築地・新富町四丁目の六畳一間を月一円五〇銭で借りた。四〇円は「共同資金」として使い、各自就職活動を続けたという。

涙香はすでに記したように、一八八六年（明治一九）四月には『絵入自由新聞』に入社したから、この耐乏生活は四カ月足らずで終わっただろう。しかし、涙香はこの生活の中でも、やはり「我が道を行く」という日々を過ごしていたようだ。「共同資金」以外にアルバイト的な原稿料も入ったのだろう（曽我部は「月世界旅行等の翻訳をして居られた」と書いているが、「月世界旅行」という涙香の翻訳作品は刊行されたかどうかを含めて不明である）。

当時君は下情に通ずるには寄席や遊郭に出入するのがよいとて毎夜銀座の金沢亭に行き、夫から吉原の茶屋米川で幇間《ほうかん》や芸妓と花合《はなあわせ》などを行つたものだが、収入の少ないのに遊びが華美なので自然に米川に負債が出来、米川の主人が新富町へ勘定を取りに来ると、君は直ぐ米川と花合を始める。米川は下手の横好きで、何時でも取られて勘定は帳消されるが、少しも懲りずに新富町へ遣《や》つて来る〔……〕。

ここで「花合」とあるのは、花札遊びのことである。涙香は生涯を通じてさまざまな大衆的娯楽を実践した。とりわけ、撞球（ビリヤード）、連珠（五目並べ）、かるた（百人一首）、闘犬など勝負事を好んだ。負けず嫌いの性格もあって、何にせよ、その入れ込み方は尋常ではなかった。こうした涙香の一面については〈間奏2　趣味人・涙香の周辺〉でふれるが、このころは花札遊びにのめりこんでいたのだろう。そして茶屋の借金を帳消しに出来るほどに強かったのである。

2　論説記者・涙香

『絵入自由新聞』主筆に

先に記したように、涙香は一八八六年（明治一九）四月、『絵入自由新聞』に探訪員として入社し、間もなく主筆となる。『絵入自由新聞』は、一八八二年（明治一五）九月に創刊された。同年六月に自由党の機関紙として創刊された『自由新聞』の小《こ》新聞版である。題号にあるように、連載読物や雑報記事に大きな挿絵を付けて掲載している。
涙香は、先にふれたように、『日本たいむす』で「政党の道具」になっている新聞のあり方を批判していた。小新聞とはいえ、政党に属する新聞の主筆になるのは「転向」と言えないことはないが、『自由新聞』と違って、自由党機関紙の色合いは強くない。その点で、涙香にも心理的な抵抗が少なかったのかもしれない。そして、何より生活のためでもあっただろう。志に沿った「独立新聞」を創刊するのは『萬朝報』まで待たなくてはならない。

社説を精力的に執筆

一八八九年（明治二二）一一月八日の『絵入自由新聞』は一面冒頭の「社告」で、新しい社員の招聘を伝えている。その末尾に「従来の社員中黒岩周六右田寅彦の二氏は都合により退社せり」とあり、前半では「主筆には旧の如く林林次郎氏（雪廼舎かをる）之に当り」と記されている。涙香の『絵入自由新聞』在社は三年半ほどで、途中からは主筆ではなくなっていたことが分かる。これは後に見るように、翻訳小説の執筆が忙しくなったためと思われるが、それでも涙香は退社した年の前半まで、社説を精力的に執筆している。

この時期の『絵入自由新聞』の社説は署名のないものがほとんどだが、涙香は「香骨居士」の筆名を使っている。涙香が執筆したことが確実な社説の掲載日とタイトルは次の通りである（＊が「香骨居士」の筆名があるもの。それ以外はカッコ内に筆名を記した）。

▽一八八六年（明治一九）

四月二〇、二一日「東洋の政治家は何故に辞職の名誉と快楽を尊重せざるや」＊
九月四日「小新聞の社説」（黒岩大）
九月五、七、八日「書生も亦不景気の一原因」＊
九月一四、一六日「必要の説」（香骨生）
一〇月一四、一五日「虎疫《これら》より恐ろしき者」＊
一〇月二六日「引込思案の時に非《あら》ず」＊

▽一八八七年（明治二〇）
一月四日「我進んで愚なる日本人を賢くせん」＊
一月六、七日「文章三傑の小伝」＊
一月二〇、二一、二二日「人は生《いき》たる竈《かまど》なり」＊
三月八、九、一〇、一一日「株金を募る方法」＊
四月三〇日、五月一日「死す可し〳〵」＊
七月一三日「内地雑居は内外合併相撲の手際に仕たく無い」（半士半商人投書）
七月二三日「内閣は何《ど》ふなるだらう」（半士半商人述）
七月二八日「谷子爵の辞職」＊
七月三一日、八月二日「政治見物」（香亭瓶花述）
八月三日「志士運動会の必要」＊

八月一四日　「覚悟は善か、南無阿弥陀仏」（半士半商人述）
八月一八日　「日蝕を見て悟れ」＊
八月二五〜二七日　「学士の功罪」（半士半商人述）
九月六、七日　「祟り文字」＊
九月一七〜二八日　「政治家の道具」（半士半商人）
▽一八八八年（明治二一）
九月二五日　「新聞記者と地方官」＊
一二月八日　「黒田伯」（涙香生述）
▽一八八九年（明治二二）
一月一六日　「宿下りの小僧さん達に告ぐ」＊
三月二六、二七日　「必ずしも朝に入らず」（香骨子）
三月二八日　「今日の連立内閣」（黒岩涙香述）
四月二六日　「譴責《けんせき》について」（涙香生）
五月四日　「大同団結の大会議」（涙生）

新聞社説の啓蒙的役割を強調

『絵入自由新聞』の論説記者としてのデビュー作は入社間もない一八八六年四月二〇日と二一日に掲載された「東洋の政治家は何故に辞職の名誉と快楽を尊

重せざるや」である。このときから香骨居士の筆名が使われた。

アイルランドに自治を与えようとするグラッドストン首相の政策に反対して閣僚が次々に辞任するといったイギリスの当時の状況にふれ、自身の政策的立場が容れられない場合、政治家は辞職することがイギリスでは「憲法上の習慣」なのであって、政治家はそれによって「名誉と快楽」を得ると説く。前年一二月、太政官制を廃して初代総理大臣の伊藤博文以下、宮内・外務・内務・大蔵・陸軍・海軍・司法・文部・農商務・逓信の各大臣が任命され、宮内大臣以外の各大臣によって内閣が組織された。タイトルに「東洋の政治家」とあるだけで具体的な言及はないのだが、この社説は内閣制度発足を視野に書かれたものだろう。

次に登場する涙香による社説は、四カ月余り後の「小新聞の社説」である（九月四日）。黒岩大の筆名が使われている。冒頭に「予は本年四月を以て当社に入りたれども爾後不幸にして病ひに罹《かか》り筆を執る事意の如くならず」と釈明している。脚気が再発したのかもしれない。病癒えて「読者諸君に対する道徳上の責任」を果たすべく書かれたこの社説は、涙香の論説記者としての姿勢をストレートに表明したものである。黒岩大の筆名を使っているところに涙香の意気込みが表れている。新聞人・涙香の生涯を考える意味で重要な文章と言っていい。その主張は、一言で言えば、新聞社説の啓蒙的な役割の強調である。

「誨ゆるを主意とせざる可からず」

社説のタイトルにある「小新聞」は、前にふれた明治期の新聞における新聞の違いとして語られる大《おお》新聞・小《こ》新聞の一方のことである。明治一〇年代後半になると、判型や記事内容の面で大新聞・小新聞の間に大きな違いはなくなってくることは前にふれた。小新聞にも社説が登場する。しかし、小新聞に出自がある新聞は、やはり社説においても政論新聞としての伝統を持つ大新聞とは少なからず内容的な違いがあった。涙香の「小新聞の社説」と題した社説は、小新聞化するかつての大新聞とともに、こうした社説を批判したものである。

今日小新聞の社説と云へる者は概《おおむ》ね有るも猶《な》ほ無《なき》がごとくにして読者に対し殆《ほとん》ど何等の勢力をも有せず。斯《か》く勢力なきは決して小新聞に社説欄を設けたる主意に副《かな》ふ者に非《あら》ざるなり。

現に涙香が執筆しているのが「小新聞の社説」欄なのだから、自己批判ということにもなるが、病が癒え、本格的に社説を書くことになった涙香の、一つの決意表明とも言えよう。

涙香は新聞の存在理由を、まず「云ふ迄もなく日々の事実を紙上に載せ之を読者に告《つげ》て知らしむるの具」と説明する。しかし、これでは社会の出来事に関心のある読者しか得られない。そこで、「告知（即《すなわ》ち雑報）欄の外更《さら》に読者に媚《こび》て以て喜ばしむるの工夫を設けあり」と、新聞の別の側面に言及する。小新聞にあっては、「或《あるい》は無用の続き物を載せ或《あるい》は木版の挿絵を加ふるの類《たぐい》」が、これに当たるという。

涙香の以上の指摘は、現代的な言い方をすると、ニュース記事と広い意味での娯楽提供ということになろう。その上で、涙香はもう一つの新聞の役割を社説に求める。

世の中には斯《か》く告げて知らしむる雑報と媚《こび》て以て楽しむる続き物とを好む人のみに非《あら》ず。此外に猶《な》ほ誨《おしえ》を請ひ自《こ》ら誡《いましめ》んと欲す高尚の人士あり。斯《かか》る人士は到底雑報続き者の類のみ以て満足せざるが故に之を満足せしめんが為《た》め誨《おし》へて以て戒《いま》しむ欄を必要とす。是即ち社説の設けある所以《ゆえん》なり。左れば〔……〕社説は飽《あく》までも志望《こころざし》ある人に誨《おし》ゆるを主意とせざる可からず。

漢字の「誨」から思い浮かぶのは「教誨《きょうかい》」という熟語である。「おしえさとすこと」と手元の国語辞典にはある。「教誨師」となると、刑務所などで受刑者を対象に徳性教育を行う人を指す。涙香は別のところでは、「警醒《けいせい》」という言葉も使っている。こちらは「ねむりをさますこと」だが、私たちに比較的なじみがある用語で表現すれば、涙香は小新聞の社説に世の中の人々を啓蒙する役割を求め、自らその任に当たろうと考えたのである。

啓蒙家としての初心

論説記者としての決意を表明した社説としては、一八八七年（明治二〇）一月四日の「我進んで愚なる日本人を賢くせん」にも注目すべきである。元日から三日までは休刊だったから、一月四日はこの年最初に発行された新聞だった。年頭に当たって、涙香は自らの啓蒙の志を直截に語っている。一部の学識のある人をのぞけば、「一般多数の日本人が推平《おしなら》して智識乏し」として、涙香は具体例を列挙していく。

日本の芝居は野蛮だという人は多いが、実際に西洋の芝居を知る人はどれほどいるのか。日本の小説は「美術」（芸術）とは言えないという人は多いが、「美術の理」を理解している人は少ない。日本の衣服は不経済だと言って、洋服の利を唱える人がいるが、ラシャの相場を知らない。「不潔の空気は衛生に害あり」とやかましく説く人がいるが、「衛生法の一般」も「空気と身体の関係」も知らない人がいる。「万国の形勢」を説きながら、ヨーロッパの歴史やイギリスやフランスの実情についての知識はきわめて浅い。

このように指摘した後、次に新聞の役割を述べる。

斯《か》く日本人は一般に愚かなる者蒙昧無智なる者と相場が極《きま》る上は是を其儘打捨《そのままうちすて》て差閊《さしつかへ》無きやと問ふに決而然《けっしてしか》らず。及ぶ丈は力を盡《つく》して此無智をも有智と為し愚《おろか》をも賢《かしこ》と為すの手段を盡《つく》さゞる可からず。扨《さて》其手段と云ふも種々ある可きが其中《そのうち》にも吾衆《われら》の最《もっ》とも手近に有る者は新聞紙なり。

この後は、先にふれた「小新聞の社説」の論調と同じように、社説の現状を批判し、「其時のことを其時に論ずる」のが新聞社説の主意だとしても、視野を広げて、もっとさまざまな問題を取り上げて、一般の民衆の蒙を啓くべきだと主張する。結語は以下の通りである。

吾衆聊《われらいささ》か茲《ここ》に感ずる所ある故爾来《じらい》は時事を論ずるの傍《かたわ》らに於て勉《つと》めて世人の智識を助くるに足る理学上文学上は申すに及ばず或《あるい》は衛生上或は俗事等総《すべ》て既に一定の確説若《もし》くは事実ある者をも記す可し。是実に進んで此愚なる日本人を賢くするの道なればなり。依《よっ》て聊《いささ》か茲《ここ》に予《あらかじ》め其旨を記し置くと云ふ。

ここに記された涙香の志向は、間もなく自らが創刊する『萬朝報』において全面的に展開されることになる。『萬朝報』はスキャンダル報道とともに語られることが多い。しかし、この社説は、新聞人・涙香には啓蒙家としての初心もまた強かったことを教えてくれる。実際、後にふれるように、社会改良団体「理想団」の結成や『天人論』などの著作は、涙香がこうした初心を貫いたものと言える。

ノルマントン号事件の報道で活躍

『絵入自由新聞』時代の涙香については、ノルマントン号事件の報道で活躍したことにふれておくべきだろう。ノルマントン号はイギリスの貨物船で、一八八六年一〇月二四日夜、横浜から神戸に向かう途中、暴風雨に遭い、紀州沖で暗礁に乗り上げて沈没した。その際、船長ジョン・ウイリアム・ドレーク以下イギリス人、ドイツ人の船員二六人はボートで脱出して無事だったが、日本人乗客二五人全員は船内で溺死した。

ドレーク船長らは領事裁判権を持つ神戸駐在のイギリス領事ジェームズ・ツループのもとで海難審判に付された。しかし、一一月一日、「船員は日本人に早くボートに乗り移るように勧めたが、日本人は英語が分からず、船内にこもって出ようとしなかった。ノルマントン号は貨物船で日本語が話せる乗客向けのスタッフはいなかった」などの供述が認められ、全員が無罪となった。

これに対して新聞各紙は非人道的行為、人種差別と批判し、世論が沸騰した。背景には領事裁判権を認めた不平等条約があった。条約改正交渉を進めていた政府も黙視出来ず、井上馨外相は一一月一四日、内海忠勝兵庫県知事に命じて、船長ドレークを殺人罪で横浜のイギリス領事裁判所に告訴させた。

予審が一四日から神戸のイギリス領事館で始まった。『絵入自由新聞』は社説で批判を展開することはなかったが、他の新聞と同じように犠牲者遺族への義捐金募集を大々的に行った。涙香は、この予審のもようを伝えるべく、一七日、神戸に特派される。同日の『絵入自由新聞』は、「●社員特派」として、これを一面トップ記事で伝えている。

(驛遞局認可)　明治十九年十一月十七日

繪入自由新聞

●社員特派《しやゐんとくは》

ノルマントン号沈没の際我が同胞二十五人が捨殺にされたる今回の事件ハ實に未曾有の珍事なれバ此際右に關する正確の事實を社會公衆に報導するため實地の模況見聞及び神戸なる英國領事廳に於て開かるゝ該船長ドレークの裁判傍聽の爲め弊社に於てハ社員黒岩大を本日横濱解纜の近江丸に乗込ましめ該地へ特派せしめたれバ爾來此事に關する報導ハ細大洩らす事なく當時該船沈没の實况及び公判の模様等迄一切觀し得たる者ハ號外附録を發し成可丈精々勉強して迅速に御報道いたすべし

(つゞき)破れドレーク曰く破船の時乘客を救ひ取るに餘る程の艀舟ありたりと此事全く誣なりノルマントンが暗礁に打れたる時其船に七艘の艀舟ありたり然れども最後の時に至り實際人を助ける事の出來る艀ハ僅に一艘のみなりき此最後の時とハ即ち殘る客人を悉く助ねバ成らぬ時なり然るに此時人を載する用意の出來たる艀舟唯一艘のみにて加之も其船にハ既に船員が十三人まで乗込居て殘る日本人ハ容易に乗り得可くもあらざりき(譯者曰く斯る非常の時に當り七艘の備船ありながら最後に至り用意の届きたる者僅に一艘とハ船長の不行届き憎む可し)此事情を明かにせんが爲にハ數件の事實を茲に雨記せざる可からず、元來七艘あ

涙香の特派を伝える『絵入自由新聞』

審判は当然、英語で行われたから、英語を解する涙香が派遣されたのだろう。涙香は長大な「審判傍聴筆記」を送稿したほか、船長ドレークにも直接取材した。一一月二三日の『絵入自由新聞』には、「●神戸電報」として「昨廿二日午後一時発特派員黒岩報　ドレークの公判　来る二十六日当地にして陪審員立会ドレークの公判ある筈なりと余はドレークより直接聞けり」といった記事が掲載されている。

予審の後、横浜のイギリス領事裁判所で一二月八日、船長ドレークに禁錮三月の有罪判決が下された。しかし、犠牲者への賠償金はなかった。涙香は当然、横浜での裁判も取材したと思われる。

明治文化研究家の木村毅は、「黒岩涙香を偲ぶ座談会」（『宝石』一九五四年五月号）で、「日本側は英語が出来ないので通訳が滅茶苦茶だった。それを涙香が聞いてあの通訳は間違っている、ああいうことを裁判でやられてはかなわんといって新聞に書いた。これが彼が周囲に名を知られた最初です」と語っている。木村は一八九四年（明治二七）生まれだから、この話は伝聞である。なお、『絵入自由新聞』はノルマントン号事件の判決が出た一二月八日を含む一二月三日から同月三一日まで発行停止の処分を受けている。神戸に特派された涙香がノルマントン号事件の報道で活躍したことは間違いないとしても、涙香が木村の伝聞にあるような記事を書いたかどうかは疑わしい。

社説「政治見物」を読む

主筆として『絵入自由新聞』の社説を精力的に執筆した涙香だったが、先に掲げたタイトルを見れば分かるように、直接に政治を論じた「政論」と呼ぶべき社説は少ない。民衆の啓蒙をめざし、視野を広げると自身で記した執筆姿勢から考えて当然とも言える。しかし、政治をまったく論じなかったわけではない。そこには、自由民権運動の演説会に登場した「弁士・黒岩大」の熱っぽさはないかもしれないが、民衆の啓蒙をめざしつつ、政治のあり方を深く考える涙香がいる。そうした涙香の姿勢と政治の捉え方が端的に示されているのが、「政治見物」（一八八三年七月三一日、八月一日）と題した社説である。

涙香は、「政治を見物するとは些《ち》と可笑《おかし》い申分《もうしぶん》なれど能《よ》く考へて見ると是《これ》も見物出来る者だ」と書き出す。「租税」が「木戸銭」だという。涙香が生きた時代からずっと後年、「劇場型政治」といった言葉が批判的な意味合いで使われるようになったことを、私たちは知っている。「劇場型政治」では、つまりは一般の国民は見物席にいて、舞台で演じられる芝居を楽しんでいるだけの存在である。しかし、この社説が説くのはそういうことではない。「政治見物」は人民の義務だということである。

> 人民と為《なつ》て此世に生れ出たからは是非とも見ねば成らぬ。之が芝居ならば此度《こんど》の狂言は面白く無いから先づ見無《みない》で置《おこ》ふと云ふ事も有れど政治は其《そ》ふ云ふ訳には行かぬ。見物するのが人々自分の義務だ。之を見物せずに居ると云ふと政治が段々悪く成《なつ》て来る。

見物という一般読者にもとっつきやすい言葉を使いつつ、ここで涙香が言っていることは、政治（＝権力）は人民がしっかり監視していないと腐敗するということである。このあたりを涙香は、さらに一般読者に分かりやすい比喩で表現する。「堂々たる政治家だから何も人民が見て居ぬからとて急に悪い事をする筈《はず》は万々有る舞い」と安心してはいけない。「ソコが人情と何《い》ふ者で丁度居候が主人夫婦の留主《るす》に無暗《むやみ》に摘《つま》み食《ぐい》をする様に政治家でも人が見て居無《いない》と云ふと段々気が弛《ゆる》んで我知らずツイ粗忽《そそう》をする様に成て来ぬとも限らぬ」。

西洋の実情との違いも指摘される。西洋では「今政府で何《ど》の様な法律を拵《こしら》へて居ると云ふ事まで明かに分る」が、日本では「勅令と為《なつ》て官報の紙上へ四号の活字で有々《ありあり》と出て来る迄一向に見当《みあて》が付かぬ」。だからこそ「政治見物」が一層重要なのである。

「政治見物」の重要性を指摘した涙香は、さらに「見巧者」がいなければいけないと説く。芝居の世界には日ごろから芝居小屋に通いつめ、役者の出来不出来を論評する「〇〇連」と呼ばれる見巧者のグループがある。これと同じように「政治見物」にも常日ごろから政治の世界をウォッチしている見巧者が必要だという。政治の世界に見巧者がいれば、政治家もいい加減なことは出来ない。ここでも、涙香は分かりやすい比喩で語る。

例《た》とへて言へば大道にて如何様《いかさま》な品物を売《うつ》て居る道具屋が素徒《しろうと》を引掛《ひつかけ》ることは出来るけれど苦労人《くろうと》を引ッ掛《かけ》る訳には行かぬとおなじ事で見巧者と為れば如何様《いかさま》の政治で引掛《かけ》る事は出来ぬ。

総じて言えば、この社説は一般読者になじみのある芝居見物に引き付け、「政治見物」や「見巧者」といった言葉を使い、政治を人民がしっかり監視することの重要さを指摘したものである。上下二回の社説はいかにも「小新聞の社説」らしく、次のように結ばれている。

見巧者が無くては悪い政治は止《とま》らぬし善い政治は出て来ぬ。悪い政治を廃して善い政治を呼起《よびおこ》すは見巧者に限る。斯《こ》ふ考へて見れば政治見物と云ふ者は甚《はなは》だ大切な物で有らう。諸君忽諸《ゆるがせ》に仕玉《したま》ふな。

「黒岩大」を捨てる

涙香の『絵入自由新聞』在籍中のトピックとして落とすことが出来ないのは、『東京輿論新誌』の論客として、あるいは自由民権運動の演説会の弁士として活躍した時代から名乗ってきた「黒岩大」という名前を捨てたことである。一八八七年一二月二四日の『絵入自由新聞』に次の広告が掲載された。

広告す　私事是まで大と申す名前を用ひ居候《おりそうろう》所此度《このたび》都合に依り幼名周六に復し候
札幌県平民　右の黒岩周六

涙香が「黒岩大」を名乗った理由について、前に、「大」は、つまりは涙香の自己認識だったのだと記した。大なる自分、あるいは大なる人間になるはずの自分——二〇歳になったばかりの自尊心あふれる若者は、そう考えていたのである。「周六」という本名にしても、「六合《りくごう》（世界）に周《あまね》く」という親の願望が込められた命名だっただろうということも指摘した。

先祖は長宗我部氏に最後まで抵抗した忠節の武人だった。身近には幕末維新の激動期を生きた養父にして叔父の黒岩直方がロール・モデルとして存在した。「誇り高き郷士」の家に生まれ、あふれるばかりの自尊心を抱いて、明治の東京に出た青年は、「黒岩大」と名乗った。だが、若き論説記者はデビュー間もなく筆禍に遭遇し、短期間とはいえ刑務所での厳しい労働を余儀なくされた。脚気を患い、困窮の日々も送った。『東京輿論新誌』で健筆を揮い、演説会に登壇する一方で、『同盟改進新聞』創刊に加わったことからも分かるように、「新聞」で生きる道も模索していた。だが、『同盟改進新聞』はあえなく廃刊となった。『政事月報』や二大政書出版も挫折した。『日本たいむす』や『絵入自由新聞』では、「小新聞」的世界にふれた。

こうした数年間の経験の中で、我一人高しとして尊大にも「大」を名乗っていた青年の中に、自らの尊大さを、いわば自己否定する回心が生じたのではないか。社説でも一八八六年九月四日の「小新聞の社説」を最後に「黒岩大」を使っていない。この回心が涙香に「高知県士族」も「大」も捨てさせることになったのだろう（「札幌県」としたのは、兄の黒岩四方之進との関係からかもしれないが、以前から徴兵逃れのために戸籍を札幌県に移していた可能性もあることは前に指摘した。徴兵令が北海道にも施行されたのは、この広告が出た年からである）。

この回心こそ、探偵小説家・涙香の誕生に深く関わり、さらには『萬朝報』創刊にもつながるものだったと私は考える。啓蒙的論説を書くことと探偵小説を読者に提供することでは読者と関わり合う姿勢が自ずと違う。むろん、この後も涙香は多くの啓蒙的論説を書く。後には、「士族」も名乗るようになる。だが、この段階で「高知県士族・黒岩大」をひとたび捨てて、「平民・黒岩周六」を選ぶことによって、涙香は初めて、論説記者と小説作家との間を自由に往来する自身の立ち位置を得たのである。

3　探偵小説家・涙香の誕生

当時、小新聞としてスタートした新聞には「続き物」が掲載されていた。最初は雑報というかたちだったが、やがて大きな挿絵が付くようになる。高橋お伝を代表格とする「毒婦」と呼ばれた女性を取り上げた実録物が人気だった。講談を筆記した連載もあった。そうした流れから、今日の新聞連載小説の前身とも言うべきものが登場する。作者は江戸の戯作の流れを引く戯作者だった。

『絵入自由新聞』主筆として健筆を揮う一方、涙香は友人の曽我部一紅がいた『今日《こんにち》新聞』にもときおり論説を書いていた（曽我部、七八〇頁）。そこで小説を書いていたのが、仮名垣魯文《かながきろぶん》門下の戯作者、彩霞園柳香《さいかえんりゅうこう》である。

最初の失敗

涙香は当時、丸善などが輸入した英米の小説を乱読していた。シーサイド・ライブラリーというタイトルで出されていた廉価のペーパーバックが多かったようだ。英語勉強のねらいもあっただろう。一八八八年（明治二一）一二月、単行本としては初めて刊行した『裁判小説人耶鬼耶《ひとかおにか》』（小説館）の「緒言」に、「余洋書を読み覚えてより西洋小説の妙を感じ毎月少きも十数部多きは三十部以上を読まざるなく〔……〕今までに読み盡《つく》す所三千部の上に至る」と自ら記している。「三千部」は、いささか大げさにしても相当な読書量だったことは間違いない。

新聞の戯作調の連載小説に飽きたらなさを感じていた涙香は、自分が面白く思った英米の小説を翻約して新聞に連載することを思いついた。ただし、涙香自身は書く気がなかった。涙香が小説の梗概を口述し、柳香が書いた。こうして『今日新聞』に連載されたのが「二葉草」である。この時期の『今日新聞』は原紙が見つかっていないため、連載時期も連載期間も不明だが、涙香が「黒岩大」を捨てる少し前、一八八七年（明治二〇）一〇月ごろだったと思われる。

原作は分かっていないが、善人と悪人の双子が登場する疑獄事件を扱ったものという。しかし、読者の評判が悪く、連載は中断されてしまう（一八八九年〈明治二二〉、彩霞園柳香が加筆して『双子奇縁二葉草』として刊行）。不人気だった理由について、涙香は後に次のように語っている。

当時の戯作者は〔……〕何時《いつ》も編年体であつて其人物の生立《おいたち》から筆を立て丶、事実を順序正しく書くものですから、最初から悪人、善人、盗賊と知れて了《しま》つて、読者を次へ〳〵と引く力が無い。即ち面白い縺《もつ》れ合つた事を真先に書き出して置いて、乱れた環の糸口を探るやうに、其の原因を遡《さかのぼ》つて書くと云ふことが出来なかつたのでした。

（「余が新聞に志した動機　八、探偵小説の処女作」涙香会編『黒岩涙香』一六頁）

公正な裁判の重要性を啓蒙

こうした事態を受けて、曽我部一紅らは読者の興味を引く連載小説の執筆を涙香に求めた。涙香は、「二葉草」が不評だった理由は分かっていたから、では、一つ自分が乗り出すか、となった。しかし、前にふれたように、最初は自分で書く気はなかった。引用部分の前段でも「私は元来自分で続物を書くなど丶云ふ考は無かつた」と述べている。では、なぜ「やる気」になったのか。

涙香の養父黒岩直方は大審院判事まで務めた裁判官だった。涙香の回顧をさらに引く。

私は子供の時から、色々裁判に関することを見もし、聞きもして、能《よ》く『誤判例』などを読んで、悪人で有つた者が死後は善人で有つたり、或《あるい》は善人だと思つて居た者が、大悪人で有つたりする事実を知り、其方に大に趣味を懐《いだ》くことに為《な》りました。左様《そう》いふことを世人の誤《あやま》ら無いやうに為《す》るのは、実際に必要だと思つて居りました。殊《こと》に其頃の新聞に発行停止が頻《ひん》々《ぴん》と下つて随分裁判の不公平が有りましたから、其れを一つ当て擦《こす》つて、裁判と云ふものは社会の重大なるものぞと云ふことを知らせてやらうと思ひました。

涙香自身、筆禍によって短いながらも監獄生活を経験した。ここには書かれていないが、そうした自分の経験も重なっていたのだろう、「裁判小説」によって、公正な裁判の重要性について読者を啓蒙することが必要だと考えたというのである。もともと自分で書くつもりはなかったが、公正な裁判の重要性を読者に知らしめることは必要だと考えたというのである。

しかし、戯作者にまかして失敗した。そこで、曽我部の慫慂《しょうよう》もあって、涙香自身が書くことになったわけである。涙香本人の気持ちとしては、当初、探偵小説を書くというより、啓蒙的な論説記者としての仕事の延長だったのかもしれない。しかし、先に述べたように、啓蒙的論説を書くことと探偵小説を読者に提供することでは読者と関わり合う姿勢が自ずと違う。論説記者・涙香が探偵小説の筆を執るには、内心に生じていた回心こそがカギとなったはずである。

「涙香小史」の誕生

ともあれ、こうして、「法廷の美人」の連載が『今日新聞』で始まった。原紙が未発見のため連載開始時と期間は不明である。伊藤秀雄が入手した一八八八年一月一九日の『今日新聞』に「法廷の美人」第一二回が掲載されているという（伊藤秀雄『改訂増補黒岩涙香　その小説のすべて』一三頁）から、この年早々からスタートしたのだろう。「法廷の美人」は、一八八九年五月一三日、『法庭の美人』（薫志堂）として刊行される（単行本では、連載時の「法廷」ではなく「法庭」が使われている。口絵参照）。

単行本の表紙にも奥付にも「涙香小史訳述」と記されている。新聞連載時にも「涙香小史訳述」と謳われていた。本書では当初から「涙香」の表記を使ってきたが、実際のところ、新聞連載「法廷の美人」、単行本『法庭の美人』が「涙香」の初出である。近代日本ジャーナリズム史、探偵小説史に残るビッグネーム「黒岩涙香」が、このときに誕生した。『法庭の美人』の原作などにふれる前に、ここでは「涙香」という号の由来について述べておこう。

残念ながら、涙香自身が語った言葉はない。曽我部一紅の回想に次の記述がある。

君〔涙香〕は〔……〕論説には『香骨居士』の号を用ひられたが、小説に香骨居士は堅苦しいので何とか能《よ》い名前はないかと思案の末、香奩体《こうれんたい》の詩に『紅涙香』といふ句があるので、仮に『涙香小史』として出したのである。

（曽我部、七八一頁）

香奩は化粧道具を収める箱のこと。中国・唐の時代、女性の姿態や男女の恋愛感情などを写した艶麗な漢詩の詩体を香奩体と呼んだ。涙香の号は、香骨居士に代えて当座に使ったものだった。しかし、前述したように、近代日本ジャーナリズム史、探偵小説史に残るビッグネームになったのである。このあたりについて、曽我部は、先の引用部分の先で「君が西洋小説の翻訳は全く一時の余技で、涙香小史の名もホンの一時の仮の名で、素より永久に存する考へではなかつたが、此の『法廷の美人』が非常の好評で結局、連載の「法廷の美人」が評判になり、号を改めるいとまもないまま〔……〕」と回想している。

新しい号を考えているとき、涙香あるいは曽我部の手元に香奩体の漢詩集があったのかもしれない。ただ、曽我部の回想とは別に、私は涙香が小説を書くきっかけとなった戯作者が彩霞園柳香だったことが「涙香」としたことに関連があるかもしれないと考えている。さらに、「黒岩大」を捨てた涙香が「涙香小史」としたことにも、当時の涙香の心情が垣間見える気もする。

『法庭の美人』がヒット

『今日新聞』に連載された『法庭の美人』には挿絵がなかった。これは当時の新聞連載小説として異例だった。当時、連載小説の書き手が自分の文章に即した下絵を絵師に示し、それをもとに絵師が挿絵を描いた。当初、涙香は自身で小説を書くことをためらったのは、「下絵が描けない」ということもあったようだ。しかし、曽我部に「挿絵がなくてもいい」と言われ、結局異例の挿絵なし連載小説となった。

しかし、この異例の連載小説は他紙の挿絵入り連載小説を圧して、読者を引きつけた。先に引いた曽我部の回想によれば、連載が始まって半月も経たないうちに、講談師として人気を得ていた松林《まつばやし》伯知《はくち》が寄席で演じたいと申し入れてきた。涙香も承諾し、初日に曽我部と一緒に馬喰町の寄席に聴きにいったところ、開演前にすでに大入り満員だった。

新聞社説を数多く書いてきた論説記者・涙香にとって、こうした事態は初めて経験する出来事だっただろう。どれほど意を尽くして書いたとしても社説はこれほど人々を引きつけることは出来ない。そう思ったかもしれない。先に述べた「裁判小説」の啓蒙的役割についても、その影響力を認識しただろう。

原作はイギリスのベストセラー

『法庭の美人』の原作は、イギリスの作家ヒュー・コンウェーの *Dark Days* である。コンウェーは一八四七年生まれ。ミステリー作家で評論家の小森健太郎によれば、「19世紀末の英国文壇に彗星のごとく登場し、短期間で圧倒的な人気を博しながら、三十七歳の若さでチフス熱で病没し、死後は主流文学史でも、探偵小説史でも顧みられることの少ない作家」(『英文学の地下水脈』八五頁)という。

涙香が、原題を「後暗《うしろぐら》き日」と訳した *Dark Days* は一八八三年(明治一六)の刊行。ベストセラーとなり、コンウェーを一躍人気作家にした。

原作に接することが出来ないままだが、小森健太郎があらすじを紹介している（同前、九四〜九五頁）。以下は、それをさらに簡略にしたものである。

ロンドン近郊で開業する青年医師バジルは、美しい女性フィリパに一目ぼれする。フィリパには婚約者フェランドがいた。ある日、フィリパは、フェランドには別に妻がいて、自分は騙されていることをバジルに告げた。バジルは義侠心に燃えるが、フィリパは吹雪の中、外に飛び出す。自分でフェランドとのことを清算しようと考えたのだ。

バジルが彼女を追うと、射殺されたフェランドと、その横で気を失っているフィリパを見つける。近くに拳銃が落ちていた。フィリパは何があったか覚えていない。

バジルはフィリパとスペインに逃れる。ある日、フィリパは、フェランド殺しで逮捕された被告の判決が四日後に迫っていることを新聞で知る。自分が真犯人と思っているフィリパは無実の人間を救おうと、バジルとともに裁判に駆けつける。被告は犯行を否認していた。陪審員が評議に入ったところで、フィリパは堪えきれず、「私こそ事件の真相を知る者だ」と犯行を自供しようとして、バジルに止められる。

それを見ていた被告は「私がやった」と自供する。フィリパに犯行を目撃されたと信じて、彼女が法廷に来ていることを知り、観念したのである。フィリパは無実と分かり、バジルと結婚して幸せになった。

戯作者の筆になる連載小説について、涙香は先に引いたように「最初から悪人、善人、盗賊と知れて了《しま》つて、読者を次へ〳〵と引く力が無い」などと批判していた。その点、『法庭の美人』は語り手のバジル自身、現場の状況からフィリパの犯行と考えていた。読者も彼女の犯行と思わされたまま、最後の法廷の場面まで連れていかれる。そこで「大逆転」が起きるという趣向は、涙香が批判した戯作者小説とは正反対である。犯罪の謎解きが行われるわけではないので、狭い意味では探偵小説とは言えないかもしれないが、殺人事件の真犯人が最後に判明するというあたりは、探偵小説的な作品とも言える。

涙香の小説手法

次は、単行本『法庭の美人』の書き出しである（この引用に関しては、変体仮名を改め、旧字の漢字を改めた以外、ルビを含めて原文のまま）。

読者《どくしや》よ余《よ》は二十七歳《さい》の夏学力優等《なつがくりよくゆうとう》を以《もつ》て医科大学《いかだいがく》を卒業《そつぎよう》し医学博士《いがくはかせ》の学位《がくい》を得《え》たり其年《そのとし》の秋倫敦《あきろんどん》より六里《り》ほど離《はな》れたる漏丁《ろうでん》と云《い》へる所《ところ》に医業《いぎよう》を開《ひら》きたるに思《おも》ひの外病家《ほかびようか》の気受《きう》け好《よ》く幾月《いくつき》を経《へ》ぬ中《うち》に夙《はや》くも倹約《けんやく》して一身支《しんささ》ふるだけの身分《みぶん》となりぬ

現代文のように句読点はないが、全体として平易で読者の頭にすんなりと入ってくる文章である。

「読者よ」という呼びかけは各回の冒頭はもとより、しばしば使われる。

ストーリーの展開はほぼ原作の通りに進行する。登場人物は、卓三（バジル）、お璃巴（フィリパ）といったように変えてある。これは日本人読者になじみやすいようにと考えたのだろう。この手法は涙香のこれ以後の作品でも同様である。

英米に原作のある涙香の小説作品について、しばしば翻案小説とされる。「翻案」は、辞書的な意味は「小説や戯曲の原作の内容をもとにして改作すること」である。一方、「翻訳」は英語の文章を基本的にそのまま日本語にするような場合を指す。涙香の場合、『法庭の美人』で見たように、登場人物の名前を日本人の読者向けに変えているが、物語の舞台を日本に置き換えたりしているわけではない。作品によっては、「改作」的要素は相当に強いものもあり、その場合「翻案」の方が正確かもしれない。ただ、本書では基本的に「翻訳」という表現を使うことにする。

もっとも涙香の翻訳は現代の海外文学の翻訳とはまったく違ったことも間違いない。涙香の小説手法としてよく参照されるのは、単行本『法庭の美人』の「前文」で涙香自身が述べた次の一文である。

「後暗き日《うしろくら》」を「法庭の美人」と訳するは頗《すこぶ》る不当なり。否寧《むし》ろ僭越なり。然《しか》れども本文に至っては其僭越よりも甚《はなは》だしき者なり。余は一たび読みて胸中に記憶《きおく》する処に随《したが》ひ自由に筆を執り自由に文字を駢《なら》べたればなり。稿を起してより之を終るまで一たびも原書を窺《うかが》はざればなり。原書を書斎に遺し置きて筆も新聞社の編輯局にて執りたればなり。斯《か》く原文に合ざるは云ふまでもなく趣向も又原趣向に合わず。之を訳と云ふも極めて不当なれど訳に非《あら》ずと云はば又剽窃《ひょうせつ》の譏《そし》り摸彷《もほう》の嫌《きら》ひを免《まぬが》れず。依て強《しい》て訳と云ふなり。〔……〕故に其表題の原書と異《ことな》るは咎《とが》むべし怪しむべからざるなり。不当と云はば云へ。僭越と譏《そし》らば譏れ。余は翻訳者を以て自任する者にあらざるなり。

『法庭の美人』に関すれば、右の文章は涙香の実際の小説作法を正直に語っているように思う。ただし、小森健太郎は、この記述について「そのまま字義通りに受け取るわけにはいかない」として、原書と涙香翻訳本を比較した『幽霊塔』『死美人』『片手美人』や、涙香の翻訳本のほか原書からの翻訳書が刊行されている『血の文字』『鉄仮面』を挙げて、「いずれも圧縮はされていても、相当程度原作に忠実な訳文であって、決して原作を自由に換骨脱胎したものではない」と指摘している。もっとも、「涙香が原作を適宜改変したと思われる作品」もあり、「訳文の忠実度は、作品によって一様ではない」とも付け加えている（小森『英文学の地下水脈』一〇一頁）。先に『法庭の美人』の冒頭を紹介したが、原作を逐語訳したのではとうてい生まれない日本語のリズムがある。むろん「読者よ」といった呼びかけは原書にはない。

なお、涙香の小説作法については、『萬朝報』で編輯局長を務めた斯波貞吉《しばていきち》の次の証言も興味深い。涙香の近くにいた人間だけにリアリティがある。翻訳する作品を決めると、まずそれを再読し、「原文の儘《まま》翻訳する部分に朱線を引かれ、更に新聞の一回一回を興味あらしむ為《た》めに区切りを付けられる。

〔……〕愈々《いよいよ》之を翻訳する時（大抵払暁《ふつぎょう》）に尚《なお》一回之を精読し、本を閉ぢて頭の中から之《こ》れを書き出される」（「筆の力」涙香会編『黒岩涙香』七五五頁）というのである。

ところで、先に引用した文章の最後の傍点を付した部分にも注目したい。いわば、涙香は「自分は翻訳者ではない」と居直っているわけだが、最初の翻訳小説として『法庭の美人』を刊行した段階では、涙香は「余技」としての意識がまだ強かったのだろう。だが、本人の意識はともかくとして、涙香の活動領域はこの方面にこそ急速に広がっていく。

「裁判小説」を謳う

当初、涙香の翻訳小説の連載の舞台は、『今日新聞』だった。『絵入自由新聞』では主筆としての立場を考えたのかもしれない。「法廷の美人」の連載の後、一八八八年（月日不明）には「裁判小説大盗賊」が三一回連載された。原作は、フランスの探偵小説作家エミール・ガボリオの *File No. 113*。続いて同年中に、「裁判小説人耶鬼耶」を連載した。この原作もガボリオの *Widow Lerouge*。また同じガボリオの *Other People's Money* も「他人の銭」として同年中に『今日新聞』に連載されたようだ（これらのガボリオの作品はともにシーサイド・ライブラリーで英訳本が刊行されている）。「法廷の美人」に続く二作はともに「裁判小説」と角書きされている点は、「公正な裁判の重要性」を読者に啓蒙するという涙香の初心を表しているのだろう。

この点は最初の単行本『裁判小説人耶鬼耶』の「緒言」に次のように直截に記している。

余が此篇を訳述するは世の探偵に従事するものをして其職の難《かた》きを知らしめ又世の裁判官たるもの

をして判決の苟《いや》しくもすべからざるを悟らしめんが為なり。之を切言すれば一は人権の貴《たっと》きを示し一は法律の軽々しく用《もち》ひべからずを示さんと欲するなり。

これらの連載は、一八八八年一二月刊行の『裁判小説《》人耶鬼耶』以降、一八八九年中に次々に単行本となった。次々に単行本として刊行されたことからも分かるように「涙香本」は人気があったのだ。「三千部」以上の洋書を読破したという涙香だが、何を翻訳するかにはずいぶん悩んだようだ。同じ『裁判小説《》人耶鬼耶』「緒言」の後の方では「読盡《よみつく》す所三千部の上に至ると雖《いえど》も翻訳して妙ならんと思はる丶者百に一を見ず」と記している。稀代の洋書読みの涙香が自身で読んで面白かった本を平易な文章にして読者に提供したのである。これらの本が多くの読者を獲得したのは当然だったかもしれない。

休む間もなく連載を次々に

『絵入自由新聞』での涙香の小説家デビューは、一八八八年九月九日の付録に掲載された「有罪無罪」である。この付録には四回目までが載り、その日の本紙に続き、以後一一月二八日まで連載された。原作はやはりガボリオで *Within an Inch of His Life*。『絵入自由新聞』は、自社の書き手である涙香の小説をようやく自分の新聞に登場させることが出来たことを大々的に宣伝する意図があったのか、九月六日の一面トップに「社告」を載せて、歴史小説「桐野利秋」と「有罪無罪」の連載スタートを告知した。「桐野利秋」の方は作者が書かれていないが、「有罪無罪」は、次のように「涙香小史」の翻訳であることを明記している。

此篇は仏国にて古今無類と評せられたる大疑獄の顚末を涙香小史が訳したる者なり。其連類には紳士あり貴婦人あり大智者あり大愚人あり。探偵、弁護、論告、判決等一として奇中の奇ならざるは無し。実に情あり理あり花あり実のある事実物語なり。

「有罪無罪」の連載が終わると、一二月四日から『絵入自由新聞』に「似而非《にてひ》」が翌一八八九年一月二四日まで載った。さらに同年一月三日から三月一〇日まで『都新聞』に「海底之重罪」が連載される。「似而非」の最後のあたりは「海底之重罪」と重なっていたわけである。以後、『絵入自由新聞』と『都新聞』が争うようにして、涙香の翻訳小説を掲載していく。『都新聞』は涙香が最初の翻訳小説「法廷の美人」を連載した『今日新聞』の後身で、『みやこ新聞』を経て、一八八九年二月、『都新聞』となった（ちなみに、今日の『東京新聞』の前身の一つである）。

『絵入自由新聞』には、一八八九年中に、「銀行奇談魔術の賊」など五作品。『都新聞』には、同じく一八八九年中に、「海底之重罪」を含めて「指輪」など五作品。連載期間は不明なものもあるが、多いものは六三回に及ぶ。現代の売れっ子作家も顔負けの生産量であろう。これらの作品は連載終了から日を置かず、すべて単行本として刊行されている。

日本初の本格創作ミステリー

この時期の涙香の著作として注目されるのは、一八八九年九月一〇日発行の雑誌『小説叢』第一冊（小説館）に掲載された「無惨」である。涙香にしばしば冠せられる「探偵小説の元祖」という呼称は、この「無惨」が日本における本格創作ミステリーの嚆矢とされたことによる。明治文化研究家の柳田泉や作家の江戸川乱歩らが最初にこうした評価をした。

この年七月六日、新聞各紙に、ある殺人事件を報じる記事が載った。前日、東京・築地を流れる川で男の惨殺死体が発見されたというのである。事件の捜査は難航し、結局迷宮入りとなった。この事件を素材に、涙香が書いた短編小説が「無惨」である。

涙香は死体発見の模様と死体の状況をくわしく書くことから物語をスタートさせる。死体は縮れた三本の黒い髪の毛を握っていた。ベテラン刑事の谷間田《たにまた》と若手の大鞆《おおとも》の二人が探偵役である。勘と思いつきを頼りにする谷間田に対して、大鞆は趣味で読んでいる欧米のミステリーから学んだ手法を駆使する。髪の毛を細かく分析した大鞆のいくつかの発見を端緒に、やがて犯人が浮かび上がる。

物語はテンポよく進む。日本のミステリー小説史に詳しい堀啓子は「現代の我々が読み進めてもわかりやすく、むしろ新鮮な点も多い。トリックなどに多少根拠が弱い点はあるが、時代を考えれば、ミステリーとして完成度は高く、充分読みごたえのある作品」(『日本ミステリー小説史』九三頁)と評している。「無惨」は新聞連載ではなく、雑誌に全編が掲載された。涙香は初めて取り組む創作ミステリーだっただけに新聞連載は少しハードルが高かったのかもしれない。「無惨」は翌一八九〇年(明治二三)二月、同名の『無惨』として単行本(上田屋)になる。表紙に「新案の小説」と銘打たれ、「涙香小史作」と記された(口絵参照)。

「探偵小説の元祖」という呼称を授かることになった「無惨」だが、この後、涙香は創作小説を書いていない。単行本『無惨』は涙香の翻訳小説の単行本に比べると、売れ行きが芳しくなく、作品の評判も悪かった。力を入れて書いた「科学的捜査」のプロセスが当時の読者にはいささか理屈っぽ過ぎると受け取られたようだ。こうした状況が涙香の創作ミステリー執筆の意欲を削いだのだろう。

月給四〇円で『都新聞』に

一八八九年一一月八日の『絵入自由新聞』の一面トップの「社告」に、涙香の退社が告知された。前半に新しい主筆として林林次郎を迎えることなどを名前の部分を大きな活字にして組んだ後、ふつうの活字で「従来の社員中黒岩周六右田寅彦の二氏は都合によりて退社せり」とだけある。

退社の理由は分からない。ただ、間もなく『都新聞』に主筆として迎えられる。要するに、文名が高くなってきた涙香を『都新聞』が引き抜いたのである。仲介役は曽我部一紅だった。曽我部の回想がこの間の経緯を伝えている（引用部分を含めて以下は、曽我部、七八四～七八九頁）。

連載小説がヒットし、次々に単行本となっていたにもかかわらず、涙香は余裕のない日々を送っていたようだ。曽我部が『都新聞』への移籍を持ちかけた際、直ぐ届いた返信に、涙香は次のように書いていたという。

> 僕は朝早く清水組に行きて英語を社員に教へ、帰つて朝食を済《すま》せ、三四の小説を書き、出社して又論説を書き雑報をまで手伝ふので、宅に帰るとガツクリする。斯《かく》して得た金は僅《わず》か四十円、是丈《これだ》けなくては生活が出来ぬので、我慢して勤めて居る。若《も》し都新聞一社に勤めて夫丈《それだ》けの金が入れば身体も楽になり勉強の余裕もできる。ぜひ周旋してくれ。

『絵入自由新聞』の主筆となった当初、涙香の月給が一〇円だったことは先にふれた。その後、月給は相当増えたわけである。だが、涙香はまだ独身だったとはいえ、洋書購入に充てる費用も相当の額になっただろうから、経済的余裕はなかったのである。いま英語教師のアルバイトまでして稼いでいる月々四〇円の収入が『都新聞』だけから得られるなら、移籍したいというわけである。当時、単行本の発行部数や販売部数に応じて著者に印税が支払われる仕組みはまだ確立していなかったから、相当の部数が売れても涙香の収入がうなぎ上りに増えることはなかった。

このとき、涙香は二七歳。だが、身体は必ずしも強健ではなかったと思われる。脚気を患ったことは前にふれたが、心臓にも持病があったようだ。一八八八年九月には、『絵入自由新聞』の同僚らと数人で江ノ島方面に日帰り旅行をした。その旅行記を霞の家主人なる人物が、九月四日から八日まで『絵入自由新聞』に連載している。その一節に「香骨居士は病気起《おこ》りて一歩も進むことも能《あた》はず是は兼《かね》ての心臓病水泳の為め激しく起りて鼓動愈《いよい》よ甚《はな》はだしければなり」とある。

このとき、『都新聞』社主の渡辺治は、涙香が他の新聞には執筆せず、論説のほか小説も『都新聞』に書いてくれるなら月給五〇円まで出してよいと、曽我部に交渉条件を示していた。曽我部はさらに条件をよくする可能性も感じていて、涙香にはそれを提示しなかった。涙香は現在月々得ている四〇円あればいいと考えて、曽我部にその旨返信した。曽我部の不在中に届いた涙香の返信を渡辺が読んでしまい、結局月給四〇円になったのだという。

当時、ベテランの外勤新聞記者でも月給は六円、ふつうは四円半くらい、主筆でも二五円から三〇円ほどだった。曽我部は「渡辺氏が五十円出すといつたのは頗《すこぶ》る奮発したもので、君〔涙香〕の真価を知つておられたからである」と記している。曽我部は「後日此十円損の事を君〔涙香〕に話して大笑ひした」という。この挿話は、涙香の金銭に恬淡とした性格をうかがわせてくれる。と同時に、涙香に対する当時の評価がいかに高かったかを示すものでもあろう。

『都新聞』の発行部数は二・五倍以上に

『都新聞』入社後の涙香の活躍はめざましい。原紙が未発見なので連載期間は不明だが、入社間もなく、中編の「幽霊」「美少年」を連載する。翌一八九〇年に入ると、「金剛石の指輪」など短編七編、「妾《わらわ》の罪」「執念」「活地獄」「何者」「玉手箱」、一八九一年には「巨魁来」「如夜叉」「死美人」、一八九二年には四月から退社する直前の七月まで「非小説」をそれぞれ連載した。『都新聞』専任になったとはいえ、涙香は日々執筆に力を注いだのである。その筆力に驚く。

原作が不明なものもある。「妾の罪」もその一つ。小森健太郎は「黒岩涙香が翻案したミステリの中で指折りの傑作であるばかりでなく、叙述トリックを含んだ先鋭的な趣向を凝らした、驚嘆に値する作品」（『英文学の地下水脈』三七頁）と絶賛している。

「叙述トリック」とは、ミステリー小説で用いられるトリックの一つで、叙述そのものの中に読者をミスリードさせる内容を組み込む手法である。一人称の語り手による叙述トリックを使ったアガサ・クリスティの『アクロイド殺人事件』がよく知られている。「妾の犯罪」もタイトルのように一人称の「妾」が叙述する。『アクロイド殺人事件』の出版は一九二六年だから、原書は不明だが、「妾の罪」は、まさに「先鋭的」な作品だったのである。

涙香の連載小説は大きな人気を得て、『都新聞』の発行部数増大につながった。『警視庁統計書』によると、この時期の『都新聞』の一日平均発行部数の推移は次の通りである（山本武利『近代日本の新聞読者層』所載の「別表・新聞発行部数一覧」）。

一八八七年（明治二〇）　六四五九部
一八八八年（明治二一）　五八〇四部
一八八九年（明治二二）　八四九一部
一八九〇年（明治二三）　一万四九〇九部

涙香の連載小説が『都新聞』の紙面に登場した一八八九年以降の伸びが顕著である。一八八八年の五八〇四部に対して一八九〇年は一万四九〇九部。実に発行部数は二・五倍以上も増えた。涙香の連載小説が読者を引きつけたことは明らかである。

楠本正隆と対立して退社

『都新聞』にあって順風満帆だった涙香の文筆生活は、しかし、一八九二年（明治二五）七月、暗転する。『都新聞』社長の山中閑《かん》の兄で、経営の実権を握っていた加内《かうち》長三郎が社外の事業で失敗し、『都新聞』の経営が行き詰まったのである。『都新聞』は、旧大村藩士で、大村伯爵家から資金援助を受けた楠本正隆によって買収される。

楠本は維新後、新潟県令、東京府知事などを務め、東京市会議員で市会議長をしていた一八九〇年、第一回衆議院議員選挙で当選した。買収額は四万六〇〇〇円だったという（「都新聞の譲受け」『時事新報』一八九二年七月二六日）。社長は大村藩当時の楠本の後輩・盧高朗《ろこうろう》が就任したが、実質的な社主は楠本だった。

こうした状況の中、主筆の涙香は、あらかじめ新旧社長立ち合いの席で、主筆として自らの立場と特段の過失などがない場合、社員の淘汰を行わないことを確認させていたという。ところが、一カ月も経たないうちに涙香の推薦で入社した二人の社員が解雇された。口約束とはいえ、新旧社長との確認事項が反故にされた涙香は反発し、結局八月早々に『都新聞』を退社した（土方正巳『都新聞史』六五頁）。

この間の経緯は、涙香とともに『都新聞』を退社した涙香の旧友山本秀樹が、次のように回顧している。

君〔涙香〕は前日の口約に背くを両社長に責むるも、楠本男爵の如きは斯《かか》る事を約せしことなきを主張して君の言を聞かず、君大に憤《いきどお》り直ちに同社を退きたり。君が都新聞社に入りしより退社まで僅《わず》か二年半余の日子なりしも、発行部数は実に三倍余に達したり。君の努力想ふ可きなり。既に君が都新聞社を退くや、君の系統に属する者十余名は悉《ことごと》く退社を命じられたり。余も亦其一人なり。

（山本秀樹「黒岩君に就て」涙香会編『黒岩涙香』七六九〜七七〇頁）

文中に「楠本男爵」とあるのは、一八九六年（明治二九）、楠本が男爵になったためで、この時期にはまだ爵位はない。「発行部数実に三倍余」というのは、多少過大だが、当時、『都新聞』は「発行部数三万を突破」と号していたから、山本の認識として誤りではない。この山本の回顧談は、このときの涙香の憤りを正しく伝えているように思う。まさしく涙香は自分の力で部数が飛躍的に伸びたにもかかわらず、こんな仕打ちは酷い、と腹に据えかねたのである。

破格の勧誘を蹴って『萬朝報』創刊へ

涙香は楠本と衝突することがなければ、『都新聞』を退社するつもりはなかった。その証拠に一八九二年八月二日から『都新聞』で「我不知」の連載を始めている。『都新聞』原紙では確認出来ないが、『東京日日新聞』に載った広告から、「我不知」は中断してしまい、五日から別の作者による「大詐欺師」の連載が始まっていることが分かる。

涙香の連載小説が『都新聞』の発行部数を飛躍的に伸ばしたことは周知のことだった。涙香が『都新聞』を離れたと知って、多くの新聞社が涙香スカウトに乗り出した。

曽我部一紅の回顧（曽我部、七八五頁）によると、『東京朝日新聞』は月給一五〇円を提示して入社を求めた。『中央新聞』は編集の全権を任せ、涙香と一緒に『都新聞』を退社した旧社員全員を引き取ると勧誘した。静岡、北海道など各地の新聞からも続々と招聘話が舞い込んだ。『都新聞』での涙香の月給は四〇円だったのだから、『東京朝日新聞社』の月給一五〇円の提示は、まことにもって破格だった。

しかし、涙香はこれらをすべて断ってしまった。涙香自身の言葉は遺されていないが、その心境は容易に推測出来よう。多くの新聞に関係して、たびたび苦難を経験した。ようやく『都新聞』では主筆兼連載小説作家として見事に成功した。そんな中で経営者から受けた、今回の仕打ちである。楠本との衝突には、あるいは妥協の余地があったかもしれない。楠本も連載小説が多くの読者を集めている涙香を手放すつもりはなかっただろう。だが、涙香は、もうふたたび雇われて新聞社で仕事はしないと思い定めたに違いない。自らが社主となって、自分の思うままの新聞を作ろう。そう決意したのである。涙香には曽我部一紅、山本秀樹らが行をともにした。

涙香が彼らとともに自らの新聞『萬朝報』を創刊するのは、三カ月後のこの年一一月一日である。

間奏1　涙香をめぐる女性たち

ようやく『萬朝報』創刊を述べるところまで筆を進めてきた。『萬朝報』の時代は、涙香の生涯を語るとき、いわばハイライトである。本書はその入り口に至ったのだが、その叙述に入る前に少し寄り道をする。むろん、「道草」をするわけではない。必要な寄り道である。

「私人・涙香」への視点

対象の人物を総体として捉えてはじめて優れた評伝が生まれる。ジャーナリスト・翻訳小説家・社会運動家等として公的に活動した涙香にしても、公的な活動を追っただけでは、彼を総体として捉えたことにはならない。以下では涙香が生前自ら語ることなく、むしろ秘匿していた女性関係に言及する。涙香の、いわばプライバシーに関わる部分である。むろん、歴史上の人物とはいえ、涙香のプライバシーを暴き、糾弾する意図はまったくない。だが、等身大の「人間涙香」を知るためには、こうした作業は不可欠に思える。涙香が生きた時間の経過としてはいくぶん前のことになったり、先に行くようなことになる。時間軸に沿って各章で寄り道をして行くと、かえって叙述の流れが分かりにくくなると考えて、全体の章立てとは別の〈間奏〉とした。

とはいえ、涙香自身の文章はもとより、周辺の人物が書いたものでも、多彩な趣味を持った趣味人だったことについてはともかく、私生活に踏み込んだものはまったくないと言っていい。詳細な年譜には、むろん涙香の結婚や子どもの誕生などは記されているが、くわしいことは分からない。研究書類でも、涙香の伝記研究の第一人者とも言うべき伊藤秀雄がいくつかの著作で考察を深めているのが例外的である。伊藤の研究に助けられつつ、解明を進めたい。

「鈴木ます」とは誰か

一八八五年（明治一八）のあるとき、『日本たいむす』の主筆に推薦すべく、曽我部一紅が涙香の下宿先を訪れた際、涙香が「春寒未だ去らざるに君は単衣にて蒲団の中にくるまり、見るも気の毒の有り様であつた」という曽我部の回顧は先に紹介した。このときの下宿先について曽我部は猿楽町と書いている。これは現在の渋谷区猿楽町ではなく、千代田区神田猿楽町である。同町や隣接する神田神保町、神田小川町などには明治中期以降、各種教育機関が立地し、学生下宿が多くあったから、涙香の下宿先もその一つだったのだろう。

『日本たいむす』時代と同年一二月に同紙が廃刊となった時期の涙香の住居地についてはすでにふれた。廃刊後はかつての同僚五人とともに新富町四丁目の六畳一間を月一円五〇銭で借りる。独身の気楽さもあっただろうが、相当に劣悪な居住環境だったと言わざるをえない。

涙香はその後、曽我部一紅と一緒に京橋区南紺屋町（現在の中央区銀座一丁目の一部）の鈴木ます宅に下宿した。時期は特定できないが、『日本たいむす』が廃刊になった一八八五年一一月以降と思われる。新富町四丁目の下宿の居住環境がたまらず、曽我部が新しい下宿先を探したのだろう。曽我部と鈴木ますは知り合いだった。

鈴木ますは以前、麹町で上野屋という旅館をやっていた。伊藤秀雄は「曽我部の親父が岐阜県の代議士で、その上野屋を定宿としていたので、彼は前に下宿してやっかいになったから、今度も面倒を見てくれるだろうと考えたようだ。だが、その上野屋は潰れてしまっており、やっと探し当てた家は京橋区南紺屋町二十四番地の小さな家だった」(『黒岩涙香』五一頁)と書いている。国会が開設され、日本に衆議院議員(代議士)が生まれるのは一八九〇年(明治二三)のことだから、この時期に「曽我部の親父が岐阜県の代議士」ということはあり得ないのだが、曽我部の縁で二人が鈴木ます宅に下宿することになったのは間違いないようだ。

そして、その後の涙香の私生活は、この下宿の女主人鈴木ますと深く関わることになる。だが、涙香の生涯について多くの貴重な証言を残してくれた曽我部一紅も、鈴木ますについては何も語っていない。いったいどのような女性なのか。涙香とどのような関わりを持つことになるのか。

伊藤秀雄の探索によると、涙香は一八九一年(明治二四)九月五日、片岡新兵衛長女乃ぶ(のぶ子とも)を妻として入籍している。涙香の四男菊郎から聞いた話という(伊藤『黒岩涙香』九九頁)。黒岩菊郎は一九一〇年(明治四三)七月四日生まれ。東京農工大学教授を務めた林学者。一九九〇年(平成二)一〇月二四日に死去している。涙香の入籍日時は、戸籍を参照した上でのことだから、間違いない。乃ぶは涙香の実母の名が信子だったことから、真砂あるいは真砂子と通称された。涙香二九歳。真砂子一六歳。真砂子の実母が鈴木ますなのである。涙香にとっては義母ということになる。

「離婚広告」を『萬朝報』に出す

涙香と曽我部一紅が鈴木ます宅で下宿生活を始めたのは一八八五年一一月以降と思われることは前に述べた。涙香と真砂子の実際の結婚生活は入籍より早く始まっていたようだが、いずれにしろ、涙香は下宿先の女主人の娘と結婚したわけである。少し年が離れているとはいえ、「よくある話」のように思える。

二人の間には、三人の男児が生まれる（ほかに養女一人）。しかし、結局不幸な結末を迎える。一九〇八年（明治四一）九月二二日の『萬朝報』に、次のような広告が出た。

広　告

私し共両人夫妻の関係を継続し難き事情相生じ候に付協議の上互に離縁致候此段諸君に謹告仕候也

黒岩周六

明治四十一年

九　月

右妻たりしのぶ子こと

通称真砂子

伊藤秀雄によれば、戸籍上の協議離婚届は九月二五日に提出されている（『黒岩涙香』二九六頁）。自身の離婚を新聞に「広告」する事例は、おそらく空前にして絶後のことだろう。加えて新聞社社長が自分の経営する新聞紙上に自身の離婚を広告したのだから、前代未聞のことだった。世間が注目したのは当然である。たとえば、この広告が出た直後から『東京エコー』という雑誌が涙香の離婚とその周辺を取り上げた記事を五回掲載している。

『東京エコー』は有楽社という出版社が刊行していた雑誌で、月二回刊行。一九〇七年（明治四〇）九月創刊の『東西南北』という雑誌の後継誌で、『東京エコー』に改題したのが一九〇八年九月。翌年七月に廃刊となる。『東西南北』の創刊号からしばらくは、一一〇ページ以上もあり、内容的には総合雑誌ふうの趣があるが、途中から一気に一二ページほどの冊子になってしまい、政界や財界の内幕情報的な記事やゴシップ的なものが並ぶ。

涙香についての記事は、いわばそうしたゴシップ的なものとして掲載されている。どこまで確かな取材をして書かれたものか分からない。したがって、以下、『東京エコー』の記事によって述べる内容は、一部を除くと別の史料や証言で裏づけられたものでない。だが、涙香の私生活をうかがうとき、重要な材料であることも確かである。いくぶん〝味付け〟がなされているとしても、大筋はほぼ事実と考えていいだろう。

妾奉公から長唄の師匠に

涙香の「離婚広告」を受けて、一九〇八年一〇月の『東京エコー』第二号は「理想的な離縁をなせし黒岩周六氏と真砂子」という見出しの記事を掲載した。冒頭に

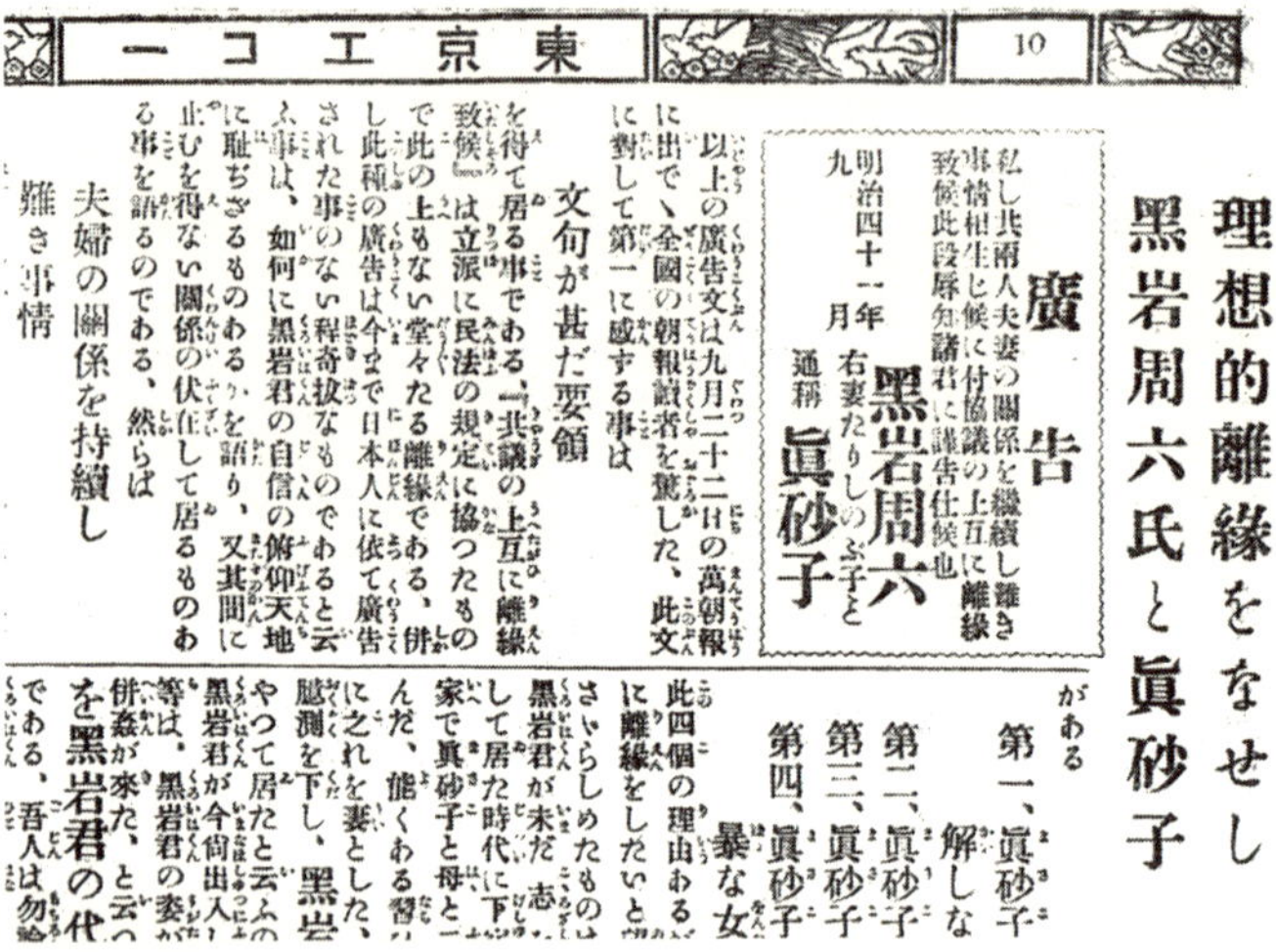
東京エコー　10

理想的離縁をなせし黒岩周六氏と眞砂子

廣告

私し共兩人夫妻の關係を繼續し難き事情相生じ候に付協議の上互に離縁致候此段辱知諸君に謹告仕候也

明治四十一年九月　黒岩周六

右妻たりしのぶ子と通稱　眞砂子

以上の廣告文は九月二十二日の萬朝報に出で、全國の朝報讀者を驚した、此文に對して第一に感ずる事は

文句が甚だ要領

を得て居る事である「共議の上互に離縁致候」は立派に民法の規定に協ったもので此の上もない堂々たる離縁である、併し此種の廣告は今まで日本人に依て廣告された事のない稀奇抜なものであると云ふ事は、如何に黒岩君の自信の俯仰天地に恥ぢざるものあるかを語り、又其間に止むを得ない關係の伏在して居るものある事を語るのである、然らば

夫婦の關係を持續し

難き事情

がある

第一、眞砂子

解しな

第二、眞砂子

第三、眞砂子

第四、眞砂子

暴な女

此四個の理由ある

に離縁をしたいと

さゝらしめたものは

黒岩君が未だ志

して居た時代に下

家で眞砂子と母と一

んだ、能くわる習

に之れを妻とした、

臆測を下し、黒岩

やつて居たと云ふの

黒岩君が今尚出入

等は、黒岩君の妾が

併姦が來た、と云つ

を黒岩君の代

である、吾人は勿

『東京エコー』第二号（1908年10月）

『萬朝報』に掲載された涙香の「離婚広告」を紙面通りに掲載している。

さらに一一月刊行の第三号では「黒岩氏の人格と其離縁の源因」という見出しで続報を載せた。第二号の見出しは一ページ五段のうちの二段だったが、今度は全段をぶち抜いた大見出しである。大見出しの右側には「今の世にも因果は廻り来たる也!!!」という小見出しも付いている。さらに、一一月刊行の第四号には「黒岩周六氏と河越テル子」という三段見出しの記事、同月刊行の第五号には「昔の黒岩君と離縁後の真砂子」という二段見出しの記事、一二月刊行の第七号には「黒岩周六氏芸妓を落籍す」という三段見出しの記事が、それぞれ載った。

『東西南北』から『東京エコー』に改題して九月から一二月末までに刊行された七号のうち実に五つの号に涙香の離婚とそれに関連した記

事が掲載されたのである。どうやら「離婚広告」で世の耳目を集めた涙香のプライバシーは、『東京エコー』が新スタートをアピールする恰好のネタだったようだ。

ちなみに、『東京エコー』第二号は、一一月三〇日の『萬朝報』一面にも広告を載せている。「最も奇抜にして趣味に富める雑誌は是也」を最初に掲げ、涙香の記事は「黒岩周六氏は何故妻を離別せしや？　黒岩周六氏は哲学的離縁をなし離別の模範を示せり!!!」とトップで謳っている。

この記事によると、鈴木ますは、「一代の女傑で、曾《かつ》て新橋に妓たり。美声を以て鳴り、日本一の三味線引を以て自任する程の腕達者で、新内、清元に長じ、芸者としては第一の位《くら》ひした」という。その後、零落して一時は新内流しにまで身を落とすが、その後、某弁護士の妾となり、真砂子を産む。その弁護士とは別れ、真砂子と二人、南紺屋町で暮らしていた。相当の手切れ金を手にしたほか、長唄の師匠をして生計を立てていた。そこに涙香が下宿人として入り込んで来たのである。

戸籍を調べた伊藤秀雄によると、鈴木ますは、嘉永四年（一八五一）八月一五日生まれである（「黒岩涙香伝再説」九七頁）。涙香と初めて会ったころはまだ三〇代半ばだったことになる。『東京エコー』第五号の記事は、「其頃はまだ四十路を越えぬ姥桜《うばさくら》の残《のこ》んの色香、誘ふ水あらばという風情であつた。〔……〕黒岩君は遂に下宿の女主人と情を通ずるに至つた」と記す。

鈴木珠は涙香の実子か

ここで、第一章で保留していた鈴木珠の出自にふれる。先に記したように、鈴木珠は、戸籍上は鈴木ますの兄である鈴木亀吉の庶子であり、戸籍通りであれば、涙香の最初の妻真砂子の従姉《いとこ》に当たる。

しかし、『東京エコー』の「遂に下宿の女主人と情を通ずるに至つた」という記述が正しいとすると、この戸籍への疑問が生じる。伊藤秀雄の先の論考「黒岩涙香伝再説――鈴木たま涙香実子説について」は、非実子説と実子説の論拠を検討して、結論的に実子説を打ち出している。いいだももも『黒岩涙香――探偵実話』(三四三頁)は、実証的な論拠にはふれていないが、実子と推定している。

『東京エコー』第五号の記事は、先に引いた部分の後、「情の種子《たね》は婦人の腹に宿された」と続く。鈴木ますは涙香の子どもを身ごもったというのだ。さらに後段には「女主人の腹に生れたのは女の児であつたが、幸か不幸か二歳の時に死んで了《しま》つた」とある。鈴木珠を涙香の実子とする伊藤らの説は、鈴木ますが産んだ女児が鈴木珠だとする。二歳のときに死んだというのは、涙香と鈴木ますの「不始末」を隠蔽するための作り話だというのである。

鈴木珠は、戸籍によると、一八八六年(明治一九)一一月二四日生まれである。鈴木ます宅に下宿してまもなく、涙香と鈴木ますとの関係が生じたとすれば、鈴木珠を二人の実子と考えても矛盾はない。鈴木珠が涙香と鈴木ますとの実子とすると、涙香の最初の妻真砂子は鈴木珠の父親違いの妹ということになる。

この件について、本人(鈴木珠)は、どう考えていたのだろうか。後年の語り(鈴木珠・述/鈴木勉・記「黒岩涙香外伝」)によると、鈴木珠は四歳のときに黒岩家に引き取られ、一九〇六年(明治三九)九月、涙香の養父・叔父の黒岩直方の次男直厚と結婚するまで黒岩家で成長したという。

直厚との結婚は涙香が積極的に進めた。涙香は、高知・安芸村(現在の安芸市)在住の直方の未亡人のもとに珠を同道し、縁談をまとめた。涙香が生涯、帰郷したのは、このときだけだった。鈴木珠は当時としてはいくぶん婚期が過ぎていた。涙香は珠の結婚を早くまとめたかったのである。結婚後、珠と黒岩直厚夫婦は涙香宅の直ぐ近くに住んだ。

鈴木珠は、夫直厚の死去後、鈴木姓に復し、一九一九年（大正八）からは『萬朝報』記者となり、二児を育てた。大日本聯合婦人会の役員になり、日本各地を講演旅行した。講演はなかなかうまかったらしい。自身が涙香の長女であるかのようにほのめかすこともあったという。身持ちが悪く、家に寄りつかなくなった真砂子に代わって、黒岩家の家政を取り仕切った。涙香の最晩年には、後述の後妻のすがと交代で看病に当たったとも、自身で語っている。

むろん断定は出来ない。だが、以上のような「状況証拠」を総合すると、やはり伊藤秀雄らが言うように、鈴木珠は涙香と鈴木ますとの間に生まれた涙香の実子だったと考える方が自然だろう。

離婚の原因は妻の不品行？

それにしても涙香はなぜ子までなした鈴木ますの娘と結婚したのだろうか。鈴木珠は、「黒岩涙香外伝」で、鈴木ますに対して、涙香は「実母以上に大切につかえていた」と回顧している。一方のますも涙香に対する思いも尋常ではなかった。金銭的にもずいぶん援助したようだ。涙香にしてみれば、頭のあがらない存在だった。そうした二人のもたれ合いの結果が、涙香と真砂子の結婚につながったのだろう。ますが言い出して、涙香に押しつけるかたちだったはずだ。ますに恩義を感じていた涙香は断り切れなかったというところだろう。

当初、涙香と真砂子夫婦は鈴木ますと同居していた。涙香が『都新聞』主筆となった後、涙香と真砂子夫婦は『都新聞』の社宅に移った。社宅は、麹町区内幸町（現在の千代田区内幸町）の都新聞社社屋の裏にあった。都新聞社社屋があった場所は、現在の日本プレスセンター・ビルがある場所である。鈴木ますは娘を涙香と結婚させせながら、心中は穏やかではなかったらしい。勢い、ますと真砂子の軋轢が生じた。涙香はその状況を解消すべく、ますとの別居に踏み切ったと思われる。

『東京エコー』第二号、第三号は、涙香が真砂子と離婚した理由を、真砂子の素行の悪さに帰している。第二号には、「真砂子の不品行」の小見出しのもと、「非常に酒が好きで、派手好きで、勝負事が好きで、男が好きと云ふのだから、女ながら飲む、打つ、買ふ以上の上手を行く大したものである」（傍線部は大きな活字）とある。さらに第三号では、金遣いの荒さや涙香が贔屓《ひいき》にしていた力士と不倫関係にあったことも指摘している。こうした真砂子の「不品行」を理由の一つは、涙香と鈴木ますとの関係を知ったことによるのかもしれない。

一方、鈴木珠は、「黒岩涙香外伝」で、涙香の方にも原因があったことを指摘している。翻訳小説が売れ、『萬朝報』も部数を拡大して行く中、仕事や社会的な付き合いで外出が多くなった。花柳界になじみの芸者も出来た。その一人が後妻となる赤坂の料亭春本の芸妓栄龍（本名・大友すが、清、清子とも）である。

『東京エコー』第四号は、『萬朝報』記者の河越テル子という女性との艶聞も取り上げている。河越は日本女子大学校を出た才媛で、英語がよく出来た。『萬朝報』の女性記者第一号とも言われ、涙香が重用したのは事実のようだが、艶聞に関しては河越の一方的な思い込みだったようだ。松井広吉が

『四十五年記者生活』の中の「女記者事件、涙香先生の濡れ衣」で、かなりくわしいいきさつを記している（二一七〜二二〇頁）。

いずれにしろ、涙香と最初の妻真砂子との夫婦関係は、かなり早い時期から破綻していたと思われる。ある時期からはほぼ別居状態だったようだ。だが、『萬朝報』の「離婚広告」は、一九〇八年九月二二日である。その前年八月二八日に鈴木ますが死去した。涙香は破綻した夫婦生活を送りながら、ますに義理立てして、ますの死去まで真砂子と正式に離婚することが出来なかったのだろう。

涙香の最初の結婚は、まことに不自然なかたちで始まり、不幸な結末に終わったのである。

赤坂の芸妓と再婚

涙香が赤坂の料亭春本の芸妓だったすがを妻として入籍したのは、一九一〇年二月二三日である。すがは一八八六年八月二六日生まれ。涙香は四七歳、すがは二三歳だったことになる。

すがは旧幕時代、旗本だった大友義徳の五女として静岡で生まれた。栄龍の名で芸妓をしていたころ、赤坂で万龍という芸妓と並び称される名妓だったという（岡直樹『偉人涙香』六七頁）。涙香が永龍となじみになり、落籍した後、後妻として迎えたのである。

伊藤秀雄『黒岩涙香伝』所載の涙香の年譜には、一九〇八年三月二十七日に「長女染子出生」とある。伊藤によれば、この長女染子は戸籍上、すがの父親大友義徳の子どもになっているという（「黒岩涙香伝再説」九三頁）。高松敏男作成の「年譜」（『黒岩涙香集　明治文学全集47』）所載の涙香の系図には、涙香とすがの間の子どもとして、染子、菊郎、五郎の三人が記載され、染子については「前田家

黒岩すが（撮影時期は不明）

ニ嫁グ」とある（「年譜」本文には染子の出生は記載されていない）。

これらによれば、涙香の長女染子は、すがが後妻として入籍する前（むろん真砂子と正式に離婚する以前）に涙香との間に出来た子どもということになる。しかし、実際のところ、染子は、すがが芸妓時代に涙香は別のなじみの客との間に出来た子どもだったようだ。涙香はすがを後妻に迎える際、染子も養女として引き取ったと思われる。染子は涙香の死後、涙香の秘書役だった前田耕作と結婚している。

すがは一九二〇年（大正九）一〇月六日に亡くなった涙香を看取った後、二人の子どもを育て、一九四六年（昭和二一）七月二七日、六〇歳で亡くなった。撮影時期は不明だが、写真を見ると、いかにも「しっかり者」という感じがする。黒岩家の家政の立て直しをするなど、涙香も頼りにしていたという。『萬朝報』に在籍した時期もある松井広吉は「新夫人は極めて黒岩氏に貞実で総てを氏本位とされたので、先夫人とは比較にならぬとて、氏の周囲にも評判が宜かつた」（『四十五年記者生活』二四八頁）と証言している。涙香はようやく家庭の平穏を得ることが出来たのである。

都々逸で綴った「恋文」

すがについては、ぜひふれておきたいエピソードがある。

涙香の次男菊郎の次男、つまり涙香の孫である黒岩徹（毎日新聞欧州総局長などを務め、現在は東洋英和女子大学名誉教授）が、二〇〇五年（平成一七）九月一八日、『高知新聞』に「芸妓だった祖母・清　涙香の愛が支えた生涯」という文章を寄稿している。

一九四〇年生まれの黒岩徹は、「祖母は幼い孫の私によく踊りを教えた」といった思い出を語る。すがが亡くなって何年か後、親族の納骨式で涙香の墓の墓室を開けたとき、一緒に埋納されているすがの遺灰を納めた木箱が壊れているのが見つかったという。黒岩は「終戦直後の物資のない時代、骨壺がなく、木箱に遺灰を入れたのだが、その中から文字を連ねた和紙が現れた」と書いている。親族の話では、生前のすがが、この和紙を病の床にあっても布団の下に置いていたので、火葬の後、木箱に入れたという。和紙を広げて文字をたどると、次のように読めた。

雪に伏し多る
小枝に問へバ
やがて花咲く
春が来る
　　最愛の須賀殿
四十一年
十二月　　涙香

涙香が二十六文字で謡う都々逸《どどいつ》を「正調俚謡」に発展させて普及に努めたことは後にふれる。すがが大切にしていた和紙は、涙香が都々逸を書いて、すがに贈った手紙だった。「（明治）四十一年十二月」は、真砂子と正式に離婚した後だが、すがを入籍する一年以上前になる。すがを「最愛の須賀殿」と記し、やがて正妻として迎えるという自身の気持ちを涙香は都々逸に託したのである。「恋文」と言ってもいい。

すがは、この手紙を涙香の生前はもとより死後も大切に持ち続けた。このエピソードを紹介した孫の黒岩徹は「一つの手紙を二十六年間も側に置き続けた祖母の生き方に衝撃を受けた。純愛とでも呼ぶべきだろうか」と書いている。涙香にとって、すがは正しく「よき妻」だったに違いない。

「聖人君子」でも「偉人」でもなく

序章末尾に涙香の死後に刊行された涙香会編『黒岩涙香』にふれた。復刻本の「解説」で、伊藤秀雄が「多角的な視座による最初の記念出版で、その人を知る上での第一資料である」と評価していることも指摘した。しかし、この「第一資料」には、本章で述べてきた涙香をめぐる女性たちのことはまったく登場しない。多くの人々が涙香の思い出を語っているのだが、涙香の最初の結婚に深い関わりのある曽我部一紅にしても、鈴木ますのことはもとより、真砂子についても何も語っていない。

多くの著名人による寄稿も、三宅雄二郎（雪嶺）の「能力の割合に成績が少い」と題した一文を除いて、涙香の離婚と再婚のことにまったくふれていない。雪嶺は雑誌『日本人』（後に『日本及日本人』）を創刊して国家主義的な論陣を張った評論家である。涙香とも交友があったようだが、表題のように、涙香に対していくぶん厳しい評価をしている。その雪嶺が涙香の離婚と再婚について言及しているのだが、それも「家庭で紛紜《ふんうん》があつた時も、人は夫に同情し、妻に同情しやうとせぬ。〔……〕夫として気の毒であり、〔離婚を〕止むを得ぬ事とした。然し再婚になつて失望した者もある」（六〇五頁）と述べているだけだ。

『黒岩涙香』は、「黒岩涙香先生を追懐の念止み難く」（同書「凡例」）、涙香の薫陶を受けた人々を中心にした涙香会が編纂した書物である。当然、「偉大な業績を残した偉人」として涙香を描き出すことが大きなねらいになっている。そこに本章に記してきたものごとを求めるのは、「ないものねだり」と言うべきだろう。だが、この〈間奏1〉の最初に記したことを繰り返せば、評伝筆者としては、等身大の「人間涙香」をこそ描きたいと考える。

次章以降で記すように、涙香は『萬朝報』を創刊し、数々のスキャンダル報道を展開し、「まむしの周六」と呼ばれたりした。後には、社会改良運動の組織として理想団を組織する。『天人論』などを著し、宇宙観に基づく人生観を展開して、向上主義の哲学を説いた。かつての「まむしの周六」は、「警世家」ないしは「思想家」とでも呼ぶべき風貌を現すようになる。

その生涯において、涙香自身のものの見方・考え方に変化（あるいは成長と言うべきか）があったことは間違いないだろう。だが、二人の涙香がいたわけではない。涙香は「聖人君子」でも「偉人」でもなかった。この〈間奏1〉を読み進めてきた読者は、「まむしの周六」と「警世家・涙香」の底にある等身大の「人間涙香」の一端を垣間見たはずである。

第四章　『萬朝報』の創刊

1　創刊前後

活版インキ会社を作る

涙香は『都新聞』で主筆・連載小説家として成功を収めながら、新しい経営者となった楠本正隆と対立して同紙を飛び出した。一八九二年（明治二五）八月、涙香は三〇歳を目前にしていた。「自らが社主となって、自分の思うままの新聞を作ろう」と思い定めた涙香だった。だが、ことはそう簡単ではなかった。

そもそも「思うまま」に新聞を発行することは出来ない仕組みがあった。明治元年（一八六八）六月八日に出された太政官布告第四五一号は「新聞紙私刊禁止布告」と呼ばれる。近代日本における最初の新聞統制法令だった。新聞発行には官許が必要であることを規定した。以後、さまざまなかたちで新聞統制法令が出される。

涙香が新しい新聞創刊の計画に取り組んでいた時期には、一八八七年（明治二〇）一二月二八日に公布された新聞紙条例があった。第八条は保証金の規定である。「発行人ハ保証トシテ左ノ金額ヲ届書ト共ニ管轄庁（東京府ハ警視庁）ニ納ムベシ」とあって、地域別の保証金の額が示されている。「東京ニ於テハ千円」である。ちなみに、京都・大阪・横浜・兵庫・神戸・長崎は七〇〇円。その他は三五〇円。発行が月三回以下の場合は、それぞれ半額となる。『都新聞』時代の涙香の月給が四〇円だったことを考えると、一〇〇〇円は相当な高額である。

この保証金をはじめとする新聞創刊のための資金を得るべく、涙香は活版インキ製造の事業を始めた。もっとも涙香自身が語るところによると、この事業はすでに『都新聞』在社中から関わっていたようだ（「余が新聞に志した動機」涙香会編『黒岩涙香』九頁）。『都新聞』を退社した後、新聞創刊に向けて本格的にこの事業に乗り出したのだろう。芝区三田豊岡町（現在の港区三田四、五丁目の一部）にインキ製造工場、京橋区元数寄屋町（現在の中央区銀座五丁目の一部）に両潤舎という活版インキ販売会社を設けた。

保証金は印刷会社に借金

この活版インキ事業について、伊藤秀雄は「これは失敗であったという」（『黒岩涙香』一〇七頁）と書いているが、両潤舎は、創刊された『萬朝報』の一八九二年一一月一六日紙面などに「活版用インキ製造販売広告」を大々的に出しており、それなりに収益を上げていたようだ。広告は翌年六月にも載っている。涙香は、「余が新聞に志した動機」で、活版インキ事業から新聞創刊のために一六〇〇円の資金を持ち出したと述べている（涙香会編『黒岩涙香』九頁）。

しかし、日刊紙を出すとなると、紙代、印刷代などの運転資金がいる。発行所とする場所も必要である。何より警視庁に納める保証金一〇〇〇円がすべての前提となる。一六〇〇円ではとても足りない。涙香らは資金作りに奔走した。

保証金はかねて懇意にしていた宏仏海《ひろしぶっかい》が経営する明教活版所から借金した。宏仏海は曹洞宗僧侶で宗教雑誌『明教新誌』社主兼印刷人である。佐久間貞一、大内青巒《せいらん》らとともに今日の大日本印刷の前身である秀英舎の創業者の一人として、近代日本印刷史の片隅にも名前を残している。

明教活版所は京橋区三十間堀（現在の中央区銀座一〜八丁目の一部）にあった。宏は明教活版所で『萬朝報』の印刷を引き受けただけでなく、空いていた社屋二階を月一五円で発行所として貸してくれた。その場所は、涙香もかつて在籍した『絵入自由新聞』が創業当時に使っていたところだった。どんな場所だったのかについては、曽我部一紅の回想がある（曽我部、七八九頁）。火鉢をひっくり返して作ってしまったらしい畳の焼け焦げがそのまま残っている汚い部屋だった。発刊前に『都新聞』から連れて来た小使いは、そのあまりの汚さに一晩で逃げ帰ってしまったという。

『萬朝報』の紙名は、曽我部の回想では、『都新聞』が発行停止ないしは禁止になったときのために用意していたものを使ったという。『都新聞』にどういう意図があったかは分からないが、涙香らは「萬重宝《よろずちょうほう》」（なにごとにも役に立つ）な新聞という意味も込めた。発行所は、紙名から朝報社ということになった。

近代日本ジャーナリズム史に大きな足跡を残す『萬朝報』は、まことにささやかな場からその歩みを始めたのである。

資金を援助した後援者たち

前述のように、創刊に必要な保証金一〇〇〇円は、宏仏海が貸してくれた。印刷も引き受けてくれた。後年、『萬朝報』が創刊当時のことを振り返った一九〇一年（明治三四）二月五日の記事は、宏について、次のように記している。

〔宏は〕人世の辛酸を嘗尽《なめつく》した方で、我々朝報社員の遣り方が一風変つて居る所を見て、仲々面白い若者達だから、遣る所まで遣らせて見るが好かろう。印刷の為に新聞の発達が妨げられる様では折角の姿勢を挫《くじ》く様な者だからとて、大に同情を寄せられ、此後朝報が如何に発達しやうとも、紙数が十万に達する迄は印刷に不自由をささぬと受合て呉れた。

ここで「仲々面白い若者達」の中心には、言うまでもなく涙香その人がいた。涙香はすでに『都新聞』などでの実績を持つ論説記者であり、連載小説作家だった。その意味で、宏は決して海の者とも山の者とも分からない若者たちに金を貸したわけではなかった。「人世の辛酸を嘗尽した」仏は、涙香が主宰する新しい新聞に大いなる可能性を見ていたに違いない。涙香の人間的な魅力に惹かれてもいただろう。

宏のほかに、町田宗七が運転資金を提供してくれた。町田は扶桑堂という出版業を営んでいた。もともと米屋を営んでいたが、涙香の小説の大変な愛読者で、それが高じて、涙香の小説を出版すれば必ず成功すると思い、当時、涙香の小説を単行本として刊行していた岩本吾一に交渉して、その株を譲り受け、扶桑堂を設立したのである。米屋は廃業した。

涙香の新聞連載小説は連載一回分を七五銭で岩本五一に売り、岩本が単行本にしていたという（曽我部、七八六頁）。著者に対して印税を支払う仕組みはまだなく、つまりは買い切り制だったわけだ。この方式だと、たとえば、『今日新聞』に二八回連載された『法庭の美人』では、岩本は二一円を支払ったことになる。

涙香の単行本の出版が岩本五一から町田の扶桑堂に移って以後も、この買い切り制は続いていた。扶桑堂からは一八八九年（明治二二）の『美少年』を最初に、『萬朝報』が創刊される一八九二年一一月までに、『都新聞』に連載された『執念』など八冊の涙香の小説が単行本として出版されている。いずれも売れ行きは良好だった。町田は相当の利益を手にしたはずだ。新聞創刊の資金不足に直面していた涙香は当然、町田に資金提供を持ちかけた。

町田の扶桑堂は、涙香の新聞連載小説を単行本化して経営していたわけだから、涙香の小説が得られなくなれば死活に関わる。町田にとっても涙香が小説を連載する場となる新しい新聞が必要だった。町田は、涙香の新聞連載小説を無償で扶桑堂から単行本化することを条件に資金提供に同意する。金額は、『萬朝報』創刊メンバーの一人、山本秀樹によると、「五百金」である（「黒岩君に就て」涙香会編『黒岩涙香』七七〇頁）。しかし、五〇〇円という金額は、町田が涙香の単行本化から得たはずの利益や涙香の新聞連載小説を無償で扶桑堂から単行本化するという破格の条件から考えると、いかにも少なすぎる。当時、町田の手持ちの現金は五〇〇円しかなかったということだろう。『萬朝報』創刊の初期、町田は会計主任として朝報社の経営に関わっており、何回かさらに資金を援助したと思われる。破格の条件はこうしたことも含んだ結果だろう。

涙香は、このときの町田の資金援助を多として、町田の死後も、その約束を守った。町田の子どもである町田浜雄が、この点を証言している（「私の観た先生」涙香会編『黒岩涙香』八四〇〜八四三頁）。

無償で単行本化の約束

創刊した『萬朝報』に涙香は連載小説を次々に書いた。扶桑堂から刊行される単行本は人気を呼んだ。当然、扶桑堂以外の出版社が涙香に好条件での単行本化を持ちかけるようになった。町田浜雄は、扶桑堂以外の出版社による「涙香争奪」の動きが熾烈だったにもかかわらず、涙香が最初の町田宗七との約束を固く守ったことを記している。人情を大切にし、恩義を重んじた涙香の人柄については、涙香会編『黒岩涙香』に収録された寄稿で何人もの人が語っている。以下のエピソードは当時の涙香の「売れっ子ぶり」とともに、そうした涙香の人柄の一端を教えてくれる。

次第に高まる涙香小史の名と共に、同業より集まる要望の手先は陰に陽に先生の身辺を常に囲繞《いじょう》しずには居なかつた。出づる小説はその出づるが毎《ごと》に加速度を以て彌《いや》が上にも涙香の名を喧伝せしめ、遂に有名な『巌窟王』『噫無情』の出づるに及んで、雷名は津々浦々まで鳴り渡つた。原稿横取り計画は或《あるい》は情誼的にあらゆる手段に於《おい》て講ぜられた。然《しか》し先生の態度は神の如きものがあつた。先生自身も随分金力を要した多端の中に身を置きながら、又『諾』の一字は全く他動的に終始する約言でもあり、且つ十数年の履行を果した後でもあり、茲《ここ》に食言したとても、何人も咎《とが》むる権能のない程当然に近いものでありながら、眼前に積まれた万金と叩頭を排《しりぞ》けて、万人万望の名称を鐚《びた》一文にもならぬ扶桑堂に恵与して他を少しも顧みなかつた。

事実、涙香の単行本は、伊藤秀雄の詳細な書誌的研究（『改訂増補　黒岩涙香』）によれば、『萬朝報』創刊後、同紙に連載された涙香の小説で一九二〇年（大正九）の涙香の死に至るまでに単行本となったものは三二冊あるが、『萬朝報』の発行元である朝報社から刊行された二冊以外、版元はすべて扶桑堂である。

前金制度の徹底をめざす

涙香はこれまで多くの新聞に関係してきた。しかし、それは主筆だったり、連載小説の書き手だったり、つまりは記者としてだった。経営に直接関わったことはない。自らが創刊する『萬朝報』となると、そうはいかない。『萬朝報』創刊に当たって、涙香は経営者マインドを持たなければいけないことを自覚したようだ。「余が新聞に志した動機」の中の「三、新聞の会計と前金」（涙香会編『黒岩涙香』一〇～一一頁）で、「新聞事業に手を著《つ》けるやうになつてから、私は先づ第一の出発点に於て斯様《こう》いふ事を注意致しました」として、次のように述べている。「斯様いふ事」というのは、地方読者の購読料の未払いである。

それは他の新聞社を観《み》まするに、大抵地方に貸金の夥《おびただ》しく出来ない新聞はないと云ふ有様で、彼の『絵入自由』の如きは、前金の切れるに拘はらず新聞を発送した結果、地方に新聞代の貸倒れが五万円も出来たといふ程でありました。斯《こ》ういふ次第では新聞の発達する理由が有りません。ですから、私は、売捌《うりさばき》所と相談を致しまして、萬朝報は一切前金で無ければ送らぬ、代金を取らぬ中は一枚もやらぬと定めました。

当時、現在のように新聞販売店があって、戸別宅配が行われる仕組みはまだなかった。多くは書店なども同時に経営する売捌所が複数の新聞の取次店であり、小売店でもあった。現在の新聞販売店と新聞社との間には、補助金制度や実際に販売する部数以上を販売店がかかえる押し紙など、不透明な部分が指摘されている。売捌所と新聞発行所との関係にも同じようなことがあった。発行所が自社の新聞をより多く売ってもらうために相当の割引きをして売捌所に卸すことがふつうだったのだ。涙香はこうした割引きも出来るだけ行わない方針を打ち出した。

もっとも前金制は、涙香が言うほど厳格に行われなかったらしい。創刊間もない一一月二九日の『萬朝報』四面に、「地方読者諸君へ」という記事が載っている。「代金御送付なき諸君への新聞は送り居り候得共《そうらえども》」として、今後は他の新聞と同様に前金制にするとある。

地方読者には朝報社から直接新聞を郵送した。こうした直販読者も少なくなかった。涙香らは創刊前に見本を作成して、定期刊行物に郵便料金が優遇される第三種郵便の認可を逓信省から受けた。認可に時間がかかると、創刊に間に合わないと考えたのである。歩き出したばかりの新聞経営者は、この点ではなかなかに用意周到だった。

「梁山泊」に集った小さな集団

曽我部によると、創刊号は四人の編集スタッフで製作した（曽我部、七八七頁）。記者は、涙香と曽我部一紅、富田一郎の三人。ほかに挿絵画家の藤原信一がいた。「君〔涙香〕が論説と小説、富田氏が軟派の雑報、余が硬軟両派の雑報、編輯整理、及び校正」を担当したという。富田は一筆庵の雅号を持ち、小説も書いた。涙香とともに『都新聞』を退社した一人である。藤原は高知の『土陽新聞』などで挿絵を描いていた浮世絵師。この後も涙香の多くの連載小説の挿絵を描いた。

山本秀樹の回想（「黒岩君に就て」涙香会編『黒岩涙香』七七〇頁）では、山本自身も創刊号より編集に加わったとしている。実際、創刊号の一面には山本秀樹の署名で「発兌《はつだ》の初めに当り書して編輯諸員に似《しめ(ママ)》す」という文章が載っている。この場合、編集スタッフは五人である。曽我部が創刊号としているのは、あるいは逓信省に第三種郵便の認可を受けるために作った見本のことかもしれない。創刊時に山本秀樹が主筆だったことは間違いない。

創刊間もなく、やはり『都新聞』退社組の大森善一、生島一や『改進新聞』の片山友彦も編集スタッフに加わる。片山は柳崕《りゅうがい》亭の雅号を持ち、小説も書いた。編集スタッフ以外では、先にふれた扶桑堂の町田宗七が会計を担ったほか、販売・広告の担当者が二人いた。

一〇月一五日、曽我部が発行届書を警視庁に持参すると、担当官は「梁山泊が亦何か始めたナ」と言ったという。梁山泊は中国山東省にある沼沢地の名前である。明代の伝奇小説『水滸伝』では、梁山泊を根城にした豪傑たちが官軍に抵抗し、やがて滅びる。『水滸伝』は江戸期以来日本でも広く読まれ、梁山泊は世を憂うる有志の巣窟といった意味で使われるようになった。

曽我部は、涙香とともに貸主の宏仏海の子息である宏虎童に案内してもらって、朝報社の編輯局になる「畳の焼け焦げがそのまま残っている汚い部屋」に最初に行ったときのことも記している。宏虎童は涙香と曽我部に向かって「君らは此所《ここ》で新聞の天下を取るのだ」と言ったという。涙香らと以前から付き合いのあった宏虎童は、彼らの思いをよく知っていたのだろう。梁山泊に集った涙香とその同志たちは、未だまことに小さな集団ではあった。だが、その志は高かったのである。

創刊号で七〇〇〇部の定期読者を得る

創刊を前に涙香の筆になる広告が新聞各紙に掲載された。「絵入傍訓《ふりがな》日刊新聞」と「萬朝報」を一角大きな活字で組み、本文は、次のように書き出している。

来る十一月一日発兌《はつだ》、同月五日より第二号以下引続き発行す、定価一枚金一銭、一ヶ月前金二十銭、三ヶ月同金六十銭、半ヶ年同金一円十銭〇広告料一日活字廿三字詰金十銭、発行所東京京橋区三十間堀二丁目一番地朝報社

以下、かなり長い文章が続く。「紙面整理には新聞社会に多く其匹を見ざる曽我部一紅あり」といったふうに、編集スタッフ一人一人を謳い文句付きで紹介した後、「凡《およ》そ是《こ》れ等の面々は一社に一人

あらば以て其社を興《おこ》すに足るの腕前なるに、我社何の幸ぞ之を招聘《しょうへい》すを得たり」と満腔の自信を表明した。

しかし、新聞社の中には創刊広告のこの部分に反発して、広告掲載を謝絶したところもあったという（曽我部、七八八頁）。そのため涙香は『萬朝報』の名前と定価や前金について記しただけの別の広告文も作った。それでも、そこに「お馴染みの涙香小史が来月一日より〔……〕といふヘイ娑婆気《しゃばけ》な絵入新聞を出します」と謳うことは忘れなかった。涙香の連載小説は『都新聞』の部数を飛躍的に増やした。単行本も人気があった。『萬朝報』の「売り」の一つはやはり「あの涙香の新聞」だったのだ。

創刊号は三万五〇〇〇部印刷した。現在の新聞発行部数からみれば、取るに足らない数に思えるかもしれないが、朝報社としては相当無理をして紙代を調達したはずだ。この年の新聞発行部数の統計はないが、『萬朝報』創刊の二年前、一八九〇年（明治二三）の警視庁の統計によると、東京発行の新聞で一日発行部数の最大は『東京朝日新聞』二万三五四七部である（山本武利『近代日本の新聞読者層』所載「別表・新聞発行部数一覧」）。『萬朝報』創刊号は、それより一万部以上も多い部数を印刷したのである。

もっとも、これは現代ふうに言えば、宣伝紙だった。一一月五日に刊行した創刊第二号までに七〇〇〇部の定期読者を得た。どれほど長期間の前金を支払う定期読者を得たかは分からないが、「予想以上の好成績を収めたので社員一同の喜びは一方ではなかつた」（曽我部、七九一頁）という。

創刊号（口絵参照）は本紙一二ページ。付録が二ページ。一ページは五段。判型は横三九センチ、縦五五センチだから、現在の新聞のブランケット判（横四〇・六センチ、縦五四・五センチ）とほぼ同じ大きさだった（この判型はその後も変わらない。第二号は六ページ、その後は基本的に四ページ）。

一面トップは、「八面鋒」と題した社説欄である（「八面鋒」の「鋒」は攻撃用の武器である矛《ほこ》の別字。「八面鋒」とは、つまり、あらゆる問題を論じるという含意だろう）。そこに、「古概　黒岩周六」の署名による「発刊の辞」が載った。この内容は「序章」で少しふれたが、この後、くわしく検討する。

一面には、ほかに一筆庵の連載小説「金狐」が、ほぼ二段分を埋めた大きな挿絵とともに載った。創刊メンバーの生島一も「血嚢《けつのう》」の名で「政治以外に政治あり実業以外に実業あり」という論説を書いている。小説は、ほかに、三面に歯月生「読切小説父知らず」、三面から四面に火舟漁夫「読切小説田舎医者」、五面には「続き物」として涙香小史訳述「大金塊」の第一回が、それぞれ掲載された。歯月生も火舟漁夫も涙香の別号である。涙香は創刊号に実に読切小説二つ（創作と思われる）と翻訳小説の連載第一回を書いている。「発刊の辞」も入れると、驚くべき執筆量である。一一月五日発行の第二号からは付録に涙香の「我不知」も始まり、断続的に連載された。

「発刊の辞」を読む

創刊号の「発刊の辞」は、涙香が『萬朝報』をどのような新聞にしていくかについて、自ら語ったものとして、重要な文章である。以下、くわしく読んでみたい。

冒頭は「目的」である。すでに「序章」で引用した部分を含めて「目的」の全文を次に記す。

目的　萬朝報は何がために発刊するや、他なし普通一般の多数民人に一日時勢を知るの便利を得せしめんが為のみ、この目的あるが為めに我社は勉めて其価《あたい》を廉にし其紙を狭くし其文を平易にし且つは我社の組織を独立にせり

「普通一般の多数民人」が、つまりは「大衆《マス》」を意味することはすでにふれた。むろん、この「発刊の辞」を書いたとき、涙香の中にその後広く使われるようになった「大衆」という語彙はなかっただろう。当然、「大衆社会」といったかたちで使われることになったその意味するものへの理解も涙香の思考の中にあったはずはない。

明治期の新聞における大《おお》新聞と小《こ》新聞の違いについてはすでに簡単にふれた。政論を主体とする大新聞の読者は難解な文章を読みこなす士族や上層平民に限られた。これに対して小新聞は広い読者を想定した。小新聞の嚆矢とされる『読売新聞』は一八七四年（明治七）一一月二日の創刊号の「稟告《しらせ》」で、「此新《このしん》ぶん紙《し》は女童《おんなこども》のおしへにとて為《ため》になる事柄《ことがら》を誰《だれ》にでも分《わか》るやうに書《かい》て出《だ》す旨趣《つもり》でござります」（ルビ原文）と謳ったことも前に紹介した。

一八八四年（明治一七）五月一一日に創刊された自由党系の小新聞『自由燈』では、創刊号から三号にまでわたって掲載された「板垣退助述」とある「祝辞」の冒頭で、「此《こ》の新聞《しんぶん》や平易普通《へいいふつう》を旨《むね》とし車夫馬丁《しゃふばてい》も亦《ま》た能《よ》く之《こ》れを読《よ》み之《こ》れを解《かい》するを得《う》るものなれば、此《こ》の社会《しゃかい》の多数人民《たすうじんみん》に関係《かんけい》を有《ゆう》することを最《もっと》も大《おお》いにして〔……〕」（ルビ原文）と述べている。『読売新聞』の「おんなこども」にして

も、『自由燈』の「車夫馬丁」にしても、それぞれの新聞が想定した読者対象を具体的に示したものと言っていい。その点では、涙香が記した「普通一般の多数民人」も、まずは読者対象を指していることは確かである。

だが、私たちは、涙香が『絵入自由新聞』の論説記者として、二つの社説を書いていたことを知っている。一八八六年（明治一九）九月四日の「小新聞の社説」と、翌年一月四日の「我進んで愚なる日本人を賢くせん」である。この二つの社説にふれて、新聞人・涙香における啓蒙家としての初心を指摘した。黒岩大《だい》を捨て、涙香小史として翻訳小説を次々に書くことになった涙香だが、啓蒙家としての初心は彼の生涯、その心の底に生き続ける。先にも記したように、『都新聞』を退社し、自前の新聞を創刊したのは、この初心を忘れていなかったからなのだ。こうした文脈の中に「発刊の辞」の「普通一般の多数民人」を置くとき、そこには読者対象を示しただけの『読売新聞』の「おんなども」や『自由燈』の「車夫馬丁」とはいくぶん違った意味が読み取れる。

涙香にとって「普通一般の多数民人」は想定された読者であるとともに、何よりも啓蒙すべき対象なのだった。その啓蒙を行う場として、涙香は自らの新聞『萬朝報』を創刊したのである。「序章」で、国民国家の形成にふれた。国民国家は、「被治者」だった民衆が一人一人、国家への帰属意識を持ち、国家を担う「国民」として育てられることによって生まれる。涙香の前にいた「普通一般の多数民人」は、いわば「国民」予備軍としての大衆である。あるいはより正確に言えば、「国民」予備軍へ加わる準備段階にいた人々だったと言えるかもしれない。

むろん、涙香には「国民国家」という語彙はなかっただろう。したがって「国民国家」を担う「国民」や、ここで使った「国民」予備軍という認識もなかったはずだ。しかし、涙香は「普通一般の多数民人」を読者対象としてだけでなく、その後の大衆社会の成立という歴史の流れに照らせば、「国民国家」を担う「国民」につながる存在としても捉えていたと言っていい。

安い価格と平易な文章と

とはいえ、まずは読んでもらわなければいけない。その方策として、「発刊の辞」は「代金」について語る。他の新聞より安い定価を設定したのである。創刊の広告にあったように、一部一銭、一カ月前金料金二〇銭。一カ月前金料金は、『時事新報』五〇銭、『東京日日新聞』四〇銭、『東京朝日新聞』『都新聞』各三〇銭だったから、相当な価格差である。

定価設定について、涙香は分かりやすいレトリックを使って書いている。次に指摘する平易な文章の実践である。

●代価　近年新聞紙の相場次第に騰貴し今や低きも一銭五厘以上なるに及べり、然《しか》れども我国今日の社会に於て一銭五厘は大金なり、人々日々に欠く可からざる入湯の料より高く、重宝無類なる郵便はがきの価《あたい》より高し、新聞紙一枚を買ふには一度の入湯を廃せざる可からず一度の音信消息を見合せざる可からず、否廃しても猶《なお》足らず見合せても猶届かざるなり

定価が安い分、売捌店へのマージンも少なくなる。定価の安さは『萬朝報』の部数拡大に大きく寄

与したが、間もなく売捌店から造反とも言うべき状況を生むことにもなる。新聞経営者としての涙香が初めて直面したこの難問については後にふれる。

定価の次に涙香が読者との関係で重視したのは、記事を平易な文章で提供することだった。この点でも、涙香はまさに平易な文章を書いてみせる。

●●文章〔……〕新聞紙の文章高尚に失するときは家内中にて一番学問ある其家の旦那唯一人楽しむ可きも之《これ》を平易にし通俗にし何人にも分り易からしめば旦那の後は細君読み番頭読み小僧読み下女下男読み詰《つま》る所は一銭の価《あたい》にて家内中益するが故に此上《このうえ》なく安きものなり、一人頭には一厘に足らぬ事ともならん一家経済の秘伝は此辺《このへん》に在りと知る可し

「独立」を掲げる

「発刊の辞」の最後のテーマは「独立」である。涙香の『萬朝報』創刊の志にとって、この部分がもっとも重要だったはずだ。

●●独立　此頃の新聞紙は「間夫《まぶ》が無《なく》ては勤まらぬ」と唱《うた》ふ買食遊女の如く皆内、に間夫を有し其機関と為《な》れり、独《ひと》り公《おほ》やけに我は自由党の唯一の機関なりと大声狂呼する自由新聞が猶《まだ》しも男らしき次第ぞかし、或《あるい》は政党、或は野心ある民間の政治家、或《あ》ひは金力のある商界の大頭《おおあたま》皆な新聞紙の間夫なり、普通一般の民人が真正の事実を知り公平の議論を聞かんこと覚束《おぼつか》なし、我社幸か不幸か独

立孤行なり、政府を知らず政党を知らず何ぞ況《いわ》んや野心ある政治家をや、又況んや大頭なる者をや、嗚呼《ああ》我社は唯《た》だ正直一方、道理一徹あるを知るのみ、若《も》し夫《そ》れ偏頗《へんぱ》の論を聞き陰険邪曲の記事を見んと欲する者は去《さっ》て他の新聞を読め

最後は何かタンカを切っているような威勢のいいセリフだが、『萬朝報』創刊に込めた涙香の熱い思いが伝わってくる。

涙香が『同盟改進新聞』時代にすでに実質的に政党機関紙になっていた諸新聞を批判していたことは前に述べた。涙香の立場はそのころから一貫しているのである。ただし、この「発刊の辞」では単に「政党の機関」ではないと言うだけではなく、「野心ある民間の政治家」や「金力ある商界の大頭」が、現行の諸新聞の「間夫」だとされる。後者は、現代に引き付ければ、財界の大物といったところだろう。

政党からの独立を謳った新聞は『萬朝報』が初めてではない。たとえば、一八八二年（明治一五）三月に福沢諭吉によって創刊された『時事新報』は、「不偏不党・独立不羈」の立場から官民調和を標榜した。一八八九年二月創刊の『日本』や一八九〇年二月創刊の『国民新聞』も「独立新聞」として挙げられる。しかし、『時事新報』は福沢諭吉、『日本』は陸羯南《くがかつなん》、『国民新聞』は徳富蘇峰という、論調の中心となった人物がそれぞれいたし、大《おお》新聞の伝統を受け継ぎ、難しい文章で書かれていた。実際のところ、「普通一般の多数民人」に読みこなせる新聞ではなかった。

涙香にとって、新聞の独立は、「普通一般の民人が真正の事実を知り公平の議論を聞かんこと」を実現するために必要な条件であった。高踏的に「独立」を標榜することではなかった。だからこそ、それは、定価の安さと文章の平易さとセットになっていなければならなかった。涙香の啓蒙家としての初心は、『萬朝報』において、「国民」予備軍――彼らはやがて大衆社会を形成し、「国民国家」の担い手となる――に向けられて、いわばバージョンアップしたのである。涙香はすでに大《おお》新聞的な啓蒙とは違う次元に立っていた。

『萬朝報』は涙香のめざした通り、「普通一般の多数民人」の支持を受け、部数を急速に増やし、他紙を圧倒していく。

2 首都発行紙トップに躍り出る

「新聞紙の一人前」と「百号の辞」

創刊号は三万五〇〇〇部印刷して七〇〇〇部の定期読者を得たことは前に記した。その後も順調に部数は伸びる。執筆に忙しかった涙香は、自身では新聞拡張はしなかっただろう。だが、産声をあげたばかりの新しい新聞を世に定着すべく、涙香周辺の人々はさまざまに売り込み活動を行ったようだ。〈間奏1〉で登場した鈴木ますもその一人である。鈴木珠の回想（「黒岩涙香外伝」『別冊幻影城』二七三頁）によると、ますは、旅館時代の出入りの者を集めては、歌舞伎座のはねる時間を見計らって、出口で、号外売りのように「萬朝報一部一銭一銭――」と呼び売りをさせたという。やはり「一銭」という安さが最大のセールスポイントだった。

朝報社のスタッフも短い間に拡充された。創刊からまだ二カ月しか経っていない一八九三年（明治二六）一月一日の『萬朝報』には一面冒頭に「明治二十六年発刊の辞」が載り、新年の挨拶の後、イロハ順に社員の名前を並べている。生島一から始まり、曽我部市太（一紅）、黒岩周六、山本秀樹、町田宗七ら総計二二人。最後に「等　等　等」となっているが、おそらくはこれがこの時期の社員のすべてだっただろう。それでも創刊からわずか二カ月にして、社員の数は二倍以上になった。

一八九三年三月八日には、「百号の辞」が載った。「社員　黒岩涙香記」とある。『萬朝報』と「相前後して起りたる新聞紙の如何に多かりしは又其中《そのなか》に百号まで達したる幾何《いくばく》なるや」と、百号に達することなく消えていったいくつもの新聞の名前を列挙し、困難を乗り越えて一〇〇号に達した『萬朝報』を「新聞紙既に百号を越ゆれば新聞紙の一人前に達したる者と云ひて可なり」と自己評価する。

さらに「一人前の新聞紙として同業一般を見渡せば」として、『東京日日新聞』『東京朝日新聞』『読売新聞』『都新聞』『時事新報』などの美点をそれぞれ挙げ、「皆是《こ》れ朝報紙の企て及ばざる所なれど〔……〕」と語る。一見謙虚に見えるが、涙香の言いたいことは、この後である。『萬朝報』が、それらの「一人前の新聞紙」と肩を並べる企てを断念する理由はないとし、「況《いわん》や朝報が世人に愛読せらるゝの紙数、彼等に勝《まさ》る有りて劣る無きをや」と畳みかける。涙香には、すでに『萬朝報』が読者の確かな支持を獲得しているという自信があっただろう。事実、『萬朝報』の発行部数は急速に伸びていた。

急速に伸びる発行部数

「警視庁統計書」によると、創刊の翌一八九三年一年間の『萬朝報』の発行部数は九〇七万七二九四部である。この時期の『萬朝報』は月曜日が休刊日だった。一月一日号の後は四日間休んで五日から通常の発売になっている。年間発行日を三〇〇日とすると、一日平均発行部数は、三万二五七部になる。創刊号が七〇〇〇部だったことを考えると、短期間に部数は一気に拡大したと言えるだろう。

この時期の東京発行の主要新聞の発行部数の統計は、『萬朝報』と同じように年間発行部数しか分からない。『陸羯南全集』（筑摩書房、全一〇巻）の編者である西田長壽と植手通有が、各紙の各年における実際の発行回数を調べた上で、一日平均発行部数を算出して、各巻の「解説」に収めている。各紙の実際の年間発行回数を調べる作業はまことに手間ひまがかかったに違いない。この「労作」（直接の参照は『陸羯南全集』第四、五、六巻の「解説」）をもとに作成したのが、次ページのグラフである（計算違いと思われる箇所は修正）。

『萬朝報』は一八九三年から一八九五年（明治二八）までの三年間は年間発行回数が不明のままだが、この分については三〇〇回として計算した。

『萬朝報』の一八九三年の一日平均発行部数三万二五七部は、『東京朝日新聞』四万二九九一部、『都新聞』三万六八九〇部に次いで三位である。すでに『東京日日新聞』一万六二一九部、『時事新報』一万五二七一部、『読売新聞』一万三五四七部を大きく上回っている。「百号の辞」はこの年三月八日に掲載されたものだが、涙香は三月の段階ですでに部数拡大の勢いを実感していたのだろう。

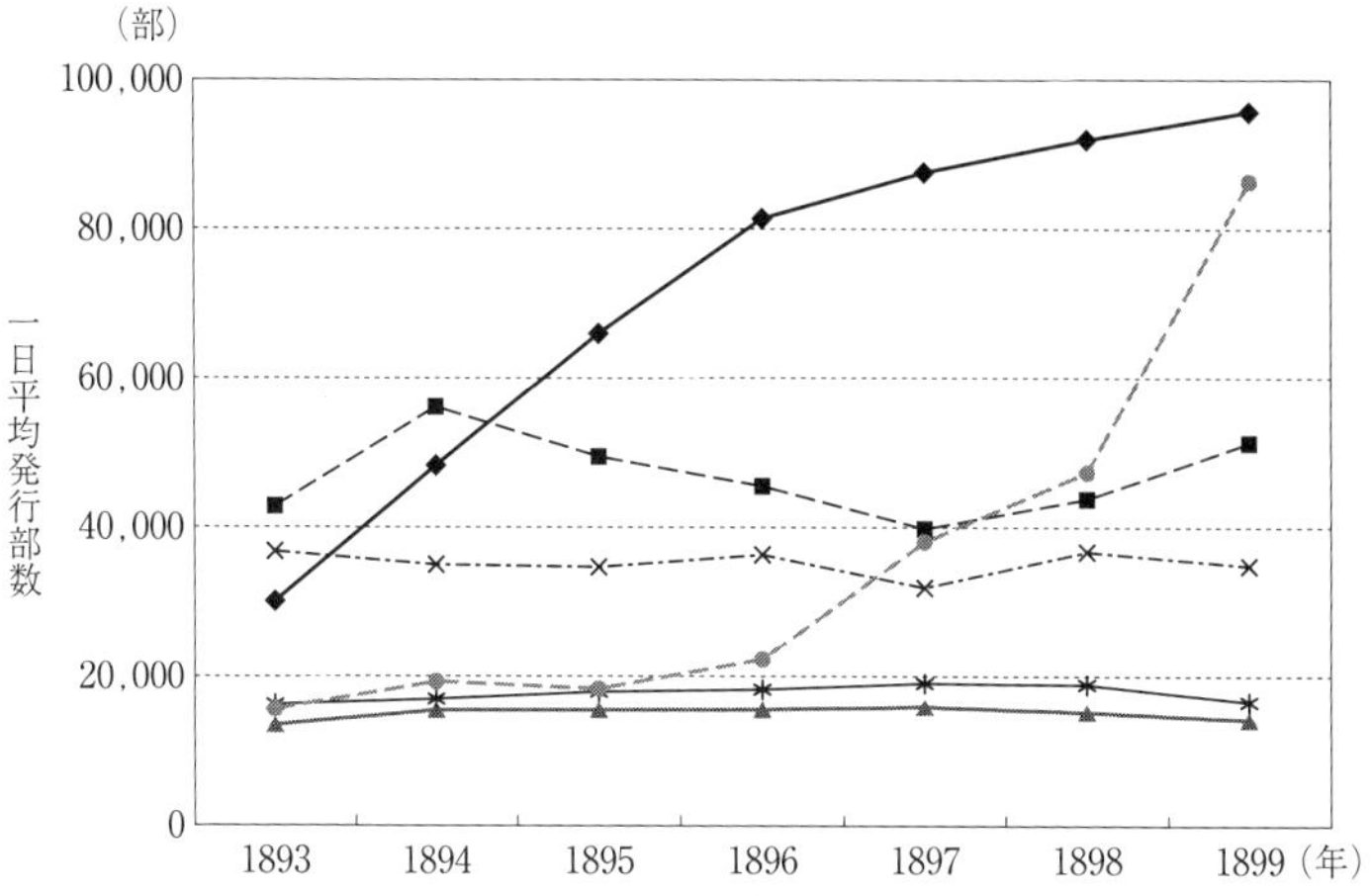

新聞発行部数の推移

一八九四年（明治二七）になると、『萬朝報』は四万八四九〇部となり、『都新聞』三万四八七四部を一気に抜き去り、『東京朝日新聞』五万五五四九部に次いで二位となる。『東京日日新聞』『時事新報』『読売新聞』はグラフを見れば分かるように、一八九六年（明治二九）までほとんど変わらない。

一八九五年の『萬朝報』六万六〇四〇部は『東京朝日新聞』五万三九七〇部を抜いて、トップに躍り出る。創刊からわずか三年足らず。見事な快進撃である。この快進撃は、急カーブで右肩上がりに上がっていくグラフの曲線が示すように、その後も続いた。全国的に見ると、『大阪朝日新聞』が一八九五年、年間二一五四二万二一七一部を発行している。『萬朝報』と同様に年間発行回数を三〇〇回として計算すると、一日平均発行部数は八万四七四〇部になるから、

『萬朝報』より二万部近く多い。しかし、『萬朝報』は首都・東京において最大の発行部数を誇ったのである。そのプレゼンスは、あるいは『大阪朝日新聞』をしのいだかもしれない。

『萬朝報』の急速な部数増の理由として、相馬事件などをめぐるスキャンダラスな紙面づくりが多くの読者を引きつけたことは、『萬朝報』についてふれた文献が必ずと言っていいほど言及している。そのことは次章で検討する。一方で、創刊初期に一気に部数増を実現したのは、『都新聞』で大幅な部数増をもたらした涙香の力が大きかったことも間違いない。読者にとって、『萬朝報』は何よりも「涙香の新聞」だった。

書きまくる涙香

一八九二年（明治二五）一一月一日の創刊号には、既述のように「発刊の辞」のほか、読切小説二本と連載小説「大金塊」の第一回が涙香の筆になるものだった。五日の第二号では付録に「我不知」第一篇、八日「茲《ここ》は一番江戸児《えどっこ》の気前を見せては如何《いかが》」（歯月生）、九日「本年の議会　民党と内閣」、一一日「商家の手習」（社員半士半商人述）、一三日「唯《ただ》一寸」（社員涙香述）、一五日「大石正巳に与ふ」（社員火舟漁夫）、一七日「商家の雇人出世の秘伝」（社員歯月生）、二六日「嘗《かつ》ての事の説」（社員歯月生）を、いずれも「八面鋒」欄に書いている。「八面鋒」欄は毎日あり、無署名のものが多いが、涙香が書いた場合、カッコ内に記したような署名がある。ただし、後には内容・文体から見て、涙香が書いたと思われる無署名のものも見られる。

一二月に入っても、「八面鋒」欄に、一日「自由党を評す」（社員火舟漁夫）、一五日「対等条約の真意」（古概処士）、二八日「年の暮を愛するの辞」（社員歯月生）が載った。これら「八面鋒」欄に涙香が執筆した社説は、平易な文章で書かれ、当時の一般読者に分かりやすかっただろう。テーマも従来の社説にはない柔らかいものもある。ただし、取り立てて涙香の特色が表れているとは言いがたい。いくぶん冗漫な文章も目立つ。『萬朝報』の読者が期待したのは、何よりも「涙香の小説」だった。涙香もその点は分かっていたに違いない。「八面鋒」欄では、涙香の名前を使ったのは一回だけである。

二二日から「正史実歴」を謳った「鉄仮面」の連載が「涙香小史訳」として二面で始まった。連載は翌一八九三年六月二二日まで、一三七回に及んだ。

「鉄仮面」は、今日まで涙香の翻訳小説の中で、「噫《ああ》無情」と「巌窟王」と並んでもっともよく知られたものだろう。創刊一カ月余、「涙香の小説」を切望する読者の期待に応えるべく、「大金塊」を予定より早い四〇回で切り上げて、連載をスタートしたのである。この一編こそ読者の期待に沿うはずだ。涙香がそう考えた自信作だったに違いない。

「鉄仮面」が大人気

連載に先立ち、一二月二〇日の一面トップに「新小説　来る廿二日より掲載の御披露　鉄仮面　涙香小史訳」という記事が載った。「鉄仮面とは鉄の仮面を被《かぶ》りたるまゝ捕縛せられて仏国の大監獄バスチルに生涯を送り一たびも其顔を見せずして仮面の儘《まま》に牢死し仮面の儘に葬られたる恐る可き囚人の異名なり」とし、原作については、「仏国歴史家兼凄動《せいどう》小説の大家ボアスゴベ大先生夙《つと》に此秘密を訐《あば》かんと決心して辛苦数十年」の上にようやく公にした「鉄仮面の実伝」と謳う。「凄動小説」という言葉は類例を知らないが、現代で言えば、「サスペンス

江戸川乱歩『鉄仮面』
（大日本雄弁会講談社，1946年）

小説」といったところか。

鉄仮面はたしかに「正史」にも残る人物で、バスティーユ監獄に幽閉されたまま、一七〇三年に死亡した。いかなる人物だったのかについて、さまざまな説がある。原作者の「ボアスゴベ」は、フランスの大衆小説家フォルチュネ・デュ・ボアゴベイである。涙香が「ボアスゴベ」と記しているのは、Boisgobey を英語読みにしたからだ。涙香は彼の作品の英訳本を愛読していたようで、多くの作品を翻訳している。『鉄仮面』の原作は「サン・マール氏の二羽のツグミ」という書名。「サン・マール氏」は、鉄仮面を当初から世話をしていた監獄長の名前である。

涙香の「鉄仮面」の原作は涙香自身が記しているので、ボアゴベイのものであることは分かっていた。しかし、どの作品なのかは長く不明だった。原作が「サン・マール氏の二羽のツグミ」と判明したのは、戦後のことだった。だが、書名は分かったものの原作本自体が見つからないままだった。翻訳家の長島良三がパリの国立図書館に保管されているのを発見し、完訳版（講談社、全三冊）を『鉄仮面』として刊行したのは一九八四年（昭和五九）のことである。

もっとも『鉄仮面』という書名の本は、涙香の連載が単行本になった後、たびたび刊行されている。

いずれも原作の長島訳が出る前だから、実はこれらの本は涙香「鉄仮面」をリライトしたものなのである。なかでも江戸川乱歩が一九三八年（昭和一三）に小中学生向きにリライトし、講談社から刊行した『鉄仮面』は、戦後も再刊されて、広く読まれた。

涙香「鉄仮面」は、例によって登場人物の名前を有藻守雄《ありももりお》（アルモイス・モーリス）といったように日本名にしているだけでなく、鉄仮面の正体が異なるなど、原作と違うところが多い。独自の怪奇的な描写を展開している場面も多く、相当に創作の度合いが強い。鉄仮面の正体をめぐって二人の人物が登場し、いずれが鉄仮面なのかという読者の興味を駆り立てる構成になっている。その人気ぶりを教えてくれるのは、単行本化のスピードである。上編は、まだ連載が進行中の五月二三日刊行である。中編も連載終了前の六月一五日に、下編は終了間もない七月一七日に、それぞれ刊行された。版元はいずれも扶桑堂である。

花見の会のイベントも

部数を増やす努力はいろいろなかたちで行われた。一八九三年四月一三日に掲載された「花見の催し」もその一つである。翌一四日、浅草公園地内の諸施設を借り切り、『萬朝報』月決めの直接購読者を無料で招待するというのである。当時東京一の歓楽街だった浅草には、一八九〇年（明治二三）に竣工したばかりの一二階建ての凌雲閣、遊園地の花屋敷、曲芸や娘水芸などを行う各種演芸場などが立ち並んでいた。招待読者にはこれらを縦覧できる切符が配られ、夜には鍵屋の花火数百本を打ち上げるという。

一六日の『萬朝報』の「八面鋒」欄に載った「花見について」によると、花見に際して配られた縦覧切符は四〇〇〇枚に達した。記事は、この数を示して、『萬朝報』がいかに確かな愛読者を得ているかを自賛する。当日の浅草公園地内の賑わいは、多年浅草で興行をしている演芸場の経営者も驚くほどだったという。

新聞社などのメディアが本来の報道や論評以外の面で行うさまざまな行事や企画は、今日、メディア・イベントと呼ばれる。近代日本では明治三〇年代以降、より広範な読者を求める新聞社間の競争が激しくなるとともに、さまざまなかたちで展開されるようになる。『萬朝報』の花見の催しは、その先駆的な例の一つだろう。涙香の発案になるものかどうかは分からないが、生活の中における娯楽を常に重視した涙香がいかにも考えそうなイベントである。

新聞記者養成の塾を構想

一八九三年四月二六日の『萬朝報』一面トップに「新聞記者養成の為め一小塾を開くの旨意」が載った。「社員　黒岩涙香述」とある。

社員の数は増え続けている。しかし、頭数ではなく、必要なのは人材だ。涙香は、そう考えていたのだろう。後に森田思軒、内村鑑三、幸徳秋水、堺利彦らが『萬朝報』に入社したことはよく知られている。涙香は新聞紙面を充実させるには優秀な人材の発掘が不可欠だと考えていたのである。この「一小塾」の構想もその一環だった。

余は兼《かね》てより新聞社一般の為《た》めに記者を養成する学校の如き者を設けては如何にやと思ひ居たるが今や兎《と》に角《かく》朝報社の為めに之を設け、新聞記者を志望する世の青年数名を集め、実地の習練を得せしめて追々朝報の記者たらしむる事に決したり〔……〕唯《た》だ萬朝報の聊《いささ》かながら発達するに従ひ、其後来一個独立の新聞社として耻《はず》しからぬ働きを現すが為めには是非とも今よりして次第に記者を養成するの必要を感ずるが為めなり

こうした試みはおそらく近代日本において初めてのものだっただろう。右の前文の後、なぜ新聞記者の養成が必要なのかを、涙香は熱く語る。そうした言葉は使われていないのだが、涙香が近代ジャーナリズムを担うプロフェッショナルな存在としての新聞記者像を明確に持っていたことが分かる。

最早《もは》や新聞紙も文明の利器として一日も此《この》社会に無くては叶《かな》はぬ極々真面目の一事業に為《な》りたる柄《から》には之が記者たる者も浮気蕩楽《どうらく》の稼業に非《あら》ず、苟《いやし》くも之に身を委《ゆだ》ぬる以上は腰掛けの如き念を去り、他の一般の技芸家、専門家と同じく之に拠りて身を立て之に拠りて妻子を養ひ、之に拠りて名を揚げ身を顕《あら》はし之に拠りて社会に恩を奉じ之に拠りて生涯の計を為すの決心なかる可からず

ところが、現状は「新聞社自らも新聞記者とは誰人《だれびと》にも勤まる事の様に」思っている。その結果、「新聞記者の風儀は追々紊《みだ》れ行き悪徳を働く者」も少なくない。「社会に敬愛せらるゝ者少くして寧《むし》ろ恐《おそれ》られ嫌はれ遠ざけらるゝ如き者」が多かった。これでは新聞はよくならない。だからこそ、新聞記者をしっかり養成しなければならないというのだ。「専門性」の必要も強調される。

十年前の記者は誰にても文才ある人には勤まりたるも今日の記者は文才だけでは勤まらず、新聞紙専門の働き、専門の事物、専門の掛引《かけひき》を覚え又新聞紙専門の眼力智力を養はざる可からず

一〇〇人以上の応募者がいたが…

翌々日の四月二八日の紙面には、「社告」として大要が改めて示された。応募資格は「十六歳から二十歳までの男子にして後来新聞記者として大に頭角を現すの決心あるもの」。自作の文章三編を添えて応募する。文章は「論文、記事文、狂体、戯作、何たるかを撰《えら》ばず百字以上千字以下」。漢文や和文のほか英文でもいいというところが涙香らしい。添えられた文章で応募者を絞った後は、「厳密なる試験の上五名だけ入塾を許す」。塾生には学費と食料を給付する。「寄宿して苦学修熟せしめ、其進歩するに従ひて朝報の記者たらしむ」という。申し込み締切りは四月三〇日。同じ「社告」は翌日も載った。

五月七日、「涙香記」の署名で「塾生申込の事に就て」が「八面鋒」欄に載った。「申込の諸君、意外に多く先月三十日迄に凡《およそ》百名に達したり、送付の文章殆《ほとん》ど三百篇に近《ちか》からんとす」という盛況だった。涙香らは「朝より夜に至るまで、封切りては読み、読みては考へ〔……〕」という状況で、「今や余等の時間は殆《ほとん》ど之が為に潰《つぶ》されんとす」と、いささか音を上げているようでもある。とはいえ、なかなかに厳密に審査したようだ。「先づ一順を読み盡《つく》したる上にて、其優劣を分ち、優者の中《うち》にも若《も》しや省く可き者無きやと再考し、劣者の中若し優者の見落されたる者は無きや見直す」といった作業をしているという。

文章の優劣をつける難しさについても縷々記しているが、ともかく一〇人から二〇人に絞り、合格者に通知し、「人物操行の試験」を厳重に行うと述べている。

この後、『萬朝報』の紙面には、この塾のことは一度も出ていない。結局、涙香らの目にかなう合格者は一人もいなかったのではないか。大々的に応募者を募ったのだから、合格者がいれば、記事にしたはずだ。涙香の考える「あるべき新聞記者像」をもとにした斬新な試みは、どうやら不発に終わったと思われる。新聞記者がときに「羽織ごろ」（服装はまともだが、なかみはごろつき）と呼ばれた時代、涙香の試みは時代に先駆け過ぎていたのかもしれない。しかし、繰り返して言えば、この試みは涙香が専門的職業《プロフェッション》としての新聞記者像を当初から明確に持っていたことを教えてくれる。

『絵入自由新聞』と合併

創刊から七カ月余りたった一八九三年六月六日、『萬朝報』は『絵入自由新聞』と合併する。同日の『萬朝報』一面トップに絵入自由新聞社の名前で『萬朝報』との合併が「急告」として掲載された。『絵入自由新聞』はかつて涙香が主筆を務めていた新聞だが、一八九〇年、『かみなり新聞』と合併し、『雷新聞』となり、廃刊になった。その後、一八九二年六月、明教活版所にいた山田藤吉郎が同活版所の出資を受けて、『絵入自由新聞』の名前を復活するかたちで刊行していた。当時の『絵入自由新聞』の発行部数がどれくらいあったかは不明だが、急速に部数を伸ばしていた『萬朝報』が吸収したかたちである。

『萬朝報』にとっての合併のメリットはもっぱら経営面を担当する専任者として山田藤吉郎を得たことだろう。朝報社は涙香と山田がそれぞれ二五〇〇円を出資する有限会社になった。二人が代表社員となり、経営面は山田が、編集は涙香が統括する体制が整った。毎年の元日号に公表される社員数は、一八九三年の二二人が翌九四年には五四人、九八年には六九人といったように増え続け、一九〇二年（明治三五）には一〇七人になっている。この人数以外に配達要員もかなりいたと思われる。「梁山泊」に集った仲間たちの集団は、短い間に一人前の会社へと成長したのである。

「探偵小説」の流行

繰り返して言えば、涙香の手になる翻訳小説が、こうした『萬朝報』の成長につながった大きな要因だった。一八八八年（明治二一）、『今日新聞』で初めて「法廷の美人」（単行本は『法庭の美人』）を連載して以降、涙香はほとんど休むことなく、翻訳小説を書き続けた。連載は単行本となり、多くの読者を得た。

こうした涙香の活躍は、「探偵小説」の流行と呼ぶべき状況を生み出した。明治文壇史を詳細に描いた大著を遺した伊藤整は、次のように書いている。

（明治）二十五年から六年にかけて、翻訳探偵小説、次いで実録の犯罪小説が流行した。この流行を作り出したもとは、涙香と号した黒岩周六である。（伊藤整『日本文壇史　第四巻』一一三頁）

涙香が退社した後、『都新聞』は坪内逍遙に探偵小説の翻訳を依頼した。逍遙は一八八五年（明治一八）、『小説神髄』を著し、江戸の戯作と違う新しい文学観を提唱するとともに、春のやおぼろの筆名で実作（『当世書生気質』）を発表していた。当時は実作から遠のいていたが、翻訳の添削というかたちで、二編を『都新聞』に連載した。しかし、評判が悪く途中で打ち切りになった。この後、『都新聞』では、一八九三年三月から警視庁刑事出身の高谷為之を起用して、「探偵叢話」と題するシリーズを展開し、人気を得る。

尾崎紅葉を中心にした硯友社《けんゆうしゃ》一派の作品を刊行していた春陽堂も、この年一月から「探偵小説」を謳ったシリーズを次々に刊行した。硯友社に集った作家たちがペンネームを使った創作だった。国立国会図書館の蔵書を調べると、同年中に二〇集まで出たことが分かるが、作品の質は、涙香の翻訳小説に遠く及ばず、売れ行きは芳しくなかったようだ。

こうした状況に対して、文壇では、文学を貶《おとし》めるものとして「探偵小説」を批判する論調も現れた。一八九三年五月一一日の『萬朝報』に載った涙香の「探偵譚に就て」は、こうした論調への涙香の応答である。翻訳小説を次々に書いていた涙香の当時の自己認識を知る意味でも興味深い。

「文学に非ず報道なり」

一面の「八面鋒」欄の最後の項目だが、筆名に「涙生」を使っている。まず、涙香は「探偵小説」という言葉を否定する。

我国にて往々探偵譚を以て文学の趣味の上より観察す可き者の様に思ひ之れに「探偵小説」などと云へる名前を付し、甚《はなは》だしきは探偵小説が文学界を荒すなどと云ふ意味の批評すら試むる者ある程なるが、探偵談は探偵談なり小説に非《あら》ず、仮令《たと》ひ作者が小説を作る如く己《おの》れの空想より絞り出《いだ》したりとするも是れ一種の「ストーリー」なり、「ノベル」とは名付け難《がた》からん

「探偵小説が文学界を荒す」との批評は、具体的には、涙香がこの一文を書く直前の『国民之友』第一八九号（五月三日発行）に掲載された「文学社会の現状」を指すようだ。主宰者の徳富蘇峰が書いたと思われるその一文には、「今や我邦の文学は荒れたり、探偵小説鉄道小説が、我が社会に於ける精神的糧食として、糟糠《そうこう》にだも如かず」とあった。

涙香はこの一文を念頭に、批評家の無知を「目下の批評家ほど無学にして且つ馬鹿な男は少なし」と痛烈に批判して、自分の立場を鮮明にする。


余は屢々《しばしば》探偵談を訳したることあり、然《しか》れども文学の為にせずして新聞紙の為にしたり〔……〕小説に非ず続き物なり、文学に非ず報道なり

涙香が最初の「法廷の美人」を書いた際、彼は「裁判小説」によって、公正な裁判の重要性について読者を啓蒙することが必要だと考えたという指摘を前にした。「文学に非ず報道なり」という一言は、この時期まで涙香が初心を貫いていることを示すものと言える。

実際には涙香の連載が単行本になった際、「探偵小説」と角書きされているものは多いのだが、これは涙香の与り知らないことだっただろう。間もなく、涙香は「探偵小説」という枠組みをはるかに超える大作、アレクサンドル・デュマ『モンテ・クリスト伯』を『巌窟王』として、ヴィクトル・ユーゴー『レ・ミゼラブル』を『噫無情』として世に送ることになるのだが、涙香はこれらを『萬朝

報』に連載しつつ、遂には「小説を書いている」という認識はなかったと思われる。

第五章　相馬家毒殺騒動

1　明治版お家騒動?

「忠臣」と「悪役」

先にも指摘したように、『萬朝報』の急速な部数増の理由の一つに、相馬事件をめぐるスキャンダラスな紙面づくりが挙げられる。相馬事件だけでなく、次章で取り上げる「淫祠蓮門教会」や「弊風一斑蓄妾の実例」なども加えて、涙香の『萬朝報』は常に「スキャンダル報道」とともに語られてきた。なぜ、「スキャンダル報道」だったのか。何が「スキャンダル」として語られたのか。こうした問題を視野に、本章ではまず『萬朝報』の相馬事件報道の内実を明らかにする。そこには、黒岩涙香という人間を理解する大きなカギがある。

相馬事件と言っても、今日、知る人は少ないだろう。相馬家は奥州・中村藩（現在の福島県相馬市周辺）六万石の大名だった。相馬誠胤《ともたね》が、明治維新直前の慶応元年（一八六五）、中村藩最後の藩主となる。相馬家は誠胤の父充胤《みちたね》時代に、二宮尊徳に学んだ家臣らが尊徳の報徳仕法を実践し、藩財政を再建した。明治期には家令となった志賀直道（作家・志賀直哉の祖父）の尽力で足尾銅山に出資するなどして資産を増やし、旧大名華族の中の資産家として知られるようになる。

誠胤は明治二年（一八六九）に信州・旧松本藩六万石の当主だった戸田光則の娘京子と結婚するが、突然興奮して妻や家人に暴力を振るうなど、異常な行動をするようになる。一八七九年（明治一二）四月、邸内の一室に閉じ込められてしまった。いわば座敷牢である。隠居していた父充胤が親族と相談して華族部局に願い出て許可された。

誠胤は充胤と側室の間に生まれた子だった。その側室は明治維新のころに死去し、充胤と別の側室西田りうとの間に順胤《ありたね》が生まれた。誠胤にとっては異母弟である。

相馬事件は一面では、江戸時代によく見られた大名家の相続をめぐるお家騒動だったと言えないこともない。講談や歌舞伎など通じて庶民にもなじみとなったお家騒動の物語には「忠臣」と「悪役」の存在が不可欠である。相馬事件では、「忠臣」は錦織剛清《にしごりたけきよ》である。「悪役」は誠胤に代わって我が子順胤を相馬家の当主にしようとしたとされた西田りうとその一派ということになる。相馬家は旧大名家だったから、人々は事件をお家騒動の物語の構図に重ね合わせて見た。分かりやすい善悪の物語が世間の興味を呼んだのである。

「第二幕」の幕開け

錦織は「相馬家旧臣」を名乗り、一八八二年（明治一五）一月、西田りう、志賀直道らを私擅《しせん》監禁罪で東京軽罪裁判所に告発した。我が子順胤を相馬家の当主にしようとした西田が相馬家の財産横領をたくらむ志賀直道らと共謀して、精神障害（当時の言葉では「瘋癲《ふうてん》」あるいは「癲狂《てんきょう》」）を理由に誠胤を監禁したというのである。一八八二年に施行されたばかりの刑法第三二二条に「擅《ほしいまま》ニ人ヲ逮捕シ又ハ私家ニ監禁シタル者ハ十一日以上二月以下ノ重禁錮ニ処シ二円以上二十円以下ノ罰金ヲ付加ス」とある。当時はまだ検察が裁判所から独立しておらず、告発は裁判所に出された。錦織の「相馬家旧臣」の自称は虚偽と言えないものの、かなりの誇張だった。父親が相馬家中村藩の禄高一〇石の下級武士だったことは確かだが、その父親も後に罪を得て禄を剝奪され、錦織本人はごく短い期間、足軽をしていただけらしい。

裁判所は和解を勧告し、告発を取り上げなかった。錦織は諸方面に誠胤監禁の不当性を訴える行動に出て、西田、志賀らを私擅監禁罪で再度告発すると、西田側は対抗して錦織を文書偽造罪で告発する。錦織が誠胤からの委任状を偽造したというものだった。この時期から新聞各紙は盛んに相馬家騒動として訴訟合戦の状況などを報じるようになった。この時期、『萬朝報』はまだ創刊していない。

その後、東京府癲狂院（東京都立松沢病院の前身）に入院していた誠胤を錦織が「救出」する事件もあり、世間の注目を集めた。しかし、自宅療養中の誠胤は、一八九二年（明治二五）二月二五日、急死してしまう。肝心の「殿様」がいなくなってしまったのだから、お家騒動は収束するのがふつうだろう。ところが、錦織はあきらめなかった。

誠胤の死から一年以上も経った一八九三年（明治二六）七月一七日、今度は誠胤を毒殺したとして、相馬家の当主となった順胤、西田りう、志賀直道、中井常次郎（誠胤の主治医）ら八人を謀殺罪で東京地裁に告発したのである。錦織に告発された相馬家側の対応も早かった。七月二七日、錦織を誣告罪で東京裁判所に告訴した。誣告罪は現在の刑法の名誉毀損罪に当たる。

こうして相馬事件の第二幕が切って落とされた。そして『萬朝報』は、この第二幕で主役に躍り出るのである。

大量報道へ涙香の決断

錦織の告発は受理され、東京地裁検事局による捜査が始まる。七月二五日、『萬朝報』は、その事実を短く報じた。しかし、翌二六日紙面に「●相馬家毒殺騒動」というタイトルが登場する。当時の新聞には現在のような段を何段も超えるような大見出しはない。一段分のスペースを横に使った大活字や凸版の横見出しもない。『萬朝報』の「●相馬家毒殺騒動」のタイトルはふつうの記事に使う活字の縦横とも二倍もある「大見出し」である。「●」が付いていることもあって、小さな字がぎっしり詰まった紙面の中でひときわ目立つ。このタイトルのもと、『萬朝報』の大量報道が始まる。

しかも『萬朝報』の報道は単に量が多かっただけではない。錦織サイドに立ち、相馬家の関係者を糾弾する姿勢において、他紙に突出していた。ここには『萬朝報』の編集を指揮していただけではなく、朝報社の経営者であった涙香の一つの決断があったに違いない。

いかなる決断か。『萬朝報』をこれで売っていくのだという決断である。創刊以来、『萬朝報』は順調に部数を伸ばしていた。涙香の「鉄仮面」の連載が、この着実な部数拡大を支えていたことは間違いない。しかし、一八九二年一二月二二日から始まった「鉄仮面」の連載は翌年六月二二日に終わる。

日を置かず、翌二三日から「白髪鬼」の連載がスタートした。涙香がイギリスの女流大衆作家マリー・コレリの *Vendetta !; or, The Story of One Forgotten* を翻訳したものである（原題は「復讐」の意味）。不貞の妻と不義の友人に対する復讐譚で、涙香が好んだジャンルである。多くの英文小説を読んでいた涙香には内心、この作品を自分流に料理して読者に提供すれば、十分に「鉄仮面」の人気を持続出来る自信はあっただろう。とはいえ、『萬朝報』のさらなる部数増につながるかどうかは未知数だった。他紙より安い一部一銭の定価の『萬朝報』は、いまだ経営は盤石ではなかった。さらなる部数増が至上課題だった。

こうした状況の中で幕が開いた相馬事件の「第二幕」である。涙香は、犯罪や裁判に関わる作品を中心に多くの欧米小説を読んできていた。その中で、これは、と思う作品を翻訳し、多くの読者を得ていた。涙香は、「熱血のヒーロー錦織」が、資産家華族を相手に果敢に挑むこの事件は、読者を引きつけると直感したに違いない。そして、読者を引きつけるためには、当然、その報道は面白くなければいけないと考えた。「正義の忠臣」錦織が、元大名家の資産家華族とそれを取り込んだ「奸物」たちと闘うという報道の基本的な枠組みが、そこに生まれた。

むろん、こうした涙香の決断は、既成の新聞を「普通一般の民人が真成の事実を知り公平の議論を聞かんに覚束なし」と批判して、「我社は唯《た》だ正直一方、道理一徹あるのみ」と「発刊の辞」でかっこよく切った涙香のタンカに沿ったものと言えそうにない。

しかし、涙香は「これで売っていくのだ」と決断しつつ、その報道姿勢に関しては、自身が抱く新聞についての理念に必ずしも反するものとは考えていなかっただろう。「相馬家旧臣」を名乗っているものの、錦織は資産もない一介の市井の人である。これに対して、彼が闘う相手は、旧大名家にして今は資産家として知られる華族（子爵）相馬家とその家令、家扶らである。彼らは既成の秩序にあってエスタブリッシュメント、つまり権力者である。かりに錦織の主張が全面的には正しくないとしても、こうした権力者たちの不正の疑惑を追及することは社会正義にかなうと、涙香は考えていただろう。

他紙を圧倒する大量報道

「●相馬家毒殺騒動」の大見出しは、七月二六日以降、連日、『萬朝報』に登場した。一〇月一〇日まで、なんと六一回に及んだ。紙面から消えたのは、八月後半のごく短い時期だけである。ときには一面にも二面にもあるという状態だった。

このほか、「相馬家紛擾別録」が八月四日から一〇月一〇日の間に二〇回、これはすべて一面に載った。さらに、「相馬事件血涙余痕」が八月二四日から九月二二日までの間に一三回続いた。後に見るように、錦織が謀殺罪で告発した相馬家関係者は一時拘留された者もいるが、結局全員が免訴となり、拘留者も釈放される。事件は逆に錦織の誣告罪が焦点になる。この段階にも、「相馬毒殺騒動余波」が一一月五日から二七日まで一三回載った。これらはいずれも「●相馬家毒殺騒動」と同じ特大活字で、上に「●」を付してある。

これらのタイトルのもと、『萬朝報』は、予審の成り行きといった事件の本筋以外の関連情報を膨大に掲載した。ちなみに、「相馬家紛擾別録」や「相馬事件血涙余痕」は、今回の事件ではなく、以

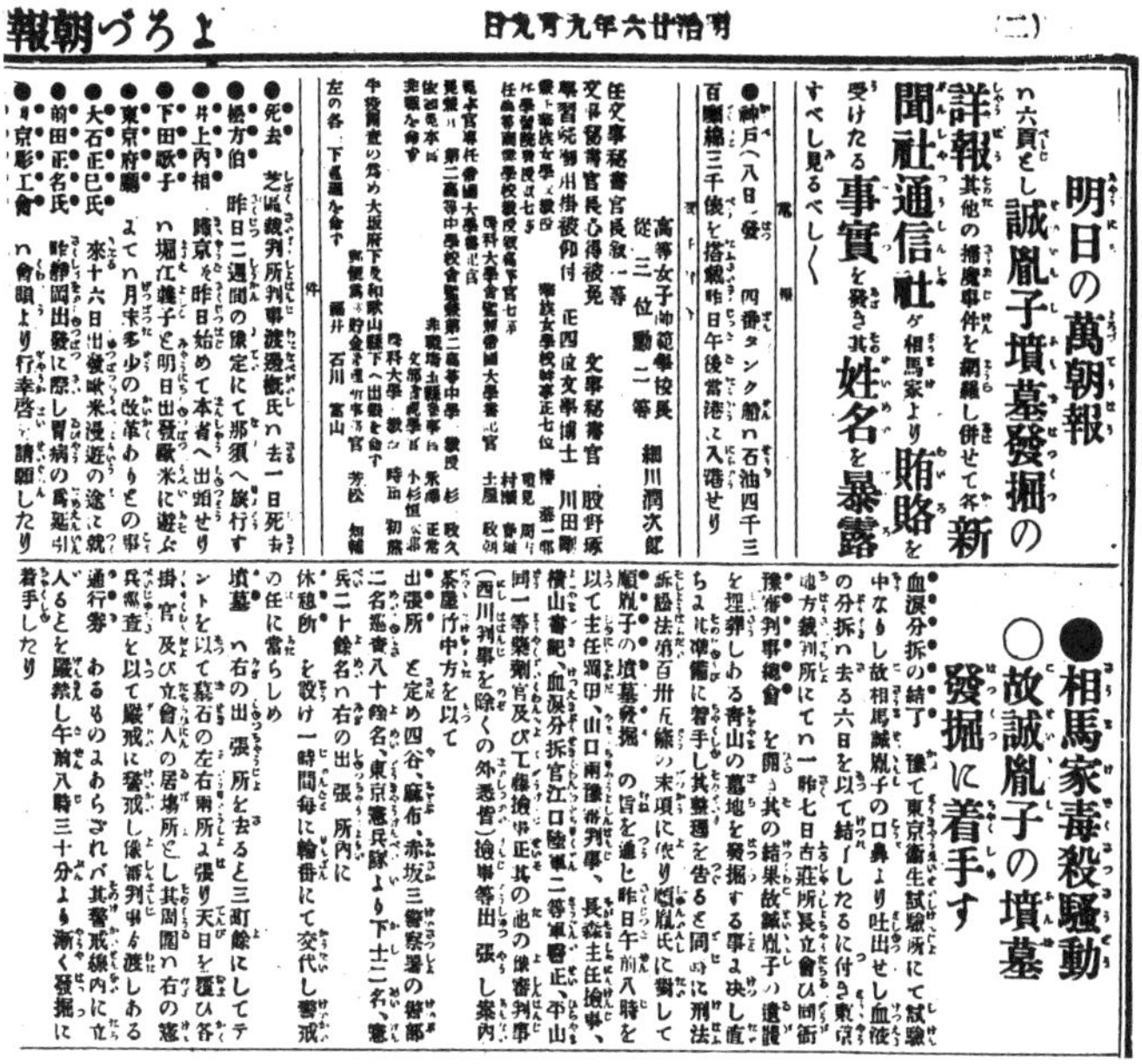

よろづ朝報　明治廿六年九月九日　（二）

明日の萬朝報
は六頁とし誠胤子墳墓發掘の詳報其他の相馬事件を網羅し併せて各新聞社通信社が相馬家より賄賂を受けたる事實を發き其姓名を暴露すべし見るべし〳〵

電報
●神戸（八日發）四番タンク船は石油四千三百噸總三千俵を搭載昨日午後當港に入港せり

高等女子師範學校長　從三位勳二等　細川潤次郎
任文部秘書官長叙一等
文部秘書官長心得被免　文部秘書官　股野琢
學習院御用掛被仰付　正四位文學博士　川田剛

左の各下士官を命す　福井　石川　富山

●死去　芝區裁判所判事渡邊篤氏は去一日死去
●緒方伯　昨日二週間の豫定にて那須へ旅行す
●井上内相　歸京後昨日始めて本省へ出頭せり
●下田歌子　は堀江織子と明日出發歐米に遊ぶ
●東京府廳　にては月末多少の改革ありとの事
●大石正巳氏　來十六日出發歐米漫遊の途に就く
●前田正名氏　昨靜岡出發に際し胃病の爲延引
●東京彫工會　は會頭より行幸啓を請願したり

●相馬家毒殺騒動
○故誠胤子の墳墓
發掘に着手す

●血液分拆の結了　豫て東京衛生試驗所にて試驗中なりし故相馬誠胤子の口鼻より吐出せし血液の分拆は去る六日を以て結了したるに付き東京地方裁判所にては一昨七日古莊所長立會ひ同所豫審判事總會を開き其の結果故誠胤子の遺體を埋葬しある青山の墓地を發掘する事に決し直ちに其準備に着手し其整理を告ると同時に刑法訴訟法第百卅五條の末項に依り順胤氏に對して

●順胤子の墳墓發掘　の旨を通じ昨日午前八時を以て主任羽田、山口兩豫審判事、長森主任檢事、横山書記、血液分拆官江口陸軍二等軍醫正、平山同一等藥劑官及び工藤檢事正其の他の豫審判事（西川判事を除くの外悉皆）檢事等出張し案内茶屋竹中方を以て

●出張所　と定め四谷、麻布、赤坂三警察署の警部二名巡査八十餘名、東京憲兵隊より下士二名、憲兵二十餘名は右の出張所内に

●休憩所　を設け一時間毎に輪番にて交代し警戒の任に當らしめ

●墳墓　は右の出張所を去ること三町餘にしてテントを以て墓石の左右兩所に張り天日を覆ひ各掛官及び立會人の居場所とし其周圍は右の憲兵巡査を以て嚴重に警戒し豫審判事が渡しある

●通行券　あるものにあらざれば其警戒線内に立入ることを嚴禁し午前八時三十分より漸く發掘に着手したり

「明日の萬朝報」を載せた紙面

前に相馬家で起きたとされる紛争についての連載記事である。

こうした大量報道を紙面に収録するために、八月一七日に二ページ増やして以降、しばしば増ページをしている。

また、二面のトップに「明日の萬朝報」という特別のコーナーを設けて、内容を事前に告知する紙面作りも常態化する。その書き方は、実にセンセーショナルである。ここに掲げたのは、捜査が進み、青山墓地に埋葬された相馬誠胤の遺体を発掘して毒殺の証拠があるかどうかを調べるという段階になった九月九日の『萬朝報』二面トップである。「各新聞社通信社が相馬家より賄賂を受けたる事実を暴き其姓名を暴露すべし見るべし〳〵」と実にセンセーショナルな書きっぷりをしている。

八月八日には「八面鋒」欄に、「忠臣と奸物」と「盍《なん》ぞ拘留せざる」という二つの社説が載った。

「社説」で拘留を求める

「忠臣と奸物」は、「古来お家騒動には必らず忠臣と奸物ありて〔……〕恰《あたか》も竜虎争ふに似たるものあり」として、伊達騒動における「忠臣伊達安芸」と「奸物原田甲斐」、黒田騒動における「栗山大膳の忠」と「毛谷主水の奸」を対比する。ところが、「例の相馬毒殺事件は明治のお家騒動にして近来の椿事」だが、肝心要の「忠臣と奸物」がいずれも「何となく食ひ足らぬ心地する様なり」と述べる。最後に「吾人は余所ながら錦織の忠臣たるべき貫目に乏しきを気の毒に思ふと同時に奸物の早く正体を顕《あら》はし来《きた》らん事を待つ」と結んでいる。

署名はなく、涙香が書いたものではないだろう。ただ、この段階での『萬朝報』編集陣のいら立ちとも言える気持ちが率直に出ているように思える。当然、涙香はそれを共有していたはずだ。「忠臣錦織」を盛り立てる紙面作りをしたいのだが、どうも錦織当人のパワーがもう一つ足りないといったところか。とはいえ、「奸物の正体」と書いているように、相馬家側を「奸物」と見立てていることは間違いない。

後者の「盍《なん》ぞ拘留せざる」は、予審の進め方に関する不満と要求である。錦織の告発を受理した東京地裁は予審判事のもと、審理を進めているが、未だ証人調べを行っているだけで、肝心の容疑者(予審の被告人)を拘留して調べていない。社説は、これを強く批判して、直ちに拘留して取り調べることを求めている。「謀殺事件の被告人を野放しとなして置くは甚《はなは》だ剣呑《けんのん》にして証拠湮滅《いんめつ》の恐れあるのみならず同類相談申合せをなして口供《こうきょう》を一様にし罪跡を蔽《おお》ふの憂《うれ》ひあり」というのである。

さらに、「此大事件は迚《とて》も容易には落着すべからず」として、拘留をしないまま長引けば、「世間の噂も止み且《かつ》は錦織は気力も自然衰へるが如《ごと》きあらば此事件は終《つい》に立消へとなるやも亦《ま》た測るべからず」と指摘する。早く被告人を拘留して調べないと、事件がうやむやになってしまうというわけだ。

「毒殺医中井の拘留」の見出し

この社説が載った翌八月九日の『萬朝報』は、東京地裁予審部が相馬家などの家宅捜査を行い、錦織が告発した八人のうち、相馬順胤ら二人を除く六人を拘留したと報じた（志賀直道の拘留は実際には後日だった）。予審審理の節目であり、各紙ともくわしく報道したが、『萬朝報』はここでも他紙を圧倒する紙面展開を見せた。この場合も報道の量が多いというだけではなく、その報道ぶりが突出していた。

次ページの図版はその紙面の一部である。「○相馬家の家宅捜索」「○志賀直道の拘留」「○毒殺医中井の拘留」と、三つの大見出しが並ぶ。「毒殺医」という表現がおどろおどろしい。「中井」は相馬家の主治医だった中井常次郎のことである。

中井については、「○中井常次郎の顔色」という見出しの記事もある。記事は、拘留されることは覚悟していたと、「其口《その》には誠に立派に述べたりしが其面貌は非常に青くなり歯の根もどうやらがたつく様に見えたりとは其節《そのせつ》居合はしたる人の話なりと云ふが同人にして内に疚《やま》しき事なくば其顔色に見《あらわ》る、こともあるまじきに」と結んでいる。「毒殺医」という表現とともに、『萬朝報』のスタンス

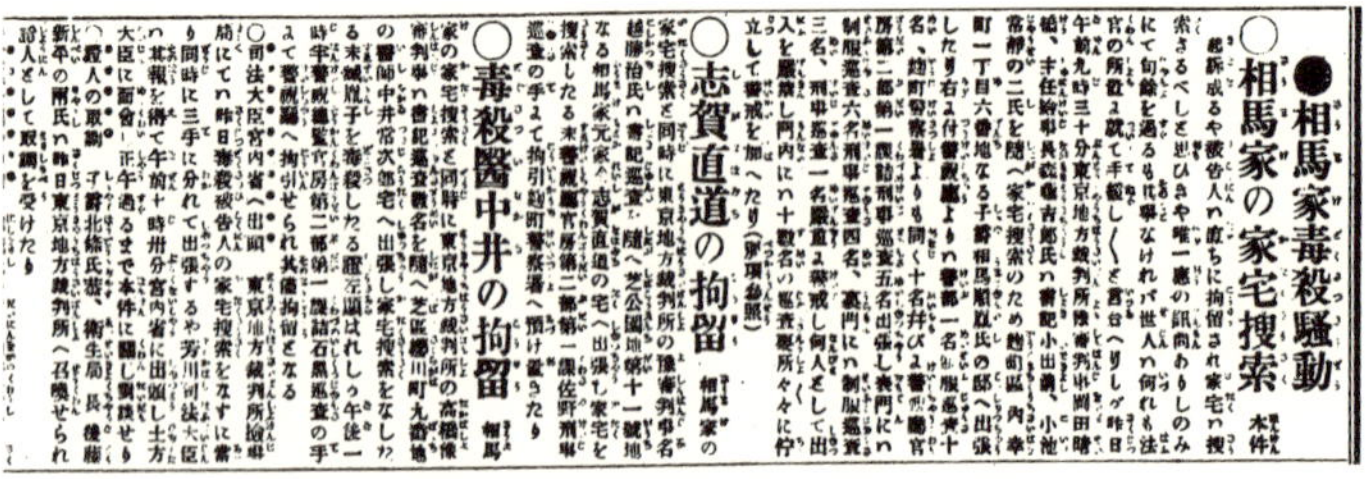

●相馬家毒殺騒動

○相馬家の家宅捜索　本件起訴成るや被告人は直ちに拘留され家宅は捜索さるべしと思ひきや唯一應の訊問ありしのみにて旬餘を過るも此事なければ世人は何れも法官の所置を訝て手緩し〳〵と言合へりしが昨日午前九時三十分東京地方裁判所豫審判事岡田晴嶺、手任給事呉拡吉郎氏は書記小出義、小池常静の二氏を随へ家宅捜索のため麹町區内幸町一丁目六番地なる子爵相馬順胤氏の邸へ出張したり右に付警視廳よりは警部一名私服巡査十名、麹町警察署よりも同く十名并びに警部警官所第二部第一課詰刑事巡査五名出張し表門には制服巡査六名刑事巡査四名、裏門には制服巡査三名、刑事巡査一名厳重に警戒し何人をも出入を厳禁し門内には十数名の監査警所々々に佇立して警戒を加へたり（別項参照）

○志賀直道の拘留　相馬家の家宅捜索と同時に東京地方裁判所の豫審判事名越勝治氏は書記巡査を随へ芝公園地第十一號地なる相馬家元家令志賀直道の宅へ出張し家宅を捜索したる末警視廳官房第二部第一課佐野刑事巡査の手にて拘引麹町警察署へ預け置きたり

○毒殺醫中井の拘留　相馬家の家宅捜索と同時に東京地方裁判所の高橋豫審判事は書記巡査数名を随へ芝區櫻川町九番地の醫師中井常次郎宅へ出張し家宅捜索をなしたる末誠胤子を毒殺したる嫌疑は晴れしか午後一時半警視廳監官房第二部第一課詰石黒巡査の手にて警視廳へ拘引せられ其儘拘留となる

○司法大臣宮内省へ出頭　東京地方裁判所検事局にては昨日毒殺被告人の家宅捜索をなすに當り同時に三手に分れて出張するや芳川司法大臣は其報を得て午前十時卅分宮内省に出頭し土方大臣に面會し正午過るまで本件に關し協議せり

○殺人の取調　子爵北條氏恭、衛生局長後藤新平の兩氏は昨日東京地方裁判所へ召喚せられ證人として取調を受けたり

「毒殺医中井の拘留」の見出しが載った『萬朝報』

がはっきりと出た記事である。

翌一一日には、拘留や家宅捜索の模様を詳報し、「八面鋒」欄に「一大快事」というタイトルの社説を載せた。タイトルから分かるように、この社説は自社の主張が通ったことを手放しで喜び、さらに捜査を進めることを求めている。「已《や》む無《な》くんば誠胤子の墓を発《あば》くも可なり」とも提言している。

『萬朝報』が予審に付された被告人の拘留を伝えた報道は、つまりは、「奸物」たちがついに拘留され、事件の真相がいよいよ明らかになる、というトーンで一貫していた。

「墓あばき」というセンセーショナルな展開

東京の青山墓地にある相馬誠胤の墓の発掘が九月八日に行われる。誠胤が死去したのは、一八九二年二月二五日だった。すでに一年半余も経っている。当時は土葬だったとはいえ、墓をあばくという行為は猟奇的と言っていい。相馬事件「第二幕」のハイライトである。世間の耳目を集めたのは当然だった。

しかし、ここでも『萬朝報』の報道は、他紙を圧倒する大量にして、かつ突出したものだった。九月九日は「○故誠胤子の墳墓発掘に着手す」を並べて、翌一〇日は「○墳墓発掘外面の現況」の大見出しを「●相馬家毒殺騒動」のタイトルに並べて、多くの項目を立てて、微に入り細に入り、ことの経過と成り行きを報じている。

相馬事件フィーバー

　相馬事件に対する当時の世間の人々の関心は「相馬事件フィーバー」とも言うべき状況を作り出した。それを教えてくれる事実の一つは、関連書籍の出版である。『私説松沢病院史　1979〜1980』などの著書で、相馬事件にふれている精神科医の岡田靖雄が、「相馬事件『探書』記」（『図書』一九八六年五月号）を書いている。それによると、錦織剛清本人の著書『神も仏もなき闇の世の中』（一八九二年初版）が一八九三年八月以降短期間に二〇刷も増刷を重ねたほか、この年八月から一〇月までの三カ月間だけで、相馬事件関連の著作が三〇冊も刊行されたという。

　関連書ラッシュのほか、各地で盛んに相馬家を糾弾する演説会が催されたこともフィーバーぶりを物語るものだろう。『萬朝報』には、この演説会の告知がしばしば載った。多くは「掃魔《そうま》演説」を掲げている。「掃魔」は「相馬」に掛けて、「魔を一掃する」の意味を込めたものである。講談や舞台劇でも演じられた。

　錦織に対して闘争資金を援助する「義捐金」の記事も『萬朝報』に散見する。たとえば、八月三〇日の紙面には、「我社へ託されたる分」として、実名・住所入りで六人が並んでいる。金額は五〇銭から三円まで。別項には、「住谷ろくとて某家の下婢」が、錦織の「孤忠に感じ聊《いささ》かながら平素蓄《たくわ》ふる」金一円を持参したという記事も載せている。義捐金を寄せる人々が『萬朝報』を寄託先に選んでいることは、『萬朝報』が錦織サイドの新聞であることを明確に物語る。

むろん、こうした相馬事件フィーバーとも言うべき社会現象が、『萬朝報』の報道だけで生み出されたわけではないことは明らかである。しかし、『萬朝報』の大量にして突出した報道が預かって大きな力があったことは間違いない。

2 果敢に新聞紙条例を批判

一転、錦織が拘留される事態に

誠胤の遺体を解剖した結果、毒物は検出されなかった。一〇月二四日、錦織が誠胤を毒殺したとして謀殺罪で告発していた八人は、毒殺の「証憑《しょうひょう》充分ならざるに付」として、全員免訴（不起訴）になった。拘留されていた志賀直道、中井常次郎ら六人も釈放される。

志賀らが免訴となった一時間後、錦織と錦織の代理人の弁護士岡野寛の二人が誣告罪容疑で拘留される。事件は一転、相馬事件から錦織事件に変貌してしまったのである（錦織は大審院まで争うが、一八九四年八月、重禁錮四年罰金四〇円の刑が確定する）。

『萬朝報』は一貫して錦織サイドに立った紙面作りをしてきた。ところが、錦織が告発した全員が免訴となり、逆に錦織と代理人の弁護士らが誣告罪の容疑で拘留されてしまったのである。事態は、『萬朝報』が描いてきた方向とはまったく違う方向に向かい始めた。真面目な読者なら、「いったいどうなったのか」と突っ込みたくなるだろう。『萬朝報』の「相馬家毒殺騒動」の展開を決断し、相馬家を執拗に糾弾する路線を選択したのは涙香にほかならない。こうした状況に、彼はどう対処したのか。

法律ではなく、社会が裁く

涙香の反応は素早かった。免訴を報じた紙面の翌一〇月二六日と続く二七日の二日にわたって「八面鋒」欄に「法式の裁判と社会の裁判」と題した社説が載った。この社説については、すでに二五日紙面の免訴を報じた記事の直ぐ後に、「能《よ》く法式の裁判に免《まぬが》れられたる者未だ青天白日と云ふと得ず〔……〕我社が明日の紙上に於《おい》て論ぜんとする所の者、特に読者の一読を乞ふ」と、掲載を予告している。署名はないが、内容的にも涙香の筆になるものであることは間違いない。

「法式の裁判」とは、要するに、法律に基づいて裁判官が行う裁判のことである。いかにも冤罪や不当な裁判に関わる翻訳小説を多く書いてきた涙香らしく、「法式の裁判」を行う「法官（裁判官）」も「一尋常の人なるのみ」で、法式の裁判は「其人を得ずんば過《あやま》ちの少《すくな》からん」と指摘する。また、「法式の裁判」は、被告人に疑わしいところがあっても「有形なる証拠に欠くる所あらば証拠不充分とし証憑充分ならずとし、之を免訴し之を放還《ほうかん》す、百の無形の証拠ありと雖《いえど》も取らざるなり」と批判する。

これに対して「社会の裁判」も厳然として存在する。「法式の裁判」で罪を逃れた者に対して、「無言無声の宣告を下し悪人をして社会に顔を出す事能《あた》はざらしめる」というのである。つまりは社会的に制裁を受けるということである。
この社説には一度も「相馬事件」という言葉は出てこない。相馬事件に直接関係する表現もまったくない。これは新聞紙条例による発行停止処分を警戒したためと思われる。後述するように、『萬朝報』は、すでに九月一六日から一〇月六日まで二〇日近くに及ぶ長期間の発行停止処分を経験している（後にふれる社説「停止及び解停」では、「九月一五日から」とあるが、一五日の新聞は刊行されている）。しかし、前日紙面でわざわざ予告した社説である。相馬家関係者が全員免訴になったことへの批判であることは間違いない。その点は、次の一文で明らかである。

吾人は我社会の裁判甚《はなは》だ弛《ゆる》みて法廷を免《まぬが》る丶者、直《ただ》ちに青天白日を呼号し得るを慨す、世人亦社会の裁判を行ふの意なくして、法廷を逃《のが》れたる者あらば其逃れたる所以の果して真の無罪より来るか証拠不充分より来る当人の奸智より来るか賄賂より来るかを察せずして直ちに之を浄清無垢の人と比肩せしむるを慨す、斯くの如くにして風紀の張らん事得て望む可からざるなり、嗚呼《ああ》吾人が此言を為す豈《あ》に夫《そ》れ偶然ならんや、豈に夫れ偶然ならんや

最後の「豈に夫れ偶然ならんや」の繰り返しに、相馬事件のことを言っているのだということを読者に理解させようとする筆者（涙香）の思いが込められているのだろう。

発行停止処分を四回受ける

『萬朝報』は、この間、①九月一六日〜一〇月六日、②一〇月二八日〜一一月三日、③一一月一〇日〜一一月一六日、④一一月三〇日〜一二月六日の四回も発行停止処分を受けた。

新聞社と政府とのせめぎ合いは明治初期から続いているが、一八八七年（明治二〇）に公布された新聞紙条例には、次の規定があった。

第十九条　治安ヲ妨害シ又ハ風俗ヲ壊乱スルモノト認ムル新聞紙ハ、内務大臣ニ於テ其発行ヲ禁止シ若クハ停止スルコトヲ得

どの記事が具体的にこの条文にある治安妨害や風俗壊乱に当たるのかは分からないまま、新聞は突然、内務省から「発行停止」を申し渡される。

第一回の長期にわたる発行停止処分が解けた後、次の三つの社説が「八面鋒」欄に連続的に載った（便宜的にａｂｃの符号を付した）。

一〇月七日　　「停止及び解停」ａ
一〇月八、九日　「嗚呼《ああ》三週間の長停止」ｂ
一〇月一〇日　「新聞紙の新聞紙たる所以《ゆえん》（夫《そ》れ孰《いず》くに在りや）」ｃ

三つとも無署名だが、『萬朝報』の存続に関わりかねない重大な局面で書かれた社説である。筆者は涙香以外に考えられない。四〇〇字詰め原稿用紙に換算して、aが約五枚半、二日にわたったbは約一〇枚、cが約五枚の長さである。いずれも涙香の思いが込められた力作と言っていい。政府当局と『萬朝報』を批判する他紙への鋭い筆致はまことに鮮やかである。

憲法に基づく「立憲法治」を論拠に

aは、まず停止になったことを読者に謝しつつ、「停止は我社の求めて招きたる所に非《あら》ず、其筋の来たりて命じたる所たり、我社聊《いささ》か辞なきに非ざるなり」と述べ、新聞紙条例が「今日の新聞紙社会に適合せざるは何人も認むる所、殊《こと》に其の発行停止の条の如《ごと》きは理に於《おい》て存す可からざる者」として論を進める。「新聞紙社会」は、新聞が社会にとって不可欠な役割を果たす社会である。新聞紙条例は、新聞がこの役割を十分に発揮することを妨げている。涙香の舌鋒は鋭い。

此《この》条例の下《もと》に於《おい》て新聞紙が充分に新聞紙たるの本職を盡《つく》し得《え》ざるは云はずして明《あきら》かなり、本職を充分に盡さんと欲《ほっ》すれば条例に触れざるを得ず、停止せられざるを得ず、触れず停止せられざらんと欲すれば大に其筆を曲げ、明白の事実を不明白に記し、疑ひを容《い》れざるの真理を疑ひを存して報道し以て幾分か読者の耳目を眩《くらま》す処《ところ》なきを得ず、読者の耳目を眩すが如きもの豈に新聞紙の天職ならんや本務ならんや新聞紙条例に関しては、大日本帝国憲法（明治憲法）のもと、一八九〇年（明治二三）に開設された衆議院でも改正論議が起きていた。こうした動きを捉え、明快に自己の立場を明らかにする。

我社に命じて爾来《じらい》条例に触れざらんが為めに其筆を曲《まげ》よと云ふも我社は実に能《あた》はざるなり、我社は我が筆を曲《まぐ》るよりも寧《むし》ろ進みて天下の輿論《よろん》と共に、衆議院の多数と共に、此条例を改造するの力を致さん

bでは、表題のように発行停止期間が三週間の長期に及んだことを捉えて、恣意的に適用される新聞紙条例を正面から批判する。「憲法」に基づく「立憲法治」を論拠にしている点が注目される。条例には発行停止の期間についての規定はない。法令上、三週間はもとより一〇〇週間、一〇〇〇週間も可能なのだ。「然《しか》れども」として、社説は以下のように論じる。

然れども立憲法治の精神は斯《かく》の如《ごと》き者に非《あら》ず、曰《いわ》く言論の自由曰く印行の自由曰く営業の自由、総《すべ》て是《こ》れ法治政府の最も尊重し敢《あえ》て漫《みだ》りに傷《きずつ》く可からざる所の者あり、不幸にして新聞〔紙〕条例の如《ごと》き大《おおい》に之を傷《きずつく》くるの嫌《きら》ひある法令の存する有りと雖《いえど》も此法令や全くの法治以前に定めたる自由を重んぜざる専制の用に適し、自由を保障する法治の用に適せず、我が憲法も明かに其然《しか》るを認め立法府も亦其一日も速《すみや》かに廃せざるを認む

残念ながら、未だ新聞紙条例は廃止に至っていない。だが、憲法が定めた立憲法治の精神に反する法令なのだから、その適用には徳義が必要であることを主張する。

当社は其《その》一週間若《も》しくは二週間に止《とど》まらざりし不幸を恨《うら》まんよりも百年千年に渡らざるし幸福を思ひ之を其筋の恩として陳謝して可なり、然《しか》れども之を我が立憲政府の徳義に訴へて断ずる時は政府聊《いささ》か疚《やま》しからずと云ふを得る乎《か》、平和の日に於《おい》て平和なる新聞紙を停止し其営業を廃せしむること廿一日間、日本立憲政府の徳義果《はた》して斯《か》くの如き者なる乎

さらに、「憲法及び其他の法律とも既に営業財産の安固を保障したる立憲の時代」に、期限を限らずに新聞を発行停止にできる新聞紙条例は、新聞社の営業を阻害するとも指摘される。発行停止処分がいかに新聞社の営業を阻害するかということについては、九日掲載分に縷々、具体的に述べられる。どこかに資金源がある「機関的新聞」と違って、『萬朝報』は「自ら働き自ら衣食し他人に倚《よ》らざるを以て人間独立の本領」と固く考えているのであって、発行停止は「百余の社員」とその家族の生活を直撃する。働かなくとも生活に困らない、ひとにぎりの「華族貴紳」とは違うというわけだ。

社員一日の給止《とど》むるは唯《た》だ社員を苦むるのみに非《あら》ず、其母をして食得らざらしむなり、妻の口干すなり、其乳を涸《か》らしめて愛児を泣かしむるなり

日々の労働で生きる生活者と「華族貴紳」を対比し、読者の感情に訴えるレトリックである（言うまでもなく、この間、『萬朝報』が指弾してきた相馬子爵家は華族だ）。このあたり、「普通一般の多数民人」を相手にしてきた涙香の真骨頂である。「当社社員の平生心掛け」で、実際にはこうした事態にはならなかったという。しかし、三週間に及ぶ発行停止による損出は「殆《ほとん》ど一万円」になったというから、『萬朝報』の経済的な打撃が少なくなかったことは確かだろう。

新聞は「事実の報知機」「社会の賞罰機」

cは、「停止以前に認《したた》めたる者なり、出し後《おく》れの感なきに有らねど旨意は今も猶《な》ほ依然たるを以て添削せずに茲《ここ》に掲ぐ」と前書きしている。aの社説で使っていた言葉を使えば、「新聞紙たるの本職」を正面から論じたものである。筆者（涙香）は、「事実の報知機」「社会の賞罰機」という言葉を使って、新聞の役割を説明している。「事実の報知機」は、新聞は世の中で起こっているもろもろの事実を世間の人々に知らせる機関だということである。新聞が伝えた事実には善なることもあれば、悪事もある。その結果、新聞紙は「社会の賞罰機」になるというのである。

善人は之が為《た》めに其善の社会に称揚せらるゝを楽《たのし》み益々其善を積み、悪人は其悪の有りの儘《まま》に報ぜられて世に露見せらるゝを恐れ再び悪を恣《ほしいま》まにする能《あた》はず、新聞紙直接に賞罰を行ふに非ずとするも新聞紙の記する事実を見て社会公衆が賞罰するなり、新聞紙は社会の賞罰を行はしむる機関、即ち報知機にして兼て又賞罰機たるに非ずやこうした「新聞紙たるの本職」に照らすと、現在の新聞ははたしてその機能を果たしているだろうか、と論は展開する。『萬朝報』は、相馬事件をめぐって相馬家から多額の賄賂を受け取った新聞社、通信社があるという記事を、それらの新聞社、通信社の名前を出してたびたび報道していた。こうした記事が涙香の言う「事実の報知機」の正当な作動だったかどうかは実のところ大いに問題があろう。しかしそれは別にして、この社説で展開された「新聞論」は涙香のかねてからの持論と言っていい。社会正義を実現する媒体としての役割を果たすことにこそ新聞の存在意義があると涙香は考えていたのである。

この三つの社説以外にも、涙香は発行停止処分が解かれると、ときを置かず「八面鋒」欄に社説を書いている。

一一月四日に「第二回の停止を経て所思を述ぶ」が載った。これは「黒岩涙香」の署名。一一月一七日には「三回目停止の後に記す」。これは「香骨居士」の署名。一二月七日には「四たび読者に謝す」。これは無署名である。

内容的には、やはり先にふれた一回目の三週間に及ぶ長期間の発行停止の後に書かれた三つの社説が、新聞紙条例批判の白眉である。しかし、発行停止処分の解除に際して、こうした社説を素早く掲載したことは、読者に誠実に応えるものであり、新聞紙条例を武器にして圧力をかける政府に対して果敢に闘う『萬朝報』の反権力的な姿勢を読者に印象づけただろう。

行停止処分は「立憲法治」の時代にふさわしくないと論じた。見事な主張と言っていい。読者は賛同の拍手を送ったに違いない。しかし、『萬朝報』の相馬事件報道の実態は、どうだったか。涙香の言う「事実の報知機」「社会の賞罰機」として、まっとうだったのか。錦織に告発された人たちをめぐる記事や捜査の進展状況に関する報道など、単なるうわさや風評をもとに書かれた記事は、実のところ枚挙にいとまがない。相馬事件をめぐって、『萬朝報』は「事実の報知機」を逸脱していたことは明らかである。

理念と現実の乖離

涙香は、憲法が定める言論の自由や営業の自由に言及し、新聞紙条例による発

では、新聞人・涙香は、自らの新聞についての理念と現実の『萬朝報』の紙面との間の乖離について、どう考えていたのだろうか。

相馬事件報道を展開する際の涙香の決断にふれて、既成の社会秩序の中での権力者たちの不正の疑惑を追及することは社会正義にかなうと、涙香は考えていただろうと述べた。『萬朝報』の相馬事件報道について、涙香自身が具体的に語った文章には接していない。しかし、『萬朝報』の相馬事件報道が走り出していく中で、涙香は、自らの新聞についての理念と現実の報道内容との乖離に十分気づいていたに違いないと、私は考える。

『萬朝報』について従来、「スキャンダル報道によって部数を伸ばした新聞」といった、ある意味ステレオタイプな語りが広く流通している。しかし、こうした理解は、実のところ、半分の真実《ハーフ・トゥルース》に過ぎない。『萬朝報』の相馬事件報道の〝成功〟から涙香は、たしかに新聞が読者を引きつける点で、ス

キャンダル報道が発揮する力を知った。しかし、その一方で、事件が「相馬事件」から「錦織事件」に一転していく経過から、「事実の報知機」「社会の賞罰機」として、つまり社会正義を実現する媒体としての新聞の役割という点で、『萬朝報』が逸脱していたことに気がついたはずである。『萬朝報』が肩入れした錦織はある時期まで「忠臣」として「悪」と闘うヒーローとなり、多くの義捐金まで集まった。一方、相馬家側の人々は風評やうわさをもとにした根拠のない記事によって貶められた。

こうした教訓が『萬朝報』の報道スタイルをどのように変化させたのかについては、次章で検討する。ともあれ、相馬事件報道によって、涙香はスキャンダル報道が発揮する力を知った。ここでは、その点について整理しておく。読者を吸引するスキャンダル報道と、社会正義の実現と――方向が必ずしも重ならないこの二つの課題を抱えて、新聞人・涙香は揺れ動くことになる。

スキャンダル化の手法

スキャンダルとは何だろうか。scandal を手元の英和辞典で引くと、「醜聞、恥辱、中傷」といった訳語を見出す。スキャンダル報道と言ったとき、醜聞がぴったりくるだろう。醜聞は、国語辞典では、「聞き苦しいうわさ、よくない風評」といった語釈がされている。「何がスキャンダルになるのか」といった問題設定をしただけでも、スキャンダルを論じるには相当に深い構えが必要なことが分かる。ただし、ここでは、ある時代、ある社会集団の間で共有されている社会的な規範に反する行為がスキャンダルになるというふうに考えておく。

スキャンダルはもちろん口頭のコミュニケーションのレベルでも成立するが、メディアが介在して人々に広まり、世の中から指弾されることによって――妙な言い方だが――本当のスキャンダルとなこれらの『萬朝報』の報道によって、相馬事件は一大スキャンダルとして造形されていったのである。『萬朝報』の見立てでは、志賀と中井が、誠胤毒殺の「主犯」だったようだ。志賀について、金銭に関わる記事などが何度も載った。たとえば、八月一六日には「志賀直道の大儲け」という記事がある。家令だった時代、一万三千余円で買い手があった相馬家所有の赤坂区内の地所を、誠胤の署名を捏造して、七〇〇〇円で買い取ったというのである。「志賀直道の人となり」と題した記事も連載している。

中井については、先に「毒殺医」という表現が使われていることにふれたが、八月二三日には「中井常次郎の人となり」という長文の記事を載った。もともとは東京府癲狂院長などを務めた真面目な医師だったのだが、相馬家に出入りするようになった後、志賀から過分な報酬やたびたびの供応を受け、志賀に毒薬を分け与えてしまったという。

この記事では、中井をうまく籠絡した人物として志賀の狡猾さが強調されている。志賀については、相馬家の家宅捜索の際、同家にいたことにふれて、誠胤の側室だった西田りうと「一種云ふべからざる特別の関係ありし最早疑ふべからざる事を知り得たり」と記した記事もある（八月二一日）。先代充胤と西田との間に生まれた誠胤の異母弟順胤が、実は志賀との間の子どもではないかということを匂わせ、志賀には誠胤毒殺の動機があったことを読者に印象づけるものである（ちなみに、直道の孫である作家志賀直哉には、直道のことを書いた「祖父」という短編がある。直道は、相馬家の家政再建に尽力した質実な人物として描かれている）。

る。スキャンダル報道が問題となる所以である。スキャンダルは実体的にスキャンダルとして存在するというよりも、メディアがある出来事、あるいはその出来事の周辺のものごとに注目することによってスキャンダル化することでスキャンダルとなる。『萬朝報』の相馬事件の報道では、このスキャンダル化は、どのようなかたちで行われたのか。そこには、メディアによるスキャンダル化の手法が典型的に見られる。

相馬事件を錦織の謀殺罪告発に即して考えても、本来の争点は、相馬家前当主の誠胤は本当に毒殺されたのかどうか、毒殺されたとして本当に被告発者たちの犯行だったのかどうか、ということである。『萬朝報』はむろん、これらについても、錦織側の主張に即した記事を、風評やうわさを含めて掲載した。

しかし、そもそも、『萬朝報』の報道を通じて、錦織の主張が正しいと考えていた読者の多くにとっては、そうした本来の争点は「解決済み」のことだった。そうした読者多数に、『萬朝報』が精力的に伝えたことは、別のことがらだった。

一つは、誠胤の毒殺に関わったとされる元家令の志賀直道、主治医の中井常次郎らはどんな人物で、どんな生活ぶりだったのか、彼らの「犯行」の裏にはどのような事情があったのか、といった被告発者たちの「人間」についての関心に応える記事である。もう一つは、誠胤の「癲狂」は本当だったのか、「自宅監禁」された誠胤に処遇がいかに劣悪だったか、といった誠胤の生活に関する具体的な情報である。後者では特に目立つのは、誠胤の正妻だった京子の身体的欠陥に関する大量の記事である。

これらの『萬朝報』の報道によって、相馬事件は一大スキャンダルとして造形されていったのである。『萬朝報』の見立てでは、志賀と中井が、誠胤毒殺の「主犯」だったようだ。志賀について、金銭に関わる記事などが何度も載った。たとえば、八月一六日には「志賀直道の大儲け」という記事がある。家令だった時代、一万三千余円で買い手があった相馬家所有の赤坂区内の地所を、誠胤の署名を捏造して、七〇〇〇円で買い取ったというのである。「志賀直道の人となり」と題した記事も連載している。

中井については、先に「毒殺医」という表現が使われていることにふれたが、八月二三日には「中井常次郎の人となり」という長文の記事を載った。もともとは東京府癲狂院長などを務めた真面目な医師だったのだが、相馬家に出入りするようになった後、志賀から過分な報酬やたびたびの供応を受け、志賀に毒薬を分け与えてしまったという。

この記事では、中井をうまく籠絡した人物として志賀の狡猾さが強調されている。志賀については、相馬家の家宅捜索の際、同家にいたことにふれて、誠胤の側室だった西田りうと「一種云ふべからざる特別の関係ありし最早疑ふべからざる事を知り得たり」と記した記事もある(八月一二日)。先代充胤と西田との間に生まれた誠胤の異母弟順胤が、実は志賀との間の子どもではないかということを匂わせ、志賀には誠胤毒殺の動機があったことを読者に印象づけるものである(ちなみに、直道の孫である作家志賀直哉には、直道のことを書いた「祖父」という短編がある。直道は、相馬家の家政再建に尽力した質実な人物として描かれている)。

金銭（カネ）と性（セックス）

誠胤の正妻京子の身体的欠陥については、一〇月九日から一二日まで四回にわたる「夫人京子の問題」という大見出しがついた長文の記事が載った。一回目は一面の半分以上を埋めている。これ以前にも、京子を「先天的膣閉鎖症」と診察した医師の談話などが載っている。この長大な連載記事が、いわば「総括編」である。まことにスキャンダラスな「物語」が展開されている。以下、要約する。

京子が、信州・旧松本藩六万石の当主だった戸田光則の娘であることは先にふれた。明治二年（一八六九）四月、誠胤と結婚した。誠胤と京子は仲睦まじく、先代充胤の側室にして誠胤の異母弟順胤の母である西田りうは、二人の間に男子が生まれると、我が子が相馬家の当主になる道はなくなると考えて、種々姦計をめぐらす。京子は間もなく懐妊したのだが、流産してしまった。京子に健康上の問題はなく、不養生をした気配もないところから、「何者かの仕業らしげに思わるゝも無理」ではない。

その後も二人の仲は変わらず、ふたたび懐妊となる事態を恐れた西田は、富田深造なる男を京子に近づけ、富田がいかにも京子と不倫をしているといった場面を作り出す。西田のはかりごとで誠胤はそれを目撃することになる。疑心を抱いた誠胤は京子の部屋中を調べ、さらに京子の身体を検《あらた》める。誠胤が身体を検めた際に、京子の痛みに耐えかねるような悲鳴が外に聞こえた。記事は、これが「膣閉鎖の問題が起し来る元なりし」と推測する。

京子の潔白を知った誠胤は、あるとき、富田を激しく殴打した。この事件が家令らによって誠胤が

「瘋癲」とされる端緒となる。誠胤が「自宅監禁」となった後も、西田らは「京子の不義」を言いふらしたため、京子は「先頃怪我の為め膣閉鎖となり全く男子に用の無き不具者同様なる我が身体を示しなば噂の止む事も有らん」と医師の診察を受ける。ところが、自分の潔白を証明すべく、いくぶん症状を大げさに語ったため、医師は「先天的膣閉鎖症」と診断してしまった。これを理由に京子を離縁する工作が進む中、前途を悲観した京子は縊死する。

長大な記事は、「以上は我社が某女より聞きたる所に猶ほ探り得し幾多の事実を斟酌して記せし者なるが大体の筋に於て一点の相違なしと認む」と記す。

『萬朝報』のスキャンダル化の手法は、登場人物の「人となり」を描き、金銭（カネ）と性（セックス）の話題を設《しつら》えることに根幹があったと言える。

この手法は、この後の『萬朝報』のスキャンダル報道で使われるだけでなく、多くのスキャンダル報道において常套手段となる。

第六章　「まむしの周六」の虚実

1　淫祠蓮門教会

涙香はいつから「まむしの周六」と呼ばれたのか

涙香の小伝を書いた哲学者の鶴見俊輔は、相馬事件について、次のように書いている。

> このスキャンダル製造技術のゆえに、涙香はマムシの周六といわれた。〔……〕なかでも、ほぼ十年間も『万朝報』の読者の興味をつなぎとめ、そのうれゆきをひろげるはたらきをした相馬事件は、妄想狂の錦織剛清創作、黒岩涙香脚色の大芝居であった。（鶴見俊輔「黒岩涙香」『限界芸術』一一八頁）

『萬朝報』は相馬事件の「第二幕」から参入したのであり、『萬朝報』の相馬事件報道はたかだか一年足らずに過ぎない。「妄想狂の錦織剛清創作、黒岩涙香脚色の大芝居」という表現も、錦織と涙香を直線的に結びつけている点で誤った認識と言わざるをえない。錦織には錦織の目論見があり、涙香は創刊間もない『萬朝報』の経営者・編集責任者として、事件をスキャンダル化しつつ、新聞の役割としての社会正義の実現を考えていたのである。

それはともかく、鶴見は、ここで「涙香はマムシの周六といわれた」と書いている。今日でも『萬朝報』と涙香のことに少しでも知識を持つ人なら、「まむしの周六」にはなじみがあろう。しかし、この「まむしの周六」という涙香の異名なるものは、いつ、誰によって使われ始めたのか。

鶴見は、涙香が「まむしの周六」と呼ばれるようになった理由として、相馬事件報道を考えているようだ。事実に即しつつ、作家的想像力を発揮して涙香と『萬朝報』を描いた三好徹は、『二六《にろく》新報』の経営者秋山定輔《あきやまていすけ》が命名したとしている（三好徹『まむしの周六』二〇一頁）。『二六新報』はやはりスキャンダル報道で部数を伸ばし、一時は『萬朝報』を凌駕した新聞である。『二六新報』が涙香を攻撃する際に「まむしの周六」という言葉を使い、世に広めたのは間違いないが、三好が秋山を命名者と断定する根拠は明らかではない。

一九〇〇年（明治三三）五月五日の『萬朝報』に、涙香は「余と攻撃者」と題した文章を書いている。それによると、ある日、『新日本』という新聞が「進呈」と朱書きされて涙香宅に送られてきた。そこには、「余を『蝮《まむし》の周六』だの『マム周』だのと書き、前科二犯、母子幷姦《へいかん》など〻、有られも無いことを二号活字で掲げて居る」記事が載っていたという。

実際、この記事にはどのように書かれていたのだろうか。『新日本』は、国立国会図書館には所蔵がなく、東京大学明治新聞雑誌文庫に九部だけ収蔵されている。しかし、いずれも一八九九年（明治三二）発行のものだった。『新日本』は週一回発行の新聞で、「国家的不偏不党の精神」を謳う、一種の論壇紙といった感じである。

涙香の書き方を見ると、この『新日本』の記事が、「まむしの周六」の初出かもしれない。「母子并姦」というのは、〈間奏1　涙香をめぐる女性たち〉で記した先妻真砂子と彼女の母親鈴木ますの二人と涙香との関係を指したものである。

『萬朝報』の「淫祠蓮門教会」は一八九四年（明治二七）に連載され、「弊風一斑蓄妾の実例」（以下では「弊風一斑」の角書きは省略）は一八九八年（明治三一）七月七日から連載が始まった。妾を持つ著名人を実名入りで報道した後者は、とりわけ大きな反響があった。

新聞『新日本』に涙香を「まむしの周六」と呼ぶ記事が出たのは、「蓄妾の実例」の連載が終わった一年八カ月後である。『萬朝報』のスキャンダル報道の最大の事例とされる相馬事件報道はもとより、同じようにスキャンダル報道の代表例とされる「淫祠蓮門教会」や「蓄妾の実例」と直接つながって「まむしの周六」が使われたわけではない。

涙香が「まむしの周六」と呼ばれるようになった時期、『萬朝報』は東京発行紙で最大の発行部数を誇っていた。「まむし」は、猛毒の蛇である。涙香に冠せられた「まむし」はむろん〝悪名〟であることは間違いない。しかし、直接的にスキャンダル報道に関して涙香に浴びせられた呼称というよりも、短期間に部数トップに躍り出た『萬朝報』の涙香に対する畏怖の念が込められていたように思う。

少なくとも、「涙香＝まむしの周六」と結びつけることで、『萬朝報』のスキャンダル報道全般を「分かった気」になるのは危うい。記事の内容や文章だけでなく紙面上の体裁においても、「淫祠蓮門教会」や「蓄妾の実例」は、相馬事件報道の段階と明らかに違っている。同じスキャンダル報道として一括りにすることは、ジャーナリズムとしての『萬朝報』の変化（つまりは、スキャンダル報道への涙香の姿勢の変化）を把握し損ねる。以上を前置きにして、相馬事件報道以後の『萬朝報』のスキャンダル報道の事例を検討する。本節では、「淫祠蓮門教会」の連載が対象である。

淫祠中最も猖獗を極め最も害毒を流すもの

一八九四年八月、伊東洋二郎という人が『淫祠拾壱教会』という本を刊行した。伊東は仏教家で、一般読者向けの仏教解説書をいくつか出している。仏教の立場から当時の新宗教をまとめて「淫祠」――いかがわしい神を祭っているインチキ宗教――として批判したものである。その第一に蓮門教が取り上げられている。以下、「拾壱教会」の中には、天理教、金光教、黒住教など、今日も大きな組織を持って活動している宗教団体も登場する。一方、蓮門教はすでにない。しかし、蓮門教批判に割かれたページは五六ページ。次の天理教が二四ページだから、伊東がこの本を刊行した当時、蓮門教こそが「淫祠」の代表だったのである。

その蓮門教に対する批判キャンペーンが、『萬朝報』の「淫祠蓮門教会」の連載である。蓮門教の短い歴史については、奥武則『蓮門教衰亡史――近代日本民衆宗教の行く末』を参照していただきたいが、本書では『萬朝報』との関わりを中心に記す。とはいえ、最低限、蓮門教のアウトラインを知っておく必要がある。

蓮門教は、明治初年、豊前《ぶぜん》小倉・古船場《ふるせんば》（現在の北九州市小倉北区）で豆腐屋を営んでいた島村音吉の妻みつ（「光津」の表記も）が創唱した宗教である。一八八二年（明治一五）、東京に進出し、神道大成教に所属して神道大成教蓮門教会を名乗り、一気に信者を増やした。教祖みつが信者に与える「神水」による病気治しが布教の中心だった。一八八九年（明治二二）年には、東京芝区田村町（現在の港区西新橋）に壮大な本祠を構える。一八九二年（明治二五）五月一〇日付けの教団資料には、青森から鹿児島まで全国各地に本祠以下三〇の教院、分教会が記載されている（奥武則『蓮門教衰亡史』一〇一～一〇二頁）。信者の数は確定出来ないが、数少ない資料から推定すると、最盛期の明治二〇年代後半、一〇万人前後の信者がいたと思われる。蓮門教側は「信徒九〇万を超す」と号していた。相馬事件報道が急速にしぼんでしまった後、『萬朝報』が次なる標的を探していたのは、まさにこの時期だった。

蓮門教の神水の授与（『淫祠拾壱教会』の挿絵）

『萬朝報』に初めて載った蓮門教批判記事は、一八九四年二月二二日の三面トップに載った「●高等私窩蓮門教会（一）」である。角書きの「高等私窩」には、本文で「かうとうぢごく」とルビが付してある。「窩」は「窟」と同じ意味だから、「高級売春宿」といったところか。時の流れとともに「淫祠」が増えるのは当然だが、と前置きして、記事は次のように続く。

殊《こと》に明治以後信仰の自由の意を誤りて種々なる淫祠諸方に起《おこ》り取り分け利口も馬鹿も多き東京には主意も知れず本尊も分からぬ不思議、奇怪なる淫祠続々と起り愚夫愚婦を惑《まど》はし風俗を壊《やぶ》り徳義を害すること少なからず〔……〕我社は深く是れ等淫祠の悪《にく》むべきを思ひ時機あらば其醜状を発《あば》きて社会公益の一端に供せんと欲するや久し、而《しか》して其淫祠中最も猖獗《しょうけつ》を極《きわ》め最も害毒を流すものを問ふに人皆蓮門教会を以て答へざるものなし

「猖獗」は、好ましくないものがはびこっているさまを指す言葉である。「淫祠」がいろいろ生まれているが、なかでも蓮門教がもっともはびこり、社会に害毒を流している。我が『萬朝報』は、社会公益の一端に供するために、その醜状を明らかにする。取材意図を、端的にこう説明しているのである。「社会公益」を前面に出していることに注目しておきたい。

　蓮門教を標的にする理由が、さらに続く。「愚夫愚婦」を惑わしているだけでなく、「中流以上、上流の人物も少なしとなさず」という状況にあって、社会に流す害毒も他の「淫祠」に比べられないほ

ど大きいというのである。

専任探訪員一二人が一カ月取材

大上段に取材意図を掲げた「●高等私窩蓮門教会（一）」だったが、「（一）」だけで終わって、三月二八日、一面に「●淫祠蓮門教会（一）」のタイトルが改めて登場して、連載が始まる。その冒頭に二月二二日に蓮門教に対する「鉄槌の一打」を下したところ、「蓮門教の秘行内事」や「彼邪法家の醜状汚穢」を通報してくる人が一日だけでも十数人いたため、取材をし直したとして、次のように説明している。

是まで得たる処の原稿を以て尚《な》ほ飽きたらざるものあるを信じ且つ新たに得たる事実怪聞にして軽《かるが》るしく片言の取るべからざるを思ひ茲《ここ》に姑《しばら》く其記事を中止して大に探訪の局面を拡《ひろ》め爾来《じらい》今日至るまで殆《ほとん》ど一月間の久《ひさし》きに亘《わた》り特に十二人の専任探訪員を撰《えら》んで府下十五区の隅々は勿論、凡《およ》そ之に関係ある各府県に悉《ことごと》く其実地に至りて一々関係者の証明を取り総《すべ》て其証あるもの丶みを取りたり

自信に満ちた連載の前文である。「淫祠蓮門教会」のタイトルの連載は、この後、一〇月一三日まで実に九四回も続く。ほかに蓮門教をめぐるさまざまな動きも単発のニュースとして掲載された。

前章で取り上げた相馬事件報道でも、もちろん『萬朝報』の「独自の探訪」による記事が連日のように載った。しかし、それは錦織剛清が相馬家関係者を謀殺罪で告発したことがすべての発端だった。

これに対して、「淫祠蓮門教会」は、社会正義の立場（社会公益の一端に供せん）から、「十二人の専任探訪員」によって事実を掘り起こして連載した記事である。現代の用語で言えば、これは調査報道にほかならない。実際に一二人いたかどうかはともかく、「調査報道班」とも言うべきものを作って、彼らの取材がなければ埋もれていたかもしれない事実を発掘し、連載記事にしたのである。

前章で、『萬朝報』が発行停止処分を受けた際、涙香が執筆した社説を紹介した。そこでは、新聞の本来的な役割として、「事実の報知機」「社会の賞罰機」という表現が使われていた。『萬朝報』の相馬事件報道は、部数拡大につながったという意味では成功だった。だが、事件が終息に向かい、錦織剛清が誣告と収賄の罪で有罪となる中、新聞人・涙香の思いは複雑だったに違いない。

むろん、涙香とて錦織の言い分を丸ごと信じたわけではなかっただろう。ただ、糾弾すべき悪が、相馬家サイドにあると考えて、いわば、錦織に乗っかったのだった。結果、不確かなうわさや風聞をもとにした多くの記事が載った。「事実の報知機」としての新聞の役割を考えたとき、逸脱は明らかだった。断罪されるべき錦織を「忠臣」として持ち上げていたのだから、「社会の賞罰機」としてもまともに機能したとは言えない。涙香は、こうしたことに十分気づいていたに違いない。

「社会の賞罰機」となるべく、あらたに蓮門教という社会正義の立場から糾弾すべき標的を見出し、新聞経営者としての涙香はふたたび、「これで売るのだ」と決断した。しかし、「事実の報知機」としての新聞の役割を考える新聞人・涙香は、相馬事件報道とは違う道をめざす。先に引用した文章中の「新たに得たる事実怪聞にして軽《かるが》るしく片言の取るべからざるを思ひ」「悉《ことごと》く其実地に至りて一々関係者の証明を取り総《すべ》て其証あるもの、みを取りたり」の部分は、そうした涙香の決意を示すものに思える。

この新しい連載の第一回の末尾には「因《ちなみ》に記す先月始めて掲載せし事に就《つい》ては蓮門教本祠より取消申込みあり、我社も亦《また》多少相違せる点を認めたれば先月中一回記載の事項丈茲《だけここ》に取消す」と記されている。「淫祠蓮門教会」の連載では、「事実の報知機」を逸脱しないという言明とも受け取れる一文である。

現地取材の成果を検証する

もっとも、「淫祠蓮門教会」においても、スキャンダル化の手法は使われた。むしろ、その点では、ある意味〝洗練〟されたと言うべきかもしれない。その点には後にふれるとして、『萬朝報』の調査報道の成果の一端を紹介したい。

第一回では、みつ自身は豊前小倉の有名な酒造家の後継ぎに生まれ、容易に家を出ることは出来なかったが、天下万民の妙法の功徳のために家を捨てた、と語っている話を紹介した後、調査報道の成果を次のように記す。

右は島村みつが口を籍《かり》て其身を神聖にする所なれば茲《ここ》に彼が出生以来の履歴を記せんに同人は山口県岡枝村大字吉賀の水吞百姓梅本林蔵の次女にして天保二年三月十八日を以て生る

連載とは別に、四月八日紙面に「●蓮門教につき小倉より来信」という見出しの記事が載った。

「小倉派遣の探訪員」による記事である。それによると、島村みつの父親林蔵は嘉永六年七月一七日、母親は文久二年一二月六日にそれぞれ死去しており、林蔵は「吉賀村浄土宗西山派快友寺門徒」だったという。

三〇年以上も前のことになるが、『萬朝報』のこの記事の真偽を調べたことがある。記事にある岡枝村大字吉賀（現在の下関市菊川町吉賀）にたしかに快友寺という寺院があった。寺の過去帳には、『萬朝報』の記事が記す没年の「林蔵」はいなかった。しかし、一年違いの嘉永七年の同日に死んだ「林蔵」がいた。享年は五八歳。さらに文久二年一二月六日にも名前は書かれていないが、女性の死没者がいた。二人とも住所は「田部市《たべいち》」とあった。

「田部市」は現在の下関市菊川町田部のことである。吉賀から遠くない。その地の墓地の奥まった一角に、「梅本林蔵之墓」と「梅本直之墓」があった。同じ大きさの立派な墓だった。裏には、いずれも「豊前小倉蓮門教教長大教正島村光津建之」とあり、刻まれた没年は『萬朝報』記載の通りだった。

島村みつが神道大成教に所属して大教正の地位に上がったのは一八九〇年（明治二三）一〇月だから、みつはこの後、郷里に立派な両親の墓を建てたのである。どうやら『萬朝報』の探訪員は、たしかに現地で取材したようだ。みつの出生地を吉賀としたのは快友寺の所在地を出生地と考えたのだろう。父親林蔵の没年が過去帳と墓碑と一年違う理由は分からない。

相馬事件報道では、錦織剛清に「毒殺者」として告発された人たちのことなら、うわさや風聞であっても吟味しないままに報道し、読者にスキャンダルを提供した。一方、「淫祠蓮門教会」の連載では、「探訪した事実」なるものに立脚してスキャンダルを造形していくのである。

セックス・スキャンダルとして

「淫祠蓮門教会」の連載記事は、島村みつの、いわば「秘められた過去」を暴くというタッチで描き進む。

婿養子を捨てて二度までも駆け落ちし、父親の分からない子を産んだといった話は、みつの性的なだらしなさを描き出す。「こういう教祖が始めた宗教なのだから」と、蓮門教そのものに同様にいかがわしさがあることを印象づけるものだろう。これらがどれほどの調査報道的な取材に基づくものかを判断するすべはないが、兄や妹の名前や婿養子を捨てて駆け落ちした最初の相手の名前、みつが産んだという子どもの名前などが記されている。

『萬朝報』の相馬事件報道のスキャンダル化の手法について、先に、その根幹は、登場人物の「人となり」を描き、金銭（カネ）と性（セックス）の話題を設《しつら》えることにあると述べた。「淫祠蓮門教会」では、金銭（カネ）と性（セックス）のうち、もっぱら後者の手法が使われる。「探訪した事実」が、セックス・スキャンダルとして造形されていくのである。

まだ小倉で小さな布教所を開いていた時期から「月々の十三日にお籠《こも》りと称して男女混交に宿泊さするにより物好きなる男女色好みなる若者原《わかものばら》は面白半分に講中に入り」（三月三〇日）という状況があったという。「淫祠蓮門教会」の連載には、蓮門教をめぐるセックス・スキャンダルが次々に登場するが、次に典型的なものを一つだけ紹介する。第一三回（四月一一日）後半から第一五回（同一三日）

前半まで続いた記事である。

一〇年ほど前のこと、本郷区元町二丁目六六番地の硯石《すずりいし》商吉沢磯三郎の妻直（二六歳）は子どもが二人いる身にもかかわらず、夫が止めるのも聞かずに蓮門教の信仰に打ち込み、連日朝から夜まで教会に入り浸りだった。病気になった長男にも蓮門教の神水ばかりを飲ませていたため、手遅れになり死んでしまった。しかし、その後も目が覚めず、教会に行っているうちに父親の分からない子どもを妊娠した。

直に相談された島村みつは「妙法の神（蓮門教の本尊とされる）は懐妊の女を嫌う。御身がもし神に仕えようと思うなら、胎児を水とともに煙にしないといけない。その方法を教えるが、決して他言してはいけない。語れば、神の怒りを買うぞ」と言って、神水に添えて一袋の粉薬のようなものをくれた。これを飲んだ直は七転八倒の苦しみの末に死ぬ。臨終を前に直はおのれの誤りを悟り、夫磯三郎に詫びる。しかし、直の死後、磯三郎は「妙法は人殺しなり」と、一声叫んだ後、精神の平衡を失ってしまった。

にわかに信じがたい話だが、第一五回の後半は同様の出来事を記し、最後は、「事実」であることを次のように強調して閉じる。

是《これ》ら等の事は深く信じる所なくては記し得《う》べからざるものなり、又無責任にては此《かくのごと》如き重大事件を記す能《あた》はざるものなり、而《しか》して我社が直筆直言敢《あえ》て之を記して躊躇《ちゅうちょ》せざるものは深く信じる処

あればなり、彼等又何時《いつ》まで天網を免《まぬが》れ得んや

「深く信じる処」とは、「探訪した事実」に裏打ちされているということである。記事は、たしかに登場人物の名前だけでなく、住所地の番地まで記している。

「男女混交のお籠り」の場は、性的なオージーを連想させる。その末の妊娠、そして堕胎。この吉沢直のケースに代表されるような『萬朝報』の記事は、読者にとってまことに刺激的なスキャンダルだったに違いない。

『改進新聞』との論戦に勝つ

この時期、新聞によって糾弾された宗教は蓮門教だけではなかった。たとえば、『中央新聞』は、「淫祠蓮門教会」と同じような手法で天理教を糾弾した。しかし、「探訪した事実」を前面に「直筆直言」する『萬朝報』の蓮門教糾弾のインパクトはとりわけ大きかった。

四月一〇日の『萬朝報』には、「淫祠蓮門教会」の第一二回に続いて、「蓮門教会に就き各新聞の筆誅」と題した別稿記事が載っている。「萬朝報が淫祠蓮門教の真体を説破するや有志は之が感謝状を送り各社新聞亦呼応して其撲滅を希《ねが》ふ、国家を思ふの志士大抵斯《たいていかく》の如《ごと》し」という前文の後、『大阪朝日新聞』『小日本新聞』『自由新聞』『読売新聞』『団々珍聞』の記事を紹介している。

この種の記事は、この後、一二回も登場している。取り上げられたのは、新聞三四紙のほか、一般雑誌八誌、宗教関係の新聞・雑誌六紙誌に及んでいる。先に挙げた各紙のほか、『二六新報』『国民新

聞』『毎日新聞』『東京日日新聞』などの東京発行紙以外に、『秋田日日新聞』『陸奥新聞』『静岡民友新聞』などの地方紙もある。

これらの新聞に掲載された記事が、すべて『萬朝報』と同じかたちで蓮門教を激しく糾弾する内容だったわけではないが、『萬朝報』の記事を前提に、蓮門教を淫祠として批判している。いわば、言論界に蓮門教批判の砲列が敷かれたのである。この砲列に加わらなかった新聞は、ほとんど『改進新聞』一紙のみであったようだ。

蓮門教を擁護する『改進新聞』に対して、『萬朝報』は、蓮門教に買収されたとして、激しく攻撃した。『改進新聞』は改進党系の新聞で、部数は『萬朝報』よりはるかに少ない。しかし、仮にも新聞社同士の論戦である。『萬朝報』は編集責任者である涙香の指揮のもと、紙面を展開しただろう。

『萬朝報』の攻撃は過激だった。四月二四日には、「改進新聞の収賄」という見出しで、蓮門教と『改進新聞』編集責任者の桐原捨三との間で取り結ばれたという「密約」を暴露している。桐原は五〇〇〇円という報酬で「今後三ヶ年間、蓮門教の機関たる事」「蓮門教にて朝報を傷《きず》つけん為に放つ言は桐原に於《おい》て之を事実の如く文に綴り必ず改進新聞に掲げる事」を約束したというのだ。

この後も、「蓮門淫祠の金に酔ひたる改進新聞の醜体を見よ」「収賄余臭」「収賄奴」（四月二六日）、「蓮門奴改進新聞」（同二七日）、「蓮門乞食改進新聞」「収賄奴桐原捨三」（同二八日）といった見出しの記事が続いた。五〇〇〇円による密約の真偽は不明だが、『萬朝報』の徹底した糾弾に『改進新聞』はとうていかなわなかった。論戦は『改進新聞』の惨敗に終わり、間もなく同紙は廃刊に追い込まれた。

記事差止めは二日間だけ

こうした蓮門教攻撃の世論《せろん》（ポピュラー・センティメント）の広がりは、相馬事件の際と同様、各地で開かれる蓮門教批判の演説会の記事が『萬朝報』にたびたび出ていることからもうかがえる。テレビはむろん、ラジオも週刊誌メディアもなかったこの時代、新聞を別にすれば、演説会という場は、人々に少なくない影響力を発揮するメディアだった。

「世論」に後押しされた『萬朝報』は、「淫祠蓮門教会」でセックス・スキャンダルのレポートを続けた。蓮門教会で信者に下げ渡される神水なるものが、単なる井戸水に過ぎないといった暴露記事も出た。参詣する信者が急速に減っているという記事も載った。

蓮門教側は訴訟戦術に打って出る。当時の新聞紙条例は、記事の正誤請求書が寄せられた場合、それを紙面に掲載することを義務づけていた。蓮門教側はたびたび正誤請求書を『萬朝報』に送ったようだ。実際に紙面に載ったものもあるが、『萬朝報』が無視したケースも多かったようだ。蓮門教側は、これをとらえて、新聞紙条例違反として『萬朝報』を告訴した。さらに刑法の誹毀罪《ひき》（現在の名誉毀損罪に当たる）での告訴、記事差止めを求める仮処分申請の民事訴訟なども次々に起こした。

その一方で、「蓮門教信徒に告ぐ」という広告を各新聞に掲載した。「神道蓮門教本祠教務課」の名で、『萬朝報』の記事は「事実無根にして全く当教会の隆盛及教長の徳望を嫉《ねた》み是を傷《きずつ》けん為」のものだと、訴訟に踏み切った理由を説明した内容である。『萬朝報』側は、「古今未曾有の記事禁止などと云ふ不思議の訴訟」（四月二四日）と指摘するなどして対抗した。

記事差止めの仮処分申請は東京地方裁判所でいったんは却下される。しかし、蓮門教側の抗告を受けた東京控訴院民事第二部は、四月二六日、供託金一〇〇〇円で記事差止めを認める決定をした。いわば、蓮門教側の逆転勝訴である。

四月二八日の『萬朝報』は、「『淫祠蓮門教会』記事差止処分」という見出しで、東京控訴院民事第二部の決定内容を詳しく掲載した。蓮門教糾弾の調査報道とは別に、「事実の報知機」として、自らの敗訴もきちんと伝えるということだったのだろう。もっとも新聞紙条例第十五条に「新聞紙ニ記載シタル事項ニ付キ裁判ヲ受ケタルトキハ、其新聞紙ノ次回発行ニ於テ宣告ノ全文ヲ掲載スベシ」とあるから、単にこれに従っただけとも言える。決定は、抗告人（蓮門教）が主張するように記事が虚妄のものであれば、毀損される名誉は少なくない、いったん傷つけられた名誉を回復するのは難しい、したがって記事はとりあえず差し止める――という内容である。

この決定によって、四月二七、二八両日、『萬朝報』には「淫祠蓮門教会」は載らなかった。蓮門教側はこの時点で供託金一〇〇〇円を納付したのだろう。ところが、二九日には「淫祠蓮門教会」が再開し、第二七回が載った。逆転勝訴したにもかかわらず、蓮門教は直後にすべての訴訟を取り下げてしまった。その結果、本訴訟に至らぬまま、記事差止めもなくなったのである。

五月に入って蓮門教側は、「世の疑《うたがい》を解き併《あわせ》て信徒諸氏に告ぐ」という新聞広告を各紙に出した。『萬朝報』との間に調停に立つ人がいて、調停が整ったので訴訟を取り下げたが、その後、『萬朝報』側から応じることの出来ない新しい要求があり、交渉は決裂したという。今後は訴訟とは別の方法で

『萬朝報』の記事の虚偽を明らかにしていくとも述べている。

調停がいったん成立したという話を含めて、真相は分からない。しかし、訴訟に打って出たことと、一〇〇〇円という庶民にとっては高額な供託金を苦もなく払った蓮門教の財力に対する世論の反発があったようだ。後述する理由で、蓮門教側にも本訴は避けたい気があったのかもしれない。

訴訟が本訴になっていれば、あるいは『萬朝報』の蓮門教糾弾キャンペーンは頓挫していた可能性もある。涙香は、社会正義を追求するという自己の新聞理念と名誉毀損との間で深刻なジレンマに直面したかもしれない。しかし、蓮門教の腰砕けは、結果として『萬朝報』の蓮門教糾弾の筆鋒がエスカレートする道を開くことになった。

国家神道体制下の「異端宗教」糾弾

四月二六、二七両日、『萬朝報』の一面トップ、「八面鋒」欄は、「淫祠を解散せずむば神道を如何せん」という見出しの社説を掲載した。蓮門教による記事差止め仮処分申請の結果がまだ分からない段階で執筆したものと思われる。記事差止めという事態を想定して、蓮門教糾弾の理由を新たなかたちで「理論武装」した内容である。

「蓮門教なる者が神道を汚し国体を傷《きずつ》け世教を害し社会を紊《みだす》るの甚《はなはだ》しきは論無きのみ」として、「某々諸氏が要路の人々及び全国の敬神家、国体家等に頒《わか》たんと欲し目下印刷中の主意書」の草稿を掲げるというかたちを取っているが、『萬朝報』の社論にほかならない。

蓮門教糾弾の筆鋒は、単なるセックス・スキャンダルから、明治政府が構築しつつあった国家神道体制の「異端宗教」というレベルに深化したのである（この点は、本書の主題から離れるため、詳述はしない。蓮門教のその後も含めて、興味ある読者は奥武則『蓮門教衰亡史』を参照)。

四月二八日には「邪教の真相」という大見出し(本文活字の縦横三倍)で、「蓮門は生神様」という記事が載った。蓮門教の本尊は島村みつにほかならないというのだ。幕末から明治期にかけて創唱された新しい宗教の多くは、生き神としての教祖の権威を掲げ、民衆に救済の教義を示した。蓮門教もそうした流れの中に位置づけることが出来る。だが、当時にあっては、「神道を掲げつつ、訳の分からない生き神を祭る淫祠」という『萬朝報』による糾弾が説得力を持ったのである。

蓮門教は、『萬朝報』の「淫祠蓮門教会」をはじめとする新聞・雑誌の集中攻撃の中、急速に衰退する。上部団体の大成教からの独立は見送りとなり、島村みつは教長の職を免職される。みつは一九〇四年(明治三七)二月一三日に死去した。後継者もいないまま、分裂などもあり、大正期には実質的に消滅する。

錦織剛清を後押しした相馬事件報道では、先に指摘したように、『萬朝報』は「事実の報知機」「社会の賞罰機」としての新聞の役割を果たしたとは言えなかった。一方、「一二人の専任探訪員」による調査報道を展開した「淫祠蓮門教会」は見事な成功を収めた。むろん、訴訟を取り下げた蓮門教側の腰砕けにも救われた。しかし、本訴になった場合、仮処分決定の段階では未決のままだった『萬朝報』掲載記事の真偽が問われることを蓮門教側が忌避した可能性もある。いずれにしろ、『萬朝報』の調査報道は、国家神道体制の「異端宗教」の排除に成功したのだから、『萬朝報』の立場から言えば、「社会公益の一端に供せん」とのねらいは実現したことになる。

相馬事件報道の場合と違って、涙香は達成感を抱くとともに、大衆読者を引きつける報道手法（スキャンダル化）と自己の新聞理念との間の架橋が可能であることに気がついただろう。涙香自身がどこまで自覚的だったかどうかはおくとして、『萬朝報』のスキャンダル報道の「完成型」とも言うべきものが、次に取り上げる「蓄妾の実例」である。

事実がスキャンダルになるとき

具体的に検討する前に、なぜ「完成型」なのか、について記しておこう。

相馬事件報道は、相馬誠胤が毒殺されたかどうかということが、本来「事実の報知機」としての新聞が追及すべきことだった。だが、『萬朝報』は、読者を引きつけるべく、先に取り上げた「京子の問題」の記事に典型的なようにもっぱら周辺の素材をスキャンダル化した。『萬朝報』が造形したスキャンダルは、結局のところ、錦織剛清によって告発された相馬家の人々と周辺の私的な出来事に過ぎなかったし、伝えられた内容は風聞やうわさがほとんどだった。

一方、「淫祠蓮門教会」では、糾弾する対象そのものが社会規範から逸脱していることを、「事実の報知機」の立場から――現代ふうに言えば、調査報道を謳って、さまざまな「事実」を伝えた。そこで引証される社会規範は、単なる性をめぐるものだけではなく、国家神道体制の「異端宗教」として、国家に裏づけられたものとなった。スキャンダルは蓮門教のスキャンダルなのであり、それが国家によって作り出された規範（国家神道体制）を逸脱していることが糾弾されたのである。

二つの事例を通じて、スキャンダル報道を考えるとき、三つの視点が必要であることが分かる。一つは、スキャンダルの対象の問題、二つ目は事実とスキャンダルの関係、最後はスキャンダルをスキャンダルたらしめる社会規範の質、である。

スキャンダルの対象という点では、相馬事件報道で言えば、相馬家という元大名家にして資産華族の関係者だった。「淫祠蓮門教会」では、『萬朝報』の言葉を借りれば、「淫祠中最も猖獗《しょうけつ》を極《きわ》め最も害毒を流すもの」である。対象は、大衆読者から見て、市井に生きる自分たちから遠い、力ある存在でなければならない。

事実とスキャンダルの関係では、風聞やうわさのレベルではなく、事実が提示され、事実がスキャンダルになることが、スキャンダル報道においては重要である。この点では、既述のように、相馬事件報道と「淫祠蓮門教会」の間には明らかに質的な相違があった。

社会規範の質という点では、規範が公的なものであればあるほど、スキャンダル報道は社会正義の実現とつながり、興味本位のスキャンダルという性格を薄め、スキャンダリズムとして批判される部分が少なくなる。ただし、規範の「公的」性が法のレベルにまでなると、規範の逸脱は即犯罪だから、逆にスキャンダル性は減じてしまうだろう。

以上、三つの視点から、『萬朝報』の「蓄妾の実例」連載を考えてみる。この連載は、よく知られているように、本人や妾の実名・住所・年齢を記して、妾を持っている人物を次々に取り上げたものである。対象は、伊藤博文のように「超」がつく有名人を筆頭に、社会的地位のある人物ばかりだった。事実との関係では、記事は、ごく一部を除けば、淡々と「妾を囲っている」という事実を伝えている。事実がそのままスキャンダルなのである。社会規範の質という点は、後に見るように、少し込み入った議論が必要だが、『萬朝報』は「妾を囲っている」こと自体が、あるべき社会規範から逸脱するという問題を設定してみせたのである。

2　蓄妾の実例

相馬事件報道、蓮門教糾弾と続き、『萬朝報』の部数は着実に伸び続けた。先に述べたように、一八九六年（明治二九）には、一日発行部数八万部を超え、二位の『東京朝日新聞』約四万五〇〇〇部以下の各紙を大きく引き離して、東京発行紙で断然トップとなる。

書き続ける涙香

本章では、ここまで二つのスキャンダル報道について記してきた。発行停止処分に際して果敢に新聞紙条例の不当さを指摘し、新聞の本領を論じた社説など、新聞人・涙香の直接の仕事にもふれたが、読者には涙香その人の姿が見えなくなっているかもしれない。しかし、涙香は編集のみならず経営のトップとして、常に『萬朝報』の陣頭指揮を執っていた。涙香と『萬朝報』は、いわば一体の存在なのである。

一方、この間、涙香は翻訳小説の書き手としても休みなく『萬朝報』に連載を続けている。「蓄妾の実例」について述べる前に、ここでその旺盛な筆力ぶりをまとめておこう（表）。

一八九三年（明治二六）六月二二日に「鉄仮面」が終わった翌日から、「白髪鬼」の連載が始まった。

『萬朝報』に掲載された涙香の連載小説（角書きは省略）

連載時の題名	連載期間
鉄仮面	1892. 12. 22～1893. 6. 22
白髪鬼	1893. 6. 23～12. 29
嬢（むすめ）一代	1894. 12. 30～1895. 3. 20
人の運	1894. 3. 21～10. 24
捨小舟	1894. 10. 25～1895. 7. 4
怪物（あやしもの）	1895. 7. 5～9. 27
秘密の手帳	1895. 9. 28～10. 8（全 8 回）
女退治	1895. 10. 9～12. 7
女庭訓	1895. 12. 8～1896. 3. 4
人外鏡	1896. 3. 7～1897. 2. 26
武士道	1897. 2. 27～8. 31
露国人	1897. 9. 1～12. 31
心と心	1898. 1. 2～12. 31
絵　姿	1899. 1. 1～2. 25
古王宮	1899. 2. 26～5. 13
雪　姫	1899. 5. 14～8. 7
幽霊塔	1899. 8. 9～1900. 3. 9
野の花	1900. 3. 10～11. 9
人の妻	1900. 11. 10～1901. 3. 16
昔々の昔話し寿	1901. 3. 17（短編，創作）
巌窟王	1901. 3. 18～1902. 6. 14
花あやめ	1902. 6. 17～10. 5
噫無情	1902. 10. 8～1903. 8. 22
破天荒	1903. 6. 28～11. 2
王妃の怨	1903. 11. 3～1904. 3. 13
人情美	1904. 3. 28～4. 1
一夜の情	1904. 4. 3～5. 3
暗黒星	1904. 5. 6～5. 25
山と水	1904. 5. 28～1905. 4. 17
露人の娘	1905. 4. 18～9. 5
おや〳〵親	1906. 1. 1～6. 24
郷土柳子の話	1907. 11. 1～3. 6
柳子の其後	1907. 3. 8～4. 3
八十万年後の世界	1913. 2. 25～6. 20
島の娘	1913. 6. 21～1914. 4. 12
黒い箱	1916. 3. 12～6. 10
今の世の奇跡	1918. 9. 1～11. 17

この「日を置かず」という状況は、一日ないし三日空いた例外がごく少数あるだけで、一九〇四年（明治三七）三月一三日に「王妃の怨」の連載が終わるまで、実に一一年近く続いたのである。

初期の探偵小説から「捨小舟」など、当時の言葉で言えば、家庭小説といったジャンルにも手を広げている。「巌窟王」と「噫無情」がもっともよく知られた作品である。

「男女風俗問題」とは何か

一八九八年（明治三一）七月四日、『萬朝報』の一面トップに次のような社告が載った。

左に掲ぐるは此度萬朝報が、諸新聞に出した広告なり、読者見落とす勿《なか》れ
今や政治変動一段落を告げ世間漸《ようや》く静かにならんとす、此際特に社会を驚起せしむ一記事は、来る七日より朝報紙上に現はれんとす、其事たるや政治に非《あら》ず実業に非ず、最も緊急なる男女風俗問題なり、全社会の刮目《かつもく》を促す
嗚呼是れ如何なる記事なるや今より三日の後を待たれんことを請《こ》ふ
明治卅一年七月　朝報社

この社告は翌五日にも載った。「男女風俗問題」とだけ記して、「三日の後を待たれん」というのだから、読者の関心を誘っただろう。いかにも大衆読者の好みを知る涙香らしい手法である。「男女風俗問題」とは何だろう。人々は好奇心を膨らませて、七日の『萬朝報』を待つことになった。

その七日、『萬朝報』一面に「男女風俗問題」と題した社説が載った。

憐《あわれ》むべきは我国婦人の境遇より甚《はなは》だしきは莫《な》し、古来の習慣とはいへ今以て男子の玩弄《がんろう》たるが如《ごと》き地位に在り、この地位を脱せんと欲して種々運動する者あるも同情を以てこれを助けんとする者

なく、滔々《とうとう》たる世間の男子猶却《なおかえっ》て婦人を玩弄の地に置くを快とし、人倫の根本を破壊して顧《かえり》みざる者多し

「蓄妾の実例」の連載が、この日から始まった。この日の社説は、連載の、いわば前口上であり、社会正義の立場から「蓄妾」に対して闘いを宣言した『萬朝報』の〝宣戦布告〟でもある。「婦人を玩弄の地に置く」とは、妻のほかに妾を持つことを指している。これは事実上の「一夫多妻」であり、「人倫の根本を破壊して」いるというのだ。前口上をもう少し聞こう。

日本今日の社会は如何なる地位、如何なる思想の男子まで、一夫多妻のことを実行しつゝあるや、即ち事実において婦人に対する倫常の破壊を行ひつゝあるや、吾人は吾人の知れる範囲においてその実例数百を摘記し、これを社会の羞恥心に問はんと欲す、もし能《よ》くこれによりて世の獣慾獣行しかも猶《な》ほ紳士の名を冒せる怪物に対し聊《いささ》か省《かえりみ》る所あらしむるを得ば、吾人の労徒為に属せざらんか、吾人の労とは左に掲ぐる「蓄妾の実例」をいふなり

一八九三年から翌一八九四年（明治二七）にかけて、相馬事件報道と「淫祠蓮門教会」で世の関心を集めるスキャンダル報道を展開した後、日清戦争（一八九四年七月～九五年四月）があった。日清戦争と『萬朝報』の関わりは後にふれるが、この間も『萬朝報』の部数は順調に伸び、東京発行紙の第

一位を維持していた。しかし、涙香は日夜、連載の翻訳小説の執筆を続けつつ、新聞人としては何か不全感を抱いていたのではないだろうか。むろん、社会の耳目を集める大小の報道があった。だが、社会正義の旗を掲げて、世を啓蒙したいと考える涙香にしてみれば、どれも満足出来るものではなかったのではないか。

「蓄妾の実例」的な企画を最初に発想した人物は分からない。あるいは涙香ではなかったかもしれない。だが、社会正義を実現する一環と位置づけ、企画の紙面化の方向を決め、具体的な取材を指示したのは涙香その人以外にありえない。後に見るように、そこには涙香の鋭い時代感覚があった。相馬事件の「第二幕」のときとは状況は違うが、やはり「これで売るのだ」という涙香の決断があっただろう。「社会の羞恥心」を直截に問えるテーマとして、新聞人・涙香は久々に充実感を抱いたろう。この日の社説の歯切れのよさと連載開始後、とぎれることなく実例を記事化していったことから考えて、涙香の決断を受けた探訪記者たちは、この日まで、すでに相当の期間、取材を進めていたに違いない。

「蓄妾の実例」の第一回目は、医師原田貞吉、前法相曾根荒助、樽問屋竹下清助、宮田藤左衛門、予備歩兵少尉一川清、雨宮伝左衛門、千住町長富岡彦太郎の七人である。

実名、住所、年齢を明記

以上の人名は、傍点が付いた見出し部分をそのまま書いたものだが、本文を読むと、宮田藤左衛門は「銀座三丁目五番地の時計屋玉屋の主人」、雨宮伝左衛門は「南品川廿三番地にて相応の資産ある葉茶屋」であることが分かる。第一回にしては、いささかインパクトに欠ける気がしないでもないが、記事は、簡潔にして強烈である。第一回の記事から一番短いものを引く。

▲(五)予備歩兵中尉一川清は土屋ひさ(三十二)なる妾を牛込区薬王寺前町七十三番地の自宅に置く

これだけである。冒頭の(五)が実例の通しナンバーということになる。本人の実名はむろん、自宅の住所、妾とされる女性の名前、年齢が明記されている。

連載二回目から冒頭に、「先づ之を読め」として、次のような前置きが毎回入る。

△我国に一夫多妻の蛮風、今猶ほ如何の程度まで存するや△其蛮風は如何なる人々が之を保存するや△此記事は世人に是等の点を解釈せしめん為に掲《かか》ぐ△記せる所僅《わずか》に数ヶ月の探査に得し者なれば其一班に過ぎずと雖《いえど》も社会(帝都)の大抵の方面に渉《わた》れり

「僅かに数ヶ月」のところは連載五回目から「僅かに一ヶ月」に変わるのだが、先に記したように、『萬朝報』の探訪記者たちは相応の取材を行ったのである。

連載は九月二七日までほぼ連日続き、毎回一〇人前後、合計五一〇の実例がリポートされる。いずれも、本人の実名・住所・妾とされる女性の名前・年齢が入っている。

森鷗外、伊藤博文、西園寺公望ら著名人も

一回目に登場した人物は、当時の感覚でもそれほどの知名人とは思えないが、後には森鷗外、伊藤博文、西園寺公望ら、今日まで広くその名が知られた有名人が続々登場する。新しい千円札に肖像が使われる医学者の北里柴三郎もいる。

しかし、先に紹介した「予備歩兵中尉一川清」は、必要な事実だけをミニマムに書いた記事だが、その他も一人一人の記述はいたって短い。「東京感化院長高瀬真卿」や「大勲位侯爵伊藤博文」のケースなどが、ごく少ない例外である。高瀬真卿については、その行状が六回にわたって詳述される。伊藤博文のケースでは、三人姉妹の姉を妾にしていたが死別し、次に妾にしたその妹も死んでしまったため、さらに末の妹を妾にしようとしているという話がリポートされている。

相馬事件報道や「淫祠蓮門教会」にあった煽情的な表現もほぼ見られない。しかし、その内容は容赦がない。六回目（七月一二日）に登場した「▲（五一）鉱毒大尽古川（ママ）市兵衛」では、「有名なる蓄妾家なるが我輩の探り得たるものを挙ぐれば左の如し」として、「其一」から「其六」まで、六人の妾とされる女性の住所・名前・年齢を記している。「浅草区須賀町二番地の元《も》柳橋芸妓小清事《こきよこと》長谷川せい（三十九）」「日本橋区元柳町二十七番地の元同所の芸妓若松屋丸子事坂野くに（二十一）」といったぐあいである。「鉱毒大尽」は、言うまでもなく、古河が経営する足尾銅山の鉱毒事件が、衆議院での田中正造の追及などで大きな問題になっていたためである。最後は「此外に未だ二三人ある由なれば分り次第に記すべし」とまで記している。

六八回に及ぶ「蓄妾の実例」の連載の中で、五回の「訂正」記事が載った。今の新聞にもよく「訂正」記事が載る。これは「訂正」記事を載せることで、「訂正した部分以外は間違っていない」と、他の記事の真実性を保証していると言っていい。その意味で、「蓄妾の実例」が「訂正」記事を出していることは注目していい。

「訂正」記事は、「本例四十六の太田日視は宮崎随厳の誤りにして和田しかは随厳が日視より譲り受けたる妾なり」といった基本的な誤りもあるが、「前号本欄茨城県都賀郡は栃木県上都賀郡の誤植」といったケアレス・ミスも含まれている。「蓄妾の実例」でも、「訂正」記事は、他の記事の「正しさ」を保証するという現代の新聞と同様の関係が見られるのだろうか。この点を検証してみたい。とはいえ、材料はそれほど多くない。対象は二つの記事である。まず、森鷗外について。『萬朝報』の記事（七月九日）の全文を引く。

森鷗外と児玉せきの事例

●●●

▲森鷗外 事《こと》、当時本郷千駄木町廿一番地に住する陸軍々医監森林太郎は児玉せき（三十二）なる女を十八九の頃より妾として非常に寵愛し嘗《かつ》て児迄挙《こまでもう》けたる細君を離別してせきを本妻に直さんとせしも母の故障に依りて果《はた》す能《あた》はず、母も亦《また》鷗外が深くせきを愛するの情を酌《く》み取り末永く外妾とすべき旨を云ひ渡し家内の風波を避けん為《た》めせきをば其母なみ（六十）と倶《とも》に直《す》ぐ近所なる千駄木林町十一番地に別居せしめ爾来《じらい》は母の手許より手当を送りつゝありとぞ

森鷗外の生涯については多くの著作があるが、長男森於菟《おと》が記した『父親としての森鷗外』を参照する。於菟は東京帝国大学医学部を卒業した解剖学者である。『父親としての森鷗外』に、「鷗外の隠し妻」という文章が収録されている。初出は『文藝春秋』（一九五四年一月号）に掲載された「鷗外の隠れた愛人」である。この「隠し妻」あるいは「隠れた愛人」が、『萬朝報』に登場した児玉せきにほかならない。鷗外は一八九五年（明治二八）四月、日清戦争従軍中に陸軍軍医監に昇進し、講和後、台湾総督府陸軍局軍医部長を経て、一〇月、東京に帰り、軍医学校長になった。一八九七年（明治三〇）三月に陸軍武官制改正で呼称は陸軍一等軍医正に変わったが、『萬朝報』の記事が出た一八九八年七月には、たしかに記事にある通りの番地の自宅（観潮楼）に住んでいた。

森鷗外

鷗外は一八九〇年（明治二三）一〇月、最初の妻赤松登志子と離婚した。「鷗外の隠し妻」の著者於菟は、登志子との間に生まれた長男だから、『萬朝報』の「嘗て児迄挙けたる」の「児」に当たる。鷗外は一八九九年（明治三二）六月、九州・小倉の第十二師団軍医部長に転任し、三年近くを過ごす。この間、一九〇二年（明治三五）一月に再婚している。

於菟は、児玉せきと鷗外の関係は、この離婚と再婚の間の出来事だとしている。しかし、鷗外と登志子が離婚した一八九〇年一〇月、児玉せきは二〇代半ばである。『萬朝報』にあるように、鷗外が「十八九の頃より妾として非常に寵愛して〔……〕」ということが事実であれば、鷗外と離婚した妻の結婚生活とせきの存在は重なる。せきが離婚の理由だったことも十分にあり得る。於菟も鷗外が小倉に転任した際、せきを小倉に呼ぶ話があったと述べている。いずれにしろ、児玉せきという妾の存在に関しては、『萬朝報』の記事は正確だったことが分かる。

尾崎三良の「妻妾同居」

もう一つは、八月三日、第二八回に載った尾崎三良《さぶろう》について。尾崎は生前に『尾崎三良自叙略伝』を書き、遺族に遺した。同書は、孫に当たる尾崎春盛によって一九七六年（昭和五一）、全三巻として中央公論社から刊行された。『萬朝報』の尾崎についての記述は、ごく短い。

▲（二七一）尾崎三良　麻布区六本木六十七番地、男爵貴族院議員尾崎三良は先妻英国人バサイヤ、カサリン、モリソンを離別し今は江州神崎郡種村、本行寺住職藤山沢証の女某を妻としながら自邸に同居せる戸田玉井の養女みち（十四）を妾とす

前記『尾崎三良自叙略伝』によると、尾崎は一八八六年（明治一九）に麻布区六本木町三一番地に邸宅を新築し、以後その地に住んだ。明治初年にイギリスに留学した際に、バサア・カサリン・モリソンという女性と結婚したが、後に離婚した（このことは『略伝』には書かれていないが、尾崎春盛の「あとがき」に記されている）。正妻の出自についての記述は間違いない。自邸に妻妾同居していることは

『略伝』に書かれている。妾の名前は「みち」ではなく、「美知枝」とあるが、「みち」が通称だった可能性は高い。ただ、「戸田玉井の養女」というのは、正妻の方である。

このように、『萬朝報』の尾崎三良についての記事には、住所の間違いや正妻と妾の混同もあるが、「妻妾同居」という事実の根幹は間違っていない。

わずか二つの記事を検証しただけではあるが、『萬朝報』がそれなりに取材して得た事実をもとに「蓄妾実例」を連載したことは間違いない。

なぜ、「妾」だったのか

それにしても、なぜ「妾」だったのか。繰り返して言えば、相馬事件報道は、そもそも相馬事件という出来事が対象だった。「淫祠蓮門教会」では、調査報道の対象として、「淫祠中最も猖獗を極め最も害毒を流すもの」として、蓮門教なるものがそこにあった。

しかし、「蓄妾の実例」の場合は違う。むろん、艶福家の伊藤博文の艶聞その他、妾に関わる出来事がゴシップ的に新聞の三面記事になることはあった。だが、そこでは「蓄妾＝妾を持つこと」が指弾されたわけではない。一方、「蓄妾の実例」では、「妾を囲っている」という事実が、そのままスキャンダルとなった。こうしたことを捉えて、先に「蓄妾の実例」を『萬朝報』のスキャンダル報道の「完成型」と表現した。その際、社会規範の質という点では、少し込み入った議論が必要だとも述べた。

伊藤博文の艶聞がゴシップにしかならなかったのは、「妾を囲っている」ということが、当時まだ社会規範からの逸脱と認識されていなかったからにほかならない。「蓄妾の実例」は、これを明確に社会規範からの逸脱として捉えてみせたのである。ここには、新聞人・涙香の鋭い時代感覚を読み取ることが出来る。

江戸時代、妾は公認された存在だった。明治になって、近代的な法制の整備を進める中、政府は妾の扱いに苦慮する。「妾存続」を主張する意見が強かったからである。存続派と否定派の対立は、最終的に民法(旧民法)制定過程で決着することになる。フランス人ボアソナードが起草作業に加わった民法は、いわゆる「民法典論争」を経て、一八九八年七月一六日に施行された。

法典調査会で「妾」をめぐって争点となったのは、嫡母庶子関係の規定である。妻以外の女性との間に生まれた子どもを父親が認知すれば庶子となる。庶子は当然、父親と親子になる。嫡母庶子関係は、これをさらに父親の妻(嫡母)との間の親子関係に発展させた。庶子は自動的に父親の妻(嫡母)とも親子関係になる。結局、「妾」という言葉はないが、嫡母庶子関係の規定は、事実上、「妾」の存在を法令の中で認めるものだった。

法典調査会の編纂段階では一度は、この規定は消える。しかし、結局復活した。「妾」存続派が押し切ったのである。

一八九八年五月一一日の『萬朝報』に「●新法典と蓄妾」という見出しの短い記事が載った。

本邦の風俗中特に外人の注目するは蓄妾の一事なるが右に就き新法典には如何《いか》なる規定ありやとい

ふに人事篇中妾なる者を認むる事なきも、庶子なるもの存し雇《やとい》婦人と男子との間に生れたる児《こ》にて其父丈《だけ》が我児《わがこ》と認めしものを指し実子と庶子の間には相続其他の件に関しても規定を異にし若し其父たる者が我子なりと認めざれば私生児なる部類に入るべき筈《はず》なりと、左すれば新法典は妾なる者を認めざるも庶子とは何ぞやと推究すれば蓄妾の風俗を存する事は明白にて外人は何処《どこ》までも異様に思ふなるべし

この記事の筆者は、「妾」をめぐる問題点を正しく摑んでいたのである。「庶子」はつまりは「妾の子」である。この記事こそ、『萬朝報』がスキャンダルとして「蓄妾」を取り上げる伏線だったと言っていい。

この記事がいう法典（旧民法）は、前述のように一八九八年七月一六日に施行される。これを審議していた第一二議会が解散したのは六月一〇日である。民法修正案はぎりぎりに衆議院、貴族院を通過して成立した。『萬朝報』の「蓄妾の実例」連載が始まったのは、七月七日だった。『萬朝報』（涙香）は、施行される民法の中に「外人」（＝西欧近代文明）から見た場合、「異様」なかたちで「蓄妾」が残っていることに着目し、「妾を囲っている」ということがあるべき社会規範からの逸脱になる事態を明確に認識して、取材を開始し、連載に踏み切ったのである。しかも「妾を囲っている」のは、著名人であり、成功した人々である。スキャンダルとなりうるターゲットなのだ。

むろん、現代の人権感覚からみれば、「蓄妾の実例」の内容は、プライバシー侵害に当たる部分が

少なくないだろう。しかし、「妾を囲っている」という事実を調べ上げ、あるべき社会規範を提示して、これを糾弾の言葉ではなく、事実報道のかたちで記事とした。こうして、「蓄妾の実例」は、『萬朝報』のスキャンダル報道の「完成型」となったのである。

3 「新聞の道徳」を説く

「赤新聞」をめぐって

先にふれた涙香に対する「まむしの周六」の呼称はよく知られているだろうが、涙香に関係して、「赤新聞」という言葉を思い浮かべる人も少なくないだろう。これはもちろん涙香のことではなく、『萬朝報』に対して使われた言葉である。「まむしの周六」が〝悪名〟であるように、「赤新聞」も、ある種の侮蔑語と言っていい。しかも、この侮蔑語は、『萬朝報』に由来する。国語辞典にも「扇情的な暴露記事を主とする低俗な新聞。明治中期、大衆紙『万朝報』が赤みを帯びた用紙で、暴露記事を載せたことによる」（『大辞泉』小学館）とある。

淡紅色を使ったのは『萬朝報』が最初ではない。『時事新報』が一八八五年（明治一八）一一月一八日から採用している。同日の紙面には「欧米の新聞紙中にはその用紙を薄紅色にして他の白紙新聞と区別し、遠方より見ても一目してその何新聞たるを知らしむるの工風《くふう》をなすものあり。時事新報もこれにならい、桃色紙を用いては如何とわざわざ忠告下されし看客もあり」などと記されている。要するに、紙の色で他の新聞との差別化をはかったわけである。しかし、コストとの問題や褪色がひどいといったことから、結局五、六年で止めてしまった。

『萬朝報』が淡紅色の紙を使い始めたのは、一八九八年（明治三一）一月一日からである。涙香は後年、「其の便利なところは、第一如何《いか》に多く売れて居るかと云ふことが人に気付かる、と云ふにありました」（「余が新聞に志した動機」涙香会編『黒岩涙香』一七頁）と語っている。『時事新報』と同じ理由と言っていいが、一九〇四年（明治三七）一〇月一三日には元の紙に戻した。涙香は「紙の都合や、印刷の不明瞭な為《た》め」（同前）としており、こちらも『時事新報』と同じ理由だったわけだ。

「蓄妾の実例」の連載が始まったのは、『萬朝報』が淡紅色の紙を使うようになってから五カ月余経ったときである。「蓄妾の実例」のインパクトに加えて、それ以前の相馬事件報道や「淫祠蓮門教会」の記憶も、『萬朝報』の読者だけでなく世間の人々に鮮烈に残っていただろう。『時事新報』が淡紅色の紙を使っていたときには、「赤新聞」と呼ばれることはなかった。東京発行紙トップの『萬朝報』は、これらの報道と重なって「赤新聞」と呼ばれるようになったことは間違いない。

米国のジャーナリズム史で使われる言葉に、イエロー・ジャーナリズムがある。一八九〇年代にニューヨークで発行されていた、煽情的な記事を売り物にする新聞が販売競争を展開する中で、人気漫画の「イエロー・キッド」を奪いあって載せたことに由来する。これらの新聞は、イエロー・ペーパー（黄色新聞）と呼ばれた。『萬朝報』が「赤新聞」と呼ばれたことにふれる人は必ずと言っていいほど、このイエロー・ペーパーに言及する。たしかに、『萬朝報』は「赤新聞」として、その煽情的な報道ぶりが批判された時期がある。

煽情的なスキャンダル報道を展開して大衆読者を摑んだという点では、イエロー・ペーパーと「赤新聞」には類似した点はあろう。しかし、こうした事態を捉えて、『萬朝報』が展開した報道を米国におけるイエロー・ジャーナリズムの文脈にそのまま重ねることは正しくないように思える。少なくとも、近代日本のジャーナリズム史における『萬朝報』の位置を正確に捉えることに資するものではない。

イエロー・ペーパーと呼ばれた新聞の具体的な紙面構成や内容を詳しく検討したことがないので、いささか乱暴を承知で言えば、米国のイエロー・ペーパーなるものは、「売らんかな」のために捏造した記事やインタビューなど、そもそも涙香が言う「事実の報知機」としての新聞の役割など一顧だにしない記事が珍しくなかったのではないか。これに対して、『萬朝報』のスキャンダル報道は、そこに今日の人権感覚から言えば、プライバシー侵害に当たるケースがあったとしても、新聞が「事実の報知機」であることを忘れて行われたわけではない。

それは、先に論じた相馬事件報道でたびたび発行停止処分を受けた際に涙香が執筆した社説に明らかである。繰り返して述べれば、『萬朝報』のスキャンダル報道の「完成型」と呼べる「蓄妾の実例」においては、「妾を囲っている」という事実を調べ上げ、あるべき社会規範を提示して、これを糾弾の言葉ではなく、事実報道のかたちで記事としたのである。

公共的な存在としての新聞

一九〇一年（明治三四）六月一九日から二五日まで、『萬朝報』一面「言論」欄に「新聞紙の道徳」と題した社説が七回連続で載った。「周六述」と署名がある。二三日と二五日は短い社告が前にあるが、後の回はいずれも一面トップ。本名を使った長大な論文である。新聞を正面から論じた涙香渾身の大作と言っていい（なお、この時期、「新聞紙」は今日の「新聞」を指す。「新聞」はニュースの意味で使われることが多かった）。

「まむしの周六」と呼ばれ、「赤新聞」と批判される経験を経て、涙香の新聞についての考えは変わったのだろうか。あるいは変わらなかったのだろうか。

涙香は、まず「王何ぞ必ずしも利を云はん又《また》仁義あるのみ」という『孟子』の一節を引く。梁の恵王が、孟子に「あなたは千里の道もいとわずに私のもとへやってきてくださった。きっと私の国に利益をもたらしてくれるのでしょうね」と質問した。この一節は、それに対する孟子の答である。孟子は「王よ、どうして利益のことなどを話すのか。王はただ仁義の実践のみに努めるべき」と答えたのである。

この言葉を受けて、涙香は、「『利』と『義』とは総《すべ》ての人間の行《おこない》を逼出《ひょくしゅつ》する二大原動力なり、然《しか》れども其の別は恵王の解し得ざりしのみならず、今日の人と雖《いえど》も亦《また》解せざること多し」として、新聞に引きつけて、次のように述べる。

> 吾人は我国今日の新聞紙を見て特《こと》に『利』と『義』との誤られたること多きを認む、試みに問ふ新聞紙とは『利』のための機関なる乎《か》、将《は》た『義』の機関なる乎、新聞社自ら以て孰《いず》れなりと為《な》せりや

涙香は、この問いを「奇問」としつつ、今こそ必要な問いなのだと論を進める。涙香の論理を追っていこう。

新聞に関係している者が世間から受ける尊敬が、近ごろ軽くなっている。これは新聞自らがおのれの地位、方針、行動を低くして尊敬を毀損しているためであり、新聞は「自ら『義』の業たるを期せずして『利』の業たるに赴かんとする」からだ。

「人々皆自ら己れの為に計る所の者」が「利」である。一方、「義」は「己れの利を捨て人の利を計るが如き」をいう。今日多くの人は、新聞発行は「義挙ならずして利の為《た》めの営業」と考えているかもしれない。しかし、新聞は本来そういったものではない。

新聞紙は、充分を云へば義挙なる可し義挙ならざる可からず、縦《よ》しや不充分に観察するとも、義と利と相半ばする位のものには止まらざる可からず、全然に利のみの業となるは新聞紙の本来に負《そむ》く者なり

涙香は、後にもふれるように、新聞においても「利」の業である側面を完全に否定しているわけではない。だが、「義」と「利」が「相半ばする位」ではなく、まったく「利のみの業」になってしまっている今日の新聞は、新聞の本来の姿ではないと批判する。

新聞はさまざまなかたちで社会から優遇を受けている。新聞記者は「政府の中枢にも、一切の公の

儀式にも客分の如く一席を与へられる」し、新聞社は、鉄道、郵便、電信などで特別の優遇を受けている。これらは、新聞が「他の凡百の営業」と違う「義」の業であるからだ。

涙香は、事実報道のほかに新聞が持つ論評的な機能も「義」の点から言及する。どの新聞にも報道のほかに「言論主張の欄」がある。これは「新聞紙を作る人、胸に世を患《うれ》ひ、民を愛し、時世を慨する心ありて広く人を利せんとする義ある」からではないか、というのだ。

「義」あるいは「義挙」という言葉を使って涙香が言おうとしていることは、今日の言葉で言えば、新聞の公共的な性格にほかならない。

読者に媚びる新聞への批判

この後、涙香の長大論文は、明治以降の新聞の流れを振り返るかたちで進む。明治初期の大《おお》新聞が、「義の新聞」として称揚される。

大新聞とは主張を主とする者にして、執筆者其人、縦《よ》しや無位の宰相たらざるも胸に抱懐あり、政論あり、幾分の俗人に優《まさ》りたる人生観あり、是《これ》を吐露して世を矯《た》めんとは期したり、其人の私行と品格は必ずしも卓抜と云ふには限らざるも、新聞紙を以て世に媚《こ》びんと欲する事はなかりき

具体的な新聞記者として、成島柳北、福地源一郎、末広重恭、藤田茂吉、沼間守一を挙げて、「一頃の帝都の下に、彼等の好顔色《こうかおいろ》を恵まれずして成立し得る事業は殆《ほとん》ど無からんとする状《さま》なり」と述べる。しかし、彼らが亡くなったり、転業したり、あるいは「腐敗堕落」するに及んで、大新聞は凋

落し、世に媚びる小新聞の時代になってしまったという。ここで「腐敗堕落」という表現は、福地源一郎を指して使われているだろう。

「世に媚びる小新聞」が「義の新聞」としての大新聞を駆逐したのが今の時代であるというのが、涙香の新聞についての時代認識と言っていいだろう。しかし、先にふれたように、涙香は「利」をすべて否定するわけではない。問題は、その程度なのである。

新聞紙も一の営業なれば独立して収支の相償《あいつぐな》ふを期せんには、多少人心に投じ風潮に応ずるの手段あること誠に止むを得ずと云ふ可し、吾人は新聞紙に対して一切『利』を念頭に置く勿《なか》れとは云はず、又一切読者に『媚《こび》る』勿れとは云はず、唯《た》だ『利』を計り、読者に媚る間に於《おい》ても、其の本来の性質が『義』に在ることを遺《わする》る、勿れと謂《い》ふなり、射利一方なる商人の開業に非《あら》ずして志士仁人の業なるを記憶せよと謂ふなり

こうした立場から、涙香は「吾人は新聞紙営業者の列」にあることを自覚しつつ、「唯だ『利』を計り、読者に媚る」新聞を痛烈に批判する。具体的には、「或る者が投票を募ると称して行へる手段の如《ごと》きは詐偽の分界にまで踏入《ふみい》れる者」だというのだ。ここで「或る者」は名指しこそされていないが、『都新聞』のことであることは明らかである。

この涙香論文が書かれる三年余り前、一八九八年三月、『都新聞』は歌舞伎の子供芝居に目をつけ、

人気投票を行った。投票は新聞本紙の欄外に刷り込んだ用紙に限り、連日紙面に投票数の累計を掲載して競争心を煽った。総投票数は六五万三〇〇〇に及び、贔屓の役者を投票するために新聞を買い占める者もあって、この年の『都新聞』の年間部数は前年比三四五万四九五六部も増えた（土方正巳『都新聞史』一一四～一一五頁）。年間三〇〇日発行として、一日の発行部数は優に一万部以上も増えたことになる。『都新聞』は翌年三月の第二回投票のほか、「俳諧十傑」「素人義太夫」「芸妓投票」などを同じ手法で行った。

涙香は『都新聞』以外に、『大阪毎日新聞』も念頭にあったかもしれない。『大阪毎日新聞』は一九〇〇年（明治三三）一月、読者に大相撲の優勝力士の予想投票を募り、優勝力士に化粧回しを贈るとともに、予想的中者に懸賞品を進呈するという紙面企画を行った。続いて、「素人義太夫」や「俳優」を対象に、『都新聞』と同じ手法で人気投票も行い、部数を伸ばした。

人気投票を読者獲得の手段とする新聞以外に、「人の名誉を刦《おびや》かして口留銭《くちどめせん》を取るを以て一社の収入の一財源」にしている新聞や、「盛《さかん》に富豪を攻撃して、事業総体を之《これ》に買収せられ、今は一社の精神と方針とを、已《おの》れが攻撃したる其人の指揮に置ける」新聞などが批判される。これらを「『利』の為には範囲も程度も無き者の如くに見なす」のは当然ではないかと、涙香は言う。

断じて利の為には非ざるなり

以上のように、他の新聞の現状を強く批判する涙香だが、「そんなことを言ってもお前のところ（『萬朝報』）はどうなのだ。同じ穴のムジナではないか」という、おそらくは読者が抱くだろう疑問に答えようとする。

新聞紙として我が萬朝報の如《ごと》く多く批評されし者稀《まれ》なり、而《しこう》して其《その》批評の最も多くは悪評なりき、曰《いわ》く毒筆、曰く強迫、曰く取財、曰く嫉妬、曰く某々の機関、曰く悪徳

涙香の自己認識は、いたってクールと言うべきだろう。だが、「世間の批評」などまったく度外にしてきたのも『萬朝報』だという。どんな悪評を受けようとも、一歩も編集姿勢を変えてこなかったし、信じるところをこれからも貫くとの決意が語られる。

我《わ》れは我《わ》が信じる所あり、貫かざれば止まざらんとす、我れの信ずる所を知らざる人、群れ来《きた》りて我れを評す、我れ何の所に之を顧《かえり》みる義務あらんや、若《も》し之を顧みなば我を没するなり我れならざるに至るなり、我れは悪徳に非《あら》ず、人は我れを知らずして悪徳なりと云ふ、我れ其言を患《うれ》ひて我れ守る所を変ずれば則ち悪徳に陥《おちい》るなり

信じる道を貫かず、人にあれこれ言われたからといって、変節することこそ悪徳ではないかというわけである。

今の世の中では不幸にも正や義は大きく損なわれている。これを取り戻すためには、「戦い」が必要になる。『萬朝報』は創刊以来、この「戦い」を続けてきた。その「戦い」は次のようなものだと、涙香は言う。

朝報は何んの挙《コース》の為めに戦かはんと欲するか吾人自ら敢《あえ》て義の為《た》めと云ふが如き高崇《こうすう》の資質有るには非《あ》らず、然れども断じて利の為には非《あら》ざるなり

涙香が、この論文を書いているのは、一九〇一年六月という時点である。『萬朝報』創刊から九年近くが過ぎていた。「新聞紙の道徳」と題した、この涙香の論文は、「義」の業としての新聞の役割を前面に出し、「利」を追求する他紙を鋭く批判している。しかし、ここまで引用した部分からも分かるように、涙香は夜郎自大に理想を語っているわけではない。

創刊から九年近くが過ぎ、今や『萬朝報』は東京発行紙トップの部数を誇る押しも押される大《だい》新聞になった。しかし、この間に展開した数々のスキャンダル報道について、涙香自身に「利」を追う気持ちがあったことは自身でも否定出来なかっただろう。創刊時、涙香は三〇歳になったばかりだった。若き涙香のもとに集った同志たちによる船出は、決して前途洋々ではなかった。むろん、涙香には新聞にかける志があった。だが、潤沢な資金もなく、創刊した新聞は売れなければならなかったのである。

ここに引用した部分を、こうした文脈に置いてみると、『萬朝報』創刊以来、涙香が生涯、内面に抱え続けざるをえなかった葛藤を読み取れるように思える。新聞は売れなくてはならない。「義の為」と、かっこよく断言出来る力は自分にはない。しかし、断じて利の為ではないのだ。ここで、涙香は、創刊以来の『萬朝報』の歩みを振り返りつつ、自らを鼓舞しているのだ。

「若気の至り」を反省

もっとも四〇歳を目前にした涙香には、若く未熟だった『萬朝報』創刊時を振り返り、内心忸怩たる思いもあったに違いない。長大論文の締めくくりは、いわば「若気の至り」を反省しつつ、『萬朝報』の譲れない一線の確認である。

唯《た》だ彼《か》れ（『萬朝報』）が人の私身を抗撃したる一事は今に至りて彼れの為《い》に倣《なら》ふ新聞紙多くして頗《すこ》ぶる士君子の非難を受くと聞く

ここで、涙香が頭に浮かべているのは、『二六新報』だろう。『二六新報』は、一八九三年（明治二六）に秋山定輔が創刊し、いったん休刊となった後、一九〇〇年に復刊し、『萬朝報』のスキャンダル報道にならったかのように、「三井家攻撃」「吉原の娼妓綾衣《あやぎぬ》の自由廃業」「天狗煙草の岩谷松平《いわやまつへい》攻撃」などのキャンペーン的なスキャンダル報道で、部数を飛躍的に伸ばした。

もちろん、涙香は『二六新報』のような追随者たちと『萬朝報』とは違うことを力説する。

然《しか》れども朝報曾《か》つて『悪を憎《にく》む』『悪を除く』と云ふより以外の心を以て人を責めたること無し〔……〕有体《ありてい》に云ふ吾人は悪人に対しては極端に無慈悲《マーシレス》なり、然れども邪慳《ウヰケツト》に非ず、初《はじめ》は之を改めしめんと欲す、然れども到底其の改む可からざる迄に個結《コンファムド》したる者を見るや、唯だ之を戮《りく》するを知りて宥《ゆる》すを知らず（カタカナルビ原文）

「無慈悲」「邪慳」「個結」に英語のルビを付けているところが、いかにも涙香らしい。mercilessとwickedを使い分けているのは、悪を憎んでいるのであって、何か意図があってその人物を攻撃しているわけではないということを言いたいのだろう。「然れども」という逆接の接続詞を続けているところは、「然れども断じて利の為には非ざるなり」という先に引いた言明と呼応している。そして、「然れども」は、さらに続く。

然れども吾人豈《あ》に朝報の執《と》り来《きた》りし旨義《しぎ》の一切を挙げて悉《ことごと》く是なりと云はんや、今に到りて大《おおい》に昨非《さくひ》を覚《おぼ》ゆる箇所亦《また》無きに非《あら》ず、其の箇所とは如何《いかん》、曰《いわ》く吾人が余りに不平の人たるに過ぎたること是《こ》れなり、啻《ただ》に不平に過ぎたるのみに非ず、正直に吾人は絶望の人たりしなり

『萬朝報』が行ってきた報道の仕方がすべて正しかったとは思っていない。「大に昨非を覚ゆる箇所」、つまり、「今となってみれば、過っていたと思うこと」がないわけではない。

では、なぜ過ちは起きたのか。「朝報社同人は、皆所謂《いわゆる》年少気鋭の人、其の病《やまい》とする所は、書を読むに過ぎて、世間を知るに不足」だった。その頭でっかちで、世間知らずの若者たちは、俗世界のあまりのひどさに絶望した。そして、本で知った聖人哲人が語る理想を実現するには、まず既成のあらゆるものを破壊しなければならないと考えた。その結果、世間の悪を糾弾する『萬朝報』の論調は激しいものとなった。涙香は、今その「若気の至り」を反省する。「何の時代に於《おい》ても社会は理想の棲《す》

む所」ではないにもかかわらず、性急に理想を社会にぶつけてしまっては、理想も社会も毀損してしまうというのである。

理想に遠きが故を以て社会を破壊するは社会を理想に接近せしむる所以《ゆえん》に非《あら》ず、社会をも理想をも両《ふたつ》ながら傷《きずつ》くるに過ぎず、社会をも政治をも、社会として政治として存せしめ、恕《じょ》し得る限り其の病を恕して、而《しこう》して理想を以て之を救ふこと、看護者が病者に対するが如く成らざる可からざるを知れり、要するに吾人が精神の在る所は、終始一毫《いちごう》の変化無しと雖《いえど》も、今は聊《いささ》か実行の真の道路を見出し得んとするに近《ちかづ》きたるに似たり

理想を掲げて社会を糾弾する急進主義から社会における理想の実現に向けた漸進主義への転向とでも言ったらいいのだろうか。ここには社会改良をめざして、涙香が組織した理想団につながる考え方がはっきりと見て取れる。

内村鑑三への弁明　涙香が、理想団の創設を提唱し、積極的に社会改良の運動に乗り出すのは、「新聞紙の道徳」を書いた翌月、一九〇一年七月である。後にふれる「平和なる檄文」（七月二日）、「理想団に就て」（七月四日）など一連の文章が『萬朝報』に載る。いずれも「黒岩周六述」ないしは「周六」の署名で書かれた。

相馬事件報道、「淫祠蓮門教会」の後も、スキャンダル化の手法を駆使した『萬朝報』のキャンペ

ーン的な報道は続いた。長期にわたったものでは、一八九六年（明治二九）一二月二日から翌年四月二九日まで四五回連載された「大谷派本願寺の醜態」、一八九七年（明治三〇）四月三〇日から六月四日まで三一回連載された「大石正巳姦通事件」（大石は当時、農商務次官、後に農商務大臣）がある。先に『萬朝報』のスキャンダル報道の「完成型」と呼んだ「蓄妾の実例」の後も、「私生児の父」という連載を一八九九年（明治三二）五月六日から六月八日まで三一回連載している。これは「蓄妾の実例」の反響に気をよくしたのか、二匹目のドジョウを狙った企画である。婚外子を持つ男女を実名で伝えたものである。

こうしたスキャンダル報道の内容と理想団の呼びかけの間には懸隔がある。涙香が「若気の至り」を反省的に語る所以でもある。しかし、その一方で、先の引用にあるように、「吾人が精神の在る所は、終始一毫の変化無し」と述べる。「吾人が精神の在る所」は、「断じて利の為には非ざるなり」という言明につながることは言うまでもない。

こうした涙香の確信を物語るエピソードとして、内村鑑三とのやりとりを紹介しておこう。涙香自身が次のように回顧している。

曾《かつ》て内村鑑三君の入社せられた時に、朝報は人身攻撃するから不可《いけ》ないと云ふことに就いて、議論がありました。其時私は答へて、誠に御説の通りですが、是れだけは許して貰《もら》ひたい、自分よりも正しくない事を為《す》る人があつたならば、之を黙許して置くのは社会全体の不幸であるから、之を攻撃し責めるのは当然である。自分に一点の疚《やま》しい所なくして他人の過《あやまち》を責めるは、自分の権利であると思つて居りますと云つたのでありました。斯《こう》して私は正しいと思つた事を実行したばかりで、何も故意に人を傷《きずつ》けようと為《す》るやうな考へは勿論無かつたのである。

（「余が新聞に志した動機　六、誤解された朝報」涙香会編『黒岩涙香』一五頁）

この回顧は、一九一九年（大正八）一月に刊行された涙香の著作『社会と人生』に収録されたものだが、『黒岩涙香』に、一九〇五年（明治三八）二月一日と執筆時期が記されている（初出は不明）。一九〇五年二月と言えば、涙香は四三歳である。しかし、「断じて利の為には非ざるなり」の確信はゆるぎない。もっとも、この一文は「併《しか》しその後私も自分の友人に忠告するの外は、他人を責める権利は無いと考へて、近来は人身攻撃に渉《わた》ることは止めるやうと、明瞭に社員へ言い渡したのでありますす」と結ばれている。「間違ってはいなかった。しかし……」という複雑な思いが、初老に達した涙香の心の中にやはりあったのだろう。

間奏2　趣味人・涙香の周辺

涙香にとっての趣味と娯楽

『萬朝報』は、創刊一周年を機に、一八九三年（明治二六）一一月四日から一面右肩の『萬朝報』という題字の上に「新聞紙中の新聞紙」と謳った（口絵参照）。相馬事件報道などで部数が飛躍的に伸びた自信と自負がうかがえる。翌年にはこれがなくなって「毎日相場付録あり」と変わる。「自慢」するより、具体的に紙面の売りを前面に出す方向になったのだろう。そのうちこれも消えて、シンプルに題字だけの時期が続いていたのだが、一九〇〇年（明治三三）二月三日から「趣味と実益との無尽蔵」を、一八九八年（明治三一）六月二八日からスタートしていた「永世無休暇」とともに題字に謳った（口絵参照）。

これは『萬朝報』の編集方針の全面的転換と言うよりも、実際にすでにさまざまなかたちで紙面に掲載されている「趣味」ないし「実益」的な記事を改めて「売り物」にする意図が強かっただろう。他紙との差別化の戦略である。

もっとも一八九四年（明治二七）八月、日清戦争が始まるとともに特派員を積極的に送るなど、「報道新聞」としての方向に舵を切っていたことを考えると、全面的とは言えないまでも「趣味」と「実益」の強調は、編集の力点の変化をうかがわせる。

涙香について語る人が例外なく指摘しているように、涙香は多趣味の人だった。娯楽に対しても貪欲だった。この〈間奏2〉は、そうした趣味人・涙香が対象である。

だが、『萬朝報』の題字に「趣味と実益との無尽蔵」と謳ったことが示しているように、涙香にとっての趣味や娯楽は単なる「遊び」ではなかった。むろん、「遊び」として涙香本人が楽しんだことはもちろんだが、涙香は自ら実践しつつ、良質な趣味と娯楽を大衆に提供したいと考えていたのである。趣味人・涙香は新聞人・涙香と不可分と言わなくてはならない。しかし、新聞人・涙香の生涯を描きつつ、そこに趣味人・涙香の軌跡を織り込むことはなかなかに難しい。新聞人・涙香と重なる部分が多いことに留意しつつ、「人間涙香」の全体を描くという本書の意図に沿って、この〈間奏2〉では、趣味人・涙香に光を当てたい。

玉突は「文明交際の一具」

涙香が若いころ、花札遊びにのめり込んでいたことは前にふれた。「遊び」といっても賭博性の高いものだった。涙香にとっては、茶屋の借金を帳消しにするという実用的な意味もあった。それほど強かったわけだ。何にせよ、勝負ごとが大好きだった涙香の性格については多くの人が証言しているが、涙香は単に「大好き」だっただけでなく、どのような勝負ごとでも勝つための「研究」に熱心だった。

玉突の競技会
(『萬朝報』1895年1月19日)

ビリヤードにも一時期、熱中した。ビリヤードの起源については諸説あるようだが、日本には幕末、開国とともに新しい娯楽として伝わった。ただし普及したのはずっと後で、明治一〇年代後半である。撞球《どうきゅう》という呼称もあるが、玉突《たまつき》が現代に至るまで一般的だろう。

涙香が玉突を始めたのは、一八九三年(明治二六)後半だった。『萬朝報』が相馬事件報道で繰り返し発行停止となり、時間を持て余していたころである。『萬朝報』の記者だった三木愛花《みきあいか》が当時を回想している(「黒岩先生と球突」涙香会編『黒岩涙香』六六七～六六九頁)。

三木が数寄屋橋に玉突場にしばしば行っていることを知った涙香が、「自分も閑暇《ひま》だから一つ稽古して見やうと云ふので」、三木が案内したという。当時、涙香は京橋区元数寄屋橋(現在の中央区銀座五丁目)に住んでいた。三木が行く玉突場には近く、涙香は新しく覚えたこのゲームが気に入って毎日出かけるようになった。「先生(涙香)は非常に熱心に研究的にお遣りになつたので、ズン〳〵手腕が上達いたしまして、程なく一人前となりました」という。一年ほどで、すでに数年もやっている人に追いついたというから、生来の負けず嫌いの性格を発揮したのだろう。

涙香の趣味はいつの場合も個人的なレベルでとどまることはない。玉突も同様で、三木は「元来先生は競技上に趣味を持ち、自から之を研究するばかりでなく、其鼓吹《こすい》に尽力なさるのであります」と書いている。毎月順番に各玉突場を会場にして競技会を開き、涙香はその費用や賞品の援助をした。競技会のもようは『萬朝報』の紙面に掲載された。

玉突について、涙香は、次のようにその効用を語っていたという。

> 球突はその戯たるやきわめて穏やかに目を使い、手を使い、足を使い、心を使い、身体総体に適当の運動を与える。重学《じゅうがく》、幾何学の原理を応用したるものにして覚え易く、また楽み易く、費用もきわめて安くて、その中に清潔なる無量の楽しみあり、真に文明的交際の一具たるものなり

これは、高橋康雄が「近頃の周六の球突談の口癖がこのセリフ」として著書に記しているものである（『物語・萬朝報』一〇二頁）。著者が記していない出典を、残念ながら見出していない。しかし、いかにも涙香の言いそうなセリフである。「文明交際の一具」という表現は、自分の趣味を自分だけのものにせず、「鼓吹に尽力」した涙香らしい。

競技かるたの普及に尽力

玉突は明治後期から大正、昭和と時代が下るに従い、東京をはじめとする都市社会で相当に普及した。涙香も預かって力があったことは間違いないが、この競技そのものの魅力も大きかっただろう。涙香の尽力が普及に役立ったという意味では、競技としての百人一首がある。

藤原定家が選んだとされる「小倉《おぐら》百人一首」は、近世以後、単に「百人一首」、あるいは「歌かるた」や「かるた」と呼ばれ、広く遊戯として行われるようになった。明治以降は各種の会も生まれた。しかし、競技方法が各会でまちまちだったこともあって、一般には「お正月の遊び」と受け取られていた。

涙香は少年時代、家で歌かるた遊びを覚え、一時期熱中した。生来の負けず嫌いと旺盛な記憶力でたちまちひとかどの取り手になった。しかし、その後は機会がないまま忘れていたところ、『かるた必勝法』という本を刊行した玉突仲間の友人から、その本を寄贈された。これを一読した涙香の中で昔の思い出がよみがえり、かるた熱が再燃した（小日向梅軒「黒岩先生と歌留多」涙香会編『黒岩涙香』七一四〜七一五頁）。一九〇四年（明治三七）一月のころだったという。

ここでも、涙香は自分の娯楽とすることだけにとどめておかなかった。同年二月には、東京かるた会を組織し、二月一一日の『萬朝報』に、かるた会開催の広告を掲載した。

小倉百人一首　かるた会　会費三十銭晩餐呈弁当

本日、日本橋萬町常盤木倶楽部に開く、正午開場、一時開会、同好の方々男女御誘い合され御来場被下度候《くだされたくそうろう》

当日朝報社遊戯部の考案になる新式の最も公平なる歌留多を用ひ秀者には金牌其他の商品を賜《たまわ》り候（時刻に後《おく》れて来会さる、方は或いは加入致し難きやも計り難きに付き成る可く早刻に御出《おいで》下され度候《たくそうろう》）

東京かるた会　発起人　謹言

「朝報社遊戯部の考案になる新式の最も公平なる歌留多」というのは、下の句（取り札）をすべて平仮名の同じ活字を用いて印刷したものだった。従来の百人一首は色紙模様の上に草書で書かれていて、読みなれていない人には不利だった。朝報社遊戯部考案のこの百人一首は「標準かるた」と呼ばれることになる。東京かるた会は、現在でもほぼ踏襲されている競技規定も作った。その第一条は「競技は二人相対して行ふ者とし各自の持札は廿五枚を定数とす」などと定めている。「標準かるた」と統一ルールによって、競技かるたは普及することになった。

この日のかるた会の模様は、二月一三日の『萬朝報』に掲載された。それによると、東京府下の小倉会、紅葉会、千代田会などをはじめ、横須賀、静岡の会からも加わり、参加者は約一〇〇人。小倉会の高田信二という人物が優勝している。

東京かるた会会長として涙香は会の冒頭、次のような挨拶をした。

歌がるたが昔から我国で行はるゝ最も優美なる社交的遊技である事、此遊技の特長は脳力を機敏に働かせ注意力を増進される等にあれば大に之を奨励する

例によって何ごとにも研究熱心な涙香は、一九〇五年（明治三八）一月一日の『萬朝報』に「小倉

百人一首かるた早取秘伝」と題した三ページにわたる講話を載せた。

五目並べを連珠と名づける

勝負ごとが好きな涙香は、将棋や囲碁も当然、それなりの腕だったようだ。だが、この手の勝負ごとで文字通り入れ込んだのは、五目並べだった。

五目並べは、二人の対局者が囲碁の白と黒の碁石を交互に打ち、最初に直線状に自分の石を五つ並べた方が勝つゲームである。日本で一八世紀ごろ行われていたようだが、明治以降、簡単に出来る遊技として広く普及した。

涙香と五目並べの関わりや連珠と命名したいきさつ、さらに東京連珠社の創設などについては、内田更石《こうせき》という人が「連珠の創設者」という詳細な文章を書いている（涙香会編『黒岩涙香』六七〇〜六九七頁）。

『萬朝報』創刊メンバーで、涙香と長い交流のあった曽我部一紅が五目並べの巧者だった。涙香は曽我部とたびたび碁盤を囲むことがあったが、いつも負けていたという。負けず嫌いの涙香は、先手必勝の方法を探究するが、なかなか見つからなかった。一八九八年ごろ、先手必勝法を発明したという高橋清致《せいち》を知り、高橋の必勝法を『萬朝報』に連載する。五目並べという名称が「俗にして軽侮せられ易き遺憾」とした涙香は、連珠（聯珠）とすることにして、一八九九年（明治三二）二月六日の『萬朝報』に発表した。名称改定の経緯を述べた後、記事は連珠が優れた遊戯であることを、次のように述べる。

殊《こと》にこの遊戯の特質は最も文明の社会に適するに在り、之を闘はすに、囲碁の如く長時間を要せず、脳を労すること比較的に激甚ならず、費用を要する少《すくな》く、不潔の之に伴ふこと無し、陰気ならず騒しからず、蓋《けだ》し遊技中の最も経済、最も健全、最も清潔、最も淡泊なる者の一《ひとつ》なる可し、事務に益《ますま》す多忙なる文明の社会に、広く一般の社交的遊技と為《な》すに適する者恐らくは之に優《まさ》るものは無けん

「文明の社会」における「社交的遊技」が強調されている。この点は、玉突や歌かるたと同様である。さらに、手ほどきを受ければ、「婦女子と雖《いえど》も容易に解する」と述べ「澹然《たんぜん》無味の裏に津々《しんしん》の味あり、咀嚼《かみしめ》て愈《いよい》よ旨《うま》きこと米の飯にも喩《たと》ふ可きならん」と効用を説く。

新しい名前まで考案した涙香は、いよいよ連珠の普及に力を入れる。一九〇一年五月には、高橋清致が『連珠真理』を刊行する。高橋が「潜思熟考一年有余の日子を費《つい》やして漸《よう》やく成案する処」に至ったという「先手必勝法」の解説書である。連珠がいかなるものか、その効用などについてもくわしく書かれている。

一九〇四年一月、東京連珠社を興す。当初、高橋清致が社長を務めたが、一九一〇年（明治四三）一月からは涙香自身が社長に就任した。規定の第一条では「本社は連珠の発達を期せんが為めに斯技《このわざ》を世界的に鼓吹するを以《もっ》て目的とす」と謳った。黒岩が東京連珠社社長になったと同時に、月刊誌『連珠新報』が発行された。発行元は連珠新報社となっているが、涙香の後援によるものである。そ

の第一号に「高山互楽」名の「序」が載った。「願《ねがわ》くは連珠新報をば連珠の趣味を広め連珠の実況を伝へる機関であると同時に連珠を研究する機関であると心得て貰《もら》ひ度《た》い」と述べるその人は、涙香にほかならない。高山互楽は、涙香の連珠号なのである。高山互楽は後に連珠名人に推戴される。

花札、玉突、連珠（五目並べ）は、いずれも本人が敵と闘う競技である。勝負ごとが好きで、負けず嫌いの涙香が大いに入れ込んだのはよく分かる。しかし、涙香は自分自身が勝負するものではなくとも、「勝負」あるいは「闘い」には夢中になる人だったようだ。その対象になった中でも、特に相撲（当時は角力《すもう》と書かれることが多かった）が、ある時期、涙香の闘争心を湧きたたせる対象だった。

小兵力士の荒岩を後援

明治維新後、文明開化の風潮の中、裸体をさらす相撲は「野蛮」として攻撃され、一時期は存続も危ぶまれたが、やがて古い伝統を持つ格技として認められ、東京、大阪を中心に興行が行われた。当時、ほとんど唯一のプロスポーツだったから、一般大衆の人気は高かった。

三木愛花の回顧（「黒岩先生と角力」涙香会編『黒岩涙香』六五八〜六六七頁）によると、涙香が最初に贔屓《ひいき》にした力士は、東京相撲の大戸平《おおとひら》だった。一八九三年ごろというから、『萬朝報』創刊間もない時期で「本業」で忙しかったに違いないのだが、そんなときでも涙香は趣味や娯楽を楽しむことを忘れなかったのである。相撲の記事を自分で書いたこともあるようだ。

当時、東京の相撲界では高砂一門が圧倒的な力を持っていた。大戸平は反主流の尾車《おぐるま》部屋の所属で、高砂一門の横暴に対して紛擾が起きた際には、先頭に立って改革を訴えた。そうしたこともあっ

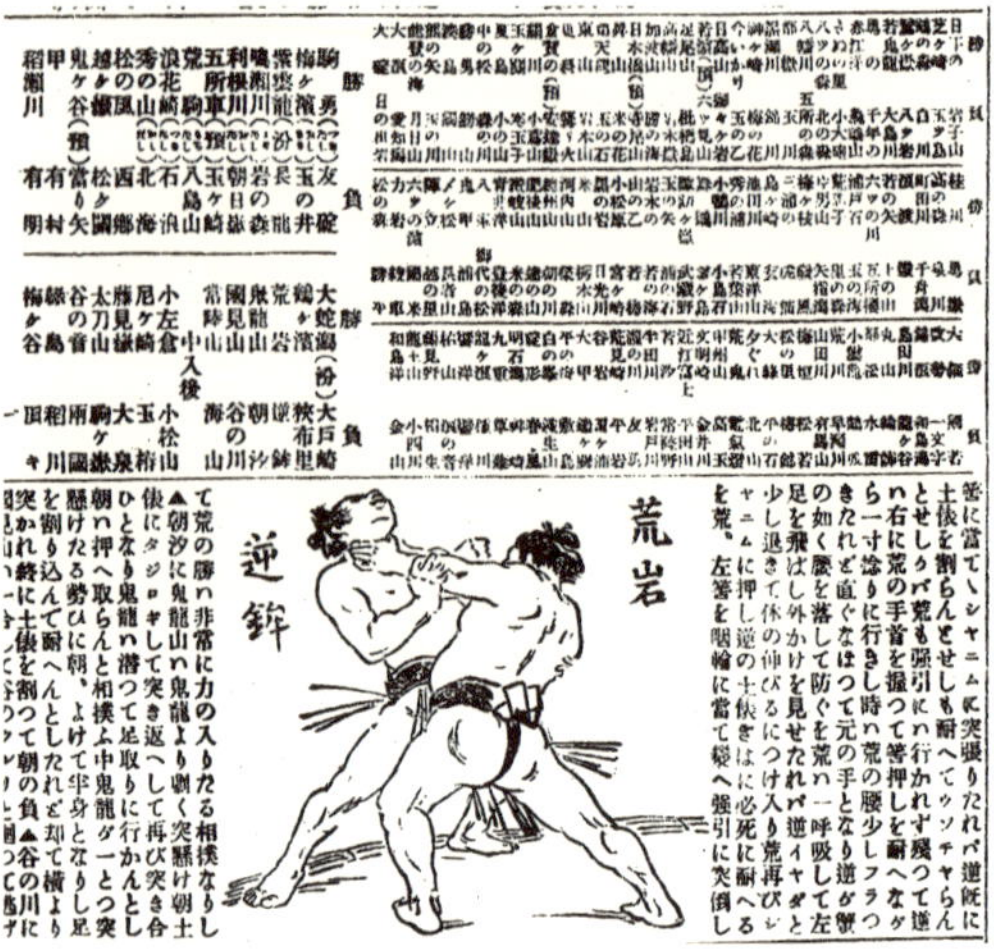

『萬朝報』の相撲紙面（1904年１月19日）

て、涙香は大戸平が気に入ったのだろう。大戸平は西大関まで昇進したが、健康を害して陥落、一八九九年に引退した。引退後、親方として尾車部屋を継いだ。

その後、涙香は同じ尾車部屋の荒岩《あらいわ》を贔屓にした。小兵ながら腕力、足腰が強く、動きが敏捷だったという。一九〇五年五月場所で小結から関脇を飛び越して大関に昇進した。しかし、その後は持病のリウマチが悪化し、横綱にはなれないまま、一九〇九年（明治四二）一月場所で引退し、親方花籠となった。

当時の相撲界は常陸山と梅ケ谷（二代目）両横綱が君臨していたが、荒岩は常陸山を破る金星を挙げたことがあり、このとき観戦していた涙香の喜びようは長く語り草になるほどだった。場所後、荒岩や親方の尾車らを料亭に招待して開いた祝宴には、贔屓筋やほかの力士たちも多く参加して大宴会になった。最後にみんなで輪になって万歳を叫んだことから、その後、この会は「万歳会」と称して、各場所の初日と千秋楽に集まり、全勝優勝した力士に化粧回しを贈るようになった。贈られた力士は、荒岩以外に常陸山、梅ケ谷らもいる。むろん涙香が主宰者だった。

相撲の記事は当然、『萬朝報』にくわしく載った。本場所となると、挿絵も入って取り組みのもようの解説も付く。基本的に四ページしかない『萬朝報』の中で、三面の半分近くを埋めている。

万歳会は荒岩の引退で自然に解散となったが、涙香は荒岩が所属した尾車部屋と花籠部屋を後援する尾車会を主宰し、二つの部屋の幕内入りや三役入りした力士に化粧回しを贈り、勝ち越した力士に賞金を与えるなどの後援を続けた。

先に〈間奏１　涙香をめぐる女性たち〉で、『東京エコー』の記事にふれた。一九〇八年（明治四二）一〇月発行の第二号「理想的な離縁をなせし黒岩周六氏と真砂子」という見出しの記事に荒岩が登場している。荒岩は後援者の涙香の家にしばしば出入りし、一緒に花札遊びなどをしていたが、そのうちに涙香の先妻真砂子と懇意になり、ついには二人で待合や料亭に入り浸る関係になったというのである。むろん真偽は不明だが、涙香の相撲好きに絡んだ話として、記しておく。

なお、涙香の相撲との関係で、一九〇九年六月に開館した国技館の命名者を涙香と推測する文献がいくつかあるが、これは間違いである。新築される常設館の名は当初、板垣退助が提案した「尚武館」が有力だったが、作家の江見水蔭が書いた披露文に「相撲は日本の国技なり」という言葉があったことから、最終的に国技館となった。涙香はからんでいない。

闘犬禁止令に反対の陳述書

闘犬とは文字通り、犬同士を闘わせる競技である。涙香の生地高知では古くから闘犬が盛んだったから、涙香も当然、闘犬の存在については知っていただろう。だが、実際に闘犬に親しむようになったのは、ずっと後のことのようだ。

小野鍾山《しょうざん》「愛犬家としての涙香先生」（涙香会編『黒岩涙香』六四七～六四八頁）によると、小野は、涙香仲間と一九一一年（明治四四）春、闘犬倶楽部を組織した際、『萬朝報』の記者から取材を受け、涙香を紹介された。「爾来《じらい》（闘犬倶楽部の）開会毎に、先生（涙香）は熱心な参観者として来会され、闘犬に就ての仔細の研究を遂げられ、忽《たちま》ちにして斯界《しかい》の通人となられた」という。何ごとであれ、涙香は入れ込むと研究に励むのである。そのうち太刀山号を手に入れ、養育した。「東西に敵なき」名犬という。

多くの敵と言論で闘ってきた涙香は、闘犬の犬たちに自分を重ね合わせることがあったかもしれない。小野は「思ふに先生の徹頭徹尾、何事でも成し遂げずには置かぬ、不撓不屈《ふとうふくつ》の精神と、堂々乎《どうどうこ》として奮闘し、毫《ごう》も卑怯未練なき行動とが、宛《あたか》も闘犬の勇敢なる気分と其男性的なる闘技とに、能《よ》く迎合したものと思はれる」と書いている。

涙香の太刀山号の活躍ぶりは分からないが、太刀山号の名前は涙香が付けたのかもしれない。太刀山は、涙香が贔屓にした荒岩が引退した後、大関、横綱に昇進し、名力士と謳われた。

一九一六年（大正五）七月、警視庁が闘犬を禁止した警視庁令を布達した際、涙香は長文の陳述書を書いて警視総監に提出した。この警視庁令は、闘犬を闘鶏、闘牛とともに禁止したもので、涙香は闘犬愛好家として闘犬の一律禁止を緩和することを求めた。「闘犬の性質」から説き起こし、「闘犬の実行は惨酷に非ず」「闘犬の目的」「闘犬は博奕に非ず」「趣味は導く可し禁ず可からず」「闘犬の趣味は健全なり」など一一項目にわたって、「闘犬擁護」の熱弁を揮っている（陳述書は、涙香会編『黒岩涙香』六四九〜六五七頁に収録されている）。

まず、「今の闘犬方法は、残忍なる闘犬方法とは同じからず」として、少しでも悲鳴を発する場合、尾を垂れたる場合、怒声以外の哮声《ほえごえ》を達したる場合などに勝負を決めるのであって、「実際惨酷なるまで闘はしむることは殆《ほと》んど無之候《これなくそうろう》」と弁じている。

陳述のうち、涙香の「趣味論」とでも言うべき部分が興味深い。

人間が何《いず》れの場合にも趣味を趁《お》ひて趨《はし》ることを免《まぬが》れざる以上は、趣味を禁じることは難《かた》く、成る可く悪趣味を良趣味に、不健全なる趣味を健全なる趣味に善導するが社会全部を健全にする手段なる可く候

趣味を持って生きるのが人間である。悪趣味を良趣味に善導することが社会全体を健全にする手段なのだという。趣味を単に個人の問題にとどめずに社会全体の健全さとつなげているところが涙香らしい。むろん、闘犬は良趣味なのである。

大論陣を張りながら、涙香が具体的に求めるのは、禁止令第一条に「但、闘犬の飼主等公衆の目に触れざる地域に於て相当の比較品評を行ふは此限に非ず」という文言を付加することである。趣味・娯楽として闘犬が決して一般人向けでないことは涙香もよく分かっていたのである。

勝負ごとだけが涙香の趣味だったわけではなく、ほかにも趣味はいろいろあったが、『萬朝報』との関係で言えば、正調俚謡《りよう》の創始を特筆しておくべきだろう。

平民詩としての「正調俚謡」

一九〇四年一一月二八日、二月に始まった日露戦争が熾烈さを増していく中、『萬朝報』に「正調の俚謡を募る」という記事が載った。署名はないが、涙香が書いたものである。正調俚謡とは、何か。

> 昔より日本に三大詩形あり、其一は五七五七七の三十一文字式なり、之を和歌と云ふ、その二は五七五の十七文字式なり、之を俳句と云ふ、其三は七七七五の二十六文字式なり、之を関東にては『ドヽ一《いつ》』と云ひ関西にては『ヨシ此《この》』と云ふ、猶《な》ほ各地各様の称呼あるべし、其何の意たるを知らざるも、要するに日本に固有なる、且つ最も普及せる俚謡なり

ここで涙香が「ドヽ一」と表記しているが、「都々逸《どどいつ》」と書くのがふつうである。都々逸の起源には諸説あるようだが、江戸時代には寄席芸やお座敷芸として普及し、庶民も楽しんだ。涙香は『萬朝報』でも和歌・俳句から狂歌、狂句、謎々、語呂合わせまで、読者の投稿を掲載してきたが、都々逸を載せることはなかった。涙香は、その理由を次のように説明する。

> 何故に『ドヽ一』は斯《かく》の如く貶《おとしめ》せらるゝや、他無し、近来其の調《しらべ》の堕落して単に遊女冶郎《やろう》の心意気を述ぶるか、然《しか》らざるも卑猥《ひわい》取るに足らざる如きに至ればなり

しかし、都々逸は本来貶められるべきものではない、と涙香は言う。以下では涙香は「ドヽ一」に変えて「俚謡」という言葉を使う。「俚謡」の「俚」は、都に対して田舎を意味する。俚謡は、里歌、現代的に言えば民謡ということになろうが、涙香が含意しているのは、広く民衆が生活の中で作る歌謡といったところだろう。

> 然れども俚謡の本来は斯《かく》の如き者に非ず、俚謡は平民詩なり、以て民俗を知る可く、時代と社会との風尚を察す可し、孔子の選したる詩三百、経典として三千載に垂《なんなんた》るゝも実は当時の俚謡のみ、〔……〕近く我が潮来節《いたこぶし》に至るも猶ほ聞く可きものあり、其以前は和歌の優美と俳句の簡雅との外に大和民族の勇邁なる気風より出でて或は天地の美を詠じ、或は人情の妙を謳《うた》ひ、聞く者をして一唱三嘆せしむるも有りき

「大和民族の勇邁なる気風」のあたりには、日露戦争下という時代状況を反映している感じがして、割り引いて読んだ方がいい。「俚謡は平民詩なり」という断言にこそ涙香が寄席芸やお座敷芸として貶められている都々逸を復権する意図が込められている。涙香の目は、ここでも「普通一般の多数民人」に向けられていたのである。そして、涙香が強調したいのは、俚謡の「ウタフ（謡う）」の要素だった。

> 『ウタ』と云ふ者の本来は発声して『ウタフ』に在り、俳句は短くして謡《うた》ふに便ならず、和歌は特別の作曲を要す（『君が代』の如く）独り俚謡は各地到る処に古来謡ひ来《きた》れる種々の曲あり、〔……〕是《こ》れ大《おおい》に『ウタ』の本旨を得たる者に非ずや

以上のように説き、『萬朝報』は「『正調俚謡』と題して二十六字式の『ウタ』を募る」と告知する。作歌をはがきで投稿してもらい、選者が掲載に値すると判断したものは紙面に掲載し、賞金一円を与えるというのである。

湯朝竹山人《ゆあさちくさんじん》の「俚謡正調備忘録」（涙香会編『黒岩涙香』七二四〜七五〇頁）は、涙香と正調俚謡の関わりを詳細に伝える文献である。投稿のはがきは日々山のように届いたが、当初は涙香が一人で選に当たったという。入選歌は「俚謡正調」欄に掲載した。

一九〇五年四月には、入選作品などを収録した『俚謡正調』第一集、同年夏には第二集、一九〇七年（明治四〇）四月には第三集が刊行された。単行本は三集で終わったが、『萬朝報』の「俚謡正調」欄は長く続く。竹山人は涙香の後、「俚謡正調」欄の選者をした。

涙香自身も「初代正調庵」を名乗り、多くの句を作った。二度目の妻になるすがに送った都々逸の恋文のことは前に書いた。辞世の句として残った都々逸も後に紹介する。

都々逸を「平民詩」として捉えなおし、その「正調」化と普及に努めた涙香の仕事は、涙香にとって趣味がいかなるものであったかを教えてくれる。涙香に親炙《しんしゃ》した渡邊貴知郎が「一代の偉傑」と題

した一文で、涙香は「私は無意味な事が大嫌ひです」と常日ごろ口にしていたと証言している（涙香会編『黒岩涙香』八六九頁）。涙香にとって、いかなる趣味も無意味ではなく、民衆を健全に導くためのものであり、それを自ら実践したのである。

第七章　栄光の『萬朝報』

1　日清戦争前後

時間を少しさかのぼる。一八九四年（明治二七）七月、『萬朝報』紙面では、教祖の島村みつを教長の地位から引きずり下ろすという「成果」を挙げながら、「淫祠蓮門教会」の連載がまだ続いていた。しかし、世の中の関心は、一触即発の状況の日本と清国（中国）との関係に集まっていた。

主戦論を後押し

間もなく火を噴く日清戦争は、一言で言えば、朝鮮の「支配権」をめぐる日本と清国との間の戦いだった。清国は、伝統的に朝鮮を「属国」視してきた。一方、明治維新後、国際社会に参入した日本は、一八七五年（明治八）の江華島事件を機に翌年、朝鮮との間に日朝修好条規を締結した。この条約は日本が欧米諸国との間で結んだ条約と同じ不平等性を朝鮮に押しつけたものではあったが、朝鮮を「独立国」として国際社会に引き込むものであり、朝鮮における日本の影響力が大きくなった。当然、日清間に緊張が生じた。

日本国内では、清国との戦いも辞さずという主戦論と極力開戦は避け、平和的解決をめざすという妥協論が対立していた。新聞の多くは、強硬な論調で主戦論の後押しをした。『萬朝報』も例外ではなかった。

一八九四年（明治二七）七月一日の『萬朝報』に「戦《たたか》はざる可からず戦はざる可からず」と同じ言葉を繰り返した見出しを付けた社説が載った。「嗚呼《ああ》戦ふこと能《あた》はずんば国権何を以て張らんや国威何を以て揚《あが》らんや」と勇ましい。「維新の大方針は開国進取に在り」として、今こそこの国是を発揮するときだと開戦への旗を振っている。

しかし、直ぐにも開戦と思われた状況はこの社説が載った後、日清両国の協力で朝鮮の近代化に当たるなどを内容とするイギリスの調停案を日本が受け入れたことで、いくぶん沈静化する。しかし、清国が朝鮮からの撤兵を拒否したことからふたたび一触即発の状況になる。『萬朝報』はそうした事態を受けて、七月一五日、「戦ふか戦はざるか」という社説を載せた。

仲裁の申込《もうしこみ》清国に拒絶せられて、列国全く局外に立つ事と為《な》りたるが為《た》めに、日清の局面は唯《た》だ日清両国のみの単身角闘《シングルコムバツト》にて決する事となりたり（カタカナルビ原文）

七月一日の社説同様、今回も署名はない。「シングルコムバツト」といったルビを付しているあたりは涙香の筆を思わせる。見出しは「開戦か否か」の選択を求めているのだが、それを決するのは、清国の出方によるという。

戦ふと戦はざると決するは我が当事者の心に在らず一に清国の心に在りと、我が当事者は清国が朝鮮の独立を妨《さまた》げたるの罪を問ふに意なし、唯《た》だ独力を以て朝鮮に改革を施《ほどこ》すの上に就《つ》き今後清国が我《わ》れを妨ぐるの如《ごと》き事あらば即ち戦ふ可く、清国が黙々として唯だ我れが為《な》す所を傍観するに止まらば則ち戦はざる可しと也

ここで言われる「朝鮮の独立」は、日本政府が掲げていた大義名分だが、その後の日本による「韓国併合」の事実を重ねれば、いわばタテマエだったことは明らかである。しかし、『萬朝報』だけでなく、新聞ジャーナリズムがこぞって日清開戦の旗を振ったのは、この時期、このタテマエにそれなりのリアリティーがあったからでもあろう。

この社説で興味深いのは、財政（カネ）を開戦の理由にしているところである。すでに多くの軍隊を派遣して相当の戦費を使っている。このまま清国の戦略に乗って「遷延《せんえん》」してしまうと、財政上の破綻をきたしかねない。戦いに勝てば、償金を得られる。「戦はば我れ勝つ見込みあり戦はずして止まば財政上の敗軍は必定《ひつじょう》」だという論理は、いかにも「普通一般の多数民人」を相手にする『萬朝

報』らしいというべきか。

特派員派遣競争に参入する

日清戦争は、近代日本が経験する最初の対外戦争だった。当然、新聞もこれまでになかった試みを行うことになった。戦争の現地に記者を特派する戦況報道である。多くの従軍記者たちが戦いの現場である朝鮮に渡った。

戦争の現場へ赴いた記者という意味では、一八七五年の台湾出兵の際の『東京日日新聞』の岸田吟《ぎん》香《こう》や、一八七七年（明治一〇）の西南戦争の際の同じく『東京日日新聞』の福地源一郎らの先例がある。しかし、日清戦争は国と国とが戦う戦争であり、新聞の普及度も大きく違う。各新聞が争って特派員を派遣したのは当然だった。

一八九四年六月七日の『時事新報』によると、同紙の高見亀が、五日、海軍陸戦隊七〇人らを乗せて朝鮮の仁川に向かう巡洋艦八重山に便乗している。六月中旬になると、朝鮮に向かう記者は一気に増える。名古屋の『扶桑新聞』の鈴木経勲《けいくん》は、神戸港から日本郵船の肥後丸に乗船し、一七日に釜山着、二一日、仁川に着く。肥後丸には各紙の特派員二三人が乗船していたという（大谷正『日清戦争』一五七頁）。

この時期、『萬朝報』はまだ特派員を送っていなかったようだ。七月二三日、日本が朝鮮王宮を攻撃して占拠、実質的に戦争が始まる。二五日には日本艦隊と清国艦隊が朝鮮西海岸の豊島《ブンド》沖で交戦する。八月七日、開戦の詔勅が出された。この詔勅が載った八月九日の『萬朝報』一面には、この詔勅の次に、大きな活字で「朝鮮特報（八月二日発）」「仁川に於て萬朝報特派員山本秀樹」と掲げた記事

萬朝報

毎日相場附録あり

萬朝報特派員

我社が探訪に勉むるは世既に定評あり、日清事件の爲め已に特派したる社員左の如し

大勢觀察　山本秀樹

海戰視察　河島直方

極北從軍　渡邊久太郎

目下山本は朝鮮に在り京城より平壤に向へり、河島は機を待ちて馬關に在り、機敏なる運動中なり、渡邊は既に出發して朝鮮への途中に在り此他内國各地の要所要害に出沒して慘憺の勞を親くせる者數人あり、我社の此擧は彼の一名の社員をも特派せずして何々生など云へる無責任の號を作り特派員らしく見せ掛くる二三新聞の窮策又は數社兼帶にて出せる申譯的の特派員と同一視す可からざるは紙上に現はるゝ實績に徵して明かなり

既に永久の勝利を得るの決心を以て兵を構ふ、此決心を貫かんと欲せば必らずや之に應ずるの手段なかるべからず、夫の軍費軍略の事は姑く之を當局者に一任せん、吾人は一般國民が其今日の熱心を冷さゞるの一事を以て永久の勝利を占むるの大手段なりとせん、夫れ事物に感じ易ふして而かも直に之を忘れ易きは實に我邦人の特性たり、初め淸國が我邦に不禮を加ふるに方り、我邦人は如何に激昂したりしよ、或は口に或は筆に、力を極て征淸を政府に勸告し、宣戰の令一たび下るに及んでや、上は縉紳より下は賤夫に至る迄義勇奉公の念、鬱然として益々勃興し、今や國を擧て殆ど將に之に狂せんとするの狀態あり、吾人は國家の爲に大に此熱心を喜ばずんばあらず、然と雖も試みに將來を考一考せよ、此熱心は果して永久に繼續すべきや否や、淸を亡すは實に

特派員の派遣（1894年８月25日）

が続いている。「大々日本帝国万歳」の見出しで、七月二六日以降、北進する陸軍に従い、「第一陸戦の大勝利」を伝えたものである。

八月二五日の一面トップに「萬朝報特派員」の大活字で、「我社が探訪に勉《つと》むるは世既に定評あり、日清事件の為め已《すで》に特派したる社員左の如し」として、山本秀樹、河島直方、渡邊久太郎の三人の名前を、これも大きな活字で並べている。その後の記事には「目下山本は朝鮮に在り京城より平壌に向《むか》へり、河島は機を待ちて馬関に在り、機敏なる運動中なり、渡邊は既に出発して朝鮮への途中に在り」とある。この段階では、実際に朝鮮で従軍しているのは、山本一人であることが分かる。

記事は、最後に「我社のこの挙は彼《か》の一名も特派せずして何々生などと云へる無責任の号を作り特派員らしく見せ掛《か》くる二三新聞の窮策又は数社兼帯にて出《いだ》せる申訳的特派員と同一視す可からずは紙上に現はるゝ実績に徴《ちょう》して明《あきら》かなり」と結ぶ。

批判されている新聞がどこかは分からない。実際にこうした新聞もあったのだろうが、現地への特派員の数と記事の量で、『萬朝報』は必ずしも他紙を圧倒したわけではない。この「自画自賛」は、むしろ『萬朝報』の焦りを示すものかもしれない。『東京朝日新聞』など有力紙はすでに六月に朝鮮に特派員を送っていたのである。『萬朝報』の山本秀樹の朝鮮入りがいつだったのかは不明だが、他紙に後れをとっていた可能性が強い。

陸軍省編『明治二十七八年戦役統計』によると、陸軍に従軍して国外の戦場に赴いた日本人記者は一一四人いたという。これは陸軍だけの人数だから、海軍に従軍した記者を入れれば、総数はさらに増えるだろう。大本営が置かれた広島と通信拠点の下関・長崎にも多くの記者が派遣された。なかには国内外に一〇人以上の特派員を派遣した新聞社も少なくない（大谷正『日清戦争』一五四頁）。

初の対外戦争という事態に新聞社による特派員派遣競争とでも呼ぶべきものが起きていた。『萬朝報』はこうした特派員派遣競争から降りるわけにはいかなかった。先の特派員派遣を一面トップで伝えた記事も、その点を物語っている。しかも、そこに山本秀樹の名前が筆頭にあることは重要である。前にもふれたように、山本は涙香の生誕地である安芸・川北村の隣村伊尾木村に生まれた涙香の幼馴染で、後に『萬朝報』主筆を務めるなど、涙香の新聞人としての人生に伴走した人物である。涙香がもっとも信頼する記者だったと言っていい。

『東京朝日新聞』など有力新聞がすでに朝鮮に特派員を送っている中、『萬朝報』としては現地からの報道の手薄さを挽回する必要があった。「山本君、大変だと思うが、君が行ってくれないか」。私は、涙香が盟友である山本に、こんなふうに頼んだ場面を想像する。

国外に従軍記者を派遣することが新聞社にとって、いわば内なる新しい経験だったとすれば、外からの強いられた新しい経験は新聞記事の検閲体制の強化だった。

事前検閲に対して果敢に反論

八月九日の『萬朝報』に載った山本秀樹特派員の記事には○○と伏字になっている箇所がかなりある。たとえば、軍の移動を伝えた部分では「午後八時に至り本間中尉は○○○○○を率いて別軍として先づ発し〔……〕」となっている。相馬事件報道をめぐって『萬朝報』が四回もの発行停止処分を受けたことにふれた際に記したように、一八七五年の新聞紙条例と讒謗律以来、新聞は政府の統制下にあった。

この統制は納本制に基づく事後検閲だった。しかし、日清戦争が始まると、政府は八月一日、草稿段階での事前検閲を規定する緊急勅令を公布した。検閲内規には、陸軍・海軍・外交のすべての分野にわたる禁止事項が示された。事前検閲は東京府では内務省、他府県では各府県庁が行った。

相馬事件報道の際の発行停止処分に対して、果敢に新聞紙条例批判の論陣を張った『萬朝報』は、この検閲の強化に対して、どう応じたのか。

八月一七日の『萬朝報』の社説は「新聞原稿の検閲に就て」と題して、この問題を正面から論じた。署名はないが、相馬事件報道の際と同様、筆者は涙香と考えていいだろう。

冒頭、「今日の如《ごと》く他国と戦ひを開きたる時際に於て若《も》し軍機と云ひ軍略と云ふ者の一部、誤つて新聞紙に載せらる丶事あらば其《その》害たるや尠少《せんしょう》ならず」と述べ、対外戦争という新しい事態における事前検閲の必要性にそれなりの理解を示してはみせる。「其害」として例示されるのは、軍機軍略が敵国や諜者に知られてしまう恐れや列国の誤解を招く危惧が挙げられる。こうした場合、新聞に出た後に正誤や取り消しをしても効果はない。

> 此の点より云ふ時は当事者が軍事外交等に関する事項は、未《いま》だ新聞紙に載せられざる以前、原稿の儘《まま》にて之を検閲し取捨すること甚《はなは》だ当を得たるに似たり、目下新聞紙原稿の検閲せらるゝは全く之れが為《た》めならん

だが、社説の本旨は「然《しか》れども」と続く、この後である。

> 然れども、是れ今日の新聞記者を幼稚《ようち》視して其常識《コンモンセンス》と其愛国心と其判断とを無視する者に非《あら》ざらんや（カタカタルビ原文）

たしかに日ごろ、新聞は当局に対して厳しく、当局を利するより害する記事の方が多いかもしれない。しかし、今は「一旦国外に敵ある当《あた》りて同胞翕然《きゅうぜん》として相一致し啻《ただ》に外の侮《あなど》り防ぐのみ」の状況である。一致団結してひたすら敵国に向かわなければならない。そのことは、常識を持ち、愛国心のある新聞記者は分かっている。決して国に害をなすような記事は書かない。したがって、「原稿検

閲の事は有用に似て無用たらざらんや」と論じる。新聞記者の常識と愛国心を信用しろ、というわけである。筆者は常識に「コンモンセンス」とルビをふっている。筆者（おそらくは涙香）の頭には、最初に common sense という英語があったのだろう。訳語としては、良識、あるいは分別といった言葉を使った方が、筆者の言いたいことにマッチするように思える。

この社説で、注目すべき主張は、さらにこの後にもある。政府が新聞記者のコモンセンスを信用せず、常に統制を強めると、どうなるか。新聞記者はやがて自分のコモンセンスに自信を失い、無事太平の世にあっても検閲を経ないと自身の記事の有害無害を判断出来なくなってしまう。監視される対象になってしまったら、もう新聞記者本来の役割は果たせないではないかと、筆者は言いたいのである。検閲の持つ危険性の根幹にふれた指摘と言える。

憲法を論拠に堂々たる立論

『萬朝報』は八月二八日にも「原稿検閲に就て」というタイトルの社説で、ふたたびこの問題を論じた。憲法を論拠にした堂々たる立論である。

まず、今回の事前検閲が緊急勅令に基づくものであることを確認するところから論を始める。たしかに帝国憲法第八条は「天皇は公共の安全を保持し、又は其災厄を避くる為、緊急の必要により帝国議会の閉会の場合に於て法律に代るべき勅令を発す」と規定している。しかし、憲法は、同時にすべての法律は議会の協賛を経るを要すること（第五条、三七条）と勅令によって法律を変更することの禁止（第九条）も定めている。つまり、原則（正則）は議会の協賛を得た法律なのであり、勅令は例外なのだ。一方、憲法第二九条は、法律の範囲内における著作・印行の自由を認めている。今回は、この

第二九条の定める著作・印行の自由が例外的に第八条による勅令で制限されたと考えられる。できるだけ広く原則を適用し、例外は出来るだけ狭く適用する。これが「公法私法を問はず一般の法律を解釈すべき法理」なのである。このように憲法論・法律論を展開した後、社説は言う。

吾人教《あえ(ママ)》て今回政府が緊急勅令を発布したるを咎《とが》めず、然《しか》りと雖《いえど》も緊急勅令は即ち憲法上印行自由の例外なるを以て事実の上に適用するに方《あた》りては可及的其範囲を狭隘《きょうあい》ならしめざるべからず、故に政府は設《たと》ひ軍事外交に関する凡百の事項を検閲するの権利を有するも此《この》権利を実行するに方《あた》りては努《つと》めて寛大の心を以て之《こ》れに当り、苟《いやし》くも事に害なき限りは、設ひ軍事外交に関する事項と雖も宜《よろ》しく之れが掲載を許容すべき也

検閲を行うのは政府当局だから、以上は「唯々《ただただ》吾人の希望のみ」としながらも、「検閲を要せざる事項」が検閲によって抹消されている恐れを指摘する。そして、「勅令を以て憲法の保障せる自由を奪却するが如きは違憲の所為」ではないか、と迫る。

二回にわたる『萬朝報』の社説は、事前検閲を「必要悪」として認めつつ、憲法を掲げて出来る限り言論の自由を守ろうとする、したたかな戦略と言うべきだろう。

堪忍袋の緒を切る?

原稿の事前検閲だけでなく、政府は新聞紙条例による発行停止処分を行った。とりわけ戦争が始まる直前から初期の段階は、戦局の帰趨が明らかではなかっ

たこともあって、政府も発行停止処分を頻発した。一八九四年中に全国で新聞紙条例違反（治安妨害）による発行停止処分を受けた新聞社は一四〇社を超えた（大谷正『日清戦争』一五九頁）。むろん『萬朝報』も含まれる。

一一月三日の『萬朝報』の社説「解停の辞」によると、日清戦争が始まった後、二回の発行停止処分を受けたという。この「解停の辞」は二回目の処分が解けたのを機に書かれたものである。新聞が本来の職責を果たそうとすると、新聞紙条例に抵触するという事態が起きること、つまり新聞の本来の職責は新聞紙条例の統制条項と相容れないものであることを正面から論じ、ついには堪忍袋の緒を切るように、新聞紙条例の統制条項がどうあろうと、『萬朝報』は、新聞本来の職責を果たすと宣言している。見事なタンカである。この時期、政府に対して、これだけの言葉を投げつけた新聞は『萬朝報』以外にないのではないだろうか。反権力的心情の読者は拍手喝采したに違いない。

以前に発行停止処分を受けた際、今後は「我筆を謹厳にし治安を妨害せざること」を読者に誓った。しかし、日清戦争が起きた後、発行停止処分が重なり、「発行停止は如何《いかん》の謹厳を以てするも（現行条例の存する限りは）到底避くるに由無《よしな》き者たる事」が分かった。したがって、従前の読者への誓いは改めなければいけないというのである。以下は、一角大きい活字を使って、新しい読者への誓いを記している。

発行停止になるかならないかは行政官が決めることで、我社には分からない。我社は新聞記者の職責を厳守して、論ずべきことを論ずるだけである。このために発行停止になることもあるだろうし、ならない場合もあろう。職責をまっとうすべく、報道すべきことを報道する。それが治安を妨害することになることもあろうが、ならないこともあろう。発行停止になったとしても、それは我社が招いたことではない。新聞の職責が招いたことなのである。

〔発行停止は〕完全なる新聞紙の職責と不完全なる新聞紙条例との衝突に外ならず、発行停止せられざるも其の停止せられざるは我社謹厳の力に非《あら》ず、条例偶々《たまたま》其点に於て職責と衝突せざるのみ、我社は唯《た》だ新聞紙たるの職責を重しとし新聞紙たるの天職を是《こ》れ全《まっと》うするの上に於て百回停止に会するも我社之を恐るゝが為《た》めに天職を曲《まぐ》ることを為《な》す能《あた》はず、百年停止に会せざるも亦《また》天職を盡《つく》すの外に他意なかる可し

新聞紙条例で発行停止処分にするならしろ、とまでは言っていないものの、発行停止処分があるかどうかといったことは気にしないで、『萬朝報』は新聞本来の職責を果たすというわけである。社説は「我社の覚悟唯《た》だ斯《かく》の如《ごと》きのみ」と結ばれている。

新聞企業として発展　『萬朝報』の発行部数は日清戦争後も順調に増大した（二六三頁のグラフ参照）。各新聞が競って朝鮮に特派員を送ったように、この時期、有力新聞は報道に力を入れる。自由民権期の「政論新聞（大《おお》新聞）」と政論抜きの「小《こ》新聞」という明確なすみ分けの時期はすでに終わって、いわゆる「報道新聞」の時代が来ていた。『萬朝報』も特派員派遣競争に参入す

るなど、報道新聞への脱皮を図っていたと言えるだろう。

一八九九年（明治三二）は年間発行部数三四九九万四六七七部。一八九八年（明治三一）六月二八日から『萬朝報』は「永遠無休刊」となったから、この年の年間発行回数は三三〇回ほどだっただろう。一日平均発行部数は一〇万部を超えている。

東京の人口がゆるやかではあったが増え始めていた。地方から東京の学校に進学する学生も増加していた。教育の普及による識字率の向上は、地方を含めて新聞読者の裾野を広げることになった。

こうした新聞への「追い風」は新聞全般にとってのものだったが、『萬朝報』は他紙より安価だったことが部数増につながっていた。学生や下層労働者には、この違いは大きかった。先にふれた事前検閲に抵抗する明快な論調なども、かつてのスキャンダル報道とは違った側面で、読者にとって『萬朝報』の魅力となっただろう。

日清戦争は一八九五年（明治二八）四月一七日、下関条約が調印されて決着した。一時期、部数において新興の『二六新報』に東京発行紙トップの地位を奪われるものの、同紙は急速に凋落したのに対して、『萬朝報』は一貫して堅調な発行部数を維持した。後に述べるように、一八九四年九月一一日、日清戦争が始まったばかりの時期、英文欄を設ける。涙香の招聘により、優れた人材が次々に入社し、質の高い論説を書いた。涙香は論説に健筆を揮う一方、翻訳小説の連載も休みなく続けた（二二四頁の表参照）。「涙香小史」の連載小説は相変わらず、多くの読者を『萬朝報』に引きつけた。相馬事件報道のような大々的なキャンペーンスタイルはともかくとして、スキャンダル的な記事がまったくなったわけではなかった。これも読者にとって魅力的だっただろう。日清戦争終結から一九〇四年（明治三七）に日露戦争が勃発するまでの戦間期、『萬朝報』は、硬軟両面でもっとも輝いた期間だった。「栄光の十年」と言っていい。

一八九八年一月一日の『萬朝報』に「社員　黒岩周六」の署名で、「明治三十一年元旦の紙上に記す」と題した文章が載った。前年の社内の出来事を振り返ったものである。それを読むと、「栄光の十年」に入ったばかりの『萬朝報』（発行会社は朝報社）の急速な発展ぶりが分かる。

六月に社屋を二倍に増築した。『萬朝報』の印刷は明教活版所に委託しているが、同社だけで刷り切れず、秀英舎など四カ所の印刷所に分けて印刷することにした。さらに明教活版所は『萬朝報』印刷のために「東洋未曾有《みぞう》なる六十四面の大印刷機初め通常の新聞紙印刷器（ママ）凡《およそ》十台を増置」した。新聞用紙も米国の製紙会社に特約した。

広告料の値上げにもふれている。購読料を安く抑えていた『萬朝報』は一方で、広告料金は早くから値上げを続けている。一八九二年（明治二五）一一月の創刊時一行一〇銭を一二月には一二銭にした後、毎年のように値上げし、一八九八年中には三〇銭から四〇銭になったようだ。しかし、涙香は自信満々だった。広告依頼者は「広告料の高さ全国無比なれども紙数の多と効能の大に比すれば朝報の広告料実に第一の廉価なり」と言っているではないかと述べる。

涙香はふれていないが、社員の数も増え続けた。毎年元旦号に社員連名で「年頭の挨拶」が載る。この年は六九人。前年の五四人から一五人増えている。さらに翌年以降を記しておくと、一八九九年は八七人、一九〇〇年は九一人、一九〇一年は九八人と増え続け、一九〇二年には一〇〇人を超えて一〇七人になっている。この人数には雇用形態が違う配達要員などは含まれていないとみられ、総数はさらに多かっただろう。なお、この「社員名簿」とも言うべきもので、興味深いのは、社員をイロハ順に列記していて、社長である黒岩周六（涙香）も一般社員とまったく同格で並んでいることである。権力を嫌った涙香の一面がここにも見られる気がする。

2　栄光の十年

英文欄を始める

先に述べたように、『萬朝報』に英文欄が登場するのは、一八九四年（明治二七）九月一一日である。この日の紙面を見てみよう。「萬朝報」の題字の次に、「THE YOROZU CHOHO.」と英語の題字。次にEnglish department published tri-weekとあって、「Tokyo, Tuesday 11th, Sept, 1894」としっかり日付も入れている。日本語新聞の中に英字新聞があるという堂々たる体裁である。一ページ全七段のうち、上の三段を埋めている。上の二段は社説で、下の一段は「*NOTES*」としてニュースが六本入っている。この日はその下に「萬朝報の紙上に英文欄を設くるの旨意」というタイトルで長文の社説を載せている。

『萬朝報』の英文欄は内村鑑三とともに語られることが多い。たしかに内村は英文欄の主筆として多くの論説を書いた。しかし、内村の『萬朝報』入社は、一八九七年（明治三〇）二月一三日であり、

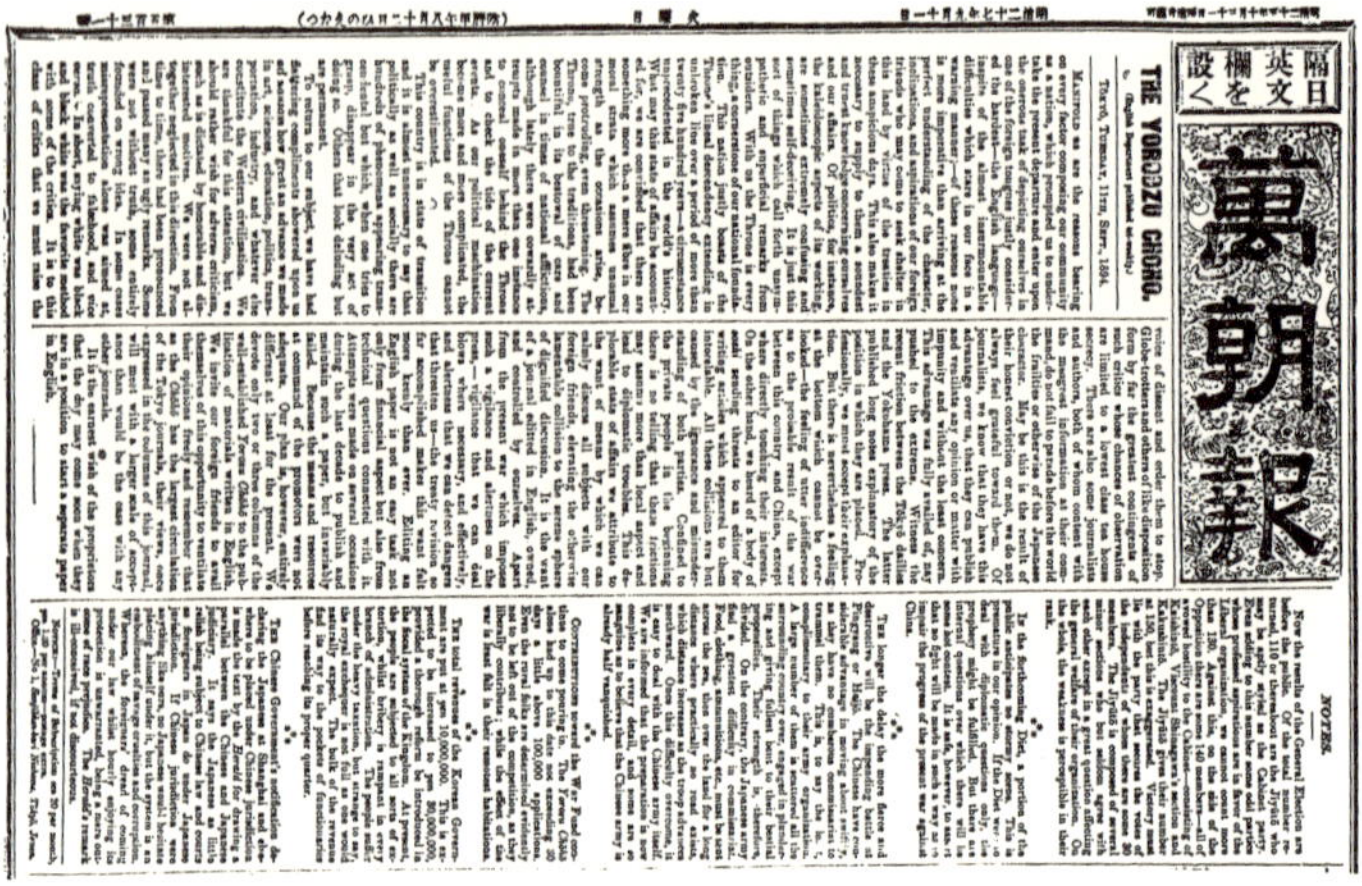
隔日英文欄を設く

萬朝報

THE YORODZU CHOHO.

『萬朝報』の英文欄（1894年９月11日）

英文欄がスタートして二年半近く経ってからである。

内村より前に『萬朝報』に入り、内村退社後は英文欄の主筆を務めた山縣《やまがた》五十雄《いそお》が、「涙香先生の思ひ出」（涙香会編『黒岩涙香』四三九〜四四三頁）で、英文欄のことを書いている。「新聞に英文欄を最初に設けられたのは『萬朝報』であつて、涙香先生の創意になつたものである」という。山縣は東京帝国大学英文科を除籍になり、身の振り方に困っていた一八九五年（明治二八）ころ、涙香に紹介された。涙香は、「大学から除名されるやうな男なら新聞記者にはよからう、一度会つて見やう」と言って、山縣に会ったそうで、山縣は「先生の此一言に感激した」と回顧している。

山縣は当初、英文欄の校正を担当した。英文欄の記事は「村松守義といふ老練な英文家」が最初担当していたが、山縣が涙香と初めて会ったときには「イーストレーキ氏」が執筆していたという。「村松守義」のくわしい経歴は不明だが、国立国会図書館に『明治会話編』（丸善、一八八五年）などの著作が所蔵されている。「イーストレーキ氏」は、フレデリック・イーストレークのことと思われる。イーストレークは米国人。「日本近代歯科医学の父」と呼ばれる歯科医の父ウィリアム・クラーク・イーストレークと一緒に幕末に来日し、世界各地を遊学し、多くの語学を修めた。慶應義塾で英文学講師を務めたほか、日本発行の英字新聞に関わった時期があるようだ。

日本語の社説「萬朝報の紙上に英文欄を設くる旨意」によると、涙香は日清戦争を一つの契機に英文欄創設に踏み切ったようだ。

近時、日清の事あるに及びて外人の発兌《はつだ》される外字新聞が我が海陸軍の運動と我邦人の挙動とに対し如何《いかん》の誤報を伝へたるやに至りては吾人言ふに忍びざるなり

日本人が日本語の新聞でいろいろを発信しても外国には伝わらない。日本で発行されている外国語新聞は外国人が編集しているから正確な情報を伝えていない場合も多い。ここは、日本人の手になる外国語新聞が必要である。もっとも、志は大きい。外国新聞の誤謬を正そうという小さなことではなく、「従来多く知られざる日本の真価を広く泰西人に知らしむるの目的」だとも言う。

独立した英字新聞の発行も視野に入れていた。

我社の計画する所《とこ》ろは直《ただ》ちに英字新聞を発兌するとは同じからず、隔日に紙面の幾段を割《さ》き英文を以て之を埋め政治経済法律文学制度技芸等我国の時務に切要なるものを論議記述せんと云ふに過ぎざるなり、然《しか》れども之を初歩として事を始むれば他日機を見て一個独立の英字新聞となす亦難《またかた》からざるなり

涙香は、大阪英語学校で英語を学び、英語で多くの欧米の小説を読み、それを独自の手法で翻訳した。「英語」は、涙香にとって特別の意味を持つものだった。すでに一八八五年、『日本たいむす』の主筆をしたとき、英文記事を載せたことは前にふれた。論説やニュース記事ではなかったものの、先駆的な試みだった（その意味では、日本語新聞における英文欄は『萬朝報』が最初とする山縣の回顧は必ずしも正しくない）。むろん、社説が説くように、「英語による発信」が重要であるという認識は涙香その人のものである。だが、一方で「英語」と深く関わってきた涙香は、こうした認識とは別の次元で「日本の新聞に英文記事を載せたい」という気持ちを持ち続けていたように思う。『日本たいむす』のささやかな試みをはるかに超える『萬朝報』の本格的な英文欄は、涙香のそうした思いもあって実現したのである。

内村鑑三の入社

札幌農学校の一期生だった涙香の六歳年長の兄黒岩四方之進については、第一章でふれた。そこで述べたように、内村鑑三は札幌農学校で四方之進の一期下だった。四方之進は札幌農学校に赴任したウィリアム・スミス・クラークの強い勧奨によってキリスト者

となり、同期の学生とともに札幌独立基督教会を設立した。クラークの在日は約八カ月に過ぎなかったが、四方之進らの熱心な伝道の結果、内村ら下級生もキリスト者になった。

札幌農学校を卒業した内村は、北海道開拓使民事局などに勤める一方、キリスト者として活発な活動を展開する。アメリカ留学を経て帰国し、一八九〇年（明治二三）から第一高等中学校の嘱託教員となる。翌年一月九日、同校講堂で行われた教育勅語奉読式での不敬事件はよく知られていよう。

『萬朝報』への入社について、伊藤秀雄は「実兄四方之進と実姉為子とは共に基督教的紳士・淑女であったので、二人は相談して、四方之進と札幌農学校時代の同窓であった内村鑑三に朝報社に入って弟を感化してくれるように依頼した」と記している（伊藤秀雄『黒岩涙香』一六九～一七〇頁）。たしかに内村と四方之進の関係から考えて、四方之進が内村に『萬朝報』入社を勧めた可能性はある。だが、内村が最終的に入社を決めたのは、涙香の懇請によるものだった。涙香は長い米国留学経験がある内村に何よりも英文欄の内容充実を期待したのである。このとき、内村は三六歳。涙香より一歳年長だった。

内村鑑三（『萬朝報』時代）

英文欄に精力的に執筆

英文欄は当初隔日に一面の二段分を割いていたが、一八九七年二月一六日から、二面の最下段の一段分になった。段数を減らした分、連日掲載としたから、量的には減ったわけではないが、紙面全体の中で、英文欄の存在感は一気に減じた。しかも記事量は次第に一段分に満たない日が多くなる。「THE YOROZU CHOHO.」という題字も一九〇〇年（明治三三）九月三〇日を最後に消える。日本語訳を併載するなど、論説的な側面は薄くなり、英語学習者向けの色彩が強くなる。

全体が基本四ページの『萬朝報』にあって、英文欄は明らかに他の記事を圧迫し、報道新聞と逆行するものだった。英文欄に強い思いを持っていた涙香も、ここでは撤退せざるをえなかったのだろう。しかし、涙香に請われて入社した内村は、期待に応えて、実に精力的に英文論説を執筆した。内容も格調が高かった。この面で『萬朝報』の評価を高めることになったのは明らかである。内村は一八九八年（明治三一）五月二二日、『萬朝報』を退社する。『東京独立雑誌』を創刊するためだった。同誌は六月一〇日に創刊された。内村は同誌廃刊後の一九〇〇年九月、客員として『萬朝報』に再入社し、涙香の理想団の運動に深く関わるのだが、そのことは後に述べる。

入社から最初の退社まで約一年三カ月。英文欄に掲載された内村の文章は、実に二百数十編に上る。英文欄のある日には連日書いていたと言っていい。しかも一回に複数のテーマを取り上げていることも多い。英文のほか、それほど多くはないが、日本語の論説なども執筆した。これらは、編年別に構成された全四〇巻の『内村鑑三全集』（岩波書店、一九八〇〜八四年）の第四巻と第五巻に収録されている。

入社して最初の記事は、一八九七年一月一六日掲載の「OUR NEW EDITOR, etc.」。新しい英文欄の主筆が「青い目の人間」ではなく、「日本人中の日本人」であることを強調している。また

「OUR AIM」では、英文欄の目的が「日本人の見解」を「真摯にありのままの正直さ」をもって「理解しうる英語」で表現することだと記す。

二月二五日の「ANTI-JAPANISM」や翌二七日の「LICENTIOUS FOREIGNER」は、まさにこうした目的を貫くものだろう。前者では、反日感情に燃えながら日本に在住する英国人の身勝手を批判し、早く祖国に帰るべきだとし、後者では、日本人に堕落をもたらしつつある不品行の外国人に対する「道徳的戦い」の正当性を主張し、不品行の実例として帝国大学の外国人教師を批判している。在留外国人に対する批判はこのほかにもたびたび繰り返される。

日本人社会への痛烈な批判もある。三月二八日の「Poor farmers of Ashio district!」は、足尾銅山鉱毒事件で悲惨な状況にある農民にふれて、富者の冷淡さや官界の腐敗を弾劾している。足尾銅山鉱毒事件については、四月三日にも「SOME IMPORTANT FACTS ABOUT ASHIO COPPER-MINE」を書き、古河市兵衛と官界の癒着を批判している。なお、内村は『萬朝報』復帰後も、「鉱毒地巡遊記」を、一九〇一年（明治三四）四月二五日、二六日、二九日、三〇日の四回にわたって「内村生」の署名で連載している。

薩長藩閥政治と伊藤博文を批判

このほか興味深い論説は少なくないのだが、近代日本の思想的巨人の一人と言うべき内村鑑三について門外漢の身としては、いくつかを「つまみ食い」するにとどめておく。

『萬朝報』と主宰者の涙香は、一貫して薩長藩閥政治と伊藤博文に対して厳しい論調を展開した。

この点については、内村も同じ立場にあったことがいくつかの論説で分かる。

一つは、一八九七年一二月一四日から一六日まで三回にわたって連載した「A RETROSPECT」。日清戦争についての総括とも言うべき内容である。義戦（a righteous war）として始まった戦争は、強欲な戦争（an avaricious war）として終わった。下関条約では朝鮮の独立など忘れてしまった。朝鮮は清国からロシアに依存する相手を変えただけだ。賠償金二億両は軍備拡大、軍部の権力伸張、国民への増税を招いた。そして、この原因は薩長藩閥政治にあり、領土拡張などではなく、内において強く、道徳的な国にならなければならないと説くのである。「道徳的な国」をめざすべきであるというのは、内村の一貫した主張と言える。

伊藤博文への批判は一八九八年一月七日の「MARQUIS ITO」が直截である。伊藤侯がふたたび首相になろうとしているとして、日本の将来を嘆いている。伊藤を、陰険な古狐（an old fox）と呼び、彼がふたたびその陰険さ（his slyness）を発揮しようとすれば、国民にとってすばらしいことなど起きはしないと嘆く。女性関係がさまざまに取りざたされる伊藤は、内村にとって道徳的に許されない存在だったのだろう。

道徳ということでは、退社前の最後の論説となった五月二一日の「POLITICS, MORALITY AND RELIGIONS」にもふれておこう。政治が道徳に、道徳が宗教に、それぞれ依存することを説いている。珍しく「K. U.」の署名がある。この日の一面には、「黒岩周六」の署名で涙香が「内村鑑三氏の退社を送る」が掲載された。「英文に和文に、氏の天才が如何に光を放ちたるかは読む人の知る所」

とし、さらに、内村が『萬朝報』の風紀を正しくしてくれたことを、次のように感謝している。

余が社中同志とともに特に氏に謝するは、文字の労に在るよりも氏の謹厳なる操行能《よ》く一社の風紀を正しくし得たるに在り、氏の入来《いりきた》るを見るや一座粛然《しゅくぜん》として襟《えり》を正せり、〔……〕氏の感化に得たる風紀の正は永く存し、冥々《めいめい》の間に朝報の前進力を強くせん

幸徳秋水の入社

幸徳秋水（伝次郎）が『萬朝報』に入社したのは、一八九八年二月である。幸徳は涙香と同郷の土佐出身だが、涙香と直接の面識はなかったらしい。『自由新聞』や『中央新聞』の記者をしていたが、『中央新聞』が前年末に成立した第二次伊藤博文内閣の支持に転じたことを嫌って退社した。ときに、幸徳は二六歳。涙香より九歳年下の青年だった。

幸徳秋水

幸徳は入社間もない二月一一日に、一面トップの「論壇」欄に、「幸徳秋水」の署名で「紀元節を哀しむ」を書き、『萬朝報』の論説記者としてデビューする。

一八八八年（明治二一）二月一一日に大日本帝国憲法（明治憲法）が公布されて一〇年が経ったのを捉えて、憲政が一向に進展していない状況を批判した内容である。格調

の高い文章とその舌鋒の鋭さに、『萬朝報』の読者は新しい論客の出現を感じただろう。涙香も深く感銘を受けたに違いない。少し、引用してみよう。

我国民が憲法発布なる音響に興奮して忽《たちま》ち黄金の世界を幻想し、欣喜《きんき》雀躍《じゃくやく》殆《ほとん》ど狂せんとせしは、実に十年以前の今月今日なりき、爾後《じご》歳月久しからずとせず、而《しか》して専制抑圧の政治は依然として更《あらた》まるなき也、憲法は屢《しばし》ば薩閥の為に汚辱せられ、議会は屢ば長閥の為に蹂躙《じゅうりん》せられ、政党は麻酔せられ、社会は腐敗堕落に向《むか》ひて進みつつあるに非《あら》ずや

前年末に第二次伊藤博文内閣が成立した。伊藤は自由党の懐柔を計るが、板垣退助の入閣をめぐって閣内は紛糾していた。幸徳の批判は伊藤だけでなく、自由党、進歩党両党にも及ぶ。論説は「吾人遂に今日の紀元節の賀すべきを知らざる也」と結ばれる。

この後、幸徳は多くの論説を執筆した。フルネームないしは幸徳の署名が入っているものが多いが、ときには無署名の論説もあった。

日露戦争の非戦・開戦の対立から幸徳が『萬朝報』を退社するのは、一九〇三年（明治三六）一〇月である。在社期間は五年八カ月余。この間、幸徳が『萬朝報』に書いた文章は、『幸徳秋水全集』（全九巻、別巻二巻、補巻一巻、明治文献、一九六八〜一九七三年）の第二〜四巻に収録されている。無署名のものについては、現存する幸徳自製の切抜帖などによって幸徳筆であることが確実であるものだ

けを収めたという。その数、実に三七二編。上下二回にわたったものや三回連続した論説もある。随想ふうの文章もあるが、大半は時事的な論評だった。まさに「水を得た魚のように、自由に縦横に、自由民権論の立場からあるいは社会主義の立場から、その鋭い筆を揮った」（川村善二郎「解説」『幸徳秋水全集』第二巻、四八七頁）のである。

これらの膨大な幸徳の時事論文は、この時期の幸徳の思想的軌跡を示すものだろう。残念ながら、その検討は私の能力を超える。涙香の評伝という本書の主題からもはずれるだろう。ただ、『萬朝報』の論説記者として、幸徳は藩閥政治を強く批判し、既成政党の腐敗・堕落を糾弾し、社会問題にもふれる中から、社会主義者として生きる道を見出していったことは指摘しておきたい。ここでは二つの論説を紹介しておく。

「我は社会主義者也」を宣言

一つは、一九〇〇年八月二八日の「自由党を祭るの文」。この前年来、伊藤博文は、国家本位の政党の樹立をめざして活発な運動を展開していた。幸徳は、伊藤を専制主義としてたびたび論説で批判してきた。八月、伊藤は立憲政友会を設立する。憲政党（自由党）は直ちに解党して新党へ参加を決める。この論説は、こうした状況を受けて書かれたものである。祭文調の文章は読みやすくないが、若くして自由民権運動に飛び込んだ自己を振り返り、「専制主義者の唯一の装飾」になってしまった自由党を悲憤の思いで葬り、その初発にあった自由・平等・文明への意志を自らが継ぐことを誓っている。

それから七カ月余、一九〇一年四月九日、幸徳は『萬朝報』に「我は社会主義者也」を書く。ここで幸徳が「社会主義」という言葉で語るのは、労働問題の解決のために社会制度の根本的改造が必要であるというのみで、改造の方法には論及がない。しかし、中江兆民の弟子として自由民権運動の嫡子とも言うべき存在だった幸徳は、藩閥政府と既成政党への幻滅から、新たな変革の方向に自ら一歩進めたのである。

なお、『萬朝報』在社中の幸徳に関わる出来事として、田中正造の直訴事件にふれておくべきだろう。足尾銅山鉱毒事件に取り組んだ田中は、衆議院議員を辞職して、一九〇一年一二月一〇日、帝国議会開院式から帰る途中の明治天皇に直訴した。田中に頼まれて、この直訴状の草稿を書いたのが、幸徳だった。幸徳は、一二月一二日の『萬朝報』に「臣民の請願権（田中正造の直訴について）」を書いた。

言論の自由の「拡大」？

ここまで、内村鑑三や幸徳秋水の『萬朝報』での言論活動（の一部）を紹介した。その過激にして痛烈な藩閥政治批判や伊藤博文糾弾は、政府の干渉を受けなかったのだろうか、と疑問に思った読者がいるかもしれない。『萬朝報』は相馬事件報道をめぐって四回も発行停止処分を受けた。日清戦争の際にも二回、発行停止になった。内村や幸徳の論評も発行停止の対象になってもおかしくはないのではないか、というわけである。しかし、この時期、『萬朝報』は発行停止処分を受けていない。

この背景には、長年に及ぶ国会での議論を経て、一八九七年三月、新聞紙条例が改正され、政府による言論統制がいくぶん緩和されたことがある。むろん、言論の自由が全面的に認められたわけではないが、少しだけ拡大したとは言える。こうした中、『萬朝報』を含めて、この時期、比較的自由な言論が新聞や雑誌に登場したのである。

旧新聞紙条例第一九条によれば、内務大臣は行政処分で新聞の発行停止にすることが出来た。改正によって、発行停止処分にするには、内務大臣か拓殖務大臣が裁判所に告発して、裁判所の決定を待たなければならなくなったのである。政府も司法手続きが必要となると、抑制的にならざるをえなかった。

たびたび発行停止処分を受けてきた『萬朝報』は、憲法が定める言論の自由の観点から、発行停止処分の全廃を主張してきた。すでに一八九六年（明治二九）一二月二六日には社説「停止全廃論」を載せている。「新聞紙の発行停止の非立憲的動作たるや論ずるなきのみ」と、その立場は鮮明である。

ようやく新聞紙条例の改正が衆議院を通過した後、一八九七年三月三日には、「言論の自由」のタイトルで「新聞紙法案に対する我社の意見を明かす」とする社説を載せた。新聞紙条例の改正案は『萬朝報』の全廃論からすれば、きわめて不十分な内容だが、「言論社会の一大進歩」と捉え、「貴族院の之を可決せむことを切望す」と結ぶ。改正案が成立した後、三月二五日には「祝新聞条例改正」が載った。

むろん、言論統制はなくなったわけではない。『萬朝報』は一九〇〇年七月二五日、二六日、二八日の三日間にわたって、「言論の自由に就て」という論説を載せた。司法処分で発行停止が出来るという条項を当局が乱用しているという批判である。憲法上の言論の自由を掲げ、政府の言論統制に立ち向かう『萬朝報』の姿勢は一貫していた。

「民鉄」の時代

この時期、涙香はどうしていたか。相変わらず休みなく翻訳小説の連載を続けている（二二四頁の表参照）。しかし、『萬朝報』の政治・社会の現状に対する論評を内村や幸徳に任せていたわけではない。涙香もまた積極的に論陣を張った。涙香は生涯で多くの筆名を使ったが、この時期は「民鉄」と「庸庵（庸菴）」である。庸庵の方が先に使われている。初出は一八九六年一〇月二八日の「新聞紙の取締りに就き敢《あえ》て樺山内相に諭《さと》す」である。このときは、「庸菴生」である。「民鉄」は、一八九七年一一月二〇日の「純潔なる政党を作れ」で初めて使われた。庸庵と民鉄の筆名は、一八九九年（明治三二）七月まで頻出する。ここでは、伊藤博文に対する痛烈な批判など、比較的政治問題に対する論説の多い「民鉄」の論説を挙げる。

▽一八九七年（明治三〇）
一一月二〇日　「純潔なる政党を作れ」
一二月二四日　「何の成算か有る」
一二月三〇日　「私党内閣」
▽一八九八年（明治三一）
一月一四日　「忠君新論（藩閥政治の不忠）」
一月一六日　「新内閣か旧内閣か」

一月二一日　「漫語」
二月一二日　「伊藤内閣の正体」
二月一三日　「不屈不撓の勢力を作れ」
二月一七日　「内閣の一員が言論に対する思想」
五月一五日　「政治界の恐る可き現象」
七月一九日　「江戸の後」
七月二八日　「人心の醜美」
八月二日　「『名誉』の誤解」
▽一八九九年（明治三二）
五月二九日　「社会と義憤」（「民鉄生」の署名）

このほかに「庸庵」（「庸菴」「庸庵生」「庸生」も）の論説が、初出の一八九六年一〇月二八日のものを含めて、一八九九年七月一九日まで一八編ある。二つの筆名を使い分けた意図は不明だが、「民鉄」は自作の漢詩の一部「猶有民間鉄不消」（「猶《なお》民の間に鉄有りて消えず」と読み下すか）に由来するという（高橋康雄『物語・萬朝報』三二八頁）。「民」の字が含まれているところに、涙香の初心を感じる。

涙香が『萬朝報』にあって、これほど集中的に論説を執筆した時期は、ほかにない。一八九七年から翌年前半までの期間を、「民鉄」に代表させて、涙香における「民鉄」の時代と呼びたい。民鉄は鋭く、執拗に伊藤博文を批判し、藩閥政治の弊害を攻撃した。先に述べた新聞紙条例の改正に加え、内村鑑三、幸徳秋水の仕事に影響された面もあっただろう。『萬朝報』の「栄光の十年」には、涙香その人も執筆者として直接関わっていたのである。民鉄の論説から次に一つだけ紹介する。

一八九八年二月一二日掲載の「伊藤内閣の正体」は、実に一面七段の紙面のうち六段と八行に及び、一面をほとんど埋めている。伊藤内閣は「幽霊の正体見たり枯尾花」のごとくで、ほとんど幽霊に似ているが、未だ没落していない幽霊なので、これを吟味すると書き出して、次のように論じる。

本来を云へば憲法制定者たる〔伊藤〕侯が事なれば必ず議院内閣の例を開き一面には東洋に於《おけ》る立憲第一の政治家たる盛名を博し一面には憲政完備の大功を立て丶有終の美を為《な》す可き筈《はず》なり、而《しか》るも侯は議院制の内閣としては地位の寿命長からざる可きを恐れたるが為めに此の当然の事をも為さず、纔《わずか》に人心を瞞過《まんか》して此当然の事を為さゞるの跡を晦《くら》まさんとし、多くの元勲を網羅し、元勲悉皆《しっかい》の名を以て延命長寿の禁厭《まじない》とは為したり

前段では、総理大臣になって内閣を組織したにもかかわらず、「無言実行」を標榜しているという批判がある。伊藤は、総理大臣としての自身と自らが率いる長州閥の寿命を長くしようとしているだけなのだという。本来、憲法が制定され、議会が開設されたのだから、議院内閣制にしなければならないという考え方が背後にあることは言うまでもない。

堺利彦の平易な記事

『萬朝報』が語られるとき、内村鑑三、幸徳秋水とともに必ず登場するのは、堺《さかい》利彦《としひこ》（枯川《こせん》）である。明治三年（一八七〇）一一月二五日、豊前・仲津郡松坂（現在の福岡県京都郡みやこ町）で生まれた。涙香より九歳年少である。第一高等中等学校（後の第一高等学校）を月謝不納で除籍された後、小説家をめざす。『福岡日日新聞』記者や末松謙澄《すえまつけんちょう》のもとで『防長回天史』の編集に従事した後、一八九九年七月、『萬朝報』に入社した。

担当は「よろづ文学」欄だったが、文芸関係だけでなく、多彩な記事を執筆した。一九〇〇年六月、義和団事件（北清事変）に対して日本など列強が軍隊を中国に派遣した際には、現地に特派され、「天津通信」を執筆した。堺が『萬朝報』に執筆した文章は、『堺利彦全集　第一巻』に収録されている。タイトルを数えると、短いものも含めて、一八九九年七月三日の「入社の辞」から、一九〇三年一〇月一二日の「退社の辞」（幸徳秋水と連名）まで一一〇編ある。連載した記事も少なくないので、この時期の『萬朝報』読者は、頻繁に堺の記事を読んでいたことになる。

堺利彦

『言文一致　普通文』（一九〇一年）という著書がある堺だけに、その文章は実に平易である。また、著書『家庭の新風味』（一九〇四年）で家庭生活の改良案を具体的に示した堺らしく、「風俗改良案」を一九〇一年八月二一日から一〇月二九日まで二二回にわたって連載するなど、家庭のあり方、男女の新しい関わり方などへの関心から書かれた文章が少なくない。次は堺の平易な文体と関心の方向を示す一例。一九〇一年九月一六日掲載の「家庭の新組織」の冒頭である。

日本の国家は憲法の発布によって新組織となった。日本の家庭は男子の専制によって依然足る旧組織である。国家の新組織に伴う家庭の新組織は今日の急務と言わねばならぬ。しからば家庭はいかなる新組織をなすべきか。男子の専制を廃して女子の権利を認めることが第一義である。

(『堺利彦全集　第一巻』一二八頁。現代仮名遣いに改められている。以下、同書からの引用は同じ)

堺が書いた記事は、幸徳秋水らの格調は高いものの、決して読みやすくはない文章とは違う意味で『萬朝報』の読者を引きつけただろう。文芸担当であり、堺自身が「文士」を指向していたこともあって、社会問題への言及は多くはない。しかし、堺は幸徳秋水と交遊を深め、やがて社会主義者へと変貌する。日露戦争前夜、開戦・非開戦をめぐる対立から、内村鑑三とともに堺、幸徳の二人は退社し、『週刊平民新聞』を創刊する。三人の退社については、後にふれる。

『堺利彦全集　第一巻』には、一八九九年から一九〇一年の日記(「三十歳記」)も収録されている。そこに涙香についての記述が数カ所ある。

堺から見た涙香

堺は『萬朝報』に入社することになって、初めて涙香に会ったようだ。一八九九年六月一二日の日記に、次のように記している。

今朝周六を訪う、洋館の応接間ははなはだ美なり、黒岩は一癖あるべきつら魂の男なり、されど談話はすこぶる丁重にして不快を感ぜず、新聞の俗務なるを説き、その俗務をいとうことなからんを我に望み、おいおい我に適する職務を選ぶべきにより気を永くしてその時を待たれよと言えり。
（『堺利彦全集　第一巻』三一五頁）

当時、涙香は、後に協議離婚する真砂子と三人の男の子と麻布笄町《こうがい》（現在の港区南青山六、七丁目から西麻布二、四丁目の一部）に住んでいた。堺の涙香に対する第一印象は悪くはなかったようだ。だが、それは長続きしなかった。六月一四日には「万朝社《ママ》よりはいまだ何らの通知なし、涙香すもうに狂してわが事を決定する暇なきなるべし」と記す（同前、三一六頁）。せっかく直接会ったにもかかわらず、正式の通知がこないことにいら立ち、涙香の相撲好きをあげつらっている。入社後、実際に涙香の日常を見聞きするころになると、涙香に対する批判は手厳しくなる。一〇月一二日には次のように書いた。

黒岩、奢侈《しゃし》の風あり、また嗜好《しこう》にふけるの弊あり、朝報社の成功はすでに彼をして懈怠《けたい》の念を起こさしめたるか、朝報社はとうていわが久恋の地にあらざるなり。
（同前、三二四頁）

奢侈、つまりぜいたくだというのである。堺の『萬朝報』記者としての月給は四〇円だった。涙香はいまや東都第一の発行部数を誇る新聞社の社長である。堺の目から見た涙香の生活ぶりが奢侈に見えた背景には、こうした〝落差〟があっただろう。「嗜好にふけるの弊」は、〈間奏2　趣味人・涙香の周辺〉に記したことに関わる。この当時は、「連珠」と改称した「五目並べ」に夢中だったたし、六月一四日の日記に堺が記しているように、相撲にも熱を入れていた。しかし、この点は先にも述べたように、涙香にとって、多くの趣味は必ずしも個人的な嗜好ではなかった。「弊」と言われても、涙香は困っただろう。「懈怠」について言えば、涙香はこの時期、先にふれたように「民鉄」などの筆名で多くの論説を書き、翻訳小説の連載も休みなく続けていた。決して「怠けている」とは言えない。

こうした堺が日記に記した涙香への批判は、つまりは涙香と堺の人間のタイプの違いに起因するように思える。性格の違いと言っていい。たしかに、内村鑑三や幸徳秋水がいなければ、堺はもっと早い時期に『萬朝報』を辞めていたかもしれない。しかし、結局、堺は「久恋の地にあらざるなり」と記した『萬朝報』に多くの文章を書き、「栄光の十年」を支える一人になったのである。

森田思軒へ懇切な入社依頼の手紙

涙香との深い縁という意味で、次に森田思軒《しけん》について少しくわしく紹介したい。

思軒森田文蔵は、文久元年（一八六一）七月二〇日、備中・笠岡村（現在の岡山県笠岡市）に生まれた。涙香より一歳年長である。慶應義塾大阪分校と東京・三田の慶應義塾で英語を学ぶ。思軒が慶應義塾に入ったのは一八八二年（明治一五）四月だから、涙香の慶應義塾在学時期とは重なってはいない。『郵便報知新聞』に入り、記者として活躍する一方、卓越した語学力と文章力を発揮して、多くの翻訳を行った。とりわけ、ジュール・ベルヌ、ヴィクトル・ユーゴーの翻訳作品は好評を博した。

『萬朝報』を創刊した際、多くの人が「すぐに廃刊になる」と冷笑していた中、思軒は涙香に激励の手紙をくれたという。その縁もあったようだが、涙香は、何よりも『郵便報知新聞』の記事や翻訳書を通じて、思軒の才能を知り、『萬朝報』の紙面充実のためにぜひとも入社してほしいと考えたのだ。

涙香が思軒に『萬朝報』入社を懇請した手紙が残っている。封書の裏には、「明治二十九年十一月五日　京橋区元数寄屋町四丁目六番地　黒岩周六」とある。「御繁忙の所へ一言申上候」と書き出した手紙は、涙香の思軒渇望の思いが込められた内容である。

実は編輯局の組織改良に付き拙者の考案は既《すで》に定《さだま》り一日も其実行を急とする場合にて只管《ひたすら》貴下の来《きた》り助《たす》くるを須《ま》つのみなれば此辺の事情御洞察の上、何とか御繰合せの出来得る様、偏《ひとえ》に御工夫成下《なりくだ》され度候《たくそうろう》（原文はルビなし）

これが最初の手紙ではなかったようで、「此事情既に申上げたる所なれど日一日其の切なるを覚へ」とも記している。「周六　拝」として、宛名は「森田学兄　台下」である。この手紙を受け取った思軒は直ぐに『萬朝報』入社に応じた。一八九六年一一月八日の『萬朝報』一面の冒頭に、「朝報社員黒岩周六」の署名で「思軒森田文蔵氏を読者に紹介す」が載っている。

森田思軒

思軒居士森田文蔵氏は文壇の一名士なり、今や朝報社の請《こい》を諾《だく》し、来《きた》りて我が編輯局に入らんとす、余は之を朝報社の栄として茲《ここ》に読者に紹介す氏の文章は遠近に争ひ読まれ、氏の言行は儕輩《せいはい》の間に重きを為す、是れ世の既に知る所なり

この後、『郵便報知新聞』での業績などにふれ、『萬朝報』が優れた人材の獲得に努めていることを述べて、次のように結ぶ。

余が如き依然たる阿蒙《あもう》亦《また》日に机を連ねて氏の教《おしえ》に接せば人をして刮目《かつもく》せしむるに至るを得んか、読者夫《そ》れを以て朝報の紙上に一新紀元を開く者と観るべきなり

思軒の俸給は、堺利彦の二倍以上の月一〇〇円だったという。「よろづ文学」という欄などを担当したが、客員的な立場だったから、この俸給は相当の高額である。

しかし、思軒の『萬朝報』在社は一年で終わってしまう。翌年一一月一四日、腸チフスで死去したのである。一一月一六日、涙香の追悼の文章が『萬朝報』に載った。次は、その結びである。

幼にして悲しきは父母を失ふなり、長じて悲しきは良友を失ふなり、友として思軒の如く良なるは世復《よまた》有ること莫《な》し、思軒を失ふの悲《かなし》みは思軒を友とせし人に非《あら》ざれば知る能《あた》はざる所なり哀　夫《かなしいかな》

思軒はヴィクトル・ユーゴーの『レ・ミゼラブル』を翻訳したいと考えて、英訳本を手元に置いていた。邦題は「哀史」とするつもりだった。思軒亡きあと、涙香は彼の宿志を継ぐかたちで『レ・ミゼラブル』を「噫無情」として翻訳し、『萬朝報』に長期連載する。涙香が翻訳に使った本は、思軒が残したものだったという。

涙香は思軒の遺族の面倒もよく見た。娘の縁談をまとめ、未亡人にときには生活費なども援助していたという。堺が日記に記した涙香とは別の涙香が、ここにはいる。

人材来たりて、去る

涙香の熱い思いはともかく、森田思軒は「栄光の時代」の『萬朝報』の紙面に直接的なかたちではそれほど貢献したとは言えないかもしれない。次には、紙面に健筆を揮った人々を挙げる。

最初に、田岡嶺雲《たおかれいうん》。本名は佐代治。『萬朝報』入社は、一八九六年年中のことと思われる。涙香と同じ土佐出身。一八七〇年（明治三）生まれだから、涙香より八歳年少である。東京帝国大学文科大学漢文科選科を卒業した。

嶺雲の力作論説は、一八九八年一一月二六日、二八日、三〇日の三回に分けて掲載された「東亜の

大同盟」である。東洋は白色人種によって蹂躙されており、日本は清国、韓国と同盟して、これに立ち向かうべきと主張した内容で、「日本は東洋の先覚者なり、東亜連衡の主動者たるべし、此を為すは日本の天職なり、嗚呼《ああ》日本の天職なり」と結んでいる。嶺雲の在社期間は長くなかったが、その後も『九州日報』の特派員として北清事変に従軍するなど、旺盛な文筆活動を続けた。中国文学の研究者としても多くの著作を残した。

後に京都帝国大学教授となる東洋史学の泰斗、内藤湖南も一八九八年五月から二年ほど、『萬朝報』に在籍した。「潜夫」の筆名で、主としてアジア問題に関する論説を執筆した。

米国で長くジャーナリストとして活躍した河上清（翠陵《すいりょう》）も、出発点は『萬朝報』だった。入社は一九〇一年三月。河上は二七歳の若さだった。それ以前にも論説を投稿し、すでに涙香に認められ、いくつかの論説が『萬朝報』に載っていた。『萬朝報』では、幸徳秋水らと交流を深め、幸徳のほか、安部磯雄、木下尚江、片山潜らと社会民主党を創立するが、同党が結党二日後に禁止となると、米国に渡る。堺利彦が一九〇一年七月一六日の『萬朝報』に「河上翠陵君送別会の記」を書いている。

独特のアフォリズムで知られた異色の文学者・斎藤緑雨《りょくう》も一時期、『萬朝報』に在籍した。一八九八年一月九日から翌年三月四日まで「眼前口頭」のタイトルで掲載した。一九〇四年（明治三七）四月一三日、肺結核のため三五歳で病死する。前日、友人の馬場孤蝶《こちょう》に口述筆記させた「僕本月本日を以て目出度《めでたく》死去《しきょ》致《いたし》候《そうろう》間《あいだ》此段《このだん》広告仕《つかまつり》候《そうろう》也《なり》」という死亡広告が、一四日の『萬朝報』に掲載された。樋口一葉の理解者としても知られ、死後、一葉の日記を託された。

明治期の新聞界は人材の流動性がきわめて高い場であった。小説家、政治家、社会運動家などさまざまな分野で、自身の生きる道を見出す過程で、新聞社に籍を置く者も多かった。一つの新聞社にとどまるケースの方が少なかったかもしれない。

ここまで名前を挙げた人々も、在社中に死去した森田思軒を別にして、いずれも『萬朝報』に骨を埋めることはなかった。しかし、それぞれ近代日本のいずれかの分野に名を遺した人々である。日清戦争終結から日露戦争が始まるまで、「栄光の十年」における『萬朝報』は、多くの人材が来りて、また去っていったユニークな場だった。

3　理想団の顚末

社会改良をめざして

一九〇一年（明治三四）七月二日の『萬朝報』に「黒岩周六述」として「平和なる檄文」が載った。広告二段と少しを除いて一面全部を埋めた。四日、「理想団に就て」が「周六」の名で、さらに九日には「善を為す勇気」が「周六述」として続いた。『萬朝報』の「栄光の十年」の最終局面を彩る理想団の運動が、こうして始まる。

紙面では、三月一八日から涙香小史訳「巌窟王」（連載紙面では「史外史伝」の角書きがあるが、省略）の連載が続いていた。原作は、アレクサンドル・デュマ『モンテ・クリスト伯』である。連載終了は、翌年六月一四日。「巌窟王」は、「噫無情」（一九〇二年一〇月八日から翌一九〇三年八月二二日まで連載。原作は

明治三十五年十月廿一日第三種郵便物認可
明治卅四年七月二日

萬朝報

趣味と實益と無盡藏

言論

平和なる檄文

吾等と心を同くする人は來れ
與に倶に社會救濟の爲めに
理想的團結を作らん
(一)社會救濟の第一步

黒岩周六述

吾が住める家屋の腐れ傾くに於て、之を修繕し、又は改築するは、異常非凡の事に非ず、住人たる者の當然に爲す可き所なり、住人若し之を爲さゞれば何人か之を爲さんや、更に、我が棲める社會の腐れ傾かんとするに遇ひて、之が改善を計るは異常非凡の事なる乎、其の住人たる者が當然爲す可き所には非ざる乎、住人之を爲さゞれば誰か又他より來りて住人の爲に之を爲さんや、此理は何人も之を知る、然れども唯だ社會の事は一人の力に及び難し、故に人各々

なればなり、固有の名稱は別に定むるも可なり、別に定めずして直ちに之を固有の名稱と爲すも可なり

(四)團結の順序

如何にして團結するや、心を以て團結するなり、今の社會に住して今の社會を宜しからずと思ひ、幾何か之を救はんと欲する人は皆團員たるを得るなり、然れども斯く漠然たる資分のみにては團結を爲さず、吾人は先づ最も近くして最も容易に行ふ可き所より初め、此の萬朝報の社員中の有志を以て團結せん、此團結は今更ら作くらざるも實は既に成れるなり、初より朝報の社中は社會に盡す可き志を以て集まれる者なればなり、故に今より更に作る所は、同志を朝報の讀者中に求むるに在り、讀者と社中と團員と爲り、次には團員各自、最も手近き人を說きて團員と爲し、團員より團員

「平和なる檄文」を掲載した『萬朝報』

ヴィクトル・ユーゴー『レ・ミゼラブル』）と並ぶ涙香作品中の大作である。今日まで、涙香の代表作と言えば、この二作品が挙げられる。その大作執筆に勤しみつつ、涙香は新しい社会活動に乗り出したのである。涙香四〇歳。心臓の持病などもあって決して強健ではなかった涙香だが、この時期、心身とも充実していたのだろう。

理想団とは何か。「平和なる檄文」には、冒頭、本文の前に「吾等と心を同じくする人は来《きた》れ倶《とも》に社会救済のために理想的団結を作らん」とある。本文はまず、「我が棲《す》める社会の腐れ傾かんとする」状況を指摘し、その住人として、「之《こ》れが改善を計るは〔……〕其の住人たる者の当然為す可き所」だと述べる。腐敗している現在の社会の改良をめざすのは、この社会に生きている人間として当然の責務だというわけである。

日清戦争後の日本では、資本主義化が急速に進展した。その結果、鉱山や諸種の工場で働く人々の労働環境の悪化や、いわゆる都市下層民の生活困窮など、さまざまな「社会問題」が発生した。こうした状況を受け、広い意味での「社会改良」をめざす団体が次々に生まれる。日本における社会科学系の初の学術団体である社会政策学会（一八九六年）や労働組合の結成をめざした労働組合期成会（一八九七年）、さらに社会民主党（一九〇一年）などがある。理想団もそうした流れの中に位置づけることが出来よう。ただ、理想団は、『萬朝報』という多くの読者を持つ新聞を基盤に展開された運動として、ユニークである。

なぜ、理想団という運動なのか

だが、なぜ、涙香は理想団という社会改良運動に乗り出したのだろうか。翻訳小説を書き続けながら、涙香の自己認識は一貫して「新聞記者」だった。『萬朝報』という場が、涙香にとって、いわば戦場だった。そこで社会の「悪」を糾弾し、政治や社会の出来事を論評することを通じて、社会改良に寄与することこそが涙香のめざすものだった。そこに涙香の新聞人としての矜持があったはずだ。しかし、そのことと自ら社会改良をめざす運動の旗振り役になることとの間には乖離があるのではないか。「平和なる檄文」で、涙香は次のように述べる。

> 吾人が社会の制裁薄弱なるを患《うれ》ひて、百方に之を呼号するは幾年《いくとせ》ぞや、朝報は社会の制裁を叫びて生《うま》れ、叫びて今日に至りたるなり、今に及びて社会に公義心の消滅せること斯《か》くの如く甚《はなは》だしきを見る、豈《あに》黙々無為に安《やすん》ずる事を得んや

新聞の役割について、涙香が「事実の報知機」「社会の賞罰機」と述べていたことは前にふれた。

ここでは、つまり、創刊以来、『萬朝報』は「事実の報知機」として、社会の腐敗を糾弾し、社会的制裁を与えるべく、「社会の賞罰機」として頑張ってきたが、いっこうに埒《らち》があかない。いまや公義心そのものが消えてしまった状況にある。黙って何もしないでやり過ごすことは出来ないではないか。涙香は、そう言っている。腐敗しきった今の社会を改良するには、新聞の論説や記事で糾弾するだけではもうだめだ、というわけである。こうした状況認識からは、「言論」を「運動」に広げ、広く同志を募って、社会改良に乗り出さなければならないという選択が生まれるのは、涙香の内部では必然だったのだろう。

再入社した内村鑑三の影響

涙香がこうした状況認識を持つようになった背景には、内村鑑三の存在が大きかったに違いない。内村は『東京独立雑誌』の廃刊後、一九〇〇年（明治三三）九月、客員というかたちで『萬朝報』に戻った。九月一五日の『萬朝報』に「涙香手記」として「内村鑑三氏再来す」という記事が載った。

『東京独立雑誌』が廃刊になったのは、この年七月だった。涙香は「余は驚きて、馳せて内村氏を訪ふ」とあるから、すぐに内村に『萬朝報』への帰社を要請したのだろう。「しばらく精神を養はん」と内村に言われ、涙香は秋になって再び内村を訪問する。内村は「社会改良の秘訣《ひけつ》を心会し得たり、徐《おもむろ》に之を実地に施《ほどこ》さんと欲す」と語り、再入社に応じたものの、次のように注文をつけたようだ（「心会」は、心から会得するという意味）。

躬《み》を以て其の心会し得たる社会改良の秘訣なる者の実行に委《ゆだ》ね、傍らに筆を取りて自家の宗教観は新に発兌《はつだ》する『聖書の研究《(ママ)》』に載せ、朝報には社会、文学、政治等に対する所感を書すと云ふ

むろん、涙香に異論はない。だが、この段階では、涙香は内村が考えていることを知らなかった。

唯末《ただいま》だ氏の所謂《いわゆる》社会改良の秘訣を聞くことを得ざるは余の聊《いささ》か遺憾とする所なり、語気に由《よ》りて察すれば、精神的の団体を作り、更に苦行を以て社会と戦はんとするに在りか

ここにいう「精神的な団体」が、内村の再入社から約七カ月後、理想団というかたちになったと考えていいだろう。

『萬朝報』の編輯局内に、ある時期から、月曜談話会という集まりが出来た。堺利彦が一九〇一年六月二六日の「日記」に、次のように記している。少し長いが、堺のいくぶん屈折した物言いが興味深いので、この部分を全文引く。

朝報社に談話会ができた。元は内村、山縣、斯波の三人の会であったが、それに幸徳が加わり、黒岩も引張り出され、予もその数に入って、ようやく面白そうな会となった、毎月二度ずつやるのである、今のもようでは、この会が朝報社新運動の動力となっている、ツマリは内村の勢力である、

黒岩という人、始終そばから暖めていれば火がもえる、火は元来あるのだけれど、燃料は外から持って行かねばならぬ、すもうの荒岩だの五目の高橋だのという燃料では悪火がもえる、内村という燃料ならずいぶん善火がもえるであろう、しかし内村だけでは材料があまりに単純すぎる、そこをうまくやるのは我々の任であろう。

（『堺利彦全集　第一巻』三七二頁）

「山縣」は山縣五十雄。英文記者として入社したことは前にふれた。「斯波」は、後に『萬朝報』編輯局長となる斯波貞吉。「すもうの荒岩だの五目の高橋」は、〈間奏2　趣味人・涙香の周辺〉でふれた。

ここで堺が書いている「朝報社新運動」が理想団にほかならないだろう。月曜談話会なるものがいつから始まったのかは分からないが、「心会した社会改良の秘訣」を具体化すべく、内村が『萬朝報』の中心メンバーらと語り合う中で、理想団の運動が始まったのである。もっとも、内村に言われて、涙香らがそれに従ったという単純な構図ではないこともまた明らかだろう。社会の腐敗の進行と新聞言論の「限界」をめぐって、涙香の内心に生まれつつあったものを、内村が明確に言語化したことによって、理想団の運動が始まったのである。

「心を以て団結」を掲げる

内村鑑三は言うまでもなく、無教会主義を唱えたキリスト教思想家である。キリスト者としての内村は、聖書雑誌『聖書之研究』を刊行するなど、『萬朝報』とは別の場で伝道を続けたが、彼が「心会した社会改良の秘訣」を具体化したものが理想団だった以上、内村の思想的な立場が理想団にも明確に刻印されていた。キリスト教信仰は、基本的に神と信仰者との関係に基づくものだろう。信仰は伝道者という仲介があったとしても、個人の心のありようから生まれる。内村の場合、教会という組織を否定するわけだから、この出発点としての個人の心のありようが決定的に重要だったはずである。

理想団も「社会を改良しなくてはいけない」という個人の心のありようが出発点である。「平和なる檄文」は、「人々の胸の底に、如何《いか》程《ほど》微弱にもせよ社会を救い度《た》しとの念があらば、其の社会は未《いま》だ必ずしも亡《ほろ》びざる可し〔……〕一点微弱の念慮とても之を集め、之を合せ、又之を発揚するに於て、大なる社会を改鋳《かいちゅう》する力たるに至ること無からんや」と述べる。人々の胸の底にあるはずの「一点微弱の念慮」を集合させる場として、理想団が構想されている。それは「宗教的団体」でも「政治の党派」でも「利益を目的とする会社」でもない。「単に社会改良の理想を以て合する団衆」であり、それゆえ理想団と称するというのである。

では、どうやってこの団衆を作るのか。ここでも、個人の心のありようが出発点とされる。

如何にして団結するや、心を以て団結するなり、今の社会を宜《よろ》しからずと思ひ、幾何《いくばく》か之を救はんと欲する人は皆団員たるを得るなり、然《しか》れども斯《か》く漠然たる言分のみにては団結をなさず、吾人は先ず最も近くして最も容易に行ふべき所より始め、此の萬朝報の社員中の有志を以て団結せん別のところでは、「理想団の主として力を盡《つく》す可きは、社会の何の部分たる乎《か》、曰《いわ》く其の人心なり」とも述べている。

「社会改良」を掲げながら、「腐敗した社会」の内実についてはまったく分析はない。社会改良を説きながら、「心を以て団結する」というのは、涙香自身が書いているように、漠然とし過ぎている。「平和なる檄文」の中で、涙香が「心のありよう」について具体的に語っていることは、ほとんど「私利私欲を捨てて公義心を持て」ということに要約出来てしまう。涙香が、言論機関としての新聞の限界を感じる中、内村の強い影響もあって社会改良運動に乗り出したのが理想団だった。しかし、そこには、公義心を持った個人が理想的な団結をすれば、社会は改良されるという、まことにシンプルな考え方しか見られない。

垣間見える組織としての脆弱さ

とはいえ、理想団は順調に動き出したことは動き出した。七月九日の「善を為《な》す勇気（周六述）」の記事の最後に、「本月廿日に加入者の遠路ならざる人々と一堂に集り、理想団の発起会を開き、今後の事を定め、猶《な》ほ地方支会等の設定にも着手せんとす」とある。発起会は発起集会の名称で神田美土代《みとしろ》町の青年会館で開かれることになった。会費は一〇銭。前日の七月一九日の『萬朝報』に予告と「理想団発起会に就ての一の希望（周六）」が載った。

発起集会の予告には、発起人として、内村鑑三、黒岩周六、山縣五十雄、幸徳伝次郎、円城寺清、天城《あまぎ》安政《やすまさ》、堺利彦、斯波貞吉の八人の名前が並んでいる。円城寺清は天山の筆名で知られた論説記者。東京専門学校（現在の早稲田大学）を卒業して、『大隈伯昔日譚』をまとめた。後にふれるが、日露戦争開戦をめぐって、主戦論を主張し、非戦論の内村鑑三、幸徳秋水、堺利彦と対立した。天城安政は、松井広吉『四十五年記者生活』によると、大倉組神戸支店長をしていた経済人で、『萬朝報』では経済部長をしていた（二〇九頁）。

七月二二日の『萬朝報』記事によると、発起集会には約五〇〇人が集まったという。順調な出発と言うべきだろう。『萬朝報』の紙面に逐次、「理想団加入者報告」が発表された。涙香の「平和なる檄文」が掲載された翌々日の七月四日が第一回。メディア史研究者の有山輝雄の調査では、一九〇三年（明治三六）一月六日の第七一回まで確認でき（二五回は欠落）、総計は延べ三一六六人という（「理想団の研究［I］」五一～五四頁、以下の加入者の分析も同論文による）。結成呼びかけから一九カ月間で会員約三〇〇〇人を得たことになる。それなりに大きな組織になったというべきか。しかし、発起集会に約五〇〇人も集まったことを考えると、むしろ停滞していたと言えるかもしれない。

加入者の時期的推移を見ると、一九〇一年七月に一三九九人が加入した後、同年末まで半年間の加入者総計は二〇九一人である。その後一三カ月の一カ月平均加入者は八二人に過ぎない。

「理想団加入者報告」には住所・氏名が載っている。三一六六人のうち、東京は九四〇人。全体の約三割が東京在住である。先に述べたように、一九〇二年（明治三五）一月以降の平均加入者は八二人に過ぎないのだが、それでもこの数字が維持できたのは、東京以外の地域でそれなりに加入者があったからである。

加入者の地域的な分布を見ると、東京九四〇人を別格にして、一〇〇人を超えているのは、長野県二四〇人、神奈川県二〇二人（うち横浜一〇七人）、北海道一九四人、千葉県一七六人だけである。長野と北海道の数が多いのは、内村の人脈と関係があるのだろう。神奈川、千葉は『萬朝報』読者が多い。その他、加入者は沖縄以外の全国に広がっているが、群馬県八八人、岩手県八六人、静岡県七六人、埼玉県七〇人と東日本地域に加入者が多い。これらの地域では、既成の青年団などの組織を通じた一括加入が目立つ。これに対して、東京はすべて個人加入である。

こうした数字だけから分かることは多くはない。だが、理想団の組織としての脆弱さが垣間みえるのではないか。東京など都市部中心の組織であることは明らかだ。そして、その東京の場合、加入者延べ総数九四〇人の六五パーセント以上の六一三人が最初の一九〇一年七月の加入者である。『萬朝報』の読者は東京中心だった。涙香の「平和なる檄文」に共感した『萬朝報』読者が当初一気に加入したものの、その共感は必ずしも広がらなかった状況がうかがえるのではないだろうか。さらに、地方で既成の青年団などを通じて一括加入した場合、どこまで個々人の意思で加入したのかについては疑問が残る。また、「加入者報告」に名前が載った三一六六人が、その後も理想団の団員として持続的に活動していたかどうかも分からない。

定例の晩餐会は思想交換のサロン

理想団は具体的にどのような活動をしたのだろうか。発起集会では、次の団規が決まった。

第一条　理想団は団員の誓約に基き、身を正しくして人に及ぼし、以て我社会全体を理想に近から

しむを目的とす

第二条　団員は便宜の時、便宜の処を選び集会して思想を交換す
第三条　評議員を置き常に団務の進行と団体の発達を計る
第四条　社会公共の利害善悪に対しては随時に団の意を発表し其遂行に勉む
第五条　団員の比較的多き地方より初めて漸次に支団を作り、相共に応援して団の意を実行す
第六条　団員は団の費用を支ふる為め随時応分の金銭を寄付す可し（但し寄付は最小額を金十銭とす）

一九〇一年一二月になって、ようやく理想団本部の評議員が選出された。発起人だった八人に、花井卓蔵、小川平吉、安部磯雄ら八人が加わり、合計一六人。花井と小川は弁護士。花井は衆議院議員でもある。小川も後、衆議院議員となり、政治家として活躍する。二人は当時、少壮弁護士や学者らを会員にした江湖倶楽部のメンバーだった。安部は早稲田大学講師の社会民主主義者。幸徳秋水、堺利彦らと社会民主党を創立したメンバーの一人である。

団規第二条にある「思想交換」の集会は、毎月第二月曜日に築地精養軒で開かれた。第一回がいつだったかは分からないが、『萬朝報』に告知された最初は一九〇二年一月一三日である。以後、毎月の第二月曜日に開かれていることが確認出来る。

堺利彦が四月三日の『萬朝報』に、「理想団晩餐会の記」を書いている（『堺利彦全集　第一巻』一七〇～一七二頁）。三月一〇日に開かれた、おそらく三回目の晩餐会のことだろう。参加者の人数は書い

ていない。「年齢は二〇歳前後をすそとして、四〇、五〇まで上っている。ただし多数は三〇と四〇の間」で、「職業は、弁護士、新聞記者、教師、学生、商人、その外いろいろ」という。

この記事は読者を晩餐会参加へ勧誘するねらいが大きかったと思われる。「会費は一円二〇銭という少額でも、かくのごとき愉快な、有益な会合が催される」と書かれているあたりに、その感じが強い。『萬朝報』の当時の月決め購読料二四銭の五倍だから、むしろ高額に思える。参加者の職業にしても、挙がっているのは、弁護士（花井卓蔵ら）、新聞記者（涙香ら『萬朝報』記者）、教師（安部磯雄）と、評議員と重なる。「学生、商人、その外いろいろ」がどれぐらい参加していたかは分からないが、この晩餐会の参加者は評議員が中心だったと考えていいだろう。

食事の後、談話室に移る。一回目の晩餐会で、次回から毎回一人の談話者を決めて話を聞くことになったようで、堺は「前二度の会では内村鑑三君の宗教観と安部磯雄君の社会観を聞いた」と記している。「前二度」とあるのは、この記事が四月に掲載されているためだろう。二月の会が内村「宗教観」、三月の会が安部「社会観」だったようだ。「次の会には花井（卓蔵）君の「衆議院における感想」という談話があるはず」とある。『萬朝報』のその後の告知を見ると、四月一四日開催の有志晩餐会での談話は、花井の「衆議院議員としての実見談」となっている。

二回目の内村、三回目の安部の談話をめぐって、堺が書いていることが興味深い。

内村君は「個人を作らなければだめだ」と言う、安部君は「個人を作ると共に社会の組織を改めねばならぬ。社会の進歩は人が両足で右ひだり一歩ずつ歩くようなもので、個人が一歩前に進んで社会組織を率いる時もあれば、社会組織が一歩前に進んで個人を導く時もある」と言う。安部君の談話のあとで、内村君が安部君に向かって、「すべて賛成です。ただ、あなた方が汽車や鉄道を作る時、私はダイナマイトを詰め込んでトンネルを作って置こうというのです」と笑いながら言うのを聞いた。

キリスト者の内村と社会民主主義者の安部の違いが分かる挿話だが、理想団有志晩餐会は、つまりはこのようなかたちで評議員らが「思想交換」をするサロンだった。

広がりを欠いた「運動」

涙香をはじめとした理想団評議員たちが、一般団員に向けた運動を展開しなかったわけではない。

一つは、演説会の開催である。『萬朝報』の紙面で、一九〇一年一二月二五日、翌年二月八日、六月一四日の三回、いずれも神田美土代町の青年会館で開かれたことが分かる。第一回は、涙香をはじめ、内村鑑三、幸徳秋水、堺利彦、安部磯雄ら一七人の弁士が演説した。この回の弁士には、足尾銅山鉱毒事件で、直前の一二月一〇日に天皇直訴を行った田中正造が含まれているのが注目される。後の二回もほぼ同じような弁士が並ぶが、その数は二回目（一〇人）、三回目（一一人）に減った。涙香、幸徳、堺の三人はすべての回に登壇しているが、内村は一回目だけである。

これらの演説会の涙香以下、理想団の幹部が聴衆を啓蒙する場だったと言えるだろう。参加者の人数は分からないが、大衆的な動員によって理想団の運動を広げていこうとする指向は見えない。

団規第五条にある地方の組織化については、発起集会の後、七月二二日の『萬朝報』に載った「来会せし諸君に謝す」という発起人一同による謝辞に「一郡（又は交通の便利の一郡にも等しき部落）に団員の二十若《も》くは三十に達せる地方に対して支団会組織化に着手せんことを望む」とある。しかし、八月四日の『萬朝報』に載った涙香の「理想団に来れ」によると、「彼《か》の発起会終《おわ》りてより直《ただ》ちに団員名簿の地方区分に着手し、今は略《ほ》ぼ其緒《そのちょ》に就《つ》くを得たり、是《これ》より進みて地方に支団を設置するの交渉に入らざる可からず、唯憾《ただうら》む〔……〕一郡にして廿名を超ゆる地域の未《いま》だ甚《はなは》だ多からざる」という状況だった。

理想団の地方支部（地方支団）として存在が確認出来るのは、常総、千葉、木下町（以上千葉県）、土浦（茨城県）、浦和町、入間、本庄町（以上埼玉県）、久良岐《くらき》、横浜（以上神奈川県）、信濃《しなの》尻《じり》村、安筑《あんちく》、小県《ちいさがた》、小諸（以上長野県）、札幌（北海道）、静岡（静岡県）の一五カ所である（有山輝雄「理想団の研究[Ⅱ]」三二五頁）。

地方支部が出来るプロセスや組織の内実は一様ではなかったことは容易に想像出来るが、多くの場合、理想団の呼びかけに共鳴した人物の存在が不可欠だろう。彼・彼ら（複数の場合も当然ありうる）のリーダーシップで支部が組織化されたはずだ。彼・彼らは、青年団など既成の組織の幹部だったり、従来から内村鑑三の思想に影響を受けていたキリスト者だったり、あるいは以前から『萬朝報』を愛読し、涙香のファンだったりした人物だろう。

だが、支部がわずか一五カ所しか出来なかったことは、理想団の運動が地方に広がりを見せなかったことを如実に語っている。しかも理想団支部としての活動が持続した組織はほとんどないようだ。『萬朝報』の紙面にも地方支部の活動を報じる記事はきわめて少ない。

こうした帰結は、理想団の社会改良運動の性格から当然と言っていいかもしれない。すでに述べたように、理想団は個人の「心のありよう」を問う。そこには、理想団の考えに共鳴した諸個人の交流はありえても、組織として運動を展開する契機は乏しい。東京本部の活動が、有志晩餐会というサロンでの「思想交換」が中心であったように、地方でも、このミニチュアとも言うべきサロンは生まれたかもしれない。だが、そこからは運動というものに不可欠なダイナミズムは生まれる余地はなかった。

理想団の地方支部に参加した人々が、後に社会主義や労働組合の活動に関わるようになったケースが少なくないことも、社会改良運動としての理想団の限界を示すものだろう。

政治との関わりは「変則」

内村鑑三の思想に深く共鳴し、「心を以て団結する」と呼びかけて理想団を結成した涙香だったが、どこかに「果たしてそれだけでめざす社会改良につながるのか」という思いを抱いていたのではなかろうか。理想団設立を呼びかけた「平和なる檄文」が載った一九〇一年七月二日から一八日後、発起集会開催当日の七月二〇日に「理想団と政党」という記事を書いている。

理想団設立を呼びかけた後、涙香のもとに、多くの人から「理想団は政党なのか」いう質問が寄せられたという。この一文は、その疑問に答えるかたちで書かれている。「吾等は答へて云ふ、理想団は政党に非《あら》ず」と冒頭は明快である。「政党なる者は其の第一の目的、政権を執るに在り、第二の目的は政権を執らんがために成る可く多く党員を議員に当選せしむるに在り」として、この目的を達成するために手段を選ばない今日の政党が人心の腐敗を招いていると政党を批判する。しかし、理想団の目的を達するために「理想団は政治を度外に置くこと能《あた》はざる可し」とも言う。

> 此の団結が人心を純清にせんとする者は、宗教家が人心を純清せんとするが如き出世間の意に非ず、人心を純清にして直ちに其の結果を人世百般の事業の上に現《あら》はれしめざる可からず、政治も商業も教育も総《す》べて理想団の範囲なり、唯《た》だ其《そ》れ範囲なるが為めに、時には直ちに範囲に存する悪弊を攻めて其結果人心に及ぼさんとする変則の手段を取ることも無きこと能はず

理想団の活動においては、「先《ま》づ人心を清くし其の自然の影響を以て範囲内一切の汚濁を消滅せしめんことを期す」のが「順則」である。だが、明らかに現前に弊害がある場合は、そうはいかない。実際には人心を清くして自然に害悪を除くよりも、「変則」をとり、最初に害悪を除くことによって人心が余儀なく清い方向に向かわざるをえないようにする方が有効な場合もあるという。そして、「変則」を採用した場合、「殆《ほとん》ど政党と同一の領分を争はざるを得ず」と述べる。

理想家の内村鑑三と違って、涙香は新聞記者としても生活者としても、あるいは新聞経営者として

も、いわば世の中の汚濁を見てきた人である。順則と変則のレトリックは、現実家・涙香の内村へのささやかな異議申し立てだったように思える。

普通選挙を展望した議員予選会

理想団の活動の順則か変則かということになると、次の催しは変則と言わざるをえないだろう。一九〇二年の第七回衆議院議員総選挙に当たって、理想団は「議員予選会」を企画する。七月八日の『萬朝報』に「理想団評議員」として、次のような「議員予選会」の告知が載った。

別項に記す如き旨趣に基《もとづ》き来る廿六日午後六時より神田美土代町青年会館に於て東京市衆議院議員の予選会を開く、団員諸君の来会を望む（会費十銭）

続いて、「理想団臨時委員」の名で、「候補者諸君に告ぐ」が載った。東京市の衆議院議員候補者は二五日までに住所・氏名を理想団に通知してほしいという内容である。「別項に記す旨趣」については、この後、「理想団臨時委員述」として、「総選挙と理想団」と題した記事がある。予選会で何をするのか。次のように述べている。臨時委員（本文では、実行委員）は涙香ら三人。

目下東京市に候補者と名乗る人総体の中にて、幾何《いくばく》か紳士らしく又は衆議院議員らしかる可しと認めらるゝ者数名を予選せんと欲す、予選して団員中にある投票を其の数名に集めんと欲す、是《こ》れが

比較的に良代議士を出す手初《てはじめ》なり、第一歩なり

本番の選挙の前に、理想団の目的にかなった候補者を理想団員の投票によって選び、この候補者を本番でも当選させようという試みである。理想団員が選挙に出ているわけではないが、予選会で選ばれた候補者は、いわば「理想団推薦」ということになるわけだから、ほとんど政治活動そのものと言っていい。

第七回総選挙は、選挙権が直接国税一五円以上だった前回から一〇円以上に拡大され、有権者は二倍に増えた。選挙区制も小選挙区から大選挙区に変わった。こうした状況もあって、涙香ら理想団幹部は、予選会という試みをしたのだろう。

注目すべきは、この試みの背後には、選挙のあるべき姿として、所得税による制限を取り払った男子普通選挙への展望があったことである。本番の選挙では、直接国税一〇円以上の人しか投票出来ない。しかし、予選会は、趣旨に賛同した人は誰でも投票出来る。七月二三日の『萬朝報』に載った理想団臨時委員の「候補者予選会に於《おい》て」は、次のように明確に述べている。

選挙の理想は普通選挙に在るに非《あら》ずや、投票権ある人と無き人とを区別するは理想に非ざるなり

予選会には一五二人が参加し、鳩山和夫、田口卯吉、江原素六、安藤太郎、山口喜之助の五人が選

ばれた。実際の総選挙では、このうち東京市区で、鳩山和夫が第二位、田口卯吉が第一一位で当選している。

翌年三月の第八回総選挙では、涙香、花井卓蔵ら五人による自由投票同志会が作られた。同志会のメンバーは涙香以下全員が理想団評議員で、花井以外は『萬朝報』記者である。ただし、自由投票同志会そのものは理想団とは別の組織であるとした。前回のような予選会は行わず、東京市内で一五回の演説会を行ったほか、横浜でも演説会を開いた。横浜では、島田三郎を応援する立場を明確に打ち出した。予選会を行わなかったことや組織を理想団と別にしたとはいえ、自由投票同志会の活動は、理想団が前回以上に選挙運動そのものに深く関わるものだったと言えよう。

こうした理想団の「政治への接近」には、理想団内部にも批判があっただろう。その中心に、内村鑑三がいたに違いない（内村は、議員予選会の臨時委員になっていないし、自由投票同志会のメンバーでもない）。理想団内部での「路線対立」をうかがう直接的な材料はないが、その後、理想団は、団規第二条の「団員は便宜の時、便宜の処を選び集会して思想を交換す」という活動が中心になったようだ。

一つは、有志晩餐会のほかに随時談話会を会費二五銭で隔月開催することになった。一般団員が出席しやすいようにしたのである。もう一つは、朝報社講演会の開催。四月一一日から六月一七日まで六回開かれている。弁士は各回三人。理想団の活動として打ち出してはいないが、木下尚江が一回加わっただけで、他はすべて『萬朝報』記者である。理想団評議員をみると、涙香が六回中五回、内村が四回、幸徳秋水が三回、堺利彦が一回、それぞれ弁士になっており、実質上、理想団の活動だった。

社会改良の面では「殆ど空漠」

しかし、理想団の活動がその後活発になることはなかった。地方支部もほとんど休眠状態になる。しかも、満州（中国東北部）における日本とロシアの対立が一触即発の緊張状態に陥る中、『萬朝報』内部で、日露非戦論と主戦論の対立が深刻になった。結局、後に見るように、一〇月に至って、非戦論の立場の内村鑑三、幸徳秋水、堺利彦が『萬朝報』を退社する。三人は退社後も理想団には名目的には残ったが、すでに社会主義に掲げるようになっていた幸徳と堺は、「心を以て団結する」という理想団の思想を批判する立場にいたし、内村は、『聖書之研究』を舞台に独自の非戦論を掲げた。

日露戦争勃発直後の一九〇四年（明治三七）二月一六日の『萬朝報』に、「黒岩周六述」の「理想団の事に就て」が載った。理想団の運動を活発にするために新たに評議員の中から常務員を選んだという内容だが、その前段で、涙香はこれまでの理想団の運動を次のように総括している。

今までの所を見ると修身と云ふ方面では多少認められたけれど、社会改良と云ふ方面は殆《ほとん》ど空漠《くうばく》に成《なっ》て居る

「平和なる檄文」でスタートしてわずか二年半足らず、「空漠」（ぼんやりとして、つかみどころがない）と書かざるをえなかった涙香の心中には一種の徒労感があったのではないか。涙香自身は、先に述べたように、議員予選会や自由投票同志会などを通じて、理想団としての政治的活動を模索したことも

あった。だが、社会改良の原点を「心のありよう」に求め、「公義心」を説くだけの理想団は、資本主義化が進む中で顕在化してきた社会問題に対する社会改良の運動として大きな広がりを持てなかった。内村ら三人の『萬朝報』退社は、理想団運動の実質的な終焉だった。

この後、涙香は「社会実地の問題」に取り組む方向で、理想団の立て直しを図るが、それは理想団の名前を使ってはいるものの、すでに明確な政治的な活動に転化したものと言える。後に見るように、日露戦争後、いくつかの場面で、涙香は政治の現場の人となる。

第八章　たそがれの『萬朝報』

1　日露戦争前後

涙香の日常生活

『萬朝報』の発行元・朝報社は、京橋区三十間堀の社屋を二倍に増築していたが、いよいよ手狭になり、一九〇一年（明治三四）七月、京橋区弓町（現在の中央区銀座二丁目）に移転する。大隈重信旧邸の土地と家屋を八万円で購入したもので、約四〇〇坪の土地に洋館二棟と和風住宅があったという（松井広吉『四十五年記者生活』二〇七～二〇九頁）。公務員の初任給が月額五〇円程度の時代である。松井は「〔黒岩氏は〕折角の儲金《ちょきん》を払い盡して、今や戦役に対して、心のまゝ十二分の設備を為し得ぬのは失敗であつたと後悔し居られた」と記している。ここで「戦役」は日露戦争のことである。

この前後、涙香は同じ麻布 笄《こうがい》町の中で転居する。「地所三千坪余、家屋は日本館と洋館合わせ二

弓町の『萬朝報』の社屋（現在の銀座２丁目）

百五十坪の余の広大な屋敷」（鈴木珠・述／鈴木勉・記「黒岩涙香外伝」二七九頁）で、文部大臣などを務めた森有礼《ありのり》の旧居だったという。この時期は後に離婚する真砂子とはまだ円満だっただろう。二人の間に三人の男の子がいた。家族のほか、女中や書生的な人間も何人かいたようだ。

雑誌『新声』第六編第三号（一九〇一年九月）に、緒方流水が「黒岩涙香」と題した長文の評伝的な文章を書いている（涙香会編『黒岩涙香』に収録〔八〇七～八三〇頁〕）。緒方は『学生自活法』など著作がある文筆家だが、『萬朝報』の記者をしていた。「涙香の人物」の章が、涙香の日常生活を記していて興味深い。

涙香は、毎朝五時か六時には起床した。まず井戸端に行き、裸で冷水浴。「神経衰弱の療法にして、余が為す日課中の最も善き事の一」と、涙香は言っていたという。その後、「庭内を疾駆《しっく》数回」した。そのうちに気力がふつふつと湧いてくるのだという。朝食後、八時半より一〇時まで、書斎でその日に掲載する連載小説の一回分を書く。二〇字詰め一九行の原稿用紙六枚ほどだった。

この後、朝報社編輯局に出社する。編輯局では、ときに論説を書き、雑報や随筆的な記事も書くことがあったが、それ以外は一人で別室にこもり、五目並べを研究したり、雑書を読んだりして過ごした。緒方は「暫《しばら》くも休憩する能《あた》はざるは彼の性《さが》なり」と書いている。

帰宅すると、読書三昧で「其の読むものは、西洋小説を最とし、漢籍之に次ぐ」という。酒はまったく呑まなかったが、タバコはきざみタバコを愛用するヘビースモーカーだった。松井広吉は、「純金の煙管《きせる》に菊水《きくすい》の刻《きざみ》煙草を吹かす」と書いている（『四十五年記者生活』二四二頁）。「菊水」は現在も銀座にある喫煙具・タバコの老舗専門店である。ただし、一九〇三年（明治三六）創業だから、「菊水の刻煙草」については少し後のことになろう。

講演をすることも少なくなかったから、自宅と朝報社を往来しているだけの日々でなかったことはもちろんである。〈間奏1　涙香をめぐる女性たち〉に記したように、先妻の真砂子と離婚した後、赤坂の料亭をしていた芸妓と再婚したくらいだから、酒は呑めないとはいえ、料亭などでの付き合いもあったはずだ。しかし、涙香の日常の基本は、読書（主として洋書）と日々の翻訳小説の連載のために原稿を書くことだったのである。

「不売同盟」を乗り切ったが

一八九二年（明治二五）一一月の創刊以来、『萬朝報』が短期間に部数を急速に増やすことが出来た理由は、すでに述べてきたように、相馬事件報道のようなスキャンダル報道や涙香の連載小説の人気など、さまざまに指摘出来るが、大きな要素は、『萬朝報』が他の新聞より安かったことにある。

「普通一般の多数民人」が手に取るためには、安くなければいけない。これは、涙香が「発刊の辞」

で強調したことの一つだった。その主張通り、創刊以来、月決め二〇銭という購読料が維持されていた(前に記したように、他紙の一カ月前金料金は、『時事新報』五〇銭、『東京日日新聞』四〇銭、『東京朝日新聞』『都新聞』各三〇銭だった)。

日清戦争の後、全体に新聞購読者が増えたのだが、その分、各新聞による販売競争が激しくなった。そうした中、大売捌店《うりさばき》は手数料を一律五銭値上げすることを各新聞社に求めた。『萬朝報』は創刊の〝原点〟を維持するべく、これを拒否した。一八九六年(明治二九)一二月のことである。この結果、東京府と九県の大売捌店が『萬朝報』の非売を決議した。大売捌店は、新聞の大手取次会社である。それがまとまって「『萬朝報』は扱いません」と決めたのだから、『萬朝報』にとっては大打撃だった。

銀座四丁目に店を構える真誠堂という大売捌店があった。その店主の植松亀次郎が、当時を回顧している(「創刊当時の拡張振と太っ腹」涙香会編『黒岩涙香』七九六〜八〇〇頁)。植松は創刊以来、『萬朝報』の拡張に力を入れていた店主で、このときも「新聞普及のためには値上げは出来ない」とする涙香に強く共感し、『萬朝報』のために動く。ある日、涙香に呼ばれ、対応策を相談された植松は「不売を解くには二万円の資金が必要です」と話すと、涙香は即座に「二万円くらいはよろしい」と応じたという。植松は「その太つ腹が如何にも嬉しかったのです」と書いている。

二万円というのは、『萬朝報』を扱う店を新しく一〇〇店設置するための費用として植松が、いわば吹っ掛けた金額だが、涙香は動じることがなかったというのだ。実際、朝報社内に真誠堂が経営する新しい新聞販売会社・萬売舎を作り、各地に、『萬朝報』の専売店・特約店を一〇〇店以上開業した。多くは「萬」の名を冠した。『萬朝報』は人気が高かったから、中小の売捌店の中には大売捌店の決議に反して『萬朝報』を販売するところも少なくなかった。『萬朝報』には、しばしば新売捌店との取引開始の告知が載った。涙香も紙面で非売の決議や他紙の廉価販売を批判する論陣を張った。結局、資金二万円を投じるまでもなく、この非売騒動は収束した。『萬朝報』はむしろ部数を増やしたと思われる。新聞業界では、販売競争が今日までさまざまなかたちで続いているが、『萬朝報』はこの時期、その洗礼を受けたのである。

創刊時の月決め二〇銭の『萬朝報』の定価は、一八九八年（明治三一）六月二八日から二四銭に値上げされる。だが、すでに値上げをしていたと他紙との価格差は歴然としていた。低価格路線は新聞企業として、さらなる拡充を迫られたとき、『萬朝報』を経営面で苦しませることになる。

日露主戦論と非戦論の対立

一九〇三年五月一日の『萬朝報』に、幸徳秋水の論説「非開戦論」が載った。満州を事実上、軍事支配していたロシアとの緊張が高まる中、戦争絶対反対論の立場から、ロシアと戦争に踏み切るべきではないと強く説いたものである。幸徳は、この後も非戦論の立場からの論説を多く執筆し、『萬朝報』の論調をリードした。

ロシアとの関係について、涙香はどのように考えていたのだろうか。

この時期、涙香が『萬朝報』に発表した文章は、「霊魂不滅の説」（一月一五日）、「天人論発刊に就て」（五月九日）、「美文以外の文章美」（五月二五、二六日）、「不健全なる思想」（六月六日）、「藤村操《みさお》の死に就て」（六月一六、一七、一八日）などであり、紙面では、前年一〇月八日から始まった「噫無情」

の連載が続いていた（八月二二日まで）。このほか、唯一館で、「自由意志と神」（五月一七日）、「一神論と汎神論」（七月一二日）と題した講演を行っている。涙香自ら予告した『天人論』は、五月一四日、朝報社から刊行された。当時、版を重ねた、この「哲学書」については、後にふれる。

かつて藩閥政治を批判し、政党の腐敗を糾弾した「民鉄」は、もうここにいない。新聞人として緊張を高める対ロシアとの関係に無関心だったはずはないのだが、涙香の主なる関心は、どうやら人間精神のありようとでも言うべき主題に向けられていたようだ。

この時期、『萬朝報』の非戦論の論調を幸徳とともに担ったのは内村鑑三である。六月三〇日の『萬朝報』には、内村の「戦争廃止論」が載った。日清戦争の際には「義戦論」の立場から戦争を支持した内村だったが、聖書の研究を深める一方、戦争の惨禍を知ったことを通じて、戦争は絶対に許せないという考えに至ったのである。内村は、次のように論じた。

　余は日露非開戦論者である許《ばか》りではない、戦争絶対的廃止論者である、戦争は人を殺すことである、爾《そ》うして人を殺すことは大罪悪である、爾うして大罪悪を犯して個人も国家も永久に利益を収め得やう筈はない

『萬朝報』以外の新聞では、『東京日日新聞』『毎日新聞』を除くと、ロシアに対する強硬論が目立ち始めた中、『萬朝報』には、内村の「露国と日本」（八月一七日）、幸徳の「二者一を取れ」（八月二三

日）、内村の「平和の実益」（九月一日）、幸徳の「好戦論の挑発」（九月一三日）など、非戦論を説く論説が載った。

しかし、『萬朝報』編輯局内部は、決して非戦論でまとまっていたわけではなかった。実際、幸徳や内村の非戦論の論説が載る一方で、たとえば五月一二日の「不信なる露国」という論説では、ロシアの満州支配は「偏《ひと》へに平和に眷々《けんけん》たる我が国民を以てするも、遂に之を忍容する能《あた》はずして最後の手段に訴ふるの已《や》むを得ざるに至るべく、彼れ露国は不信にして横暴なる言動の応報として、極東の新興国より回すべからざる打撃と殃禍《おうか》を受くることを覚悟せざるべからず」と、非戦論には遠い強硬な論調を展開している。

英文記者として『萬朝報』に入り、論説なども担当するようになった山縣五十雄が、この時期の『萬朝報』について、「社内には活気充溢して、編輯局は毎日のやうに縦談横議の壇となつた。〔……〕日露戦争に先立つ二三ヶ月は殊《こと》に興味が多く、毎日主戦論者と非戦論者とが口角泡を飛ばして議論を闘はした」と回顧している（「涙香先生の思い出」涙香会編『黒岩涙香』四四一頁）。

編輯局の「縦談横議の壇」で、涙香はどのような発言をしたか知りたいところだが、山縣は何も語っていない。内村や幸徳の非戦論を十分理解していたことは間違いないだろう。だからこそ、二人に自由に筆を執らせていたのである。だが、次第に主戦論に傾く主筆の円城寺清（天山）をはじめ、斯波貞吉、松井広吉ら編輯局幹部の突き上げも受けていただろう。新聞経営者として、「哲学」的思考に沈潜しているわけにはいかなかった。

一九〇三年四月、ロシアは清との間に満州からの撤兵に関する協定を結んだ。翌年一〇月八日まで三次に分けて、満州からロシアの全軍隊を撤兵するという内容だった。しかし、ロシア軍は第一次撤兵を行ったのみで、その後、満州に居座った。撤兵の最終期限である一〇月八日が、さらに平和交渉を続けるかどうかの判断を迫られる節目だった。

その一〇月八日の『萬朝報』の二面の下から二段目、英文欄の前に、なぜか「言論」の欄が載った。通常は一面トップにある社説である。「戦は避く可からざるか」との見出しで、通常の記事（一行一九字）より一角小さい活字で組まれている（一行二五字）。「吾人は我国五千万の忠良なる民人の一部として、五千万の共に熱心なる平和の希望者なり」と書き出された内容は、しかし、次のように結ばれている。

今にして平和を未《いま》だ戦はざるに齎《もたら》し得るの道あらば邦家の大慶なり、其の道若し無くば、避《さ》く可からざるは避く可からざるなり、一切の顧慮を捨て、難に向《むかっ》て盲進するの一路あるのみ、吾人の意、斯《かく》の如《ごと》し、何ぞ多言を要せん

つまり、戦わずして平和をもたらす道がない以上、戦いは避けられない。一切の顧慮を捨てて、難（戦争）に向かう道しかないというわけである。内村や幸徳の「絶対平和論」「戦争廃止論」の明確な否定である。署名はない。

THE YORODZU CHOHO.　（月曜日）　明治卅六年十月十二日　（明治廿五年十月卅一日第三種郵便物認可）

趣味と實益の無盡藏

萬朝報

退社に際し涙香兄に贈りし覚書　内村鑑三

小生は日露開戦に同意することを以て日本国の滅亡に同意することゝ確信致し候、然りとて國民擧て開戰と決する以上は之に反對するは情として小生の忍ぶ能はざる所に御坐候。

然とて又新聞記者として世に立つ以上は確信を語らざるは志士の本分に反くことと存候。然るに又た朝報にして開戰に同意する以上は（其實は小生の充分に論じとする所なれども）其紙上に於て反對の氣味を帶ぶる論文を揭ぐるは之れ亦小生の爲すに忍びざる所にして、又朝報が世に信用を失ふに至るの途と存候。

斯に至て小生は止むを得ず、多くの辛らき情實を忍び、當分の間論壇より退くことに決心致し候間、小生の微衷御諒察被下度候。朝報に對する小生の好誼は今日も前日と毫も異なる所無之候。

明治卅六年十月九日　内村鑑三

黒岩涙香兄

退社の辭

予等二人は不幸にも對露問題に關して朝報紙と意見を異にするに至れり

予等が平生社會主義の見地よりして、國際の戰爭を目するに貴族、軍人等の私鬪を以てし、國民の多數は其爲に犧牲に供せらるる者と爲すこと、讀者諸君の既に久しく本紙上に於て見らるゝ所なるべし。然るに斯の如く予等の意見を寛容したる朝報紙も、

敢て情を陳じて讀者諸君の諒察を仰ぐ

堺利彦

幸徳傳次郎

内村、幸徳、堺、三君の退社に就て　涙香　黒岩周六

朝報社に若し光明ありとせば内村幸徳堺三君の如きは其の中心なり、今や三君、對露問題の是非に於て、社中と意見の合せざる所あるが爲に、時を同くして朝報社を去る、吾等悲まざるを欲するも得んや

然れども士は苟くも合す可からず、互に人格を重じて相親むは一の私情なり、私情の爲に意見を枉ぐるは三君が操守の許さゞる所なり、吾等三君の去るを悲むと雖も、私情の爲に三君の操守に累すると能はざるなり、吾等は三君の此行ひに於て三君の本領を認め益す推服の意を深くす

吾等は私かに期したり、長く三君と手を携へて行かば、自から其の人格に感化せられ、假令ひ三君と齊しきに達する能はざるも袖を分つには至らざるを得んと、今は期する所事實と反せり、唯だ幸ひにして三君、吾等と私交に於て從來と異なるなきを許さる、吾等は光明の窺見す可きを幸と爲して強て自ら慰むるの外はあらず

若し朝報の聲價と信用とに至りては三君の去るが爲めに、失ふ所の甚だ少からざることを恐る、願くは三君、夙に吾等に諭へたる一視同仁の主義を以て、時に來りて、吾等を指導する所あれ、別に臨みて三君の健康を祈る

内村鑑三，幸徳秋水，堺利彦の退社を伝えた『萬朝報』

それにしても、この社説の掲載ぶりは奇妙である。当時、『萬朝報』は三版制をとっていた。ロシアの撤兵拒否が明確になった段階で、最終版に急遽、この社説を組み込んだのだろう。涙香が執筆したとする見方もあるが、筆者は内村や幸徳に批判的だった円城寺天山だった可能性が高い。天山は主筆の立場にあった。一〇月八日という節目の日に向けて、天山が事前に執筆していて、情勢を見て、組み込んだのだろう。内村や幸徳が書く非戦論の論説の掲載をいつまでも許容している涙香に対して、こうしたかたちで決断を迫ったのではないかと思われる。

内村、幸徳、堺の退社

翌一〇月九日には、天山が今度は署名入りで、通常の「言論」欄に「最後の一断」を書いた。さらに一〇日には、松井広吉の「露国皇帝に呈する書」が載る。そして、一二日、内村鑑三の「退社に際し涙香兄に贈りし覚書」、堺利彦と幸徳伝次郎の連名による

「退社の辞」、さらに涙香の「内村、幸徳、堺、三君の退社に就て」が載った。涙香の文章は「辱知黒岩周六」の署名である。

内村の「覚書」は、九日夜、内村が涙香に直接渡した私信だったようだ。涙香が内村の了解を得て紙面に載せたのだろう。情理を尽くした内容は、涙香と内村の深い人間的関わりを感じさせる。次に全文を掲げる。

小生は日露開戦に同意することを以て日本国の滅亡に同意すること、確信いたし候然《さ》りとて国民挙《こぞっ》て開戦と決する以上は之に反対するは情として小生の忍ぶ能《あた》はざる所に御坐候然《さり》とて又論者として世に立つ以上は確信を語らざるは志士の本分に反《そむ》くと存《ぞんじ》候。殊《こと》に又《ま》た朝報にして開戦に同意する以上は（其意は小生充分に諒とする所なれども）其紙上に於て反対の気味を帯ぶる論文を掲《かか》ぐるは之《こ》れ亦《また》小生の為《な》すに忍びざる所にして、又朝報が世に信用を失ふに至るの道と存候。

茲《ここ》に至《いたっ》て小生は已《や》むを得ず、多くの辛《つ》らき情実を忍び、当分の間論壇より退くことに決心致し候間、小生の微意御諒察被下度《くだされたく》候。朝報に対する小生の好誼《こうぎ》は今日も前日と毫《ごう》も異なる所無之《これなく》候。

宛名は「黒岩涙香兄」である。

一方、堺と幸徳の「退社の辞」は、「余等平生社会主義の見地よりして、国際の戦争を目するに貴族、軍人等の私闘を以てし、国民の多数は其為に犠牲に供せられる者と為すこと、読者諸君の既に久しく本紙上に於て見らるゝ所なるべし」と、開戦反対論を直截に打ち出している。退社の意思を示した二人に対して、涙香は慰留した。「退社の辞」には、次のようにある。

予等の之〔退社の表明〕に対し、黒岩君は寛大義侠の心を以て切に勧告せらるゝ所ありたれども、事此に至りては亦如何《またいかん》ともする能《あた》はず、予等は終《つい》に黒岩君其他社友の多年の好誼に負《そむ》きて、一たび此に袂《たもと》を分《わか》つに至れり

但、朝報編輯の事以外に於て、永く従来の交情を持続せんとは、予等の深く希望したる所にして、又黒岩君其他の堅く誓約せられたる所なり

敢《あえ》て情を陳じて読者諸君の諒察を仰ぐ

涙香の心の込もった「送る言葉」

退社する記者の文章が、このようなかたちで掲載された前例はおそらくないだろう。『萬朝報』にとって、そして涙香にとって、内村ら三人、とりわけ内村は、かけがえのない「財産」だったのである。幸徳も堺も、『萬朝報』のかつてのスキャンダル報道の手法だけを模倣して、部数を急速に増やしていた秋山定輔の『二六新報』とは違う、真摯な言論新聞としての『萬朝報』の一角をたしかに支えていた。内村の「覚書」、幸徳、堺の「退社の辞」に続いて掲載された涙香の一文は、その点を率直に吐露している。「辱知　黒岩周六」の署名は、言うま

でもなく、三人の退社という帰結に対する涙香の思いを込めたものだった。以下は全文である。

朝報社に若《も》し光明ありとせば内村幸徳堺三君の如《ごと》きは其の中心なり、今や三君、対露問題の国是論に於て、社中と意見の合《がっ》せざる所あるが為に、時を同じくして朝報社を去る、吾等悲まざるを欲《ほっ》するを得んや

然《しか》れども士は苟《いやし》くも合《がっ》す可からず、互《たがい》に人格を重じて相親《したし》むは一の私情なり、私情の為に意見を枉《ま》ぐるは三君が操守の許さゞる所なり、吾等三君の去るを悲むと雖《いえど》も、私情の為に三君の操守を累《るい》すること能《あた》はざるなり、吾等は三君の此行ひに於て三君の本領を認め益《ますま》す推服の意を深くす

吾等は私《ひそ》かに期したり、長く三君と手を携《たずさ》へて行かば、自《おのず》から其の人格を感化せられ、仮令《たと》ひ三君と斎《ひと》しきに達する能《あた》はざるも袖《そで》を分つには至らざるを得んと、今は期する所事実と反せり、唯幸《さいわ》ひにして三君、私交に於て従来と異なるなきを許さる、吾等は猶《な》ほ光明の望見す可きを幸と為して強《しい》て自ら慰むるの外はあらず

若し朝報の声価と信用とに至りては三君の去るが為めに、失ふ所の甚《はなは》だ少からざることを恐る、願《ねがわ》くは三君、夙《つと》に吾等に誨《おし》へたる一視同仁の主義を以て、時に来りて、吾等を指導する所あれ、別に臨みて三君の健康を祈る

幸徳と堺は『萬朝報』退社後、平民社を立ち上げ、『週刊平民新聞』を創刊する。荒畑寒村《あらはたかんそん》は、この日の『萬朝報』について、「私の生涯のコースを決定したともいえる、明治三十六年十月十二日の感激は、永久に私の心から消え去ることはあるまい」と記している（『寒村自伝　上巻』一二三頁）。むろん、後に社会主義者として平民社に加わる荒畑は、何よりも幸徳と堺の非戦論に感激したのである。しかし、涙香と内村、幸徳、堺三人との間の紙面上のエール交換は、涙香のパフォーマンスだった面はあるにせよ、言論に生きる者の志操と情愛を多くの読者に伝えるものだったのではないだろうか。

涙香が改めて戦争不可避の社説

翌一三日の『萬朝報』には「朝報は戦ひを好む乎《か》」という社説が載った。文中に九日の二面に目立たないかたちで掲載された「戦は避く可からざるか」を全文、再録して、『萬朝報』の立場を説明している。前日の内村ら三人への惜別の辞が個人としての思いを表明した記事であり、「辱知　黒岩周六」の署名があったが、この日の社説には署名はない。だが、間違いなく、『萬朝報』を率いる新聞人・涙香としての意見表明である。

冒頭の「内村幸徳堺の三氏、非戦論を唱へて朝報社を去る、朝報社は戦《たたかい》を好むの主義なる乎、吾人は世の朝報を読む人に対して此《この》疑問に明《あきら》かにするの責任あるを信ず」と述べる。「一言にして答ふれば、否と云ふの外に非《あら》ざるなり」と続く。では、何ゆえに非戦論の内村らは退社したのか。涙香は、一転して「是《こ》れは一言にして答へ得る所に非ず、読む人、気を平《たいら》かにして、之を読め」と書き進む。内村や幸徳の非戦論が載ることを許容してきたのは涙香である。たしかに「一言にして答へ得る所」ではなかっただろう。最初に、夫婦の間のいさかいを例に挙げた説明がある。

夫婦相争ふ、賊あり外より之を窺《うかが》ふ、思へらく乗ず可しと、戸を排して入り、財を掠《かす》め去らんとす、夫婦争ひを忘れ、力を一にして之と戦ふ、是れ家を思ふの至情なるか、将《は》た戦ひを好む者なるか、此夫婦をば、以て戦ひを好む者と為《な》す可くんば朝報社を目して戦ひを好む者と為すを得んや

いかにも「普通一般の多数民人」を想定した涙香らしいたとえ話だが、いささか陳腐と言わざるをえない。

次に、対露同志会を例に挙げ、「帝国主義を唱へて露を伐《う》つ可しと絶叫する」一派とは違うことを強調する。対露同志会は早くから対露開戦を主張して運動していた対外硬の代表的な団体である。会長は近衛篤麿《あつまろ》。内田良平、頭山満らが盛んに演説会を開いていた。

社説は、次のように論じる。我々は、清との協定に従ってロシアが満州から撤兵すれば、戦争は避けられるのであり、そのために、外交交渉を重ねるべきことを主張してきた。その点が対露同志会などとは違うというのだ。だが、ロシアは最終的な撤兵期限を守らないばかりか、軍隊を増強する動きがあり、外交交渉では決着はつかない事態になった。結局、結論は次のように、対外硬の主張と同じである。

外交の手段既《すで》に盡《つ》きて、戦ひの避く可からざる至り、猶《な》ほ戦を避けんとするは医薬の手段既に盡きて死の避く可からざるに至り猶ほ死を避けんとするに似たらずや

この時期の他の新聞についてみると、一時期、日露協調論を展開していた『二六新報』が一転、過激な開戦論に転じたのをはじめ、ほぼすべての新聞が開戦論に移行した。政府系の『東京日日新聞』と幸徳と堺が創刊した『週刊平民新聞』がごく少ない例外だった。

この後、『萬朝報』は、円城寺天山が中心になって、「今に於て何の交渉か」（一〇月一七日）、「危険迫る！　危険迫る！」（一〇月三〇日）など、早期開戦論を展開する。

2　「報道新聞」化の挫折

ベストセラーとなった『天人論』

先に、日露開戦前、一九〇三年（明治三六）当時の涙香について、「主なる関心は、どうやら人間精神のありようとでも言うべき主題に向けられていたようだ」と書いた。その際に、この時期、涙香が書いた文章や講演のタイトルをいくつか挙げた。内村、幸徳、堺の退社に際しての惜別の辞の後、開戦論に移行したことを明確に示した社説を執筆したことにもふれた。しかし、この社説の後、涙香が『萬朝報』に執筆した文章はそれほど多くない。

もっとも、連載小説は例外である。八月二二日に「噫無情」が終了する。それに先立ち、六月二八日から「破天荒」の連載が始まり、一一月二日まで続く。翌一一月三日からすぐに「王妃の怨」が始まる。この連載は、翌年二月の日露戦争開戦後の三月一三日に終わる。この後、日露戦争中も途切れなく、「涙香小史」の連載小説は『萬朝報』に掲載された。

ただし、単行本化に関しては、大きな変化がある。初期の探偵小説は、新聞連載終了から時間をおかずに単行本になった。ところが、読者の評判がよかった「噫無情」の場合も単行本は、前編が一九〇六年（明治三九）一月、後編が同年四月の刊行である。連載終了から二年半もたっている。これは、日露戦争中だったことも関係していたかもしれないが、次の「破天荒」の単行本は連載終了から六年以上たった一九一〇年（明治四三）年二月の刊行である。さらに「王妃の怨」は単行本になっていない。涙香の翻訳小説にもようやく人気のかげりが見えてきたことを物語るものだろう。

日露間の戦争が現実に迫る中、涙香は『天人論』の執筆にもっとも力を注いでいたように思える。一九〇三年五月九日の『萬朝報』に、黒岩周六の署名で載った「天人論の発刊に就て」は、次のように述べている。

> 余は嚢《さき》に此紙上に於て、心的一元論に基《もとづ》ける宇宙倫理観を一書として発表せんと欲するの意を告白したり、此頃漸《ようや》く其の稿を脱し『天人論』と題して印刷に付したるを以て、重ねて告白せざるを得ず

『天人論』は五月一四日に朝報社から発売された。この記事の前段で述べている「告白」（「広く知らせる」といった意味）は、約五カ月前の一月一六日の『萬朝報』に載った「霊魂不滅説に就て」の末尾に、文章全体を受けて「予は此意を明《あきら》かにせん為めに宇宙倫理観《コスモ・エシックス》を筆述して世に示さんことを欲す

（表題は未定）」（カタカナルビ原文）とあったことを受けている。

いま手元にある『天人論』（口絵参照）の奥付には、「明治三十六年七月二十日八版印刷発行」とある。定価は三五銭。初版が刊行されたのは、前述のように一九〇三年五月一四日。わずか二カ月余りで八版まで刊行されたのである。具体的な発行部数は分からないが、相当なベストセラーだったことは間違いない。

独自の向上主義を説く

涙香は『天人論』を書くために、邦文、英文の多くの著作を短期間に読んだようだ。雑誌『日本人』に載った犀東居士という人物の『天人論』批評に対して、同誌六月二〇日号で涙香が応答した「犀東居士に答ふ」には、約一年間に古代ギリシャ以来の古今の哲学書・思想書一〇〇冊を読破したとある。何事にも熱中する性格は、この点でも発揮されたのだろう。たびたび言及される西欧の学者としては、ドイツの生物学者エルンスト・ヘッケル、イギリスの哲学者ハーバート・スペンサー、ドイツの哲学者・心理学者グスタフ・フェヒナーら（『天人論』の表記を現代の標準的表記に改めた）がいる。涙香は、ヘッケルの進化論と宇宙論、スペンサーの社会進化論、フェヒナーの宇宙論に大きな示唆を受けたように思われる。

「物質の本性」から始まる論述は、表紙にあるように、「宇宙の実体」「人生の覚悟」「道徳の根底」「霊魂の未来」「宗教の真趣」と進む。物質から生物、さらに人間へ至る道を一元的な進化論で説明しつつ、「物は一も独立せず、総体の宇宙に属し、宇宙総体より支配せられて唯《た》だ一体の大なる意味を為《な》す」のだという。「『宇宙』は万物の総体を合称せんが為め便宜的に設けたる仮の名に非《あら》ず、一個確実の実体なり」とも述べる。唯宇宙論とでも呼べそうである。

しかし、涙香のねらいは、こうした唯宇宙論と人間の生き方を結びつけるところにあった。人間も宇宙の秩序に支配されている以上、それに従わなくてはならない。宇宙の秩序とは何か。ここで、向上主義という言葉が登場する。涙香は、向上主義にカタカナでアナボリズムとルビを付けているが、anabolism は、本来、同化作用を意味する生物学用語だから、向上主義は、涙香独特の用語と言っていい。涙香は、この言葉を次のように使う。

真の生物の根元は向上主義なり、上に向《むかっ》て進化する上進力なり、嗚呼《ああ》向上主義なる哉《かな》、向上主義なる哉、生命は真に向上主義なり、其の本来に於て唯《た》だ向上す、故に其の伏能《ふくのう》に限り無く、又能《よ》く限り無く其の伏能を啓発す、向上主義とは伏能を啓発するの謂《いい》なり、啓発す可き伏能の存せざるに当《あた》りては自ら之を作り出すの力なり

「伏能」は、ポテンシャリティの訳語である。ここでは、進化とは、生物（むろん、人間を含む）が、潜在能力を見出すこととされている。それが、つまり「上に向て進化する上進力」である向上主義である。潜在能力がなくとも、向上主義には「自ら之を作り出すの力」もあるという。

こうした立場から道徳に説き及び、涙香は「道徳は生命一体の向上に盡《つく》すの外に在らず、向上主義が最上の道徳なり」と述べる。進化論という当時の最新の科学から説き起こして、多くの西欧の学者

の論にふれながら、結局は、「しっかり頑張りなさい」という通俗道徳的精神論に着地している感が強い。『天人論』は、涙香のまじめな「勉強ぶり」と最新の学説への優れた理解力を示すものではあるが、独創的な見解があるわけではない。なぜ、ベストセラーになったのだろうか。

藤村操の自殺が「追い風」に

一九〇三年五月二二日、一六歳の第一高等学校生、藤村操《ふじむらみさお》が、日光の華厳滝《けごんのたき》で投身自殺をした。地方銀行の頭取を父に持つ、名門一家のエリートだった。藤村は投身前に傍らのミズナラの木を彫って、次のような「巌頭之感」を残した。

> 悠々たる哉《かな》天壌、遼々たる哉古今、五尺の小躯《しょうく》を以て此大をはからむとす。ホレーショの哲学竟《つい》に何等のオーソリチィを価するものぞ。万有の真相唯だ一言にして悉《つく》す、曰《いわ》く、「不可解」。我この恨を懐《いだ》いて煩悶、終《つい》に死を決するに至る。既に巌頭に立つに及んで、胸中何等の不安あるなし。始めて知る、大なる悲観は大なる楽観に一致するを。（ルビは引用者）

藤村の自殺は、この「巌頭之感」とともに『萬朝報』をはじめとした各新聞で報道され、知識人を含めて大きな波紋を呼んだ。自殺の原因は種々取り沙汰されたが、「巌頭之感」には、哲学的な難問を抱えて煩悶した末、死を選んだと記されている。いわば「哲学的な自殺」だった。将来を約束されていたエリート一高生の自殺は、立身出世を美徳とする風潮への反発とも受け取られた。人生の行く末を悩む「煩悶青年」をはじめとして、藤村の自殺に追随する者は後を絶たず、華厳滝は「自殺の名所」になった。

涙香の『天人論』刊行は、藤村の自殺の直前だった。涙香は、この出来事にすばやく反応した。五月二七日の『萬朝報』に、「少年哲学者を弔《ちょう》す」と題した一文を寄せ、「〔『天人論』の〕一冊を寄献することを得ざりしこと」が遺憾だと述べた。さらに、六月一六日から一八日にわたって長文の「藤村操の死に就て」が載った。これは、涙香が一三日夜、数寄屋橋会堂で行った講演を筆記したものである。

『天人論』は、進化論などに拠りつつ、つまりは「人生如何に生きるべきか」という問題に応えようとしたものとも言える。涙香にしてみれば、藤村は自らが答を出そうとした問題に悩み、死を選んだ若者に見えただろう。「藤村操の死に就て」で、涙香は藤村の自殺を「思想の為の自殺」と捉え、「其の死や悪とす可き死に非ず、尊敬す可き死なり」と述べる。その上で、「万有の真相」を「不可解」とした彼の「厳頭之感」に対して、『天人論』で展開した唯宇宙論に拠って、「万有の真相」は宇宙にあり、それは不可解ではないと説く。

涙香は、この講演では、そうした言い方をしていないが、『天人論』に引き付ければ、次のように説明出来る。藤村が「不可解」としたのは、人間の知識の現段階のレベルの結果に過ぎない。向上主義の「上に向て進化する上進力」を発揮すれば、それはやがて解消される。

こうした涙香の通俗道徳的精神論は、「厳頭之感」が示す藤村操の煩悶とは、ミスマッチだったように思える。しかし、藤村のようなエリートではなくとも、この時代、産業化の進展に伴う社会の流動化や中等教育の普及などに伴って、江戸期はもとより明治前期の苦難（典型的には貧困）とは違う新しいかたちの悩みを抱える人々が出現した。総じて言えば、生き方に関わる悩みと言っていいかもしれない。進化論など最新の科学的な知見を盛り込んだ『天人論』は、涙香の藤村操の自殺に関わる巧みなプレゼンテーションもあって、そこに悩みを解決出来る答があるかもしれないという期待を、こうした人々に持たせた。こうして、『天人論』は短期間に版を重ねたのである。

戦争の必然性と「エネルギズム」

一九〇四年（明治三七）二月、日露戦争が始まる。八日、陸軍先遣部隊が朝鮮の仁川に上陸する一方、連合艦隊が旅順港内のロシア艦隊を攻撃した。一〇日、ロシアに宣戦布告をする。これに先立つ一月六日の『萬朝報』は、一面全面を埋めて涙香の「余が信じるエネルギズム」を掲載した。「黒岩周六記」として、「余は戦争に関する意見の為《た》めに多くの先輩と袂《たもと》を分《わか》ちたる者なれば、自ら意見の在る所を発表する責任あるを感じる」などと記した前書きがある。前年一〇月に行った演説を筆記したものを『軍事界』という雑誌が掲載し、その記事を転載したという。この文面から、演説の時期は、内村鑑三、幸徳秋水、堺利彦が退社した直後と思われる。

涙香によると、物の本体はエネルギー（力）である。「エネルギーが段々と上に進歩し、水とも為《な》り土とも地球とも為り生類とも動物とも人類ともなる、是れが即ち万物の進歩だ向上だ」という。一元的な進化論である。「余が信じるエネルギズム」を含めて、『萬朝報』に載った涙香の文章を収録した『精力主義』という本が、一九〇四年五月、隆文館から刊行されている。書名の「精力主義」はエネルギズムのことである。巻末の「『精力主義』の後に書す」で、涙香は、精力主義を「自個の精力の有らん限りを盡《つく》して現在の義務に殉ずるの主義なり」と説明している。結局、エネルギズムは、『天人論』の向上主義の具体的な実践を指すものと言えるだろう。

平和は、それぞれの国のエネルギーが平均している状態で、これは「万物の根本の道理が国際の上に現はれている」理想のかたちであって、現実はエネルギーの平均が失われている。したがって、戦争は必然である。このあたりは、一見、国際政治学における勢力均衡論を思わせる。だが、戦争はエネルギーの平均（平和）を作り出すもので、「国家を更に進歩せしめ向上せしむる為」に起きるというのが、エネルギズムの立場である。現状を見ると、ロシアのエネルギーが強くなりすぎている。したがって、日本にとって戦争は不可避であり、日本国民はエネルギズムのもと、一体となってロシアに立ち向かわなくてはならないというのが、涙香の具体的な主張である。

『天人論』では、人間は向上主義によって潜在能力を見出し、それを発揮することが出来ると説いた。一方、エネルギズムは、不可避な戦争に対して、国民に力を盡すことを求めた。向上主義にしてもエネルギズムにしても、結局は「がんばりなさい」という精神論である。

『天人論』の後、涙香は、唯一館で講演を行う機会が増えた。キリスト教系の思想雑誌『六合《りくごう》雑誌』などにもしばしば寄稿する。「修養の方法」「偉人の説」「情の人たらんか意の人たらんか」「恋愛神聖の疑問」「人格の説」「人の性向」といった講演のタイトルから分かるように、テーマは広い意味での「人生論」と言えそうである。

古今の思想書・哲学書一〇〇冊を読破して書いたという『天人論』のヒットによって、どうやら涙香は「思想家」「哲学者」としての相貌を見せることになったようだ。だが、すでに述べたように、向上主義もエネルギズムも内容に乏しい精神論に過ぎない。涙香は、この後も青年向けの人生論である『青年思想論』や女性の生き方を説いた『小野小町論』などの著書を刊行する。しかし、評伝筆者としては、いささか残念と言わざるをえないのだが、この面での涙香は今日、魅力ある存在とは言えない。

見劣りした日露戦争の戦況報道

涙香が「思想家」「哲学者」としての相貌を強くしていく中、日本はロシアとの戦争を続けていた。『萬朝報』は当然、戦争の成り行きに関する報道に力を入れた。開戦からほぼ一年が経った一九〇五年（明治三八）一月一日の『萬朝報』に、「朝報社員　黒岩周六」の「明治卅八年を迎ふ」と題した年頭の辞が載った。前年中のさまざまな改革の取り組みにふれた後、戦争報道に関して、次のように述べている。

戦争に就て通信機関を拡張した事も一通りで有りません、内国に在る常置通信員に対しても必要の場所に夫《そ》れ〴〵働きの敏活を増す様に手配りを付け、猶《な》ほ足らぬ所へ、社員を特派しました、門司、佐世保、広島、長崎、敦賀、函館などが其《そ》れで有ります、又戦争の局面に対しても、第一軍にも第二軍にも第三軍、第四軍にも悉《ことごと》く直接通信の道を開いて有ります、東京の新聞社中で四個軍へ悉く人を出して有りますのは朝報の外に如何《いか》ほども無い様に聞《きい》て居《お》りますが、是《こ》れは何も特別の奮発では無い、最も信頼す可き実用新聞紙たらんと期する朝報の本来の主義の上から、極《きわめ》て当然の事

であります

日露戦争は日清戦争とまったく規模の違う対外戦争だった。それは人的損害を比較すれば明らかである。日清戦争は約一万三〇〇〇人、日露戦争は約八万四〇〇〇万人。日清戦争では脚気などで病死した者が一万二〇〇〇人近くいたから、戦死・戦傷死だけを比べれば、日露戦争の六〇分の一以下である。兵士として動員された国民も膨大な数になった。戦争の成り行きに対する国民の関心の高さも当然、日清戦争の比ではなかった。それに応えるべく、各新聞は戦況報道に力を入れた。新聞を購読する人そのものが増えつつあったから、各新聞社間の販売競争も激しくなっていた。

「明治卅八年を迎ふ」の先に引用した部分は、こうした状況下の戦況報道競争に『萬朝報』も参入していったことを語る。かつて「新聞紙中の新聞紙」を謳い、「東京発行紙の首位の発行部数」を喧伝した『萬朝報』としては当然の対応だった。しかし、涙香の「自画自賛」と違って、『萬朝報』の報道体制は他の有力新聞に比べると、明らかに見劣りがした。たとえば、『大阪毎日新聞』は、日露開戦に伴い、舞鶴、佐世保、呉、横須賀、下関、敦賀、竹敷、青森など全国の陸海軍要地に特派員、通信員を委嘱し、従軍記者は嘱託を含めて計四一人に及んだ（『「毎日」の3世紀　別巻』五六四～五六五頁）。

取材体制に加え、『萬朝報』の戦況報道には、紙面の狭さという制約があった。しばしば増ページをしたものの、創刊以来の四ページの基本は、この時期も変わらなかった。他の有力新聞は、六ページ、八ページがふつうだった。高級紙として定評があった『時事新報』に至っては一二ページもあった。『萬朝報』とこれらの新聞では、そもそも収録できる記事量が格段に違ったのである。

この紙面不足を補うべく、一九〇四年三月一日から、それまで一ページ七段（一行一九字）だった紙面を一ページ九段（一行二〇字）にする「紙面改革」を行った。天地を少し短くした新しい活字を使ったもので、社告では「紙面総体に於て約十段分の記事を増加す」と謳った。たしかにいくぶん記事量は増えたと思われるが、抜本的対策には遠かったし、むしろ読みにくくなったことは否めない。

露呈した資金力の差

ページを他紙並みに増やせないのは、用紙代が増えるからである。七月一日から、月決め二四銭だった価格を二七銭に値上げしたものの、創刊以来、他紙との価格差が部数拡大の大きな要因だったから、これ以上の値上げは出来なかった。一ページ九段への変更は、記事量だけでなく掲載広告の増加もねらったわけだが、それとて増ページ分の用紙代の増加をカバー出来るものではなかった。

涙香が述べている特派員の数にしても、むしろ日清戦争のときの方が多かった。しかも、国内外の特派員が送ってきた記事は、狭い紙面に結果的には短くしか載らないにもかかわらず、通信費だけはかさんだ。

さらに、各紙の戦況報道は、一面では号外発行のスピードと頻度の競争でもあった。報道統制が厳しかったから、戦況報道では、当局が各紙に対して一斉に発表する戦時公報をいかに敏速に読者に届けるかが勝負となったのである。印刷機の数と性能、動員できる要員の数が勝負の大きな分かれ目である。四ページが基本の『萬朝報』は、こうした印刷能力の点で他の有力新聞と差があった。新たな設備投資の余力はない。むろん新たな用紙代、号外の配布にかかる費用も必要だった。

先に、涙香が新社屋購入に八万円を投じたことについて、「折角の儲金を払い盡して、今や戦役〔日露戦争〕に対して、心のま丶十二分の設備を為し得ぬのは失敗であつたと後悔し居られた」という松井広吉の証言にふれた。たしかに、低価格路線を貫き、「独立新聞」として財界などからの援助もなかった『萬朝報』と他の有力新聞との間には明らかな資金力の差があったのである。後に述べるように、この点が「報道新聞」として他の有力新聞と対抗する際、『萬朝報』のアキレス腱となる。

それでも、踏ん張った

東京では『東京朝日新聞』と『時事新報』、大阪では『大阪朝日新聞』と『大阪毎日新聞』が、激しい号外合戦を展開した（東京の号外は有料で、大阪は無料）。一日に五回も号外が出たこともあるという（佐々木隆『〈日本の近代14〉メディアと権力』二二一頁）。むろん、『萬朝報』も号外をたびたび発行した。しかし、もとより激しい号外合戦に参入する力量はなかった。

東西の号外合戦に勝利したのは、東京では『東京朝日新聞』、大阪では『大阪毎日新聞』だった。号外合戦の勝利は、販売競争での勝利でもあったから、両紙の部数は日露戦争を機に大きく増大した。

『萬朝報』は、どうだったのか。新聞の発行部数については、「警視庁統計書」に基づく経年データを紹介した（一六三頁参照）。経年データの最終年一八九九年（明治三二）、『萬朝報』の一日平均発行部数は約九万五〇〇〇部である。これ以降の公的なデータはないので、日露戦争前後の『萬朝報』の正確な部数は分からない。

メディア史研究者の有山輝雄が各種の記述を整理している表（『近代日本ジャーナリズムの構造』一四頁）によると、一九一四年（大正三）の『萬朝報』の推定発行部数は一一万部である（典拠は、後藤三巴楼『新聞及新聞記者』一一八頁）。『報知新聞』が二四万～二五万部、『東京朝日新聞』が一七万～一八万部となっているから、『萬朝報』は、「東京発行紙中の首位」の地位は失ったものの、日露戦争期から戦後にかけて、部数は「微増」といったところだったようだ。戦況報道で他の有力新聞に後れを取ったとはいえ、まだまだ踏ん張っていたとは言えそうだ。

懸賞企画で読者拡大をねらう

日露戦争と新聞購読者の全般的な増加に助けられ、一九一〇年代、『萬朝報』はまだ有力新聞の一角にとどまっていたのである。しかし、日露戦争前には、すでにかつての急速な部数の伸びは見られなくなっていた。先に指摘したように、低価格路線を貫く「独立新聞」として、部数の停滞は即死活問題だった。一九〇三年一一月、『萬朝報』は読者拡大をねらった二つの懸賞企画を大々的に打ち出す。

新聞社が読者拡大をねらって行った企画では、『大阪毎日新聞』の素人義太夫や俳優を対象にした人気投票がよく知られている。投票用紙を紙面に刷り込み、投票経過を連日紙面化し、読者参加を煽った（奥武則『大衆新聞と国民国家』）。

この人気投票企画は、『大阪毎日新聞』を『大阪朝日新聞』に並び立つ新聞に発展させることに大いに力があったとされる。涙香は、一九〇〇年（明治三三）五月四日の『萬朝報』掲載の「地方新聞と投票募集」で、こうした企画を強く批判した。だが、販売競争が激しくなる中、他の新聞もさまざまな読者向けの企画を行っていた。『萬朝報』も、「きれいごと」は言っていられないといったところだっただろうか。

当面の敵は、急成長していた『二六新報』だった。『二六新報』については、前にも少しふれたが、初期の『萬朝報』を思わせるようなキャンペーン的なスキャンダル報道を展開して、一気に東京発行紙中のトップの部数を誇る新聞になった。この時期も、福引大会を行うなど、盛んに読者参加のイベントを行っていた。なお、『二六新報』は、社長で衆議院議員だった秋山定輔が、日露戦争直前に「露探」(「露西亜の探偵」に由来する言葉だが、ロシアへの協力者、内通者といった意味で使われた)の疑いをかけられ、議員を辞職したこともあって、急速に部数を減じる(奥武則『露探』)。

「宝さがし」と「米しらべ」

まず、一二月一日の『萬朝報』に「萬朝報精読賞宝さがし」の社告が載った。続いて、一四日には「一升の米は幾粒あるか」の見出しで、懸賞企画の記事が載った。これは、翌日、改めて「豊年延喜米しらべ」として告知される。

「宝さがし」については、一二月一日の紙面に「萬朝報は西洋新聞社界に目下大好評を博しつゝある『宝さがし』(Missing Treasure)の新案を輸入し、読者諸君のお慰みとして今月今日より行ひます」とある。日ごろ英字新聞に目を通している山縣五十雄の懸案らしく、涙香も賛成したという。角書きに「萬朝報精読賞」とあるように、『萬朝報』の紙面をよく読んで、傍点を付したカタカナを見つけて、それをつなげるとヒントになる。ヒントを読み解いた場所に「宝」が隠されている。見つけた「宝」を朝報社に持参すると、勧業債券（額面二〇円、一〇〇〇円が当たる籤付き）をもらえるという趣向である。

「米しらべ」の方は、「米一升に米粒はいくつあるか」を当てるというものだ。一番近い数字を当てた一等に賞金三〇〇円（田地一反分の見積もり代価）などの賞金を出すという。

紙面で大々的に告知したのだが、二つの企画とも長くは続かなかった。一二月半ばには、富籤《とみくじ》類似の催しとして、内務省によって差し止められ、わずか一カ月で終わってしまった。二つとも安易な懸賞企画で、読者の関心をどこまで集めることが出来たかは疑わしい。

差止め命令を受けた後、一二月三〇日に「其筋と新聞紙」と題した社説が『萬朝報』に載った。筆者はおそらく涙香だろう。「其筋」は、政府の新聞取締まり当局を直接指すことを控えるために使われた当時の「新聞用語」である。社説は、「宝さがし」と「米しらべ」の差止めは、「正邪を混同した無差別の処置」としながらも、「其筋の地位に立《たっ》て見る時は大体に於て当然の処分たるに違い無い」と、物分かりがいいことを書いている。涙香にしてみれば、『二六新報』など、他紙への対抗上、打ち出したものの、本意ではなかったのだろう。

積極的に「副業」を展開

『萬朝報』の経営の厳しさを間接的に教えてくれるのは、「副業」への積極的な取り組みである。低価格路線を貫く中、部数拡大に限界があるとしたら、新聞販売以外の収入の道を模索するしかない。

朝報社内に萬辨舎が設立されたのは、一八九九年年三月だった。三月二六日の『萬朝報』に設立の社告が出た。「近来地方読者諸君のうち当社へ書籍其他の買物を依頼せらるゝ方少からず、是れ偏《ひとえ》に読者の全国に充満せると、当社信用の高きより来《きた》れる結果なれば、空《むな》しく謝絶するに忍びず、自今斯《かか》る依頼に応じる為め」に設立したという。

手数料は無料だったから、当初は読者サービスが主眼だったようだ。だが、次第に業務内容を広げ、『萬朝報』に広告が載った商品などを「郵券二銭」の手数料で販売するようになった。現代のカタログ販売的な側面もあったと言えそうだ。扱う商品も増え、一九〇九年（明治四二）九月には、朝報社の隣に専用の売り場を設置するまでになった。

同じころ、入念舎を設立した。「人事百般の秘密業務を代弁する」と謳い、学生の行状、縁談相手の財産や行状などの調査を業務として挙げている。現代の興信所を思わせる。さらに、翌年には保険部を作り、保険代行の業務を行った。これに先立つ一九〇一年（明治三四）八月には、気象部を設置し、天気情報の有料サービスを行った。

これらの「副業」が、朝報社の経営にどれだけ資することになったかは分からないが、「副業」には、涙香自身も積極的だった。一九一一年（明治四四）四月二三日の『萬朝報』に、「黒岩周六述」として「新聞紙の独立と其副業」と題した社説を書いている。「新聞紙は副業に由《よ》る非ざれば、其独立を保存することの出来ぬ時節が到来した」として、「副業」の必要性を縷々説く涙香の筆致は本音を吐露していて、力が込もっている。

社会の進歩は年々に、日々に、新聞紙の生産費用を膨張させる、今の所で新聞紙の価は其の生産費より遙かに低いのである、世の中に生産費よりも安く売る品物が新聞紙の外に果たして有るであろうか、恐らくは絶無であらう

近ごろいろいろな物価が値上がりしている。「然《しか》るに新聞紙のみは競争の結果として値《あたい》を引き上げる事は出来ぬ」のである。したがって、購読料値上げによらずに新聞経営を安定化させるためには、広告を含めた「副業」は必要なのだという。さらに「一昨年ごろ朝報が幾度《いくたび》か副業の事を紙上に社告した頃、公然と之を論議して新聞紙の堕落の如く痛撃したのは東京日々《ママ》新聞であつた」と述べた後、『東京日日新聞』を、次のように批判する。涙香の皮肉たっぷりの筆致がさえている。

同新聞〔『東京日日新聞』〕は流石《さすが》に三菱の経営とか聞いた為めに成るほどエライと思つたが、本年に入つては其社が根本から大阪毎日新聞へ売渡《うりわた》さる丶事と為つた、（大阪毎日新聞は副業を営《いとなん》でいると か聞く）、副業をして品物を売らねば新聞社其者を根こそげ売渡す事になる、是れだけの事実が一切の道理を語つて余りあるだらうと思はれる

涙香にとって「新聞紙の独立」が至上命題だった。だが、「副業」をかくも全面的に擁護せざるをえないところに、資金力に乏しい『萬朝報』の脆弱さがあった。

負のスパイラルに陥る

日露戦争前後から有力新聞の多くは、「新聞企業」としての確立をめざす。「新聞企業」とは、つまりは報道を主体にする「報道新聞」を発行する営利企業である。「報道新聞」としての体制を備えるには、通信網・販売網の整備、新鋭印刷機の導入、取材記者の拡充など、さまざまな資金が必要である。一例として『大阪毎日新聞』の場合を見ると、同紙は資金調達のために早くから株式会社化を進めた。日露戦争前の一八九九年には、資本金を倍増して一〇万円にしている。

先に述べたように、日露戦争時の大阪における号外合戦では、『大阪毎日新聞』が『大阪朝日新聞』に勝利した。『大阪毎日新聞』は日露戦争開始から終結までの一年余りの間に号外を四九八回発行した。名古屋、広島、徳島、高松にも印刷所を設け、地方号外も発行した。諸経費は三四万四〇〇〇円だったという（『「毎日」の3世紀　別巻』五六四頁）。こうした「報道新聞」としての積極的な攻勢は、いち早く株式会社化を行い、幅広い資金調達を可能にしていたことによって実現できたのである。

『萬朝報』は、一八九三年（明治二六）六月、『絵入自由新聞』と合併した際に、涙香と山田藤吉郎を代表社員とする有限会社になった。しかし、実質的には、その後も、いわば涙香の「個人商店」のままだったと言える（株式会社になるのは、一九一九年（大正八）である）。朝報社の経営実態を具体的に知る資料はないが、「報道新聞」を発行する「新聞企業」として、他の有力新聞と太刀打ちするに十分な経営状況ではなかったに違いない。

『萬朝報』が題字とともに「趣味と実益との無尽蔵」を謳ったのは、一九〇〇年二月三日からだった。これは日露戦争中もその後も続く。結果として、これは「報道新聞」としての競争からは降りているのだということを自ら示すことになってしまったとも言えそうだ。「独立新聞」として、「普通一般の多数民人」の読者を増やすための低価格路線だった。しかし、低価格の結果、資金不足が生じ、「報道新聞」としての質が低下した。その結果、部数が停滞、さらには減少し、経営はさらに厳しくなった。「栄光の十年」を過ぎて、『萬朝報』は、深刻な負のスパイラルに陥っていたのである。

3　その死まで

日比谷焼打事件で発行停止に

日露戦争がポーツマス条約によって最終的に幕を閉じたのが、一九〇五年（明治三八）九月五日である。涙香は四五歳を迎えていた。一九二〇年（大正九）一〇月六日、五八歳で死去するまで、まだ一三年ある。読者は、本節のタイトルを、あるいは唐突すぎると思うかもしれない。

この間、世界史のレベルでは第一次世界大戦（一九一四～一九年）があった。むろん、涙香もこの一三年間、さまざまなかたちで社会に関わり続けた。しかし、この間の涙香と『萬朝報』について、評伝筆者として、語らなくてはならないと考えることどもは、そう多くない。以下、拙速のそしりを受けないように留意しつつ、日露戦争以後、死に至るまでの涙香の生涯を見ていこう。

ポーツマス条約の講和条件は、満州からロシアの撤兵、遼東半島の租借権、韓国における日本の政治・経済・軍事上の利益の承認、長春・旅順間の鉄道の日本への譲渡、北緯五〇度以南の樺太の日本への譲渡などの内容だった。賠償金はなかった。

戦争中、新聞は、日本軍の勝利を大々的に報じていた。桂内閣を支持していた『国民新聞』を別にすれば、『萬朝報』を含むほとんどの新聞が、賠償金を得られなかったポーツマス条約に強く反対した。『萬朝報』も、一九〇五年九月五日の「破棄、破棄、破棄」という見出しで、次のように論じた。

今に於ては唯《ただ》、破棄の一あるのみ、卑屈醜辱なる講和条約を破棄して更に実力上の打撃を露国に加ふるにあらざれば、以て開戦の目的を達すべからざる也

この社説に呼応するかたちで、続いて「来れ、来れ、来れ」という見出しの記事がある。この日、日比谷公園で開かれる予定の講和条約反対国民大会への参加を、次のように煽情的な言葉で呼びかけている。

血あるものは来れ、涙あるものは来れ、骨あるものは来れ、石腸《せきちょう》あるものは来れ、義を知るものは来れ、恥を知るものは来れ、来り集りて一斉に卑屈醜辱なる講和条約に対する不満の声を九重の天に揚げよ、聖明必ず赤子の至情を諒とし給ふべき也

さらに過激な呼びかけを行った新聞もあって、この日の大会には多くの人々が集まり、大会後、日比谷焼打事件と呼ばれる暴動が起きた。暴徒化した群衆は警察署、交番、国民新聞社などに放火し、一七人の死者がでた。政府は東京市内と府下五郡に戒厳令を布告し、新聞も発行停止となった。

『萬朝報』は九月七日から一〇日まで発行停止となった。七日の紙面は、暴動の詳細を伝えたほか、「●桂首相愛妾阿鯉《おこい》の住宅」という記事を、当時はまだ珍しかった二段の写真付きで掲載した。発行停止の理由は不明だが、この写真付きの記事が発行停止の理由の一つだったかもしれない。詳細にして辛辣な筆致である。スキャンダルに飛びつく世の人々の関心に応える『萬朝報』の手法は健在だったと言うべきかもしれない。

> 是れ一昨日市民暴徒の為めに虐殺せられつゝあるの時の首相笑《えみ》を含んで車を馳せ清風一枕涼《ちんりょう》を貪《むさぼ》りつゝありし愛妾阿鯉の赤坂区榎町五番地に於ける住居なり、地坪百十七坪、建坪四十七坪、其買価一万円といへども爾来《じらい》盛に土工を興し全くの新宅の観あり、こゝに写し出せるは其門のみなれど総檜造りにて此門一箇既に数百円を価《あたい》すと云ふ、以て其豪奢《ごうしゃ》を知るに足らん、目下猶《なお》日に〳〵植木屋数十人を入れ泉水を造りつゝあり

もっとも、発行停止が解けた一一日の紙面に載った「解停の辞」では、新聞のあるべき姿を正面から論じている。「黒岩周六」の署名記事である。新聞が市民生活にとってなくてはならないものであ

ることを、「丁度電灯会社の様な者」と語る。現代の言い方で言えば、新聞は公共的な存在であるということである。そして、「朝報は決して発行停止の為めに本来の所信や主張を曲げることは出来ませんけれど」としつつ、「是《これ》からは、何どき言論の自由を奪はる丶をも知れぬ病的な政府の下に居る者と用心し、注意を以て主張する事と致しませう」と、新聞人としての、したたかさを示す。これらの主張は、ここまで本書を読んできた読者にはなじみ深いものだろう。涙香は、この点で実に一貫していたのである。

「涙香小史」が消えるまで

日露戦争が始まった後も、「涙香小史」による翻訳小説の連載が『萬朝報』で続いていたことは前にふれた。その際、単行本化に関連しての涙香の翻訳小説の人気にかげりが見えてきたことも指摘した。今日まで涙香の二大作品として知られる「巌窟王」と「噫無情」を連載していた当時が、涙香の作家としての頂点だったと言えそうだ。

一九〇四年（明治三七）三月一三日に「王妃の怨」の連載が終わると、三月二八日から四月一日まで連載した「逸話人情美」など比較的短い小説が三つ続いた後、「椿説大と水」が五月二八日から翌一九〇五年四月一七日まで続く。翌四月一八日から「露人の娘」が始まったが、涙香の病気のため、九月五日の一〇七回で中絶した。四カ月ほど置いて、「学校奇談おや〳〵親」の連載を始めるが、これも休み休みの末、六月二四日に四四回で中絶してしまう。涙香は心臓に持病があった。そのためかどうかは分からないが、この時期、健康状態は相当に悪かったようだ。

ふたたび連載が始まるのは、一年五カ月後の一九〇七年（明治四〇）一一月一日である。「郷土《ごうど》柳《りゅう》子《こ》の話」で、郷土柳子はイギリス南海岸にすむ主人公の少女の名前である（原作は不詳）。これは前編で、三月六日に終了した後、三月八日から後編として「柳子の其後」を四月三日まで連載する。健康上の不安があって、前編を独立したかたちにして、最初の連載を始めたようだ。

　この後、『萬朝報』の紙面から、六年近く、「涙香小史」が消える。若いころから欧米の小説を乱読してきた涙香だったが、遂には訳述する意欲を感じる作品がなくなったのではないか。あるいは、健康状態もあって、新しい作品を読む気力が失せたのだろうか。読者の「涙香小史」に対する期待度は低くなっていたと思われるから、かつて「涙香小史」の小説が休みになると、読者から苦情が殺到したというようなこともなくなっただろう。こうしたことも涙香の執筆意欲を削いだのかもしれない。

　それでも、涙香は復活する。一九一三年（大正二）二月二五日から六月二〇日まで、H・G・ウエルズの科学小説 *The Time Machine* を翻訳した「文明奇談八十万年後の世界」で、新しいジャンルに挑戦した。さらに、この終了翌日の六月二一日から翌年四月一二日まで「奇談島の娘」を連載する。だが、連載一回分が従来の半分ほどになるなど、涙香の筆力の衰えをうかがわせた。この後、二年近く過ぎて、「奇譚黒い箱」を一九一六年（大正五）三月一二日から六月一〇日まで、さらに二年以上の空白があって、「今の世の奇蹟」の連載を一九一八年（大正七）九月一日から始めた。しかし、この連載が終了した一一月一七日が、『萬朝報』に「涙香小史」の名が載った最後の日となる。

　人気を得た新聞小説では、すでに日露戦争前の一八九七年（明治三〇）一月から一九〇二年（明治三五）五月まで、『読売新聞』に断続的に連載された尾崎紅葉の「金色夜叉」がある。「巌窟王」や「噫無情」のような優れた原作に基づく作品は別にして、「涙香小史」による異国のお話は、「金色夜叉」のような、今日ただいまの日本を舞台にした小説にかなわなかっただろう。『朝日新聞』で、夏目漱石の最初の連載小説「虞美人草」が始まるのは、一九〇七年六月である。時代は「涙香小史」を置き去りにして流れていた。

連載小説が間遠になる一方、涙香は具体的な政治問題に関して積極的に行動する。新聞人・涙香の晩年は、書斎を出たことで特徴づけられるかもしれない。その始まりは、東京電気鉄道会社（東鉄）の市有化問題だった。

始まりは東京市電問題

東京市内を走る路面電車は、一九〇六年（明治三九）九月、既存の会社が合併して東京鉄道会社が生まれ、一社による運営になった。しかし、運賃値上げが続き、市民の反発を呼んでいた。東京市は早くから市営化の方針を出していたが、買収交渉がまとまらないままだった。一九一一年（明治四四）七月六日、内務省の強いリードのもと、ようやく約六四〇〇万円の買収額で市営化の仮契約が結ばれた。

『萬朝報』は当初から市営化反対の論陣を張っていた。理由は、巨額な買収金の支払いには外債募集が必要で、市電の利益金ではその利子を払える見込みはなく、運賃値上げによる市民に対する負担増は必至というものだった。その後は、手続きが商法に違反するという法律論も展開する。

七月一九日の『萬朝報』は一面トップに一角大きな活字で掲載した「内務大臣に与ふる公開状」は、商法違反を主張した内容である。商法では、株式会社を解散する場合、清算人を定め、その後、清算人が財産の処分をする。ところが、今回の東鉄臨時株主総会は、電車営業売却の契約を議決して会社を解散した後、清算人を定めるという。これでは、順序が逆だという論旨である。

この手の法律論が、読者に説得力を持ったかどうかは疑わしい。公平に考えて、この時期の都市交通の整備を一民間会社にまかせるのは難しかったのではないか。結局、『萬朝報』の強い反対にもかかわらず、九日には東京市会で、二四日には東鉄臨時株主総会で、それぞれ仮契約が証人され、三一日、市営化は認可された。

この時期、まだ涙香は街頭に出て、演説をするようなことはなかったようだが、この問題は涙香にとって、現実の政治運動に深く関わった最初と言える。大隈内閣成立後には、東京市政改革に乗り出し、市会議員選挙で自らの陣営の選挙運動に取り組んだ。

「私は政治運動を遣る積」　一九一五年（大正四）六月、涙香の論集『実行論』が広文堂書店から刊行されている。涙香が諸雑誌に発表した文章を集めたもので、「現実に触れよ」と題した一文が収録されている。「明治四十五年二月」発表とあるが、初出は不明である。どこかで講演したものの筆記と思われる。その一部を少し長くなるが、引用する。

此頃は大分人からお前は政治家になれば宜《よ》い、政治運動をやれと言はれる。私は実は政治運動を遣《や》る積《つもり》である。何故遣るかと云ふに何《ど》うしても人間の精神問題が半分は宗教、或《あるい》は哲学と云ふ精神的解釈から来るけれども、半分は政治或は経済とか云ふやうな世の中の物質的方面から来る。別に私は野心を持つて議員になりたい、或は何とかの割前《わりまえ》に与《あずか》りたいとか、其心ではない、精神問題を主として解釈しようと考へても能《よ》く味《あじわ》つて見ると、何《ど》うしても精神問題だけではいかない。物質問題を半分は加味して此方面から行かなければならぬ。斯《こ》う云ふやうな考《かんがえ》になるから夫《そ》れで自分自ら社会の政治的方面或は経済的方面に力を及ぶだけ盡《つく》す積である。

涙香は、一八九二年（明治二五）一一月一日の『萬朝報』創刊に際する「発刊の辞」で、「我社幸か不幸か独立孤行なり、政府を知らず政党を知らず何ぞ況《いわ》んや野心ある政治家をや、又況んや大頭なる者をや、嗚呼《ああ》我社は唯《た》だ正直一方、道理一徹あるを知るのみ」と高らかに宣言した。ときに、涙香三〇歳。彼には、「独立新聞」と、それを担う新聞記者像が明確にあった。それは、政府からも政党からも財界からも独立して、「道理一徹」を貫き、筆を揮う「独立記者」と言っていい。

陸羯南《くがかつなん》が、「独立新聞」を標榜して『日本』を創刊したのは、『萬朝報』創刊に先立つ三年前、一八八九年（明治二二）だった。羯南は「政事上の職分は営利の業を為すに非《あ》らずして一の公職なり。新聞記者の職分は則《すなわ》ち其一種なり。而《しか》して官の命を蒙《こう》ぶるにあらず。又《ま》た民の托を受くるにあらず。然《しか》らば新聞記者の職は一の天職なりと云ふべし」と論じた（「新聞記者（一）」『日本』一八九〇年一〇月二二日）。さらに「独立的記者の頭上に在るものは唯だ道理のみ」とも述べるのである（「新聞記者（二）」『日本』一八九〇年一〇月二三日）。

『日本』は、『萬朝報』とまったくタイプの違う新聞だった。しかし、三〇歳の涙香は、羯南とおどろくほど同じことを語っていた。それから二〇年、涙香は「政治運動を遣る積《つもり》」と語るのである。涙香における「新聞記者像」は、この間大きく変わった。

憲政擁護運動と涙香

一九一二年（大正元）一二月、第二次西園寺公望内閣が総辞職した。陸軍の要求する二個師団増設を拒否したことから、上原勇作陸相が辞任し、陸軍が後継陸相を出さなかったためである。後継首相はなかなか決まらず、結局、内大臣兼侍従長だった陸軍・長州閥の長老、桂太郎が三たび首相となる。

これに対して、立憲政友会は陸軍と藩閥の横暴として、桂首相の退陣を求める。新聞記者有志の呼びかけによる全国同志記者大会も開かれるなど、「閥族政治打破、桂内閣反対」の世論が強まった。桂首相は新しい政党（立憲同志会）を旗揚げするなどして「藩閥政治」という批判に対抗したが、民衆デモによる混乱の中、結局、一九一三年二月一一日、桂内閣は総辞職に追い込まれた。いわゆる大正政変である。一九二四年（大正一三）、清浦奎吾《けいご》内閣に対して護憲三派（憲政会、立憲政友会、革新倶楽部）が行った憲政擁護運動（第二次護憲運動）に対して、第一次護憲運動とも呼ばれる。

『萬朝報』『時事新報』『東京朝日新聞』などは、当初から反桂内閣の立場を鮮明にしていた。とりわけ『萬朝報』のキャンペーン的な紙面展開が際立った。涙香自身も「新政党を如何に視る可き乎」（『萬朝報』一九一三年二月四、五日）を執筆し、にわか政党政治家として桂を批判した。論説の主軸としては、茅原華山《かやはらかざん》が、「国民的大運動の絶好機」（二月二八日）と論じるなど健筆を揮った。

桂内閣の後、二月二〇日、山本権兵衛《ごんべえ》が首相となり、内閣を組織する。山本は、薩摩閥の海軍大将。

薩摩閥と政友会の連立によって生まれた内閣だった。翌一九一四年（大正三）一月二三日、新聞各紙は、ドイツで暴露されたシーメンス社の日本海軍に対する贈賄事件を報道した。新聞（メディア）にとって、汚職は今も昔も、もっとも攻撃しやすいスキャンダルであり、民衆の共感を得やすいテーマである。

「憲政擁護」を掲げつつ、世論の燃え上がりを作り出すことが出来なかった新聞は、この事件を詳細に報じ、国民の山本内閣批判は一気に強まる。二月一〇日、日比谷公園で内閣打倒国民大会が開かれ、民衆の一部が暴徒化し、政友会系の中央新聞社などを襲った。この際、現場で『東京日日新聞』記者が警官に斬りつけられて負傷する。また、原敬《はらたかし》内相邸内で、『東京朝日新聞』記者が壮士に襲われる事件も起きた。

山本内閣批判に手詰まり感があった新聞にとって、これは絶好の材料だった。『東京朝日新聞』主筆の松山忠二郎は、都下の有力新聞に抗議集会の開催を呼びかけた。涙香は、これに応じて、新聞界を代表する一人として積極的に活動する。涙香は、『都新聞』言論主任だった大谷誠夫《おおたにせいふ》が「政治問題に就て黒岩君が熱中した事は黒岩君の一生を通じて此《これ》ほど激しかつた事はなからうと思ふ」（「我が観たる黒岩君」涙香会編『黒岩涙香』四六八頁）と証言する日々を過ごすことになる。

原内相弾劾の論陣を張る

この運動は、直接的には、新聞記者への暴行に対する抗議運動であり、責任者である原内相の辞職を要求した。しかし、原内相は山本内閣の中枢だったから、実質的には内閣総辞職をめざした政治的な運動だった。

二月一六日、各新聞社の代表が、貴族院で原内相に面会し、抗議した。涙香は代表格として、最初に発言し、原に謝罪を求めた。原は取り合わず、交渉はまったく不調に終わった。このときの涙香の様子を大谷誠夫が、次のように回想している、涙香の一面を物語る証言として興味深い。

黒岩君は意思の強固なる事は無類の人である、争ひ出すと何処《どこ》まで行くか判らない突進的の人である。文章を以て闘つて其通りである、匕首《あいくち》を敵の咽喉《のど》に擬せざれば已《や》むまい人である、去れど人と直接面談する時は意外に穏《おだや》かで円滑で率直なる吾輩などは歯痒《はがゆ》いと思ふ事も屢々《しばしば》あつた人である、原内相に対し穏かに警官の不法を語り将来の保障と謝罪を要求した。

（大谷誠夫「我が観たる黒岩君」涙香会編『黒岩涙香』四五五頁）

しかし、表面は穏やかだったものの、涙香は原のけんもほろろの対応に内心では相当に怒りを感じたのだろう。この後、各所で行われた原内相弾劾の演説会などで弁士に立った涙香の舌鋒は激しさを増した。

演説会での涙香の激しい原内相弾劾の舌鋒を垣間見せてくれるのは、三月一五日発行の雑誌『日本及日本人』（第六二六号）に掲載された、涙香の「原内相と新聞記者の問題」という文章である。「一国に政治があると云ふことは、人民の権利が安全に保護されると云ふこと丶同じである」と書き出し、良民である新聞記者が抜刀した警官に傷つけられた事態は「無政府の有様」ではないかという。しかも、事件から二〇日以上も経っても「加害者も判らぬ、責任者も判らぬ、当然に斯かることを取調ぶべき判検事も是れに対しては少しも活動せぬ、即ち斬られた者は斬られ損、斬つた者は斬り得、無政府でなくて何であるか」と畳み込む。次は、原内相を直接弾劾した部分。

而《し》かも吾が社会には政治的の組織があつて、斯《か》かる所の責任に任ずべき内務大臣があるにも拘らず、其の内務大臣が恬然《てんぜん》として責に任じない。啻《ただ》に立憲政治として怪しからぬのみならず、如何にも劣悪の政治と雖《いえど》も、之れより劣悪なることは出来ぬ。

ここでは、まだ原の個人名を挙げていないが、後半では名指しされる。

然《しか》るに今の原敬は此の責任を感ぜず、従つて其の職を去らざるのみならず、自分の身に蝟集《いしゅう》する非難を無視するのみならず、天下公論の機関たる新聞紙に対して、圧迫を加ふるが如き、非行の上に非行を重ぬるものである。斯様《かよう》な厚顔な政治家に対し、今の議会が少しも目に物を見せることが出来ず、国論も彼《か》れを懲《こ》らすことが出来ぬとならば、政治道徳は地を払つたものではあるまいか。

この号の『日本及日本人』は発売禁止になったが、すでにかなり出回った後だったのだろう、私は早稲田大学中央図書館で読むことができた。

この発売禁止は、原内相の言論に対する強権的な姿勢を示すものだったが、対象は雑誌だった。涙香は、この時期、もっと直接的に政府の言論弾圧を経験することになる。

元老に働きかける　という矛盾

開催日は特定出来ないが、会場は歌舞伎座だったようだ。原内相弾劾の演説会で弁士に立った涙香は、例によって激しく原の責任を追及し、自身が「正調俚謡」として、普及に努めていた都々逸の一句「向《むかう》鉢巻出刃包丁でハラをゑぐるよ初鰹《はつがつお》」を披露してみせた。言うまでもなく、原内相と鰹の腹を掛けている。出刃包丁が登場していて、いささか風刺としては過激ではあったかもしれない。だが、所詮は都々逸なのだから、と思うのだが、原にとってはやはり見逃せなかったのだろう。

涙香は、この演説によって治安警察法違反で起訴されてしまう。治安警察法は、一九〇〇年（明治三三）三月、第二山県有朋内閣の下で制定された法律である。明治一〇年代の自由民権運動を念頭に置いて政治活動の規制を主な目的としていた集会及政社法に、労働運動の規制という新たな機能を付加したものと言える。したがって政治集会を厳しく規制するものだが、第九条に集会で犯罪を煽動することを禁止する条文があり、涙香の都々逸は演説の前後関係も含めて、この条項を適用されたようだ。

花井卓蔵ら当時の有力な弁護士二〇人以上が弁護団を結成し、治安警察法適用の不当を訴えたが、罰金二〇円の有罪判決となった。涙香は、判決を不当と考えたことは当然だが、「名誉でもないし、痛苦でもない」と言って、控訴をせず、罰金を支払った。原内相が牛耳る政府の下の裁判で争っても、勝ち目はないし、無意味と考えたのだろう。

新聞各社の追及にもかかわらず、原内相は強い影響力を維持し、山本内閣倒閣運動は決め手を欠いたままだった。衆議院では、すでに二月二六日、野党三派が提出した原内相引責決議案を否決していた。涙香らは演説会や紙面で世論に訴える一方、宮中や元老に働きかける道を選ぶ。この方策は、もともと発案者は分からないが、涙香も賛成し、積極的に動いたことは間違いない。

原　敬

涙香と行動を共にしていた大谷誠夫の回顧（「我が観たる黒岩君」涙香会編『黒岩涙香』四六〇～四六七頁）によると、内大臣伏見宮への拝謁をはじめ、元老の山県有朋、井上馨、大山巌、松方正義の歴訪は、常に涙香が中心である。ほかに、大谷と『やまと新聞』社長の松下軍治が同行している。
憲政擁護運動の中で、『萬朝報』は、国民世論によって政治を変えることを訴えた。もっとも明確に普通選挙を要求してきた新聞でもある。涙香自身、『萬朝報』創刊時から、藩閥政治批判を続けてきた。その『萬朝報』社長の涙香が、ここに至って、藩閥政治を支える元老に政治の改革を訴えたのである。矛盾以外の何ものでもない。先に「私は実は政治運動を遺る積」という涙香の言葉を引いた。新聞人・涙香は、どこに行ったのか。
涙香にとって、「政治運動を遺る」ことは、つまりは矛盾に目をつぶることだったのだろうか。

大隈内閣を最後まで擁護

山本内閣は、三月二四日、総辞職する。涙香らが主導した新聞社による運動が功を奏したというよりも、実際は、貴族院の力が大きかった。貴族院は、衆議院が海軍拡張費を削減した予算案をさらに大幅に削減する案を可決し、予算案が不成立となり、山本内閣は総辞職に追い込まれたのである。海軍拡張費の削減はシーメンス事件に起因するものだから、山本内閣はシーメンス事件によって瓦解したとも言える。

後継首班選びは難航した。結局、第二次大隈重信内閣が生まれる。多くの新聞は、憲政擁護の立場から大隈内閣を支持した。何度か参照した大谷誠夫の回顧によると、元老を歴訪した涙香、大谷、松下の三人は、大隈の組閣に際して、内相人事について大隈に提案している（「我が観たる黒岩君」涙香会編『黒岩涙香』四七一頁）。山本内閣倒閣運動の先頭にいた涙香は、もっとも深く大隈内閣に関わることになったのである。

大隈重信

首相当時、大隈の秘書官だった山崎直三が、大隈と涙香との関係について、いくつかの証言をしている。まず、山本権兵衛の後継者論議の段階。

萬朝報の黒岩さんの如きは最も其の熱心なる大隈侯出《しゅっ》盧《ろ》論者であつたやうに覚えて居ります。此の点から大隈内閣出現といふことに於て、黒岩さんは大

なる力を盡《つ》くした方だと思ひます。（山崎直三「大隈内閣と黒岩さん」涙香会編『黒岩涙香』五七三頁）

内閣が成立した翌日午前一〇時ごろ、山崎は首相官舎で、涙香に初めて会う。当日、涙香と山崎は、大隈、書記官長らと一緒に「急拵への午餐を共にした」という。山崎はフランスに留学した経験のあるフランス文学者で早稲田大学教授だった。クレマンソーらフランスの政治家を引きつつ、涙香を高く評価している。

次は、大隈内閣の新聞政策に関わる部分の記述。

元来大隈内閣の新聞政策は詳密に謂《い》へば色々ありましやうが、大体に於て多く黒岩さんに一先《ま》づ御相談して然る後に色々遣《や》つたのです。又黒岩さんに御相談しないこともありましたらうが――小さきことでは――然し何時《いつ》でも先づ黒岩さんに相談して遣つたやうに伺つて居ります。多くは政治上のことで、又秘密を保つ方が宜《よろ》しからんと思はるゝことが多く、公に書けないことを遺憾とします。

涙香が大隈と相当に密着していたことが、よく分かる。

しかし、新聞界にとって懸案だった新聞紙法改正についても、『萬朝報』が掲げてきた選挙権拡大についても、大隈内閣は期待した結果を出さなかった。ここでは、新聞紙法改正をめぐる争点にはくわしくふれることは出来ないが、政府の改正案は新聞界の期待に応えるものではなかった。だが、この問題について、『萬朝報』は『報知新聞』とともに沈黙した。とりわけ、従前、新聞紙法廃止まで主張していた『萬朝報』の沈黙は異様だった。有山輝雄は「背後で何らかの折衝があったと推測できる」（『近代日本ジャーナリズムの構造』一一〇頁）と指摘している。

創刊以来、「独立新聞」を標榜し、事実、一度も「○○の御用新聞」といった批判を受けることがなかった『萬朝報』は、ここに至って「大隈の御用新聞」というレッテルを貼られることになったのである。

涙香は、どうしてこれほど大隈に――下世話な言い方をすれば――入れ込んだのだろうか。大隈は早くから国会開設を主張し、イギリス流の議会政治を実現するべく、立憲改進党を立ち上げた人物である。涙香は、かつて黒岩大を名乗って、自由民権運動の若き論客として活躍した時期があった。そうした涙香にとって、すでに七二歳になっていたとはいえ、藩閥政治に変わる政党政治の確立を託す政治家は大隈しかいないと考えたのだろうか。

最初にして最後の外遊

一九一四年七月、ヨーロッパで第一次世界大戦が始まる。八月、日英同盟を理由に、日本はドイツに宣戦布告をする。

第一次世界大戦が始まった後、八月八日の『萬朝報』に「出兵を急務とす」と題した社説が載った。無署名だが、涙香が書いたものと思われる。涙香は、大戦への参戦はもとより、欧州出兵を主張して、演説会に登場したりしている。一二月二五日の「欧州戦の現状と欧州出兵」という無署名の社説も涙香が書いたものだろう。しかし、涙香（黒岩周六）が『萬朝報』に登場することはほとんどなくなった。

一一月一〇日、即位大礼に伴う叙勲で、涙香は、村山龍平（『大阪朝日新聞』『東京朝日新聞』）、本山彦一（『大阪毎日新聞』『東京日日新聞』）、徳富蘇峰（『国民新聞』）とともに、新聞事業に対する功に対して、勲三等瑞宝章を受章した。しかし、この時期すでに『萬朝報』の部数は減少の一途をたどっており、村山ら他の三人の関わる各新聞とは明らかな差があったことから、世間では涙香の受章を意外とする見方が多く、「大隈の御用新聞」への論功行賞とも言われた。

もっとも、大隈の秘書官を務めていた山崎直三が、「黒岩さんは官吏に成るとか、位階勲等を得る、とかといふことには甚《はなは》だ積極的に希望せられなかつたやうに思ひます。〔勲三等叙勲も〕黒岩さんが運動して貰《もら》つたのでは絶対ありません」（「大隈内閣と黒岩さん」涙香会編『黒岩涙香』五七六頁）と語っているように、涙香自身が運動したわけではないようだ。

新聞界における涙香と『萬朝報』の存在感の低下は、第一次世界大戦終結のパリ講和会議への新聞界からの代表派遣問題の際にも表面化する。涙香は、東京の有力新聞社幹部の団体である春秋会の会長を務めていた。パリ会議に向けて、春秋会としても代表を送ることとなり、評議員会で、涙香が選ばれた。涙香は必ずしも乗り気ではなかったが、選ばれた以上は行かなくてはならないと考えたようだ。ところが、出発直前になって涙香を春秋会代表とすることにクレームがついた。

その経緯は、涙香自身が、一九一八年一二月九日の『萬朝報』掲載の「欧州へ向け出発す」に書いている（署名は、黒岩周六）。『時事新報』『国民新聞』『東京朝日新聞』『東京日日新聞』『読売新聞』の五社が、「黒岩氏は日本の新聞紙の全部を代表する者に非《あら》ず、我々は氏を代表者として承認したる事無しとの旨を発表された」というのである。たしかに涙香は春秋会会長だった。だが、すでに『萬朝報』の部数を上回っていた五紙にしてみれば、涙香の会長職はたぶんに名誉職的なもので、『萬朝報』は弱小新聞ではないか、もう涙香の時代ではない、という気持ちだったのだろう。露骨な異議申し立てだった。こうした成り行きに反発した涙香は、春秋会会長を辞職し、個人の資格で、パリに向かった。

欧米の書物に長く親しんできた涙香だが、初めての外遊である。一二月一一日に講和会議代表団と一緒に東洋汽船天洋丸で横浜を出航し、ハワイ、サンフランシスコを経由して、翌一九一九年（大正八）一月一日、ニューヨークに到着した。パリでは講和会議に集まった各国記者を集めて、人種差別廃止などについて日本の見解を発表する計画もあったが、結局実現しなかった。涙香は喘息の症状に苦しむようになり、会議が始まって一月ほどしか経っていない二月一七日、療養を兼ねてイタリアに行く。この後、スペイン、フランス南部などを周遊して、ロンドンに滞在し、七月一日、神戸に戻った。最初にして最後の半年余に及ぶ外遊だった。パリで症状が出ていた喘息は、おそらく涙香をむしばみつつあった肺がんの初期症状だったと思われる。

米屋商売が破綻

時間を少しさかのぼって、涙香の私生活に関わることを記しておく、一九一〇年（明治四三）二月、大友すがと再婚した後、二人の間に、四男・菊郎、五男・五郎が生まれ、家庭的には穏やかな日々を送っていた。一九一五年二月、二三歳になっていた長男・日出雄に五万円の財産を分与した。一九一八年年の公務員の初任給が七〇円だから、当時の五万円は優に現在の一億数千万円に相当する。日出雄は、京橋区銀座二丁目に米問屋兼小売店の増屋《ますや》を開業した。本店のほか各地に支店も展開した。都築孝介「黒岩先生に師事して」（涙香会編『黒岩涙香』八八〇～八九〇頁）に、この増屋をめぐる顛末が記されている。

都築によると、涙香は、常に「商売を始めるなら米屋だ」と語っていたという。米は日本人の必需品であり、精米と小売を両方やれば、損をすることはないという理由だった。長男を一本立ちさせるために米屋を選んだのは涙香だったようだ。しかし、増屋はわずか二年後の一九一七年（大正六）二月、破綻してしまう。

支配人となった人物が高利の金を借りるなど、放漫な経営を行っただけでなく、店の金を使い込み、遊蕩を重ねていた。この支配人のもと店員の多くも不正を行っていた。増屋が抱えた巨額の負債は、涙香が肩代わりすることになり、涙香は麻布笄町の邸宅を売り払うなどして、ようやく整理を終えた。涙香は、一時期、鎌倉・長谷に転居した後、この年一一月に渋谷町下渋谷（現在の東京都渋谷区渋谷）に居を定める。

涙香の外遊は、私生活上の難問をいちおう解決した後だった。一時期、大磯に転地したりしていた喘息症状も軽快した。都築によると、増屋の整理を終えた後、涙香は「元の木阿弥になつたが、然し光風霽月《こうふうせいげつ》の感がする、今日より二度出発して子供達の為めにも働いてやらなければならぬ」と語っていたという。光風霽月――心が清やかで、わだかまりがない。当初、必ずしも乗り気ではなかった外遊を決断した背景には、涙香のこうした心境もあったのだろう。

その死——いかなる真珠を夢見ていたのか

外遊から帰国した涙香は、帰朝歓迎会（まだ名目的な組織としてあった理想団の主催だった）で「欧州視察談」の講演をするなど、忙しい日々を送った。しかし、一二月には喘息症状が悪化し、ふたたび大磯に転地療養する。東京に戻ったのは翌一九二〇年四月だった。

この間、『萬朝報』に三月二四日から「南欧游艸《ゆうそう》」の連載を始める。第一回目のはじめに「余昨年欧州に行き特に南欧を巡遊せり、途中感ずるに従ひ口吟したる詩数十首あり」と記されているように、欧州旅行中に作った漢詩に短い前文を付して連載したものである。二四回目の四月一四日、「再入巴里」が最終回である。一八九二年一一月一日の創刊以来、涙香は『萬朝報』に実に膨大な量の文章を書いてきた。「再入巴里」は、『萬朝報』における涙香の絶筆となる。社会悪を剔抉《てっけつ》し、政治の腐敗を糾弾してきた新聞人・涙香の最後の筆は、短い旅行記と漢詩だった。

大磯から帰京した後、一時期好転していた涙香の喘息症状は五月に至って悪化する。高価な煙管を愛用した愛煙家の涙香も、さすがに晩年は禁煙していたらしい。しかし、肺に巣くったがんは、当時の医療ではすでに手の施しようもなかった。五月二四日、東京帝国大学医学部付属医院に入院する。八月八日、『萬朝報』社員らが、涙香を励ます意味で作った俚謡、俳句、狂句、短歌を持って、見舞に訪れた。衰弱した涙香は、そのうちようやく俚謡だけに目を通した。やせ細った手で重そうに万年筆をとり、仰臥のまま、二首を添削した後、次の俚謡を記した。

磯の鮑《あわび》に望みを問へば私《わた》しや真珠を孕《はら》みたい

これが、涙香の絶筆となる。

一〇月六日午前二時一三分、死去。享年五八歳。戒名は、臨終を前に自ら「黒岩院周六涙香忠天居士」に決めていた。

絶筆の俚謡は、はからずも辞世の一首となった。「磯の鮑」は、「磯の鮑の片思い」と慣用されるように、悲観的な心情を表す言葉である。涙香は、しかし、その磯の鮑にあえて、「望み」を問うている。「磯の鮑」は、涙香その人に違いない。死を前にして、涙香はいかなる真珠を夢見ていたのだろう。

終章　黒岩涙香とは誰なのか

総持寺に墓所を訪ねる

横浜市鶴見区の総持寺に涙香の墓を訪ねた。福井県の永平寺とともに曹洞宗の大本山である。さすがの大伽藍だった。総合受付で窓口の若い僧侶に場所を聞く。すぐには分からず、奥の机にいた別の人が、パソコンで検索してくれた。境内の地図と涙香の墓の場所を記した地図をもらって、行き方も説明してもらったのだが、いくぶん方向音痴気味の私は結局、もう一度入り口近くの駐車場の係員に聞いて、涙香の墓に行き着いた。途中、回廊を二回横切る。その一つでは、墨染の衣を着た数人の僧侶と行き会った。座禅堂に向かうようだった。

御影石の墓石に「黒岩院周六涙香忠天居士」の戒名が隷書体で刻まれている。裏面に、略歴を記した碑文が漢文で刻まれている。次は、その一節。

幼有文名執筆新聞雑誌明治二十五年十一月自起朝報社刊萬朝報議論侃諤筆如秋霜烈日旁訳外国小説

黒岩涙香の墓（横浜市鶴見区の総持寺）

　　涙香之名傾倒一世

試みに書き下ろし文にすれば、「幼くして文名有り。新聞雑誌に執筆し、明治二十五年十一月、自ら朝報社を起し、萬朝報を刊す。議論侃諤《かんがく》にして筆は秋霜烈日の如し。旁《かたわ》ら外国小説を訳し涙香の名は一世を傾倒す」といったところか。「侃諤（侃侃諤諤）」は、一義的には、はばかることなく正論を堂々と主張することを言う。「秋霜烈日」は、厳しさを秋の霜や夏の厳しい日差しにたとえた表現である。

最後に「鳴鶴日下部東洋作題字」とあり、墓碑銘は、日下部東洋の揮毫であることが分かる。日下部東洋は「明治の三筆」の一人として知られる書道家である。

墓所は一二坪という。墓石の大きさとともに周囲を圧している。墓石の両側には石灯籠が一対。右が「萬朝報社」、左は「扶桑社」と刻まれている。扶桑社は旧扶桑堂で、本文中にふれたように、『萬朝報』創刊時に資金を援助したことから、『萬朝報』に涙香が連載した翻訳小説の単行本を無償で刊行してきた出版社である。

その後の『萬朝報』

さて、ようやく涙香の死まで書き継いできた。最後に「黒岩涙香とは誰なのか」という問いに対する私なりの答を記さなくてはならない。だが、その前に、涙香の死の後も刊行が続いた『萬朝報』のその後について簡単にでも記しておくべきだろう。涙香が創刊し、涙香と一体の存在としてあり続けた『萬朝報』である。涙香の評伝筆者として、『萬朝報』の〝死に水〟も取っておこう。

涙香が死去した一九二〇年（大正九）一〇月六日の翌七日、『萬朝報』は一面トップに、「涙香黒岩周六氏逝く」という長文の記事を掲載した。「編輯局を代表して　斯波貞吉」と署名がある。斯波は編輯局長だった。自ら涙香の死を報じ、追悼の文章を書いたのである。

涙香の生涯をたどり、その人となりにふれた後、霊魂不滅を説いた涙香の『天人論』の一節を引き、斯波は次のように述べる。

黒岩氏の霊は萬朝報社と共に存せん、黒岩氏は萬朝報の編輯に関して頗《すこぶ》る放任主義の人なりき、近来其編輯に与《あずか》らざること既に幾年、黒岩氏の死は萬朝報の編輯に何等変動を与へず、此に新たなるインスピレーションを得て、紙面は更に活躍するものあるべし、萬朝報の編輯局は多士済々

「近来其編輯に与らざること既に幾年」というのは、その通りのようだ。一九一八年（大正七）一二月から翌年七月まで長期にわたり、ヨーロッパにいた。前章で述べたように、それ以前には、山本内

閣倒壊運動とそれに続く大隈内閣擁立に奔走していた。『萬朝報』の紙面製作は、編輯局長の斯波に任せていたのである。

斯波は先の引用部分の後、編輯局員の名前を所属別に列記し、「編輯局員総《すべ》て百二十名、何《いず》れも我操觚界《そうこかい》に覇を為すの人に非《あら》ざるなし、黒岩氏の霊は永《とこし》へに萬朝報を守り萬朝報は年と共に栄えん」と長い文章を結んでいる。

ここで使われている「操觚界」の「觚」は方形の木のこと。古代中国でここに文字を記したことから、明治の言論界で新聞の論説記者などが好んで「操觚者」という言葉を使った。そこには、ある種の矜持《きょうじ》が込められてもいただろう。「操觚界」は、つまりは新聞などの言論界といった意味である。

しかし、斯波のこの言明にもかかわらず、涙香の霊は『萬朝報』を守ることはなく、『萬朝報』は「年と共に栄えん」こともなく、逆に凋落の一途をたどる。涙香の死は、『萬朝報』の終わりを告げる弔砲だった。

発行部数わずか三〇〇〇部

「独立新聞」として、「普通一般の多数民人」の読者を増やすための低価格路線を貫いた『萬朝報』は、低価格の結果、資金不足が生じ、「報道新聞」としての質が低下した。日露戦争以後、『萬朝報』が陥った深刻な負のスパイラルについては先に記した。

一九一四年（大正三）に勃発した第一次世界大戦は、この負のスパイラルの進行をいっそう早めた。「報道新聞」としてのネックである狭い紙面（基本四ページ建て）を解消すべく、一九一五年（大正四）一一月六日から夕刊発行を始めた。朝刊と合わせて八ページ。価格を月決め三〇銭から三八銭に値上げした。しかし、朝夕刊八ページ体制に伴い、用紙代、人件費などの増額は値上げの効果を減殺した。しかも、増ページは必ずしも陣容の増強を伴っていたわけではなく、紙面の水増しの面もあった。その結果、四ページに収まったコンパクトな記事に慣れ親しんでいた長年の固定読者の『萬朝報』離れを生んだ。

こうした状況の中、先に述べたような経緯で、『萬朝報』は、「大隈の御用新聞」と呼ばれるようになり、さらに読者を失った。

涙香の死後、社長には山田藤吉郎が就任したものの、長続きせず、経営者は再三交代した。涙香の追悼文に「萬朝報は年と共に栄えん」と書いた編輯局長の斯波貞吉は常務取締役兼主筆となるが、涙香の死から五年後の一九二五年（大正一四）六月、『萬朝報』の再建をあきらめ、『東京大勢新聞』の社長兼主筆に転じる。『東京大勢新聞』はどのような新聞か不明だが、株式相場を中心にした経済紙のようだ。ちなみに、斯波はわずか半年で同紙を辞めて、衆議院議員補欠選挙で衆議院議員となる。

『萬朝報』という題字を付けた新聞は、昭和に入ってからも細々と発行された。夕刊はすでにやめた。それはもう涙香の創刊した『萬朝報』とは別の新聞だった。一九三八年（昭和一三）の『新聞紙雑誌出版業者調査表』（警視庁編）には「公称資本百万円ナルモ負債多ク経営困難ナリ」と記され、発行部数はわずか三〇〇〇部だった。創刊号七〇〇〇部から出発して、短期間に一〇万部を超す「首都発行第一の新聞」になった『萬朝報』は、見るも無残な姿となった。二年後の一九四〇年（昭和一五）一〇月一日、『東京毎夕新聞』に吸収合併され、『萬朝報』は消える。

「黒岩涙香とは誰なのか」という問いへの私なりの答を記すに当たって、まずは彼がどんな人間だったのかについて考えたい。

率直にして、情に厚い人

本書でたびたび引用・参照してきた涙香会編『黒岩涙香』では、多くの人々が涙香の多方面の業績について語っている。人との対し方など、その性格などについても多くの証言がある。これまでにも断片的にふれる機会はあったが、改めて、涙香の人となりについて記すことにする（以下、同書からの引用は筆者とページのみ記す。「先生」とあるのは、いずれも涙香のこと）。

私が目にすることが出来た涙香の写真はすべてメガネをかけている。かなり強度の近視だったようだ。若い時期から毛髪は薄かったようだ。壮年時には、禿頭《とくとう》である。身長は不明だが、それほど大柄ではない。恰幅はかなりいい。写真で見る限りの第一印象は、「怖そうな人」といったところだろうか。実際、涙香は初対面の人間にいきなりフレンドリーに接したりすることが出来ないタイプの人だった。

「先生は性来多くの人に矢鱈《やたら》に接しるのが嫌ひであつた。また仮令《たとえ》頻々に接しても、滅多に『自分の説明』を為《し》ない人であつた」（渡辺貴知郎、八四三頁）。自宅玄関の衝立てに「愛客」と題して「余は性甚だ客を愛す。最も長座しない客を愛す。来らぬ客を猶愛す」と大書してあったという（同前）。

しかし、涙香と深く付き合った人の多くは、その率直な人柄を懐かしむ。山本内閣倒閣運動の同志だった大谷誠夫もその一人である。「世間にて黒岩君を意地の悪い人のやうに思つて居る人もあるが太《はなは》だ率直にして横道に曲らず小策を弄せず懸引《かけひき》をせず思つた通り真直に前へ前へと進んで行くのは黒岩君の特長である、黒岩君ほど話のし易く行動を共にし易い人は珍しかった」（大谷、四七二頁）。

ひとたび親愛の情を持った相手に対しては情に厚い人だったこともまた多くの人が記している。「先生は理智の人のやうですが、其反面誠に情に厚い人でした。私の知人で、小林慶二郎、円城寺清、斎藤久治郎の諸君は皆朝報社の社員中に物故したのですが、先生は能《よ》く是等の遺族を見て下さつたのです」（今村力三郎、五一四頁）。この点に関して、森田思軒の遺族に対する涙香の厚遇はすでに述べた。

山縣五十雄は自身が受けた涙香の厚情を記している。山縣は英文欄記者として入社し、編輯局長を務めていたが、英字紙の編輯を希望し、『ソウル・プレス』に転じることになった。涙香は山縣の退社について「朝報社にとりては損失ではあるが、あなたの将来の利益には代へられぬ。然《しか》し退社後では不利益なる条件でも聞き入れねばなるまいから、退社せずに掛合《かけあ》ひなさい」と言ってくれただけでなく、「あなたの机は明けておく、京城が面白くなかつたならば、いつでも帰つておいでなさい」と付け加えたという（山縣、四四二～四四三頁）。

インテンス・キャラクター

涙香会編『黒岩涙香』には、内村鑑三も「黒岩涙香君を懐《おも》ふ」を寄稿している。「余は余の一生の間にたゞの一回新聞記者になつた、それは黒岩涙香君の下に萬朝報に筆を執つたことである」と書き出し、涙香の兄であり、内村の札幌農学校の同窓である黒岩四方之進のことなどにふれた後、「涙香君は所謂インテンス、キャラクター（熱烈なる性格）であつた」と述べている（内村、四三三～四三五頁）。何ごとにも全力を挙げて打ち込み、成果を手にしようとした涙香の性格を表現するに、この言葉はまことに的確と言えるだろう。同様の表現として、「『熱誠』の人」（渡辺貴知郎、八五六頁）や「徹底実行家」（長島隆二、五七八頁）もある。

内村は、『萬朝報』を品質的にも数量的にも第一番の新聞にするという涙香に対して、「品質的に第一番となさんと欲せば数量的には降《くだ》らざるを得ず」と忠告したという。しかし、インテンス・キャラクターの涙香は、いずれにおいても第一番をめざしたのである。内村は「君は余りにアムビシャス（欲高さ）故に屡々《しばしば》不可能事を計画した、余は此点に於て君が哲学的自己放棄《フィロソフィカルセルフリナンシエーション》の秘儀に達せられん事を望んで止まなかつた」（カタカナルビ原文）と述べる。内村は涙香を追懐する文章を次のように結んでいる。

余は個人として涙香君に負ふ所が多い、君は余を知つてくれた極めて少数者中の一人である、君の援助と奨励となかりしならば余の一生は或《ある》ひは隠遁の中に終《おわ》つた乎《か》もしれない、君は敵に辛く当《あた》つたが味方に対しては甚《はなは》だ甘かつた、君の趣味は稍《や》や粗雑《コース》であつた、然《しか》し君の心情は濃厚であつた、君は余の此世に於て交はるを得し最も著しき人の一人であつた（カタカナルビ原文）。

敬虔なキリスト者内村から見れば、涙香の多くの趣味はcoarseということになるのだろう。それはともかく、涙香の性格を「インテンス・キャラクター」とした内村の涙香評に深く同意しつつ、涙香がその「インテンス・キャラクター」をもっとも集中した場である「新聞」の現実社会における役割について、ついには信仰に生きる人たる内村の理解は及ばなかったように思える。なぜに、涙香は

「品質的にも数量的にも第一番の新聞」をめざしたのか。

「眼旡王侯手有斧鉞」の精神

『萬朝報』創刊に際して、涙香は「眼旡王侯手有斧鉞」と墨書した扁額を編輯室に掲げた。斯波貞吉が、これは「明らかに萬朝報の精神を表はして居るものである」と書いている。涙香の死後も『萬朝報』の編輯室に飾られていたという（斯波、七五七頁）。

どのように読み下すのか。涙香は「旡」を「无」のつもりで使ったのだろう。「无」は「無」と同じだから、「眼に王侯なく、手に斧鉞《ふえつ》有り」と読める。「斧鉞」は、「斧《おの》」と「鉞《まさかり》」のこと。古代中国で君主が出征に際して将軍に授けた、生殺与奪の権や統率者の地位を象徴する刑具という意味もある。涙香は、「眼旡王侯手有斧鉞」に、権力を恐れることなく、社会悪に筆誅を加えるという『萬朝報』の精神を込めたのである（なお、この文言について、いいだももは、「眼无王侯手有斧鉞」と記し、涙香が『水滸伝』からとった「標語《モットー》」としている（『黒岩涙香』一〇三頁）。私はまだ「出典」は見出していない）。

ここで「王侯」とは、政治の世界の支配者だけを意味したわけではない。「眼旡王侯手有斧鉞」の扁額にふれた後、斯波が涙香から直接聞いたというエピソードは、涙香の反権力意識の一端を教えてくれる。

父親の市郎が上京した際、かつて市郎の塾生だった岩崎彌之助（岩崎彌太郎の弟）を駿河台の豪邸に訪ねた。最初は留守と言われ、そのまま引き返し、後日ふたたび訪問したのだが、また留守と言われた。明らかに居留守だった。岩崎が旧師の訪問を歓迎してくれるものと思っていた市郎は、「己れが銭でも借りに来たと思つたのであらう」と、礼儀知らずの岩崎に対する憤懣を涙香にもらした。斯波は、次のように書いている。

先生は此事を深く感じて、我は筆の力を以て金力にも打勝ち得るものとならなければならぬ、岩崎をも我筆の前に叩頭せしめて遣らなければならぬとの決心を起された、先生が筆の人——筆は剣の力より威あるもので、金の力より大なるもの——として之れを具体化せんとの決心を起された動機は此の時に生じたのであつた。（斯波、七五七頁）

徒手空拳で「独立新聞」をめざす

涙香が『萬朝報』を創刊するまでのいきさつや創刊時の資金難については、すでに記した。涙香の生涯をたどってきた評伝筆者として、改めて、それがまことに危うい冒険だったことに思い至る。一八九三年（明治二六）三月八日の『萬朝報』に載った「社員　黒岩涙香記」による「百号の辞」についても、すでにふれた。涙香は、一〇〇号に達することなく消えていったいくつもの新聞の名前を列挙し、困難を乗り越えて一〇〇号に達した『萬朝報』を「新聞紙既に百号を越ゆれば新聞紙の一人前に達したる者と云ひて可なり」と自己評価した。このとき、涙香は冒険のとりあえずの成功に安堵していたのである。

涙香には何の後ろ盾もなかった。少数の仲間がいただけだった。新聞発行のための保証金一〇〇〇円は借金した。その他、創刊のための資金を集めての船出だった。運転資金が充分にあったわけではない。しかも、涙香は「眼先王侯手有斧鉞」の志を持って新聞を創刊したのである。言葉の真の意味での「独立新聞」として生きていくことが必須だった。新聞を作り、それを多くの読者に読んでもらう。そうして生き延びていく。『萬朝報』を創刊した涙香の前には、こうした隘路しかなかった。

徒手空拳で真の「独立新聞」をめざした涙香は、この隘路を見事に抜け切ったのである。

明治以降、叢生した新聞のうち一定の部数を得て発展した新聞は、何らかのかたちで資金を援助するパトロン的存在がいたケースが多い。政府が資金を援助した新聞もあった。後者の典型的な事例は、大阪で創刊された『朝日新聞』である。一八八二年（明治一五）以降、中立新聞の育成をめざした政府が、経営困難に陥っていた『朝日新聞』に対して、多額の資金を極秘に提供していたことは、メディア史研究者の有山輝雄が詳細に明らかにしている（『「中立」新聞の形成』）。政府は、朝日新聞社の借入金一万五〇〇〇円の返済を肩代わりすることで毎月の補助金を与えただけでなく、三井銀行などをダミーにして同社に一万円の出資をしていた。有山は「成文化していたかどうかはともかくも、両者〔政府と朝日新聞社〕の間に編集方針に関すると了解が成立していたことは確実である」（同前、七五頁）と指摘している。こうして発展した朝日新聞社は、一八八八年（明治二一）七月、東京に進出し、『東京朝日新聞』を創刊することになる。

すでにふれたように、涙香が山本内閣倒閣運動から大隈内閣擁立に奔走した後、『萬朝報』は、「大隈の御用新聞」といったレッテルを貼られる。しかし、徒手空拳で出発した『萬朝報』は、どこからも資金援助を受けず、パトロン的な存在もなく、ひたすら真の「独立新聞」の道を貫いた。「大隈の御用新聞」というレッテルにしても、大隈重信、あるいはその周辺から資金を得て、大隈擁護をしたわけではなかった。

先に、相馬事件報道に関連して、「スキャンダル報道によって部数を伸ばした新聞」という『萬朝報』に対するステレオタイプな語りは、半分の真実《ハーフ・トゥルース》に過ぎないと指摘した。新聞の公共性を説き、言論の自由を掲げ、普通選挙を求めた涙香の『萬朝報』は栄光の時代こそ短かったとはいえ、近代日本ジャーナリズム史に確固とした足跡を残したのである。

ステレオタイプの涙香像を超えて

ステレオタイプな語りと言えば、涙香その人についても広く流通しているものがある。涙香が「まむしの周六」と呼ばれたということが、そのステレオタイプな語りの中核と言っていいだろう。しかし、これもすでに述べたことだが、「涙香＝まむしの周六」と結びつけることで、涙香その人と『萬朝報』のスキャンダル報道全般を「分かった気」になるのは危うい。

本書でくわしく検討した『萬朝報』の相馬事件報道を、現代の私たちがスキャンダリズムとして批判することはたやすい。だが、「歴史の高み」からではなく、涙香が生きていた、そのときを理解することが必要ではないか。若き涙香は、徒手空拳で『萬朝報』を創刊し、「眼先王侯手有斧鉞」の精神を貫く真の「独立新聞」をめざして走り出したばかりだったのである。先に述べた隘路を抜け切るためには、新聞が売れるための材料が必要だった。

たしかに『萬朝報』の相馬事件報道には、涙香の考える「事実の報知機」「社会の賞罰機」としての新聞の役割からの逸脱があった。そのことに涙香も気がついていただろうという推測もした。しかし、ここで重要なことは、にもかかわらず相馬事件報道で四度の発行禁止処分を受けた際に、涙香がそのさなかに果敢に憲法に基づく言論の自由を掲げて、新聞紙条例を批判していたことである。「事実の報知機」「社会の賞罰機」という新聞の役割についても、このときに提示された考え方だった。

涙香についてのステレオタイプな語りの別の部分は、相馬事件報道など人身攻撃に及ぶスキャンダル報道の姿勢を後に改め、理想団の運動などに取り組むようになったことに関わる。そこには内村鑑三の影響が強くあったというものである。つまり、前期涙香（「まむしの周六」によるスキャンダリズム）と後期涙香（理想団的精神主義）との間の違いを強調する見方である。

当然、『萬朝報』を創刊したばかりの若き涙香と経験を積んだ後の壮年期の涙香との間に考え方の変化はあっただろう。内村の影響もあったに違いない。だが、先に指摘したように、涙香は相馬事件報道のさなかに新聞の役割を説いていたのである。さらにさかのぼって言えば、一八九三年（明治二六）四月、『萬朝報』紙面で、新聞記者養成の小塾を開く告知をした際に、すでに近代ジャーナリズムを担うプロフェッショナルな存在としての新聞記者像を明確に打ち出していた。

やがて、涙香の「新聞論」は、「新聞紙の道徳」という大論文として発表される（『萬朝報』一九〇一年六月一九〜二五日）。この論文についてはすでにくわしく検討した。そこで、涙香は、若き日の理想を追う「急進主義」を反省しつつも、新聞は「断じて利の為には非ざるなり」と、新聞の公共的な役割を強く主張した。涙香の新聞に対する考え方は、驚くほど変わっていない。

「新聞記者　黒岩周六」の署名

「はしがき」で述べたように、涙香は多方面で才能を発揮した人だった。その際、涙香の生涯には、「たやすく結ぶ一つの像」はないと記した。だが、本書で涙香の生涯を追ってきた評伝筆者として、実のところ、こうした涙香像もまた、一つのステレオタイプではないかという思いが強くなった。

ここで、二つの涙香評を紹介しよう。一つは、哲学者の鶴見俊輔によるものである。鶴見は「黒岩涙香は、推理小説の発達史上の一人物として、また哲学史上おいてこれまで考えられてきた」とした後、次のように述べる。

涙香の真骨頂はもっとひろい意味での知的諸能力の総合において発揮された。涙香が今日および明日にたいしてもつ意味は、芸術・政治・思想史の諸領域にまたがる一人の文化総合者として彼を見る時に明らかになるのではないだろうか。

（鶴見俊輔「黒岩涙香」『限界芸術』一五四頁）

もう一つは、先にもその一部にふれた三宅雄二郎（雪嶺）の涙香評である。涙香と同時代に生きた言論人である三宅は、次のように涙香を酷評する。

〔……〕天分が豊かであり、才幹、精根、弁力等、凡《およ》そ世間で成功の要素とする所を悉《ことごと》く兼ねて〔い〕るが、只《ただ》一つ肝要なるものを欠いて居る、即ち目的物を一つにする事が出来なくなつて居る。

精力集中は確《たしか》にこれあり、思ひ立つたが最後、全力を集め、為し遂げねば止まぬが、今一歩と言ふやうな所で飽いてしまひ、飽けば他に向ひ、前の事を忘れたやうになる。何でも判り、何でも出来る方であつて、斯《か》く能力に富むのが珍らしいと言へるのに、時々目的物を変へるので能力に富む割合に成績が少《すくな》い。

（三宅雄二郎「能力の割合に成績が少い」涙香会編『黒岩涙香』六〇五頁）

鶴見と三宅の涙香に対する評価は、一見正反対のように見える。だが、涙香の本質を見誤っているという意味では、両者は一つのコインの裏表である。涙香を「文化総合者」として見るべきだとする鶴見は、そもそも入り口で「推理小説の発達史」と「哲学史」にしか言及していない。一方、三宅には涙香が何ゆえに多くのものごとに熱中したのかという点についての根本的考察を欠いている。

涙香は生涯、「新聞人」として生きたのである。新聞はどうあるべきか。いかなる新聞が「普通一般多数民人」を捉えることが出来るのか。こういったことどもを考え続けた人間だった。新聞の公共的な役割は、涙香にとって、いわば自明だった。だが、人々に読んでもらわなければ意味はない。つまり、売れなくてはならない。新聞を企業として立ち行かせるために、この点は不可欠だった。「新聞紙の道徳」を語りつつ、涙香は生涯、新聞の公共的な役割と「売れなくてはならない」という課題との間の葛藤を抱えて生きた人だった。

涙香の趣味について記した際、「闘犬」にふれ、闘犬を禁止した警視庁に対して、涙香が提出した陳述書を紹介した。その末尾は、次のようになっている。

大正五年七月二日

東京市麻布区笄町一七四

東京府士族

職業　新聞記者　黒岩　周六

警視総監殿

陳述書を読み終えて、私は一種の感慨を覚えた。「ああ、そうなのだ」とでも表現すればいいか。涙香はすでに『萬朝報』社長として、世間的に広く名が知られた「名士」だった。警視総監宛てに提出する陳述書なのだから、その世間的に通用する肩書きを使うことは出来たはずである。その方がふつうだろう。しかし、涙香は、そこで「新聞記者」と自ら記したのである。このとき、涙香五四歳。四年後に死を迎えることを、「新聞記者　黒岩周六」はむろん知らない。

主要参考文献

黒岩涙香の著書（連載小説の単行本化したものは除く）

『天人論』（朝報社、一九〇三年）
『精力主義（エネルギズム）』（隆文館、一九〇四年）
『人生問題』（丙午出版社、一九〇六年）
『人尊主義』（新橋堂書店・服部書店、一九一〇年）
『青年思想論』（朝報社、一九一二年）
『第二青年思想論一名大正維新論』（朝報社、一九一三年）
『小野小町論』（朝報社、一九一三年）
『実行論』（広文堂書店、一九一五年）
『社会と人生』（止善堂、一九一九年）

単行本・論文

『安芸市史　概説編』（安芸市、一九七六年）
『安芸市史　歴史編』（安芸市、一九八〇年）
『安芸市史　資料編』（安芸市、一九八一年）

荒畑寒村『寒村自伝　上巻』（岩波文庫、一九七五年）
有山輝雄「大正初期における「国民の自覚」論」（『新聞学評論』二十一号、一九七二年）
有山輝雄「萬朝報経営における『向上主義』とその限界」（『桃山学院大学社会学論集』11-1、一九七七年）
有山輝雄「理想団の研究［Ⅰ］」（『桃山学院大学社会学論集』13-1、一九七九年）
有山輝雄「理想団の研究［Ⅱ］」（『桃山学院大学社会学論集』13-2、一九八〇年）
有山輝雄『近代日本ジャーナリズムの構造――大阪朝日新聞白虹事件前後』（東京出版、一九九五年）
有山輝雄『「中立」新聞の形成』（世界思想社、二〇〇八年）
いいだもも『黒岩涙香――探偵実話』（リブロポート、一九九二年）
伊藤秀雄『黒岩涙香伝』（国文社、一九七五年）
伊藤秀雄「黒岩涙香伝再説――鈴木たま涙香実子説について」（『森脇一夫先生古稀記念論文集』日本大学国文学会、一九七七年）
伊藤秀雄『改訂増補　黒岩涙香――その小説のすべて』（桃源社、一九七九年）
伊藤秀雄『黒岩涙香――探偵小説の元祖』（三一書房、一九八八年）
伊藤整『日本文壇史　第四巻』（講談社、一九五六年）
伊東洋二郎『淫祠拾壱教会』（其中堂、一八九四年）
稲田雅洋『自由民権の文化史――新しい政治文化の誕生』（筑摩書房、二〇〇〇年）
岩井肇「黒岩涙香の新聞思想」（『関西大学新聞学研究』17、18、19、関西大学新聞学会、一九六七年）
内村鑑三（鈴木俊郎訳）『余は如何にして基督信徒となりし乎』（岩波文庫、一九五八年）
『内村鑑三全集　11』（岩波書店、一九八一年）
大島太郎「立志社・陸奥宗光ら陰謀事件」（『日本政治裁判史録　明治・前』第一法規、一九六八年）

大谷正『日清戦争――近代日本初の対外戦争の実像』（中公新書、二〇一四年）
岡田靖雄「相馬事件『探書』記」（『図書』一九八六年五月号、岩波書店）
岡直樹『偉人涙香――黒岩涙香とゆかりの人びと』（土佐文化資料調査研究会、一九七〇年）
荻慎一郎ほか『高知県の歴史』（山川出版社、二〇〇一年）
奥武則『蓮門教衰亡史――近代日本民衆宗教の行く末』（現代企画室、一九八八年）
奥武則『文明開化と民衆――近代日本精神史断章』（新評論、一九九三年）
奥武則『スキャンダルの明治――国民を創るためのレッスン』（ちくま新書、一九九七年）
奥武則『大衆新聞と国民国家――人気投票・慈善・スキャンダル』（平凡社、二〇〇〇年）
奥武則『露探――日露戦争期のメディアと国民意識』（中央公論新社、二〇〇七年）
奥武則「明治期のスキャンダル報道――「萬朝報」と「二六新報」をめぐって」（日本新聞博物館図録『言葉の戦士　涙香と定輔』二〇〇七年）
奥武則「「スキャンダル」を売る新聞――再考・『萬朝報』の相馬事件報道」（『メディア史研究』31、ゆまに書房、二〇一二年）
奥武則『ジョン・レディ・ブラック――近代日本ジャーナリズムの先駆者』（岩波書店、二〇一四年）
奥武則「『黒岩大』とは誰なのか」（『社会志林』60-4、法政大学社会学部学会、二〇一四年）
尾崎春盛編『尾崎三良自叙略伝　下巻』（中央公論社、一九七七年）
小野秀雄「黒岩涙香」（『三代言論人集　6』時事通信社、一九六三年）
片山慶隆『日露戦争と新聞――「世界の中の日本」をどう論じたか』（講談社、二〇〇九年）
木村毅ほか「黒岩涙香を偲ぶ座談会」（『宝石』一九五四年五月号）
京都大学百年史編集委員会編『京都大学百年史　総説編』（財団法人京都大学後援会、一九九八年）

久保田辰彦編『廿一先覚記者伝』（大阪毎日新聞社、一九三〇年）
倉敷ぶんか倶楽部編『森田思軒の世界――明治の翻訳王・ジャーナリスト』（日本文教出版、二〇一一年）
『黒岩涙香集　明治文学全集　47』（筑摩書房、一九七一年）
黒岩徹「芸妓だった祖母・清　涙香の愛が支えた生涯」（『高知新聞』一九九五年九月一八日）
「黒岩涙香」（『近代文学研究叢書　第十九巻』（昭和女子大学、一九六二年）
『慶應義塾五十年史』（慶應義塾、一九〇七年）
慶應義塾福澤研究センター編『慶應義塾入社帳　第二巻』慶應義塾、一九八六年）
厚生省編『医制百年史』（ぎょうせい、一九七六年）
『幸徳秋水全集　第二、第三、第四巻』（明治文献、一九六八年、一九七〇年）
故團男爵伝記編纂委員会編『男爵團琢磨伝　上巻』故團男爵伝記編纂委員会、一九三八年）
小森健太郎『英文学の地下水脈　古典ミステリ研究』（東京創元社、二〇〇九年）
斎藤俊彦『くるまたちの社会史――人力車から自動車まで』（中公新書、一九九七年）
『堺利彦全集　第一巻』（法律文化社、一九七一年）
坂口二郎「黒岩時代の萬朝報」（『現代新聞論』千倉書房、一九三四年）
佐々木隆『〈日本の近代14〉メディアと権力』（中央公論新社、一九九九年）
佐藤卓己『現代メディア史』（岩波書店、一九九八年）
端山会編『維新土佐勤王史』（冨山房、一九一二年）
鈴木珠・述／鈴木勉・記「黒岩涙香外伝」（『別冊幻影城』一九七七年一月号、幻影城）
鈴木範久『内村鑑三』（岩波新書、一九八四年）
曽我部一紅「黒岩先生と余」涙香会編『黒岩涙香』（扶桑社、一九二二年）

高橋康雄『物語・萬朝報——黒岩涙香と明治のメディア人たち』(日本経済新聞社、一九八九年)
高松敏男「若き黒岩涙香〈周六〉の出発」(『大阪府立図書館紀要』第八号、一九七二年)
高松敏男「若き黒岩涙香、その補足的考察」(『大阪府立中之島図書館紀要』第一四号、一九七八年三月)
武内博「文明開化の伝道者カッケンボスとその訳書」(『日本古書通信』53-4、日本古書通信社、一九八八年四月)
武田道生「蓮門教の崩壊過程の研究——明治宗教史における蓮門教の位置」(『日本仏教』五九号、一九八三年)
武田道生「『万朝報』による蓮門教攻撃キャンペーン」(『國學院大學日本文化研究所紀要』六三号、一九八九年)
土屋礼子編著『近代日本メディア人物誌——創始者・経営者編』(ミネルヴァ書房、二〇〇九年)
鶴見俊輔「黒岩涙香」(『二十世紀を動かした人々　第八巻』講談社、一九六三年、後に『限界芸術』講談社学術文庫、一九七六年)
鶴見祐輔『後藤新平　第一巻』(勁草書房、一九六五年)
永井太郎「『天人論』とその受容」(京都大学文学部国語学国文学研究室『国語国文』72-3、二〇〇三年)
西田長壽・植手通有編『陸羯南全集　第四、五、六巻』(みすず書房、一九七〇年、一九七一年)
原田敬一「黒岩涙香——社会を刺激した奇才」(『講座　東アジアの知識人　第2巻　近代国家の形成　日清戦争〜韓国併合・辛亥革命』有志舎、二〇一三年)
土方正巳『都新聞史』(日本図書センター、一九九一年)
平尾道雄『土佐藩』(吉川弘文館、一九六五年)
福地惇「立志社の挙兵計画について」(『日本歴史』一九九二年八月号、吉川弘文館)
堀啓子『日本ミステリー小説史——黒岩涙香から松本清張へ』(中公新書、二〇一四年)
『「毎日」の3世紀——新聞が見つめた激流130年　別巻』(毎日新聞社、二〇〇二年)
松井広吉『四十五年記者生活』(博文館、一九二九年)

見市雅俊『コレラの世界史』（晶文社、一九九四年）
嶺隆『新聞人群像――操觚者たちの闘い』（中央公論新社、二〇〇七年）
三好徹『まむしの周六――萬朝報物語』（中公文庫、一九七九年）
村上重良『国家神道』（岩波新書、一九七〇年）
村上重良『近代民衆宗教史の研究　増訂版』（法蔵館、一九六三年）
森於菟『父親としての森鷗外』（ちくま文庫、一九九三年）
山本俊一『日本コレラ史』（東京大学出版会、一九八二年）
山本武利『近代日本の新聞読者層』（法政大学出版局、一九八一年）
山本武利『新聞記者の誕生――日本のメディアをつくった人びと』（新曜社、一九九〇年）
山本武利『新聞と民衆』（紀伊國屋書店、一九九四年）
『横浜開港五十年史　上巻』（横浜商業会議所、一九〇九年）
涙香会編『黒岩涙香』（扶桑社、一九二二年）

新聞・雑誌

『東京輿論新誌』『政事月報』『日本たいむす』『同盟改進新聞』『絵入自由新聞』『都新聞』『萬朝報』『東京朝日新聞』『朝日新聞』『東京日日新聞』『読売新聞』『自由新聞』『二六新報』『日本人』『日本及日本人』『東京エコー』『日本』

＊『萬朝報』は、日本図書センター刊行の復刻版。その他は、国立国会図書館、法政大学図書館、早稲田大学中央図書館、東京大学明治新聞雑誌文庫所蔵の原紙またはマイクロフィルムを利用した。

あとがき

いやあ、「涙香さん」とはけっこう長い付き合いになってしまったなあ――「あとがき」を書き始めようとしたら、こんな言葉が心の中に浮かんできた。むろん、生前、会ったことはない。黒岩涙香は来年二〇二〇年、ちょうど没後一〇〇年である。

子どものころ、家に講談社の「少年少女世界名作全集」がかなりあった。そのシリーズで『鉄仮面』や『巌窟王』を読んだ覚えがある。もっとも、当時、涙香のことはまったく知らない。本格的な付き合いは、本書でもふれた『萬朝報』の「淫祠蓮門教会」を通じて始まった。一九七〇年代半ばだった。それでも、もうかれこれ半世紀近い。「涙香さん」と呼んでみたい気分なのである。

「淫祠蓮門教会」に関わる仕事は、後に『蓮門教衰亡史――近代日本民衆宗教の行く末』（現代企画室、一九八八年）としてまとめることができた。その後、『スキャンダルの明治――国民を創るためのレッスン』（ちくま新書、一九九七年）では、近代日本における国民国家の形成という視点から『萬朝報』のスキャンダル報道を分析した。

蓮門教について調べていたころは、まだ『萬朝報』の復刻版は出ていなかったから、国立国会図書館でマイクロフィルムを調べた。いまマイクロフィルムからのコピーはコンピュータ化が進み、便利になった。当時は必要な紙面をマイクロフィルムで確認した後、いちいち書類を記入して、マイクロフィルムのリールが入った箱をコピーのセクションに持参しなければならなかった。私の涙香との付き合いは、こんな「前時代的な仕組み」の中で始まったのである。ただ、この二つの本はともに涙香が直接の対象だったわけではない。

その後、『近代日本メディア人物誌――創始者・経営者編』（土屋礼子編著、ミネルヴァ書房、二〇〇九年）の「黒岩涙香」の章を頼まれた。これが、私が涙香その人を対象にまとまった文章を書いた最初である。

法政大学社会学部から在外研究の機会が与えられ、イギリス・ケンブリッジに滞在していた二〇〇九年の前半のころ、メールでミネルヴァ書房の編集者から「日本評伝選」の一冊として「黒岩涙香」を書く話をいただいた。当時、ケンブリッジ大学アジア中東学部に訪問研究員として籍を置きつつ、ジョン・レディ・ブラックのことを一書にまとめる仕事をしていた。幕末に来日し、明治になって日本語新聞『日新真事誌』を創刊して、草創期の日本ジャーナリズム史に大きな足跡を残したイギリス人である。編集者には「ぜひ書かせていただきます。ただ、ジョン・レディ・ブラックをまとめた後にやります」と返事をした。

ブラックについては、帰国後、『ジョン・レディ・ブラック――近代日本ジャーナリズムの先駆者』（岩波書店、二〇一四年）を刊行することが出来た。二〇一七年三月には大学教師を定年退職して、時間的余裕は出来た。だが、いくつか別の仕事の「割り込み」もあって、「黒岩涙香」に着手しないまま日が過ぎていた。

ミネルヴァ書房で新しく担当となった前田有美さんから二〇一八年夏、改めて進捗状況の問い合わせがあり、ようやく尻に火がついた。前田さんからはその後も折々、「督促」（ごくソフトな）があった。私自身、「涙香さん」との長い付き合いにそろそろケリを付けなければ、という思いも強くなっていた。だが、こうした「督促」がなければ、たぶんなかなか前に進めなかっただろう。ケアレス・ミスの多い私の草稿を丹念にチェックしてくれたことを含めて、前田さんに感謝しなければならない。

なんだか配達遅れの言い訳のようになってしまった。実際の執筆にかかっていた時間はそれほど長くないとはいえ、私の中で「黒岩涙香」が相当の熟成期間を経て、本書が生まれたことを記しておきたかった。むろん、その熟成期間が本書の「味」に深みを加えたかどうかは、読者の判断に俟つしかないのだが。

「歴史上の人物」とは、つまりは人々が多かれ少なかれ既成のイメージを持っている人のことである。黒岩涙香は、誰もが知っている著名な「歴史上の人物」ではないだろう。だが、それでも知っている人は、すでに彼がどのような人物として語られてきたかを知っているわけだから、やはり、そこには既成のイメージが存在する。評伝作者に求められることは、出発点において、そうした既成のイメージを振り捨てて、まずは事実を見据えることである。涙香について言えば、伝記的な事実に加えて、彼の書いた文章を時代の文脈の中で正確に読み取ることが必要である。これらの課題を本書が十全に果しているかどうかの評価は、これまた著者のものではない。ただ、それを果たすべく、努力したことだけを記しておく。

新聞・雑誌のマイクロフィルムは国立国会図書館で閲覧・コピーした。『萬朝報』をはじめとしたいくつかの新聞の復刻版の閲覧・コピーには、もっぱら法政大学図書館と早稲田大学中央図書館を利用した。一介の元教員に在職中と同じサービスを提供してくれる法政大学図書館、そして卒業生にも開かれている早稲田大学中央図書館はありがたい存在である。

新聞資料ということで言えば、本書の執筆に直接つながる資料はそれほど多くはなかったが、東京大学法学部明治新聞雑誌文庫のことも特記しておきたい。古びた建物の半地下の狭い閲覧室でていねいに酸性紙に包まれた原紙をひもとく。古い紙が発する独特のにおいが漂う。破れないように気をつけながら一枚一枚めくっていく。効率とは違う次元の豊かな時が流れる。歴史研究者のはしくれとして、至福のひとときを過ごした。

明治新聞雑誌文庫で過ごした時間を思い出しつつ、歴史研究者の原点とも言うべきものを考える。資料の保存・活用の面では今後もマイクロフィルム化や復刻版刊行が進むだろう。研究の進展にとって望ましいことに違いない。研究者が新聞の原紙を見る機会は少なくなるだろう。だが、原紙はともかくとして、復刻版でもマイクロフィルムでもいい、「現物」に当たることが研究の出発点である。拡大鏡を片手に古い新聞の小さな活字を追うことは、それなりにしんどい。だが、ここで手抜きは許されないのだ。

こんなことを書くのは、一つには『萬朝報』の判型について誤った認識が少なからず定着しているからである。最近では、ある近代日本文学研究者の著書で、それを見出した。黒岩涙香の文学的な業績を取り上げた章で『萬朝報』に言及して、タブロイド判を縦に二つ折した四ページの新聞と書いている。『萬朝報』の判型は本文に書いたように、横三九センチ、縦五五センチで、現在の多くの新聞とほぼ同じ大きさである。タブロイド判（横二七・三センチ、縦四〇・六センチ）ではない。どうしてこうした誤りが見られるのか。これはなかなかに興味深い。

現在の欧米では高級紙とされる新聞でもタブロイド判を採用しているところが少なくない。だが、タブロイド判はもともと犯罪やセックスに関わる記事などをスキャンダラスに掲載して部数を増やした大衆紙が採用した判型だった。その結果、「タブロイド」と言えば、こうした大衆紙を指すようになった。『萬朝報』をタブロイド判だとする誤りは、つまりは『萬朝報』を欧米の「タブロイド」と同種の新聞と考えるステレオタイプが生んだものだろう。判型は些細な問題である。だが、ここに見られるステレオタイプは、『萬朝報』だけでなく、黒岩涙香にも付きまとっているものである。本書では、そうしたステレオタイプを私なりに払拭できたと考えている。

さて、本の「あとがき」を書くときはいつもそうだが、亡くなった人たちのことが思い出される。人間長く生きているということは、当たり前だが、お世話になった人やら、いろいろと影響を受けた方々との別れを積み重ねる日々でもある。私事を別にして、本書に取り組む過程でも、困民党研究会（その後、近代民衆史研究会に）以来の仲間だった牧原憲夫さん、森山軍治郎さん、桜庭宏さんの三人を見送ることになってしまった。

それぞれに思い出は深いが、学恩という点では牧原さんに深く感謝しなければならない。名著『客分と国民のあいだ――近代民衆の政治意識』（吉川弘文館、一九九八年）をはじめとする著作を通じてはもとより、東京・田無のご自宅で続けていたささやかな研究会で、牧原さんに教えられることが多かった（本書刊行時には、有志舎から上下二巻の『牧原憲夫著作選集』も世に出ているはずである）。本書執筆の構想などについても折にふれてお話しする機会があった。生前に本書をお届けできなかったことが、まことに残念である。

大学を定年退職するとき、「大学教師は辞めますが、まだ研究者を廃業するつもりはありません」とエラそうなことを言った記憶がある。本書を刊行したことで、とりあえず「有言不実行」のそしりは免れるかもしれない。とはいえ、さて、「残り時間」がどれほどあるか、いや、「時間」はともかく、脳力が続くのか、といったことを思うと、なんだか心細い。いまは、「涙香さん」との長年の付き合いにいちおうのケリを付けることが出来たことに満足しよう。

二〇一九年八月

奥　武則

黒岩涙香年譜

和暦	西暦	齢	関係事項	一般事項
文久二	一八六二	0	9・29土佐国安芸郡川北村で父黒岩市郎と母信子の次男として出生。市郎の実弟直方の長男として入籍。本名・周六。	
慶應三	一八六七	5		10月大政奉還。
明治元	一八六八	6		1月鳥羽伏見の戦、戊辰戦争始まる。
二	一八六九	7		5月五稜郭開城、戊辰戦争終わる。
三	一八七〇	8		12月『横浜毎日新聞』創刊。
四	一八七一	9		7月廃藩置県。
五	一八七二	10		2月『東京日日新聞』創刊。7月新聞紙条例（旧）制定、新聞の啓蒙的役割を強調。
六	一八七三	11		10月征韓論政変（明治六年の政

				変）。
七	一八七四	12		1月板垣退助ら民撰議院設立建白書提出、自由民権運動活発に。
八	一八七五	13	11・10父市郎東京にて死去。	4月漸次立憲政体の詔書。6月新聞紙条例（新）、讒謗律制定、新聞の統制を強化。
一〇	一八七七	15	9月大阪英語学校に入校。	2～9月西南戦争。8月立志社の獄。
一二	一八七九	17	6・19コレラの流行で大阪英語学校が休校し、寄宿舎も閉鎖され、東京の秦呑舟（姉の夫）を頼って上京。神田の成立学舎に学ぶ。	
一四	一八八一	19	9月慶應義塾予科科外生徒となる。11・5『東京輿論新誌』に「生糸紛議の結末如何」が載る（黒岩大）。12月～1884年9月迄国友会などの演説会に、黒岩大としてたびたび登壇。	7月開拓使官有物払下げ事件。10月明治一四年の政変、国会開設の勅諭、自由党結成。
一五	一八八二	20	1・21『東京輿論新誌』編輯局員になる。1・28「開拓使官吏ノ処分ヲ論ズ」を『東京輿論新誌』に発表（社末　黒岩大）。官吏侮辱罪で起訴、無罪となったが翌年大審院で有罪に。当時、住所不明だったため刑の執行を免れる。3月ごろ迄に慶應義塾を	3月「立憲改進党趣意書」発表。

			退学か。3・31『雄弁美辞法』を刊行。7・29～10・14五回にわたり、『東京輿論新誌』に「地方自治ノ制ハ国会開設ヨリ先ニセザル可カラズ」を発表。9月『政事月報』（編輯者黒岩大）を創刊。11・18『同盟改進新聞』を漆間真学らと創刊。	
一六	一八八三	21	10月二大政書出版会社を設立。『自由新聞』に出した広告によって住所が分かり、収監され、横浜戸部監獄で重禁錮一六日の刑に服す。	4月新聞紙条例改正。
一八	一八八五	23	8・25『日本たいむす』（旧『輿論日報』）に入り、主筆となる。10・5～11・10まで発行停止に。11・13～14「人力車は我国の面汚し」を同紙に発表（香骨居士）。12・9同紙五一号で廃刊。	12月内閣制度発足、第一次伊藤博文内閣。
一九	一八八六	24	4月『絵入自由新聞』に探訪員として入り、間もなく主筆に。9・4「小新聞の社説」を同紙に発表。10・24イギリス貨物船ノルマントン号が紀州沖で沈没、ノルマントン号の海難審判のために神戸に特派。同紙には、香骨生、半士半商人、涙香生などの筆名で1889年5月迄、精力的に論説を執筆。	
二〇	一八八七	25	1・4「我進んで愚なる日本人を賢くせん」を『絵入自由新聞』に発表（香骨居士）。7・31、8・1	

二一	一八八八	26	「政治見物」を同紙に発表（香亭瓶花述）。12・24同紙に「大」の名前を「周六」に改める広告を掲載。1月「法廷の美人」（原作ヒュー・コンウェー）を涙香小史の筆名で『今日新聞』に連載。2・3月頃「裁判小説大盗賊」を同紙に連載。3・4月頃「裁判小説人耶鬼耶」と「銀行奇聞他人の銭」を同紙に連載。9・9〜11・28「有罪無罪」を同紙に連載。12・4〜翌1・24「似而非」を『絵入自由新聞』に連載。	7月『東京朝日新聞』創刊。11月『大阪毎日新聞』創刊。
二二	一八八九	27	1・3〜3・10「海底之重罪」と「指輪」を『都新聞』に連載。1・16〜2・16「銀行奇談魔術の賊」を『絵入自由新聞』に連載。2・17〜4・10「梅花郎」を『絵入自由新聞』に連載。5月『法庭の美人』（薫志堂）を刊行。5・17〜7・27「美人の手」を『絵入自由新聞』に連載。8・9〜10・30「真ツ暗」を『絵入自由新聞』に連載。9月雑誌『小説叢』第一冊（小説館）に創作短編小説「無惨」を掲載。9・25〜11・26「決闘の果」を『東西新聞』に連載（南舵隠士）。11・8『絵入自由新聞』に涙香退社の社告が載る。間もなく『都新聞』に入社して主筆に。	2月大日本帝国憲法発布。
二三	一八九〇	28	1月『梅花郎』（明進堂・大川屋）、『幽霊』（薫志	7月第一回衆議院議員総選挙。

			堂）、『美少年』（扶桑堂）を刊行。**2月**『片手美人』（「美人の手」改題、大川屋）、『新案の小説無惨』（上田屋）を刊行。**3月**『悪党紳士』（「似而非」改題、明進堂）を刊行。「執念」を『都新聞』に連載。**4月**『此曲者』（薫志堂）、『塔上の犯罪』（薫志堂）を刊行。**7月**『涙香集』『探偵』（ともに扶桑堂）を刊行。**8月**「美人の五区」（今古家・金桜堂）を刊行。**9月**『妾の罪』（大川屋）、『執念』（扶桑堂）を刊行。**10月・20以降**「何者」を『都新聞』に連載。**12月**『活地獄』（扶桑堂）を刊行。	
二四	一八九一	29	**1・27～5月**「玉手箱」を『都新聞』に連載。**5月**『決闘の果』（大川屋・三友舎）、『玉手箱』（三友舎）を刊行。**7月まで**「巨魁来」を『都新聞』に連載。**7・26～**「如夜叉」を『都新聞』に連載。**8月**『巨魁来』（扶桑堂）を刊行。**9・5**片岡新兵衛長女乃ぶ（通称・真砂子）と結婚。**10月**『塔上の犯罪』（「此曲者」改題、薫志堂）を刊行。**11・8以降**「死美人」を『都新聞』に連載。**12月**『何者』（都新聞社）を刊行。	**1月**第一高等中学校で内村鑑三不敬事件。
二五	一八九二	30	**1・5**長男日出雄出生。**4・30～7月**「非小説」を	**8月**第二次伊藤博文内閣。

二六	一八九三	31	『都新聞』に連載。7月楠本正隆が『都新聞』を買い取る。8・2「我不知」を『都新聞』で連載を始めるが、新旧社長との間の口約束が守られなかったとして、同紙を退社。8月「非小説」（扶桑堂）を刊行。11・1『萬朝報』を創刊。発行所の朝報社は京橋区三十間堀二丁目一番地。創刊号に「発刊の辞」（古概　黒岩周六）。12・22〜翌6・22「正史実歴鉄仮面」を同紙に連載（以下、『萬朝報』掲載の連載小説は省略。詳細は本文二二四頁を参照。涙香の『萬朝報』掲載の論説等については紙名を省略）。3・8「百号の辞」（社員　黒岩涙香記）。4・13花見の催しについての社告。4・26「新聞記者養成の為の一小塾を開くの旨意」（社員　黒岩涙香述）。5・7「塾生申込の事に就て」（涙香記）。5・11「探偵譚に就て」（涙香生）。6・6『絵入自由新聞』と合併。7・26「相馬家毒殺騒動」の連載始まる（相馬事件をめぐって錦織剛清の側にたった大量報道を展開）。9・16〜10・6第一回目の発行停止。10・7「停止及び解停」（無署名）。10・8〜9「嗚呼三週間の長停止」（無署名）。10・10「新聞紙の新

二七	一八九四	32	聞紙たる所以（夫れ孰く在りや）」（無署名）。10・28〜11・3第二回目の発行停止。11・4「第二回の停止を経て所思を述ぶ」（黒岩涙香）。11・10〜16第三回目の発行停止。11・17「三回目の停止の後に記す」（香骨居士）。3・28「淫祠蓮門教会」の連載始まる（10・13まで九四回、その他の記事も含めて蓮門教批判キャンペーンを展開）。8・17「新聞原稿の検閲に就て」（無署名）。8・28「原稿検閲に就て」（無署名）。9・11「萬朝報の紙上に英文欄を設くるの旨意」を掲げて英文欄を創設。11・3「解停の辞」（無署名）。12・18次男宣光出生。	8月清国に宣戦布告（日清戦争）。
二八	一八九五	33	7月『捨小舟』上編（扶桑堂）を刊行。中編は8月、下編は10月。	4月下関条約調印。
二九	一八九六	34	3月『怪物』（扶桑堂）を刊行。4・11「萬朝報壱千号の辞」（社員　黒岩周六述）。11・8「思軒森田文蔵氏を読者に紹介す」（朝報社員　黒岩周六）。この頃、新聞の一斉値上げをめぐって、定価を据え置いた『萬朝報』の不売り問題が起きる。	
三〇	一八九七	35	2・13内村鑑三入社。11・6三男正民出生。11・14	3月新聞紙条例改正、行政権に

森田思軒死去。11・16「森田思軒を悼む」（黒岩周六）。11・20「純潔なる政党を作れ」（民鉄）。12・24「何の成算か有る」（民鉄）。

よる発行禁止・停止を廃止。

明治	西暦	年齢	事項
三一	一八九八	36	1・1「明治第三十一年元旦の紙上に記す」（社員黒岩周六）。この日から淡紅色の紙を使用。1・14「忠君新論」（民鉄）。1・16「新内閣か旧内閣か」（民鉄）。1・21「漫語」（民鉄）。2・12「伊藤内閣の正体」（民鉄）。2・13「不屈不撓の勢力を作れ」（民鉄）。2・17「内閣の一員が言論の対する思想」（民鉄）。2・20「猶ほ言論者を仇敵しする乎」（無署名）。2・27幸徳秋水入社。4・13母信子死去。5・15「政治界の恐る可き現象」（民鉄）。5・21「内村鑑三氏の退社を送る」（黒岩周六）。5・22内村鑑三の「退社の辞」に前文（黒岩民鉄付記）。7・7「男女風俗問題」（社説）を掲載し、「弊風一斑蓄妾の実例」の連載始まる（9・27迄ほぼ連日続き、五一〇の「実例」を載せる）。7・19「貧乏はソレ程恐ろしき乎」（民鉄）。7・28「人心の醜美」（民鉄）。8・2「『名誉』の誤解」（民鉄）。
三二	一八九九	37	1・1「明治三十二年々始の紙上に記す」（黒岩周

			六）。5・29「社会と義憤」（民鉄生）。7・1堺利彦入社。12・6「五目並べの名称改定」（無署名）。12月『絵姿』（扶桑堂）を刊行。	
三三	一九〇〇	38	2・3『萬朝報』の題字に「趣味と実益との無尽蔵」を冠するようになる。5・5「余と攻撃者」（黒岩周六記）。5月関取荒岩の後援会「万歳会」を作る。9・15「内村鑑三氏再来す」（涙香手記）。12・2山階宮家の家令をしていた叔父黒岩直方死去。	
三四	一九〇一	39	6・19～25「新聞紙の道徳」（周六述）。7・2「平和なる檄文」（黒岩周六述）。7・4「理想団に就て」（周六）。7・18京橋区弓町二一番地に本社移転完了。7・19「理想団発起会に就ての一の希望」。7・20「理想団と政党」（周六）。神田美土代町青年会館で理想団設立発起集会。8・4「理想団に来れ」（周六）。8・28「理想団支部発会に就て」（黒岩生）。	5月片山潜、幸徳秋水、安部磯雄ら社会民主党を結成、二日後に禁止。12・10田中正造、足尾銅山鉱毒事件を天皇に直訴。
三五	一九〇二	40	1・1「元旦書懐」（黒岩周六）。1・27「三千号」（無署名）。7・6「総選挙と理想団」（理想団臨時委員述）。7・9「投票者諸君に告ぐ」（黒岩周六）、「選挙者の代議士」（S・K）。7・10「選挙者と代	

			議士」（S・K）。	
三六	一九〇三	41	1・15「霊魂不滅の説に就て」（黒岩周六）。5・14『天人論』（朝報社）を刊行。5・27「少年哲学者を弔す」（天人論の著者）。6・16〜18「藤村操の死に就て」（黒岩周六）。6月「犀東居士に答ふ」（黒岩周六、『日本人』六月二〇日号）。7・12「一神論と汎神論」（黒岩周六）を唯一館で講演。10・8ロシアが満州からの最終的な撤兵期限が過ぎたことから社説「戦は避く可からざるか」を載せて、『萬朝報』は主戦論を明確にする。10・12内村鑑三の「退社に際し涙香兄に贈りし覚書」、堺利彦、幸徳伝次郎（秋水）連名の「退社の辞」、「辱知　黒岩周六」の署名による「内村、幸徳、堺、三君の退社に就て」。10・13「朝報は戦ひを好む乎」（無署名）。10・14「主義論と利害論」（無署名）。12・1「宝さがし」の企画を発表。12・14「米しらべ」の企画を発表。12・30「其筋と新聞紙」（無署名）。	
三七	一九〇四	42	1・6「余が信じるエネルギズム」（黒岩涙香記）。1月東京連珠社（社長・高橋清致）を設立。2・11日本橋常盤木倶楽部で「東京かるた会」を開催。	2月ロシアに宣戦布告（日露戦争）。

			2・16「理想団の事に就て」（黒岩周六述）。5月『精力主義』（隆文館）を刊行。10・23「萬朝報第四千号」（黒岩周六）。淡紅色の用紙を廃す。11・28「俚謡正調」欄を設け、趣意書「正調の俚謡を募る」を掲載。	
三八	一九〇五	43	1・1「明治卅八年を迎ふ」（朝報社員　黒岩周六）、「小倉百人一首かるた早取秘伝」（黒岩涙香講話 落合浪雄筆記）。2・1「余が新聞に志した動機」執筆（『社会と人生』所載）。4月『俚謡正調』第一集（楽世社）を刊行（8月第二集、1907年4月第三集）。9・7〜10発行停止。9・11「解停の辞」（黒岩周六）。	9月ポーツマス条約調印、日比谷焼打事件。
三九	一九〇六	44	1月『噫無情』前篇（扶桑堂）を刊行（4月後篇）。3・8「社会より看たる角力」（涙香生）。4月『人生問題』（丙午出版社）を刊行。	
四〇	一九〇七	45	8・28鈴木ます死去。11・1「満十五年」（黒岩涙香述）。	
四一	一九〇八	46	6月『郷土柳子の話』（扶桑堂）を刊行。9・22妻真砂子との離婚広告を掲載。	3月新聞紙法制定（内相に発売・頒布禁止権）。
四二	一九〇九	47	1月『野の花』前編（扶桑堂）を刊行（5月後編）。	
四三	一九一〇	48	1月高橋清致に代わり東京連珠社の社長になる。2	6月大逆事件で幸徳秋水逮捕。

			月『新説破天荒』（扶桑堂）を刊行。2・23大友すがと再婚。4月『人尊主義』（新橋堂書店・服部書店）を刊行。7・4四男菊郎出生。	
四四	一九一一	49	4・23「新聞紙の独立と其副業」（黒岩周六述）。6月東京市の電車市有化反対で活動。7・19「内務大臣に与ふる公開状」（無署名）。8・1「理想団員諸君に告ぐ」（黒岩周六）。	1月幸徳秋水ら大逆事件被告二四人に死刑執行。
四五 大正元	一九一二	50	2月「現実に触れよ」執筆（『実行論』収録）。5月「新聞紙論」（『中央公論』）を発表。6月『青年思想論』（朝報社）を刊行。6・18「思想の自由」（黒岩生）。7月「青年の精神的勇気の問題」（『中央公論』）を発表。8・19五男五郎出生。9月「小野小町論」（『淑女かゞみ』）を発表（1913年4月迄）。9・1～2「ベルグソンの哲学」（黒岩生）。11・1「営業満三十年」（黒岩周六述）。	
二	一九一三	51	1・24「全国青年諸君に告ぐ」（黒岩周六）。2・1「桂公の退隠を勧む」（黒岩周六）。2・4～5「新政党を如何に視る可き乎」（黒岩周六）。2・10「辞職す可し、解散すべからず」（無署名）。4月『第二青年思想論』（朝報社）を刊行。7月『小野小町論』	2月桂太郎内閣総辞職（大正政変）。

三	一九一四	52	（朝報社）を刊行。9月『文明奇談八十万年後の世界』（扶桑堂）を刊行。3・15「原内相と新聞記者の問題」を『日本及日本人』（第六二六号）に発表するが、発売禁止になる。3月歌舞伎座で行った原内相弾劾の演説が治安警察法違反として起訴され、罰金二〇円の有罪判決。このころ、山本内閣倒閣運動に邁進し、山県有朋ら元老を歴訪。7月『奇談島の娘』初篇（扶桑堂）を刊行（11月後篇）。8・8「出兵を急務とす」。12・25「欧州戦の現状と欧州出兵」（無署名）。	1月シーメンス事件追及始まる。4月第二次大隈重信内閣。7月第一次世界大戦始まる。
四	一九一五	53	2・15長男日出雄に財産を分け、京橋区銀座二丁目二番地に米問屋兼米小売店増屋を開業。3月縮刷涙香集『史伝外伝巌窟王』（扶桑堂）を刊行。これ以後、集栄館、明文館などから縮刷による各種の涙香作品が刊行される。6月『奇談一夜の情』（扶桑堂）、『実行論』（広文堂書店）を刊行。11・6『萬朝報』夕刊を発刊。11・10即位大礼に当たり、新聞事業に対する功として、勲三等瑞宝章を受ける（村山龍平、本山彦一、徳富蘇峰が同時に受章）。	
五	一九一六	54	7・2闘犬禁止令に関して警視総監に陳述書を提出。	

六	一九一七	55	2月増屋を廃業。3月増屋の負債処理のために麻布笄町の自宅を売却し、鎌倉に転居。7月涙香傑作集『妾の罪　決闘』（春陽堂）を刊行。11月東京府渋谷町下渋谷に転居。	
七	一九一八	56	1月『玉手箱』（集栄館）を刊行。1・11「時事新報に現はれたる欧州出兵論を機会に」（黒岩生）。7・5「第九千号」（黒岩涙香述）。12・9春秋会会長を辞職「欧州へ向け出発す」（黒岩周六）、「黒岩社長の渡欧に就て」（黒岩周六手記）。12・11欧州視察のため、東海汽船天洋丸にてパリ講和会議代表団とともに米国経由で欧州に出発。	
八	一九一九	57	1月『社会と人生』（止善堂）を刊行。6月『今の世の奇蹟』（扶桑堂）を刊行。7・1欧州より帰国。11・15朝報社を株式会社萬朝報社に。12・17大磯長生館に転地して病気療養。	1月パリ講和会議始まる。
九	一九二〇	58	1・24～4・14「南欧游艸」を二四回連載。4・6大磯から東京の自宅に戻る。5・24東京帝国大学医学部付属医院に入院。8・8病床で「磯の鮑に望みを問へば私しや真珠を孕みたい」の俚謡を記す。10・6午前二時一三分、同医院にて死去。臨終に際	

して自ら戒名を「黒岩院周六涙香忠天居士」とする。10・7青山斎場で告別式。10・12神奈川県鶴見町（現在の横浜市鶴見区）の総持寺に納骨。

＊伊藤秀雄『黒岩涙香伝』所載の「年譜」と『黒岩涙香集　明治文学全集47』所載の「年譜」（高松敏男編）を参考にして作成。『萬朝報』掲載の黒岩涙香の論説等をはじめとした涙香の著作は膨大であり、本年譜は網羅的には収録していない。
＊月の表記は一八七二年までは和暦、以降は西暦による。

人名索引

や 行

わ 行

事項索引

あ 行

か 行

さ 行

た 行

な　行

は　行

ま　行

や　行

ら　行

《著者紹介》

奥　武則（おく・たけのり）

1947年　東京都生まれ。

1970年　早稲田大学政治経済学部卒業。毎日新聞社入社。

学芸部長，論説副委員長，特別編集委員などを経て，客員編集委員（現在）。

2003年　法政大学社会学部教授（～2017年）。専門は近現代日本ジャーナリズム史。

著　書　『蓮門教衰亡史――近代日本民衆宗教の行く末』現代企画室，1988年。

『文明開化と民衆――近代日本精神史断章』新評論，1993年。

『スキャンダルの明治――国民を創るためのレッスン』ちくま新書，1997年。

『大衆新聞と国民国家――人気投票・慈善・スキャンダル』平凡社，2000年。

『露探――日露戦争期のメディアと国民意識』中央公論新社，2007年。

『メディアは何を報道したか――本庄事件から犯罪報道まで』日本経済評論社，2011年。

『ジョン・レディ・ブラック――近代日本ジャーナリズムの先駆者』岩波書店，2014年。

『幕末明治　新聞ことはじめ――ジャーナリズムをつくった人びと』朝日新聞出版，2016年。

『増補　論壇の戦後史』平凡社ライブラリー，2018年，ほか。

ミネルヴァ日本評伝選

黒《くろ》岩《いわ》涙《るい》香《こう》

――断じて利の為には非ざるなり――

2019年11月10日　初版第１刷発行　〈検印省略〉

定価はカバーに
表示しています

著　者　奥　武　則
発行者　杉　田　啓　三
印刷者　江　戸　孝　典

発行所　株式会社　ミネルヴァ書房

607-8494　京都市山科区日ノ岡堤谷町１
電話代表（075）581-5191
振替口座　01020-0-8076

共同印刷工業・新生製本

ISBN978-4-623-08750-1
Printed in Japan

刊行のことば

歴史を動かすものは人間であり、興趣に富んだ人間の動きを通じて、世の移り変わりを考えるのは、歴史に接する醍醐味である。

しかし過去の歴史学を顧みるとき、人間不在という批判さえ見られたように、歴史における人間のすがたが、必ずしも十分に描かれてきたとはいえない。二十一世紀を迎えた今、歴史の中の人物像を蘇生させようとの要請はいよいよ強く、またそのための条件もしだいに熟してきている。

この「ミネルヴァ日本評伝選」は、正確な史実に基づいて書かれるのはいうまでもないが、単に経歴の羅列にとどまらず、歴史を動かしてきたすぐれた個性をいきいきとよみがえらせたいと考える。そのためには、対象とした人物とじっくりと対話し、ときにはきびしく対決していくことも必要になるだろう。

今日の歴史学が直面している困難の一つに、研究の過度の細分化、瑣末化が挙げられる。それは緻密さを求めるが故に陥った弊害といえるが、その結果として、歴史の大きな見通しが失われ、歴史学を通しての社会への働きかけの途が閉ざされ、人々の歴史への関心を弱める危険性がある。今こそ歴史が何のためにあるのかという、基本的な課題に応える必要があろう。評伝という興味ある方法を通じて、解決の手がかりを見出せないだろうかというのも、この企画の一つのねらいである。

狭義の歴史学の研究者だけでなく、多くの分野ですぐれた業績をあげている著者たちを迎えて、従来見られなかった規模の大きな人物史の叢書として、「ミネルヴァ日本評伝選」の刊行を開始したい。

平成十五年（二〇〇三）九月

ミネルヴァ書房

ミネルヴァ日本評伝選

上代

*俾弥呼　古田武彦
*日本武尊　西宮秀紀
*仁徳天皇　若井敏明
雄略天皇　吉村武彦
継体天皇　若井敏明
*蘇我氏四代　遠山美都男
推古天皇　義江明子
聖徳太子　仁藤敦史
斉明天皇　武田佐知子
*小野妹子・毛人・毛野　大橋信弥
*額田王　梶川信行
弘文天皇　遠山美都男
天武天皇　新川登亀男
持統天皇　丸山裕美子
阿倍比羅夫　熊田亮介
*藤原四子　木本好信
*柿本人麿　古橋信孝
*元明天皇・元正天皇　渡部育子
聖武天皇　本郷真紹
光明皇后　寺崎保広

平安

*孝謙・称徳天皇　勝浦令子
藤原不比等　荒木敏夫
橘諸兄・奈良麻呂　遠山美都男
吉備真備　今津勝紀
*藤原仲麻呂　木本好信
道鏡　吉川真司
*藤原種継　木本好信
*行基　吉田靖雄
*桓武天皇　井上満郎
嵯峨天皇　西別府元日
宇多天皇　古藤真平
醍醐天皇　石上英一
村上天皇　京樂真帆子
花山天皇　上島　享
*三条天皇　倉本一宏
藤原薬子　中野渡俊治
*藤原良房・基経　瀧浪貞子
*紀貫之　神田龍身
源高明　所　功
*安倍晴明　斎藤英喜

*藤原道長　朧谷　寿
*藤原伊周・隆家　倉本一宏
藤原定子　山本淳子
*藤原彰子　朧谷　寿
清少納言　三田村雅子
和泉式部　ツベタナ・クリステワ
大江匡房　小峯和明
*阿弖流為　樋口知志
坂上田村麻呂　熊谷公男
*源満仲・頼光　元木泰雄
平将門　西山良平
藤原純友　寺内　浩
最澄　吉田一彦
円珍　岡野浩二
*空也　石井義長
奝然　上川通夫
*源信　小原　仁
慶滋保胤　吉原浩人
*後白河天皇　美川　圭
*式子内親王　奥野陽子
建礼門院　生形貴重

鎌倉

*藤原秀衡　入間田宣夫
平時子・時忠　元木泰雄
平維盛　根井　浄
守覚法親王　阿部泰郎
藤原隆信・信実　山本陽子
源頼朝　川合　康
*源義経　近藤好和
源実朝　神田龍身
*九条兼実　加納重文
九条道家　上横手雅敬
北条時政　野口　実
熊谷直実　佐伯真一
*北条政子　関　幸彦
*北条義時　岡田清一
曾我十郎・五郎　杉橋隆夫
北条時頼　山本隆志
北条時宗　近藤成一
平頼綱　細川重男
竹崎季長　堀本一繁
西行　光田和伸

鴨長明　浅見和彦
藤原定家　赤瀬信吾
*京極為兼　今谷　明
*兼好　島内裕子
重源　横内裕人
*運慶　根立研介
快慶　井上一稔
法然　今堀太逸
栄西　中尾良信
明恵　西山　厚
*親鸞　末木文美士
恵信尼・覚信尼　西口順子
覚如　今井雅晴
*道元　船岡　誠
叡尊　細川涼一
*忍性　松尾剛次
*日蓮　佐藤弘夫
一遍　蒲池勢至
夢窓疎石　原田正俊
*宗峰妙超　竹貫元勝

南北朝・室町

後醍醐天皇　上横手雅敬

＊護良親王　新井孝重
＊懐良親王　森　茂暁
＊赤松氏五代　渡邊大門
＊北畠親房　岡野友彦
楠正成　兵藤裕己
楠木正行・正儀　生駒孝臣
＊新田義貞　山本隆志
＊光厳天皇　深津睦夫
足利尊氏　市沢　哲
＊足利直義　亀田俊和
佐々木道誉　下坂　守
細川頼之　亀田俊和
円観・文観　田中貴子
足利義詮　早島大祐
足利義満　川嶋將生
＊足利義持　吉田賢司
足利義政　木下昌規
＊大内義弘　平瀬直樹
伏見宮貞成親王　松薗　斉
＊山名宗全　山本隆志
細川勝元・政元　古野　貢
畠山義就　呉座勇一
足利成氏　阿部能久
世阿弥　西野春雄
雪舟等楊　河合正朝
宗祇　鶴崎裕雄
＊満済　森　茂暁
一休宗純　原田正俊
蓮如　岡村喜史

戦国・織豊

北条早雲　家永遵嗣
＊北条氏政　黒田基樹
＊大内義隆　藤井　崇
斎藤氏四代　木下　聡
＊毛利元就　岸田裕之
＊毛利輝元　光成準治
＊小早川隆景・秀秋　光成準治
＊六角定頼　村井祐樹
＊今川義元　小和田哲男
＊武田信玄　笹本正治
＊武田勝頼　笹本正治
＊真田氏三代　笹本正治
＊三好長慶　天野忠幸
＊松永久秀　天野忠幸
＊宇喜多直家・秀家　渡邊大門
＊上杉謙信　矢田俊文
大友宗麟　鹿毛敏夫
島津義久・義弘　福島金治
＊長宗我部元親・盛親　平井上総
浅井長政　長谷川裕子
吉田兼倶　西山　克
山科言継　松薗　斉
＊雪村周継　赤澤英二
正親町天皇・後陽成天皇　神田裕理
足利義輝・義昭　山田康弘
織田信長　三鬼清一郎
織田長益　八尾嘉男
＊明智光秀・秀満　小和田哲男
豊臣秀吉　藤井譲治
豊臣秀次　矢部健太郎
＊北政所おね　田端泰子
＊淀殿　福田千鶴
蜂須賀正勝・家政　三宅正浩
前田利家　東四柳史明
山内一豊・忠義　長屋隆幸
＊黒田如水　小和田哲男
＊蒲生氏郷　藤田達生
石田三成　堀越祐一
＊細川ガラシャ　田端泰子
＊支倉常長　田中英道
＊千利休　熊倉功夫
＊長谷川等伯　宮島新一
顕如　神田千里
教如　安藤　弥

江戸

＊徳川家康　笠谷和比古
本多忠勝　柴　裕之
＊徳川家光　野村　玄
徳川吉宗　横田冬彦
＊後水尾天皇　久保貴子
後桜町天皇　所　京子
＊光格天皇　藤田　覚
＊春日局　福田千鶴
宮本武蔵　渡邊大門
＊池田光政　倉地克直
保科正之　八木清治
シャクシャイン　岩崎奈緒子
＊田沼意次　藤田　覚
細川重賢　安高啓明
＊二宮尊徳　小林惟司
＊末次平蔵　岡　美穂子
＊高田屋嘉兵衛　生田美智子
＊林羅山　鈴木健一
吉野太夫　渡辺憲司
熊沢蕃山　川口　浩
＊山崎闇斎　澤井啓一
山鹿素行　前田　勉
＊北村季吟　島内景二
伊藤仁斎　澤井啓一
貝原益軒　辻本雅史
＊ケンペル　B・M・ボダルト＝ベイリー
新井白石　大川　真
荻生徂徠　柴田　純
＊雨森芳洲　上田正昭
石田梅岩　高野秀晴
白隠慧鶴　芳澤勝弘
前野良沢　松田　清
平賀源内　石上　敏
本居宣長　田尻祐一郎
杉田玄白　吉田　忠
木村蒹葭堂　有坂道子
＊大田南畝　沓掛良彦
菅江真澄　赤坂憲雄
＊鶴屋南北　諏訪春雄
良寛　阿部龍一
＊山東京伝　佐藤至子
＊滝沢馬琴　高田　衛
平田篤胤　山下久夫
国友一貫斎　太田浩司
シーボルト　宮坂正英
本阿弥光悦　岡　佳子
小堀遠州　中村利則
狩野探幽・山雪　山下善也
尾形光琳・乾山　河野元昭
＊二代目市川團十郎　田口章子
伊藤若冲　狩野博幸
浦上玉堂　高橋博巳
＊佐竹曙山　成瀬不二雄
葛飾北斎　岸　文和
酒井抱一　玉蟲敏子
孝明天皇　青山忠正
＊和宮　辻ミチ子
徳川慶喜　大庭邦彦
島津斉彬　原口　泉
横井小楠　沖田行司
＊古賀謹一郎　小野寺龍太
＊永井尚志　高村直助
＊岩瀬忠震　小野寺龍太
＊栗本鋤雲　小野寺龍太
大村益次郎　竹本知行
河井継之助　小川和也

*西郷隆盛　家近良樹
*由利公正　角鹿尚計
*塚本明毅　塚本学
*月性　海原徹
*吉田松陰　海原徹
*高杉晋作　海原徹
*久坂玄瑞　一坂太郎
*ペリー　遠藤泰生
ハリス　福岡万里子
オールコック　佐野真由子
アーネスト・サトウ　奈良岡聰智

近代

*明治天皇　伊藤之雄
*大正天皇　F・R・ディキンソン
*昭憲皇太后・貞明皇后　小田部雄次
大久保利通　三谷太一郎
山県有朋　鳥海靖
木戸孝允　落合弘樹
井上馨　伊藤之雄
*松方正義　室山義正
北垣国道　小林丈広
板垣退助　小川原正道
長与専斎　笠原英彦
大隈重信　五百旗頭薫
伊藤博文　坂本一登
井上毅　大石眞
*井上勝　老川慶喜

*桂太郎　小林道彦
*渡邉洪基　瀧井一博
*乃木希典　佐々木英昭
星亨　小林道彦
林董　奈良岡聰智
*児玉源太郎　小林道彦
*高宗・閔妃　木村幹
山本権兵衛　室山義正
*金子堅太郎　松村正義
高橋是清　鈴木俊夫
小村寿太郎　簑原俊洋
*犬養毅　小林惟司
原敬　季武嘉也
*加藤高明　櫻井良樹
牧野伸顕　小宮一夫
田中義一　黒沢文貴
内田康哉　高橋勝浩
平沼騏一郎　堀田慎一郎
*鈴木貫太郎　小堀桂一郎
宇垣一成　北岡伸一
*宮崎滔天　榎本泰子
*浜口雄幸　川田稔
幣原喜重郎　西田敏宏
関一　玉井金五
水野広徳　片山慶隆
広田弘毅　井上寿一
安重根　上垣外憲一
*グルー　廣部泉
*永田鉄山　森靖夫
東条英機　牛村圭
今村均　前田雅之

蔣介石　劉岸偉
石原莞爾　山室信一
近衛文麿　庄司潤一郎
*岩崎弥太郎　武田晴人
伊藤忠兵衛　末永國紀
*五代友厚　田付茉莉子
大倉喜八郎　村上勝彦
*安田善次郎　由井常彦
渋沢栄一　武田晴人
中野武営　佐賀香織
益田孝　鈴木邦夫
山辺丈夫　宮本又郎
武藤山治　阿部武司・桑原哲也
池田成彬　松浦正孝
西原亀三　森川正則
小林一三　橋爪紳也
大倉恒吉　石川健次郎
大原孫三郎　猪木武徳
*河竹黙阿弥　今尾哲也
イザベラ・バード　加納孝代
*林忠正　木々康子
*森鷗外　小堀桂一郎
*二葉亭四迷　ヨコタ村上孝之
*夏目漱石　佐々木英昭
徳冨蘆花　半藤英明
巌谷小波　千葉信胤
樋口一葉　佐伯順子
*島崎藤村　十川信介
泉鏡花　東郷克美
上田敏　小林茂

*有島武郎　亀井俊介
北原白秋　平石典子
菊池寛　山本芳明
芥川龍之介　髙橋龍夫
*宮沢賢治　千葉一幹
高浜虚子　坪内稔典
与謝野晶子　佐伯順子
*種田山頭火　村上護
*斎藤茂吉　品田悦一
*高村光太郎　湯原かの子
石川啄木　先崎彰容
萩原朔太郎　エリス俊子・栗原飛宇馬
*原阿佐緒　秋山佐和子
*狩野芳崖・高橋由一　古田亮
川村清雄　落合則子
*小堀鞆音　小堀桂一郎
竹内栖鳳　北澤憲昭
黒田清輝　高階秀爾
中村不折　石川九楊
横山大観　高階秀爾
*橋本関雪　西原大輔
小出楢重　芳賀徹
土田麦僊　天野一夫
岸田劉生　北澤憲昭
濱田庄司　濱田琢司
*山田耕筰　後藤暢子
松旭斎天勝　川添裕
中山みき　鎌田東二
佐田介石　谷川穣
*ニコライ　中村健之介

*出口なお・王仁三郎　川村邦光
*新島襄　太田雄三
新島八重　佐伯順子
木下広次　冨岡勝
海老名弾正　西田毅
嘉納治五郎　クリストファー・スピルマン
柏木義円　片野真佐子
津田梅子　田中智子
*澤柳政太郎　新田義之
河口慧海　高山龍三
山室軍平　室田保夫
大谷光瑞　白須淨眞
*久米邦武　髙田誠二
フェノロサ　伊藤豊
井上哲次郎　井ノ口哲也
三宅雪嶺　長妻三佐雄
*岡倉天心　木下長宏
志賀重昂　中野目徹
徳富蘇峰　杉原志啓
*竹越与三郎　西田毅
内藤湖南・桑原隲蔵　礪波護
*廣池千九郎　橋本富太郎
岩村透　今橋映子
*西田幾多郎　大橋良介
*金沢庄三郎　石川遼子
*柳田国男　鶴見太郎
厨川白村　張競
*村岡典嗣　水野雄司

大川周明　山内昌之
西田直二郎　林　淳
*折口信夫　斎藤英喜
シュタイン　瀧井一博
*西　周　清水多吉
*福澤諭吉　平山　洋
成島柳北　山田俊治
福地桜痴　山田俊治
*村山龍平　早房長治
島田三郎　武藤秀太郎
田口卯吉　鈴木栄樹
*陸　羯南　松田宏一郎
*黒岩涙香　奥　武則
長谷川如是閑　織田健志
*吉野作造　田澤晴子
*山川　均　米原　謙
*岩波茂雄　十重田裕一
*北　一輝　岡本幸治
*穂積重遠　大村敦志
中野正剛　吉田則昭
*満川亀太郎　福家崇洋
*エドモンド・モレル　林田治男
*北里柴三郎　福田眞人
高峰譲吉　木村昌人
田辺朔郎　秋元せき
*南方熊楠　飯倉照平
石原　純　金子　務
*辰野金吾　河上眞理・清水重敦
*七代目小川治兵衛　尼崎博正

本多静六　岡本貴久子
ブルーノ・タウト　北村昌史

現代

昭和天皇　御厨　貴
高松宮宣仁親王　後藤致人
*李方子　小田部雄次
吉田　茂　中西　寛
マッカーサー　柴山　太
鳩山一郎　楠　綾子
*石橋湛山　増田　弘
重光　葵　武田知己
市川房枝　村井良太
*池田勇人　藤井信幸
高野　実　篠田　徹
和田博雄　庄司俊作
朴正熙　木村　幹
*田中角栄　新川敏光
宮沢喜一　村上友章
竹下　登　真渕　勝
*松永安左エ門　橘川武郎
鮎川義介　井口治夫
*出光佐三　橘川武郎
*松下幸之助　米倉誠一郎
渋沢敬三　井上　潤
*本田宗一郎　伊丹敬之
*井深　大　武田　徹
*佐治敬三　小玉　武

幸田家の人々　金井景子
*正宗白鳥　大嶋　仁
*大佛次郎　福島行一
*川端康成　大久保喬樹
*薩摩治郎八　小林　茂
坂口安吾　千葉一幹
太宰　治　安藤　宏
松本清張　杉原志啓
安部公房　鳥羽耕史
*三島由紀夫　島内景二
井上ひさし　成田龍一
R・H・ブライス　菅原克也
柳　宗悦　熊倉功夫
バーナード・リーチ　鈴木禎宏
*熊谷守一　古川秀昭
川端龍子　岡部昌幸
藤田嗣治　林　洋子
*井上有一　海上雅臣
*手塚治虫　竹内オサム
古賀政男　藍川由美
*吉田　正　金子　勇
*武満　徹　船山　隆
*八代目坂東三津五郎　田口章子
*力道山　岡村正史
*西田天香　宮田昌明
安倍能成　中根隆行
サンソム夫妻　平川祐弘・牧野陽子
*天野貞祐　貝塚茂樹

和辻哲郎　小坂国継
矢代幸雄　稲賀繁美
石田幹之助　岡本さえ
*平泉　澄　若井敏明
*早川孝太郎　須藤　功
安岡正篤　片山杜秀
青山二郎　田野　勲
島田謹二　小林信行
田中美知太郎　川久保剛
前嶋信次　杉田英明
*唐木順三　澤村修治
亀井勝一郎　山本直人
知里真志保　モコットゥナシ
*保田與重郎　谷崎昭男
石母田正　磯前順一
*福田恆存　川久保剛
井筒俊彦　安藤礼二
佐々木惣一　伊藤孝夫
小泉信三　都倉武之
*瀧川幸辰　伊藤孝夫
式場隆三郎　服部　正
大宅壮一　有馬　学
清水幾太郎　庄司武史
*フランク・ロイド・ライト　大久保美春
*中谷宇吉郎　杉山滋郎
今西錦司　山極寿一

*は既刊
二〇一九年十一月現在